STEFANIE
HASSE

BAD INFLUENCE

REDEN IST SILBER
POSTEN IST GOLD

STEFANIE
HASSE

BAD INFLUENCE

REDEN IST SILBER
POSTEN IST GOLD

Ravensburger

TRIGGERWARNUNG

Dieses Buch enthält Themen, die potenziell triggern können.
Auf Seite 413 befindet sich ein Hinweis zu den Themen.

ACHTUNG: Dieser enthält Spoiler für die gesamte Handlung.

MIX
Papier aus verantwortungsvollen Quellen
FSC® C111262
FSC www.fsc.org

1 3 5 4 2

Originalausgabe

Dieses Werk wurde vermittelt durch die
Michael Meller Literary Agency GmbH, München.

Lektorat: Franziska Jaekel
Umschlaggestaltung: verwendete Bilder von © muratart, © nata777_7, © Stylish_Pics,
© pandaclub23, © schankz, © Tatyana Sidyukova und © psdgraphicscom,
alle von Adobe Stock
© gostua und © ArtMari von Shutterstock

Printed in Germany

ISBN 978-3-473-40221-2

www.ravensburger.de

*Für alle, die laut werden,
die den Mund aufmachen und sich nicht
zum Schweigen bringen lassen.*

PROLOG

»Ich weiß, wo du heute in sechs Monaten sein wirst, Tara!«

Ich bekomme den Schreck meines Lebens, als Lola mir beim Betreten unseres gemeinsamen Wohnheim-Apartments die Tür aus der Hand reißt und mich hineinzerrt. Ich bin gerade von meiner Schicht im Herbert Wellness Center auf dem Campus zurück und total verschwitzt. Schon der Tag davor war prall gefüllt mit Trainings- und Theoriekursen. Ich fühle mich so fertig, als hätte ich den ganzen Tag das Training der Sportstudenten absolviert – dem Großteil meiner Kunden im Center –, dabei studiere ich Sportwissenschaften.

Zu perplex, um direkt zu antworten, blinzele ich Lola nur völlig überfordert an. Sie schiebt mich durch den schmalen weißen Flur, vorbei an den gigantischen Pop-Art-Originalen und der Büste irgendeines Typen, den wir gleich nach unserem Einzug hier »Stony« getauft haben. Selbst ein Semester später wissen wir immer noch nicht, wen er darstellen soll oder warum Lolas Innenarchitektin es für eine gute Idee hielt, ihn in unserem Flur aufzustellen. Er gehört eher in ein Museum – nicht in das neu gebaute Studentenwohnheim der University of Miami.

Erst als wir im Wohnzimmer landen, haben sich mein Puls und

meine Atmung wieder normalisiert und ich bin in der Lage zu sprechen. »In sechs Monaten? Bei meinen Eltern in Minnesota?«, erwidere ich, was mehr nach einer Frage als nach einer Antwort klingt und dafür sorgt, dass Lola laut schnaubt. Ihre hellbraunen Augen funkeln vergnügt unter dem dunkelbraunen Pony hervor.

»Falsch! Ich habe viel bessere Pläne für uns. Und es wird so episch werden!« Sie drückt mich auf unsere viel zu große Couch und lässt sich mir gegenüber fallen. In ihrem Rücken jenseits der Fensterfront hinter der gigantischen dunkelgrauen Sofalandschaft spiegelt sich die untergehende Sonne im campuseigenen Lake Osceola und sorgt für Lichtblitze in meinen Augen.

»Ähm … und wie sehen diese Pläne aus?«, bringe ich irgendwann hervor, noch immer total überrumpelt.

Lola streift sich langsam die Haare über die Schulter und richtet sich auf. Ich bin mir nicht sicher, ob ich Angst davor haben soll, was sie gleich sagen wird. »Wir gehen auf die einwöchige Jungfernfahrt auf dem neuesten Luxus-Kreuzfahrtschiff meiner Familie.«

Unwillkürlich sehe ich zu unserer Kinoleinwand hinüber, auf die ein Beamer, der in der Decke eingelassen ist, mindestens einmal im Monat die dramatischste Jungfernfahrt der Welt wirft. *Titanic* ist Lolas Lieblingsfilm, was an Leonardo DiCaprio liegt, wie sie mir immer wieder versichert, und nicht an ihrem offenbar mit der Muttermilch aufgesogenen Faible für gigantische Schiffe. Ihre Familie ist mit Luxusschiffen der Extraklasse reich geworden, und soweit ich weiß, veranstaltet *Price Corp.* die einzigen Kreuzfahrten, die sich praktisch kein Normalsterblicher leisten kann, ohne seine Familie für Generationen in Schulden zu stürzen. Also nichts für Menschen wie mich.

»Nein, danke«, lehne ich ab, die Abscheu der reichen Upperclass-Typen des oberen Decks der Titanic vor Augen, mit denen sich Leonardo DiCaprio herumschlagen musste. Darauf kann ich gut verzichten. »Das ist nichts für mich.«

»Oh, doch. Das wird ein richtiges Event werden. Ganz ohne die typischen Gäste.« Dann sieht sie über mich hinweg und brüllt laut: »Jonah! Ich brauche wohl doch deine Hilfe!«

Ich folge ihrem Blick zu unseren Schlafzimmern auf der Galerie. Eine der weißen Türen öffnet sich und ein nicht nur mir allzu bekanntes Gesicht verlässt Lolas Schlafzimmer. Jonah Price stützt sich lässig auf dem gläsernen Geländer der Galerie ab, von der eine offene Treppe nach unten führt, und knipst sein Tausend-Watt-Lächeln an.

»Tara, das ist mein Bruder Jonah«, stellt sie ihn mir unnötigerweise vor. Als wäre ich nicht in der Lage, einen der »begehrtesten Junggesellen der USA« zu erkennen, selbst wenn er unrasiert ist. Er trägt auch keinen teuren Anzug, sondern nur Jeans und ein enges T-Shirt, unter dem seine Muskeln spielen, als er sich durch die dunkelblonden Haare fährt. Ich verfolge ebenso reglos wie »Stony« von seinem Marmorsockel aus, wie Jonah Price die Treppen hinabsteigt und auf uns zukommt.

Er reicht mir die Hand.

»Jonah, das ist meine beste Freundin Tara Dawson.«

Sein Händedruck ist fest und warm, das Lächeln in seinen hellblauen Augen noch wärmer.

Er setzt sich neben Lola, umarmt sie herzlich, packt sie dann aber und wühlt so lange durch ihre Haare, bis sie sich schimpfend befreit und die Flucht in die Küche unter der Galerie antritt. Mit einem amüsierten Funkeln in den Augen und einem zufriedenen Grinsen wendet er sich mir zu.

»Du hast Fragen zur *Siren*?«, will er mit viel weicherer Stimme wissen, als ich sie aus den Medien kenne. Dort wirkt er oft kühl, arrogant und distanziert.

»*Siren*?«, frage ich zurück.

Aus der offenen Küche jenseits des Tresens erklärt Lola über das Klappern von Geschirr hinweg: »So heißt das neue Schiff.« Ein paar Sekunden später kommt sie mit Gläsern und einer Colaflasche auf einem Tablett wieder ins Wohnzimmer und rezitiert mit Werbeslogan-Stimme: »Willkommen auf der *Siren* – dem neuen Level an Luxus.«

Ich sehe zu, wie sie das Tablett auf dem Tisch abstellt und Jonah die Gläser füllt, während ich mich frage, was ich mit alldem zu tun habe und warum ausgerechnet ich dabei sein soll. Oder warum Lolas anderthalb Jahre älterer Bruder plötzlich hier auftaucht, der eigentlich in Europa auf irgendeinem Elite-College studiert, wie es auch für Lola ursprünglich vorgesehen war.

Jonah reicht mir ein Glas und scheint dabei meine Gedanken zu lesen. »Ich unterbreche mein Studium am St. Joseph's in Whitefield für ein Semester, weil ich mir für die *Siren* ein ganz neues Marketingkonzept überlegt habe und bei der Umsetzung und Planung dabei sein will«, erklärt er und erzählt dann mit so viel Begeisterung von seiner Idee, dass ich davon angesteckt werde und sich meine Befürchtung von Upperclass-Passagieren, die mich von oben herab mustern, vollkommen auflöst. Als Lola dann noch vorschlägt, meine Schwester Violet einfach ebenfalls mitzunehmen, sage ich dem »Urlaub unseres Lebens« zu.

Die leise Stimme, die in mir flüstert, dass ich mich besser zurückhalten sollte, klingt seltsamerweise exakt wie Christian – mein ältester Freund und Mitbewohner meiner Schwester Violet.

Lolas Jubel jedoch übertönt die Stimme, ihre Augen strahlen regelrecht vor Freude. Dann umarmt sie mich ganz fest und flüstert: »Es bedeutet mir sehr viel, dass du trotz der Sache mitkommst. Du bist die beste Freundin der Welt.«

Ich bleibe an »der Sache« hängen, aber Lolas stürmische Umarmung zieht mich wie immer aus dem Sog meiner Gedanken. Erst als sich Jonah mehrmals räuspert, lässt Lola mich wieder frei.

»Du hast also das Pech, meine kleine Schwester Tag für Tag ertragen zu müssen?«, witzelt Jonah und hält Lola mit einem ausgestreckten Arm auf Abstand, weil sie ihn in die Seite boxen will. Sie hat keine Chance, also streckt sie ihm die Zunge raus.

Ich glaube, es ist egal, wie alt man ist, Geschwister kitzeln regelmäßig das Kindergarten-Ich hervor. Ich nippe an meiner Cola, beobachte die beiden und denke an Violet und mich. Bevor sie ihr Studium begonnen hat, waren wir auch so. Wie ich das vermisse!

SECHS MONATE SPÄTER, ZWEI TAGE VOR AUSLAUFEN DER SIREN

Die Geburtstagsparty von Lola und ihrem Zwilling Lucas habe ich mir anders vorgestellt. Anstatt an Lolas Seite das erste Mal die *Siren* zu betreten, hänge ich mit Bauchkrämpfen und Übelkeit auf unserer Couch. Es gibt echt keinen mieseren Zeitpunkt für eine Magen-Darm-Grippe oder – wie Christian neben mir vermutet – eine leichte Lebensmittelvergiftung.

»Du musst mehr trinken!«, fordert er mich auf und reicht mir die Elektrolytlösung.

Meine Blase ist schon wieder kurz vor dem Platzen, aber an ihn gekuschelt ist es gerade zu bequem, um aufzustehen. Auf der Leinwand singt Heath Ledger »Can't take my eyes off you«, Violets und meine Lieblingsszene in »10 Dinge, die ich an dir hasse«. Christian hat den Film ausgewählt, um mich aufzumuntern, weil er, Violet und ich ihn vermutlich eine Myriade Mal gesehen haben, nachdem Mom meiner Schwester und mir die Liebe für diesen Film vermutlich vererbt hat. Doch nicht mal Heath Ledger kann mich ablenken. Stattdessen checke ich ständig meine Nachrichten, Violets und Lolas Instagram-Storys und die Personen, die sie darin verlinkt haben. Ich wäre so unglaublich gern bei ihnen.

»Die ganze *Siren* lag im Dunkeln, als wir am Hafen angekommen sind«, sagt Violet in ihrem Video an mich. »Es hätte genauso gut irgendein Gebäude sein können. Man hat uns über eine Gangway geführt und nun gehen wir einen Flur der Crew entlang, der als einziger beleuchtet ist. Das ist irgendwie gruselig.« Sie erschaudert demonstrativ und zeigt mir den Weg hinter sich.

Der Gang ist lang, eher zweckmäßig und kahl. Beim Zurückschwenken erkenne ich Lola an Violets Seite. Sie sieht gerade gedankenverloren nach vorn, bekommt erst verzögert mit, dass Violet etwas gesagt hat, und blickt in die Kamera.

»Das ist ein Video für Tara«, erklärt meine Schwester.

Lola schickt einen Luftkuss, gefolgt von einem Schmollmund und den Worten: »Es ist so schade, dass du nicht dabei bist. Werd schnell wieder gesund, damit du Sonntag auch mitkommen kannst.«

Christian hält mir mein Getränk nun direkt unter die Nase und unterbricht so meinen Blick auf meine große Schwester, die gerade sagt, dass sie auch nicht ohne mich fahren will.

Ich sehe zu meinem besten Freund und nehme seufzend das Glas an mich. »Du willst mich nur quälen, Christian Michaels, oder?«

Der krass künstliche Duft nach Erdbeere steigt mir in die Nase und kurz überlege ich, ob mir davon wieder übel werden könnte. Aber durch mein Studium weiß ich genau, dass ich meinen Salzhaushalt schnell ausgleichen muss, um noch rechtzeitig bis zum Auslaufen der *Siren* wieder auf voller Höhe zu sein.

Christian nickt zufrieden, als ich ihm das leere Glas zurückgebe, und huscht zur Küche, um es wieder zu füllen.

Violet und Lola sind inzwischen in einem gigantischen Saal angekommen, der mir noch einmal die Dimensionen des Luxusliners vor Augen führt. Ich sehe nicht länger Violet, sondern grelle Blitze, die das Bild überbelichten. Lola wird sofort von irgendwelchen Leuten umarmt und von Violet weggerissen. Ihr scheint es aber offenbar nichts auszumachen, sie hält die Kamera erst weiter auf meine beste Freundin, dann zeigt sie mir das Innere des Partysaals, der jede Filmlocation in den Schatten stellen könnte.

Der Raum ist mehrere Etagen hoch – oder eher Decks? An die Wände werden Videosequenzen projiziert, die sich immer wieder verändern. Eben waren es noch im Stroboskoplicht zuckende Menschen bei einem Rave, mit dem Wechsel der Musik zu einem Rocksong wird ein Outdoor-Festival gezeigt. Ich sehe alles nur durch Violets Kamera und fühle mich trotzdem, als sei ich unter Tausenden Feiernden und Tanzenden – dabei sind laut Lola *nur* rund zweihundert Gäste eingeladen. Die Aufnahme wechselt noch einmal zu Violets Gesicht, sie schickt mir einen Luftkuss und wünscht mir gute Besserung, bevor das Video endet.

»Wie übertrieben das alles ist«, merkt Christian an, der sich gerade wieder neben mich fallen lässt.

Bei seinem Tonfall lasse ich das Handy sinken, während ich Instagram öffne. »Schon wieder diese Diskussion?«, frage ich absichtlich genervt.

»Du weißt, was ich von diesen oberflächlichen Menschen halte. Sie leben in einer anderen Welt! Du solltest vorsichtig sein. Sie werden dir wehtun, wie …« Er spricht ihren Namen nicht aus, sondern schnaubt stattdessen, während er auf mein Handy deutet. Der oberste Post zeigt ein Video von Jonah, auf dem Lola und ihr Zwillingsbruder Lucas zu sehen sind, die gerade lautstark mit »Happy Birthday«

besungen werden, ehe ein Champagner-Anstoß-Marathon startet. Währenddessen huschen Kellnerinnen und Kellner umher und schenken den Feiernden fleißig nach.

»Ich finde es nicht gut, dass Violet allein dort ist«, lässt Christian mal wieder den Beschützer heraushängen, als wären wir noch immer im Kindergarten.

»Sie ist doch nicht allein!« Ich wedele mit meinem Handy, auf dem gerade ein Video des gut gefüllten Partysaals zu sehen ist.

»Du weißt, was ich meine«, grummelt Christian eingeschnappt, bevor er einen Blick auf die Wanduhr wirft. »Ich muss jetzt auch los.« Er zögert, bleibt auf der Couch sitzen und fährt sich durch das dunkle Haar, das im Nacken und rund um die Ohren die ersten Locken zeigt. »Eigentlich lasse ich dich hier genauso ungern allein wie Violet auf der Party.«

Ich verdrehe die Augen. »Uns geht es gut. Du musst uns nicht immer beschützen. Husch, husch, zur Arbeit, sonst müssen deine Gäste noch verhungern.«

Seine blauen Augen blitzen auf, er beugt sich schmunzelnd zu mir und verabschiedet sich mit einem schnellen Kuss auf die Stirn, bevor er geht.

Ich bleibe allein zurück und klicke mich durch etliche Storys, bis mir irgendwann die Augen zufallen.

SONNTAG

NEWS 6

»Herzlich willkommen zu *dem* Ereignis des Jahres, ach was sage ich, des Jahrtausends! Wir stehen hier im Hafen von Miami, in dem täglich rund fünfzehntausend Gäste an Bord der zahlreichen Kreuzfahrtschiffe gehen, die sich an normalen Tagen wie auf einer Perlenkette aneinanderreihen. Heute werden es weniger als hundert Passagiere sein – inklusive der Begleiter und persönlichen Angestellten der geladenen Gäste – und doch ist hier mehr los als an jedem anderen Tag. Hinter mir sehen Sie die *Siren,* das wohl luxuriöseste und modernste Kreuzfahrtschiff der Welt. Sie überragt das noch amtierende größte Linienkreuzfahrtschiff um sage und schreibe fünfzehn Meter und ist einhundert Meter länger. Dazu wurde uns bestätigt, dass die *Siren* dank ausgeklügelter Systeme auch aus umwelttechnischer Sicht neue Maßstäbe setzt. Wie wir bereits vor Wochen berichtet haben, machte die *Siren* schon vor dem Stapellauf ihrem Namen alle Ehre und lockte die High Society aus allen Teilen der Welt an. Doch Lionell Price, aus dessen Reederei das Flaggschiff der zukünftigen Luxusflotte stammt, verkündete vor sechs Monaten, dass es für die Jungfernfahrt eine Bewerbungsphase geben wird. Abgesehen von einem einzigen Ticket, das für einen guten Zweck versteigert wurde, konnte kein Platz gebucht werden. Die Pressesprecherin von Price Corp. hat zudem erklärt, dass diese erste Fahrt vor allem als Werbeveranstaltung gedacht ist und deshalb natürlich auch die Reichweite in den sozialen Medien einen großen Einfluss auf die Auswahl der Teilnehmenden hatte.

Sie können sich gar nicht vorstellen, wie sehr meine Kolleginnen und Kollegen jeder neuen Pressemitteilung entgegengefiebert haben! Bislang gibt es kein einziges offizielles Foto aus dem Inneren der *Siren*. Über die Livestreams der Gäste der Geburtstagsfeier des Price-Nachwuchses am vergangenen Freitag konnten wir nur einen Einblick in einen der luxuriösen Partyräume bekommen. Wer auch immer hinter dieser Werbekampagne steckt, hat sich seine Bonuszahlung am Ende des Jahres auf jeden Fall verdient. Die Price-Aktien sind in den vergangenen Monaten bereits um bis zu einhundertfünfzig Prozent gestiegen.

Ich bekomme eben das Signal, dass der offizielle Countdown begonnen hat. Wenn die Kamera kurz schwenken würde … Was dort drüben wie ein dahingeworfener Campingplatz in Weiß aussieht, sind die Zelte der einzelnen Passagiere. Nicht einmal wir wissen, wer sich darin aufhält. Aber schon in wenigen Minuten werden wir erfahren, wer für die Jungfernfahrt der *Siren* ausgewählt wurde.

Bleiben Sie dran, nur News 6 wird alle Aufnahmen vom Schiff exklusiv ausstrahlen. Denn ein pikantes Detail habe ich noch nicht erwähnt: Die Passagiere haben nach dem Auslaufen der *Siren* keinen Zugang zum Telefonnetz oder zum Internet und damit auch nicht zu den eigenen Social-Media-Kanälen.

Bei uns erfahren Sie alles zuerst.

Helena Johnson für News 6.«

1

Wo bleibst du?

Ich warte gar nicht erst auf eine Antwort von Violet, sondern tippe direkt weiter.

Es geht gleich los!

Geht es dir etwa wieder schlechter?

Mein schlechtes Gewissen, dass ich Violet vielleicht doch angesteckt haben könnte, weil ihr laut Christian gestern total übel war, gewinnt wieder die Oberhand und ich tippe:

Soll ich zurückkommen?

Während ich auf eine Antwort warte, sehe ich mich in dem klimatisierten, mit indirektem Licht perfekt inszenierten weißen Traum eines Zeltes um, das zu einer ganzen Zeltstadt gehört, die eigens für diesen Abend in Port Miami aufgebaut wurde. Ein Chauffeur hat mich direkt vor dem Zelt mit der Nummer 19 abgesetzt. Ein kleines Gerät stößt nach Lavendel duftende Dampfschwaden aus. An der Seite stehen auf einem schmalen Glastisch gekühlte Getränke und garantiert viel zu teure Snacks, mit denen ich mir die Zeit vertreiben könnte, bis die »große Show« losgeht. An einer Zeltstange ist ein Flachbildschirm angebracht, von dem mir die immer lächelnde und ewig junge Helena Johnson entgegenstrahlt und die Zuschauer von News 6 motiviert, keine Sekunde des Abends zu verpassen. Was offenbar auch für die geladenen Gäste gilt, denn zwei Massagesessel vor dem Bildschirm warten regelrecht darauf, dass ich mit meiner Schwester Violet entspannt auf unseren Moment warte: den Start in den »Urlaub unseres Lebens«. So hat es Lola jedenfalls vor einem halben Jahr genannt, als sie und Jonah mich zur Teilnahme an der Jungfernfahrt überredet haben.

Doch von Entspannung bin ich weit entfernt. Direkt neben dem Ausgang zum roten Teppich steht ein gigantischer goldumrahmter Spiegel. Ich muss mich immer wieder davon überzeugen, dass mein knielanges roséfarbenes Kleid mit den Flatterärmeln richtig sitzt – oder meine Haare, die Lolas Friseurin hochgesteckt hat, damit die Küstenbrise nicht »die ersten Fotos von mir« versaut. Inzwischen habe ich vor Nervosität jedoch schon die ersten Strähnen herausgezupft. Vermutlich eine Strähne für jeden verpassten Anruf bei Violet.

Und trotzdem ist sie immer noch nicht da.

Ich verlasse den Chat und sehe auf die Uhr. In fünfzehn Minuten werden die ersten Gäste planmäßig über den roten Teppich und die mit etlichen kleinen Lichtern verzierte Gangway an Bord der *Siren* gehen.

Was, wenn Violet beim Arzt war und er ihr geraten hat, auf die Jungfernfahrt zu verzichten? Unwillkürlich macht sich ein schlechtes

Gewissen in mir breit. Ich hatte meine Schwester nicht mehr gesehen, seit ich mit dieser fiesen Magenverstimmung im Bett lag, anstatt den Geburtstag meiner besten Freundin Lola zu feiern – die in diesem Moment zusammen mit ihrem Zwillingsbruder Lucas und ihrem großen Bruder Jonah auf dem Bildschirm erscheint. Es ist nur ein Foto der Price-Geschwister, deren Ankunft jeden Moment erwartet wird.

Na, bist du schon nervös?

Die Nachricht erscheint auf meinem inzwischen dunklen Display und meine Mundwinkel heben sich unwillkürlich.

Sollte ich nervös sein?

Ich sende den Text ab und verfolge, wie »schreibt« unter Jonahs Name erscheint. Obwohl er seit rund einem halben Jahr zurück in den USA ist, hat er es nur dreimal geschafft, seine Schwester zu sehen. Einmal davon am letzten Freitag auf ihrer Geburtstagsparty.

Natürlich! Jeder sollte nervös sein, wenn er auf mich trifft. ;-)

Zum Glück bin ich kein er. :-P

Als Antwort erhalte ich ein Augenverdreh-Emoji, dicht gefolgt von:

Ich freue mich, dich wiederzusehen, Tara.

Ich genieße das warme Gefühl, das mich sofort befällt. In diesem Moment wird das Geschwisterbild durch eine Großaufnahme von Jonah ersetzt. Dasselbe Bild, das erst vor zwei Wochen in einem Klatschmagazin unter dem Titel »Heiße Männer in Anzügen« zu finden war, was er in unserem Chat mit dem würgenden Emoji kommentiert hat. Es ist dasselbe Emoji, das Lola immer verwendet, wenn ich ihr schreibe, dass ich gerade mit Jonah chatte. »Wenn ich gewusst hätte, dass es so endet und du mit meinem Bruder flirtest, hätte ich euch nie vorgestellt!«, jammert sie immer wieder.

Dass ich irgendwann mehrmals täglich mit Jonah Price Nachrichten austauschen würde, hätte ich auch nie gedacht. Aber seit ich an der University of Miami studiere und eine milliardenschwere Mitbewohnerin habe, hat sich mein Leben mehr verändert, als ursprünglich geplant. Im vergangenen halben Jahr haben Lola und Jonah mir so richtig den Spiegel vorgehalten und mit einigen Vorurteilen aufgeräumt, die ich offenbar gegen »Rich Kids« hatte. Abgesehen von seinem unerschütterlichen Selbstbewusstsein ist auch ein Jonah Price nur ein stinknormaler Sterblicher, der seiner kleinen Schwester die Haare zerzaust, sie ständig ärgert und gern »sein viel zu großes Ego« heraushängen lässt, das laut Lola im männlichen Zweig der Familie liegt. Mir macht es einen Riesenspaß, den beiden zuzusehen. Sie erinnern mich an Violet und mich, wie wir früher waren – vor meiner Studienplatzzusage an der UM.

Jonah tippt noch etwas.

Es geht los. Bis gleich.

Im nächsten Moment jagt jenseits der Zeltwand eine Kaskade Feuerwerkskörper in die Luft. Das Ergebnis wird direkt auf den Bildschirm geworfen. Die typischen begeisterten Jubelrufe erschallen. Ich würde das Feuerwerk gern live sehen, dafür müsste ich nur das schwere Segeltuch vorsichtig zur Seite schieben, damit ich durch einen schmalen Spalt linsen kann. Doch dort draußen lauern unzählige Reporter. Meine Brust schnürt sich zusammen und ich taumele rückwärts, weg von der Zeltwand, bis ich gegen einen der Massagesessel stoße.

»Ich denke, diese Reise könnte dir guttun«, meinte Violet, nachdem ich ihr von Lolas Angebot erzählt hatte, auch wenn die Besorgnis in ihren Augen nicht zu übersehen war. »Sie könnte dir helfen, gegen deine Unsicherheit anzukämpfen. Einen neuen Lebensabschnitt markieren.« Ihre Worte hallen in meinem Kopf nach. Ich hole tief Luft und versuche, mich selbst davon zu überzeugen, dass ich bereit bin – genau wie mich Violet letztendlich überzeugt hat.

Mein Puls wird langsamer und meine Atmung mit jedem Zug ruhiger. Ich habe nichts falsch gemacht. Und trotzdem sehe ich die Fotos praktisch vor mir – Fotos und abfällige Kommentare. Ich schlucke den bitteren Geschmack auf meiner Zunge herunter, verbiete mir jeden weiteren Gedanken an dieses eine Bild, das ich so tief in mir vergraben geglaubt habe. Doch offenbar frisst es sich noch immer wie Gift durch meine Adern.

Zum gefühlt hundertsten Mal wähle ich Violets Nummer und erreiche wieder nur die Mailbox. Verdammt, Vi! Erst fragt sie mich ständig, ob ich wirklich damit klarkommen würde, und dann beschließt sie, Lolas Angebot doch anzunehmen und mit auf die Jungfernfahrt der *Siren* zu gehen. Was ist plötzlich passiert? Und wieso meldet sie sich nicht? Geht es ihr inzwischen noch schlechter? Christian hat mir heute Morgen noch geschrieben, dass ihre Koffer gepackt im Flur stehen.

»Wo zur Hölle bist du, Vi?«, presse ich hervor, nachdem mich die Frauenstimme zum Hinterlassen einer Nachricht aufgefordert hat. »Ich brauche dich.« Meine Stimme zittert ebenso wie meine Beine. Ich lasse mich in den Sessel fallen und atme tief durch. Der Lavendelduft umhüllt mich, und ich will einfach nur daran glauben, dass er seinen Zweck erfüllt und tatsächlich die beruhigende Wirkung hat, die man ihm nachsagt. Ich öffne meinen Instagram-Account, wähle eins der tausend Fotos aus dem Album und tippe in die Caption:

Es ist Zeit, die Vergangenheit loszulassen. Reich ihr nicht länger die Hand und zieh sie mit dir, sondern lass sie hinter dir.

Wie all die Posts der vergangenen anderthalb Jahre speichere ich den Entwurf nur ab. So viele Worte und Gedanken, die ich nicht laut gesagt habe, nicht öffentlich gemacht habe. Nicht seit …

Der Jubel jenseits der weißen Wände wird ohrenbetäubend und ich starre zum Flatscreen hinauf. Der Bildschirm zeigt Jonah, der mit seinem charmanten Lächeln in die Kamera blickt, dann erscheint ein Countdown in weißer Blockschrift auf schwarzem Untergrund. Auftritt in zwei Minuten.

Ich bin wie erstarrt, sehe auf mein Handy, hoffe auf eine Nachricht von Violet – doch natürlich hat sich in den vergangenen Sekunden nichts geändert.

Der Countdown läuft in der unteren Ecke des Bildschirms weiter, während Lola an der Seite ihres Zwillingsbruders in die Kamera lächelt. Lucas ist perfekt gestylt, als wäre er einem der zahlreichen Werbeplakate entsprungen, die überall in Miami verteilt sind. Er trägt sogar die dunkle Sonnenbrille der Gucci-Kampagne, der er sein Gesicht geliehen hat. Zumindest wird er dadurch nicht von den Blitzlichtern geblendet, die Lola etwas angespannt wirken lassen, weil sie gegen den Drang zu blinzeln ankämpfen muss. Aber vermutlich fällt das nur jemandem auf, der sie ohne den ganzen Medienrummel kennt. Nach außen hin wirkt sie so perfekt, so …

Ihre hellbraunen Augen scheinen mich nun direkt anzusehen, ihre Lippen bewegen sich, auch wenn bei all dem Lärm dort draußen niemand hören kann, was sie sagt. »Vielleicht brauche *ich* ja *dich*«, hat sie erst vor ein paar Tagen meine neu aufgekommenen Zweifel im Keim erstickt. Ich stelle mir vor, wie sie die Worte auch jetzt wiederholt, bevor sie sich bei Lucas einhakt und mit ihm der Menge zuwinkt.

Ich stemme mich vom Sessel auf, stecke das Handy in meine kleine Handtasche und hole noch einmal tief Luft. Der Countdown läuft weiter und ich rufe all die Bilder dieses *einmaligen Urlaubs* auf, die Lola mir in den vergangenen Monaten in den Kopf gezeichnet hat. Eine Kreuzfahrt in die Karibik, vorbei an Jamaika, Haiti und den Bahamas, auf dem modernsten und luxuriösesten Kreuzfahrtschiff der Welt, eine entspannte Zeit mit meiner besten Freundin Lola und … Jonah, den ich endlich besser kennenlernen kann. Vielleicht bietet sich sogar eine Gelegenheit, Lolas »schlechtere Hälfte« kennenzulernen, wie sie ihren Zwillingsbruder immer nennt. Denn bis jetzt ist mir Lucas Price nur auf den gigantischen Werbewänden teurer Markenfirmen begegnet, für die er als Model arbeitet.

Der Countdown läuft ab. Es ist Zeit, sich der Meute dort draußen zu stellen. Ich atme noch ein letztes Mal den Lavendelduft ein, zupfe die Ärmel meines Kleids zurecht und will gerade das Zelttuch beiseiteschieben, als es auch schon von außen geöffnet wird. Unzählige Blitzlichter blenden mich, sodass ich Mühe habe, das von Lola eingetrichterte Lächeln aufrechtzuerhalten. Mein Blick wird immer vernebelter, weil ich mich nicht traue, zu blinzeln. Schritt für Schritt gehe ich über den roten Teppich auf meine beste Freundin zu, die mir bereits die Hand entgegenstreckt, einen so sehnsüchtigen Blick in den Augen, als würde *sie* tatsächlich *mich* brauchen und nicht umgekehrt.

In einem wahren Blitzlichtgewitter fällt sie mir in die Arme. Kurz schließe ich die Augen – eine Wohltat –, dann stellen wir uns Hand in Hand den Reportern, Lolas Finger fest mit meinen verschränkt. Mein Herz pocht vor Aufregung, der warme Wind zerrt an den gelösten Haarsträhnen und bringt den Geruch nach Salzwasser, Algen und Motoröl mit sich, während uns gesichtslose Stimmen Fragen zubrüllen. Am häufigsten wird Lola gefragt, wer denn die Person an ihrer Seite sei.

Lola antwortet auf keine der Fragen, sondern lächelt nur angestrengt, bis sich die Reporter endlich auf den nächsten Passagier stürzen und ihn mit Fragen bombardieren. Ich kenne den jungen Mann nicht, aber wie er in seinem weißen Anzug und dem schwarzen Hemd über den roten Teppich flaniert und mit den Kameras flirtet, scheint er den Presserummel gewohnt zu sein.

»War Violet nicht bei dir im Zelt?«, fragt Lola, als wir uns endlich unterhalten können, und sieht sich nach meiner Schwester um.

»Sie hätte dort sein sollen«, erkläre ich schnell. »Aber sie ist bis jetzt nicht aufgetaucht und ich konnte sie auch nicht erreichen.« Ich bemühe mich, mir nicht anmerken zu lassen, wie sehr mich das verunsichert. Hat sie sich lediglich von mir gezwungen gefühlt, an der Fahrt teilzunehmen, und sich nun doch dagegen entschieden? Aber wäre eine Absage dann zu viel verlangt? Oder eine kurze Erklärung, dass sie sich doch noch nicht wohl genug fühlt? Ich schlucke den Frust hinunter und schüttele den Kopf. »Sie wird uns sicher finden, falls sie noch kommt«, grummele ich.

Lola zuckt mit den Schultern, sodass ihr Ausschnitt in dem trägerlosen Kleid gefährlich nach unten rutscht. »Ansonsten müssen wir wohl ohne sie Spaß haben. Lass uns an Bord gehen, solange sich die Reporter mit Scott beschäftigen«, sagt sie und zieht mich bereits mit sich. Als sie noch einmal kurz zu diesem Scott hinübersieht, verdüstert sich ihre Miene für einen Wimpernschlag. Aber vielleicht liegt das auch nur an dem stetigen Spiel zwischen Licht und Schatten und dem bunten Feuerwerk über uns.

Lola hakt sich bei mir unter und wir gehen auf die *Siren* zu, die durch farbige Spots perfekt in Szene gesetzt ist und bestimmt dreimal so hoch über uns aufragt wie unser Studentenwohnheim. Ich muss meinen Kopf in den Nacken legen, um den Lichtern bis ganz nach oben folgen zu können, während wir auf die gläserne Gangway zuhalten. Mit ihren Tausenden kleinen Dioden über der endlosen Dunkelheit des Wassers komme ich mir vor wie in einem Tunnel aus Sternenlicht. Der Anblick lenkt mich von den wie Geier in meinem Kopf kreisenden Gedanken an Violet ab. Ich weiß, dass ich es auch ohne Vi schaffen kann. Schließlich habe ich Lola an meiner Seite.

2

Das Feuerwerk malt den schwarzen Himmel noch immer bunt. Lola und ich treten vom gut beleuchteten Flur des Schiffes wieder ins Freie, und endlich kann ich die Farbexplosionen am Himmel live verfolgen und nicht nur als kleineres Abbild auf einem Bildschirm sehen.

Laut Concierge, der uns am Ende der Gangway in Empfang genommen und bis hierher eskortiert hat, befinden wir uns am Heck der *Siren*, wo sich das gigantische Freilufttheater, das offenbar dem Kolosseum nachempfunden ist, über mehrere Decks erstreckt. In unserem Rücken streben hinter einer Glaswand breite Treppen zwischen etlichen Rängen mit gepolsterten Sesseln einer großen Bühne entgegen. Sofort bietet uns ein Kellner Champagner an, doch Lola und ich lehnen ab.

Hier oben zerrt der Wind stärker an den Haaren und zupft unentwegt an den Flügelärmeln meines Kleids. Ich sehe uns auf den großen Bildschirmen seitlich der Zeltstadt wie in einem überdimensionalen Spiegel. Einige Gesichter, die gerade von der Kamera gestreift werden, kenne ich tatsächlich. Andere hingegen sind mir völlig unbekannt. Unten wird eine Menschenmenge von Securityleuten in Schach gehalten. Nachdem das streng gehütete Geheimnis der Passagierliste endlich gelüftet wurde, scheint es kein Halten mehr zu geben. Nicht einmal Lola hatte mir sagen können, wer dabei sein würde. Abgesehen natürlich von ihren Brüdern und den Gästen, die sie persönlich eingeladen hatte – ihre älteste Freundin Candice, Violet und mich.

Das Kreischen der überwiegend weiblichen Fans schwillt zu einem neuen Höhepunkt an, als jemand etwa zwei Meter entfernt von Lola nach vorn tritt und sich über die von Metall eingefasste gläserne Reling beugt. Lucas Price, Lolas Zwillingsbruder. Er trägt auch jetzt noch die Designersonnenbrille, die vorhin etliche Blitzlichter reflektierte. Das Lächeln auf seinen Lippen sieht aus der Nähe so gezwungen aus, dass ich mich frage, wie es auf den Werbeplakaten so echt wirken kann. Seine Fans flippen aus, als er winkt und sein Handy auf sie richtet. Wahrscheinlich denkt jede einzelne Person dort unten, er sehe nur sie. Lola macht Anstalten, mich ihrem Zwillingsbruder vorzustellen, doch in diesem Moment fordert jemand anderes Lucas' Aufmerksamkeit.

»Ich hoffe für dich und all die Mädels dort unten, dass du immer genug blaue Pillen bei dir hast.«

Sofort wendet sich Lucas zu der etwas kratzigen Stimme um und schlägt in die erhobene Hand ein.

»Hunter«, sagt Lucas mit einem ehrlichen Lachen. »War ja klar, dass hinter so einem Kommentar nur berechtigter Neid stecken kann.«

Die beiden umarmen sich kurz und klopfen sich auf den Rücken, bevor sie aus dem Blickwinkel der Kameras treten, die auf gigantischen Metallgerüsten angebracht sind, an denen News-6-Banner von der Brise hin und her gerissen werden. Die Fans rufen Lucas' Namen, wollen mehr von ihm, als wäre er ein Rockstar und sie hätten ein Recht auf eine Zugabe.

»Wer war das?«, frage ich Lola und sehe rasch zu Lucas und Hunter, die gerade gemeinsam die offene Lounge neben dem Theater betreten. Dieser Hunter könnte sich in seinem Hemd mit den hochgekrempelten Ärmeln, der hellblauen Anzughose, den halblangen schwarzen Haaren und dem Fünftagebart gar nicht stärker von Lucas unterscheiden, der vermutlich selbst morgens nach dem Aufstehen so perfekt aussieht wie auf den zahlreichen Werbeplakaten.

»Hunter Berkley«, erwidert Lola mit einem kurzen Blick in Richtung der Jungs. »Er war mit uns auf der St. Mitchell, zwei Jahrgänge über uns wie Jonah und gehört zu Jonahs besten Freunden. Der muss ihn eingeladen haben.« Sie zuckt mit den Schultern und redet weiter, aber ihre Worte gehen in dem fulminanten Finale des Feuerwerks unter.

Ich sehe auf den Großleinwänden gegenüber, wie die Buchstaben S I R E N über uns am Nachthimmel schweben, bevor sie wie Tausende Sternschnuppen hinter dem Schiff ins schwarze Meer fallen. Drei Herzschläge lang ist es totenstill, dann brandet erneuter Jubel auf. Ich selbst bin so euphorisch, dass ich meine Handtasche zwischen die Füße stelle und einfach mitklatsche.

Bevor der Applaus verebbt, mischen sich sanfte Töne in den Begeisterungssturm. So leise, dass man sie nur erahnen kann. Die Menge verstummt nach und nach, die Melodie schwillt weiter an, neue Instrumente greifen das Thema auf und trotz der noch immer schwülen Luft stellen sich die Härchen auf meinen Armen auf.

»Das ist die Hymne der *Siren*«, raunt mir Lola zu. »Jonah hat mir die ersten Takte schon vorgespielt, ich durfte aber leider nichts verraten. Irgendwann sterbe ich noch wegen all der Geheimniskrämerei in unserer Familie.« Sie schüttelt lachend den Kopf, rückt dann etwas näher zu mir und drückt mich fest an sich. »Ich bin so froh, dass du mitgekommen bist. Es wird die beste Zeit unseres Lebens.«

Ich genieße die Wärme ihrer Umarmung, dennoch versetzt mir ihre Aussage einen Stich. Violet sollte hier neben uns stehen. Wo ist sie?

»Gleich geht's los.« Jonah schiebt sich zwischen uns und strahlt mit seinem Sunnyboy-Lächeln auf die Menge hinab. Natürlich schwenken die Kameras sofort auf ihn, zeigen in Großaufnahme, wie er lässig die Arme auf Lolas und meine Schultern legt.

Als ich meinem eigenen erschrockenen Blick begegne, bin ich für einen Moment vollkommen erstarrt. Ich zwinge mich zu einem Lächeln, das Lola zu spiegeln scheint, obwohl wir uns nur via Kamera ansehen können. Dabei komme ich mir vor wie in einem Film. Das unsichtbare Orchester untermalt die Dramatik des Moments, verstärkt die kribbelnde Aufregung, die mich überkommt, als die Kameras Männer in Anzügen einfangen, die in diesem Augenblick die armdicken Seile von den Pollern am Kai lösen. Paukenschläge klingen wie ein Echo meines donnernden Herzschlags, eine einsame Violine kitzelt die Gänsehaut aus mir heraus. Ich spüre ein sanftes Vibrieren an meinen Füßen und will mich nach meinem Handy in meiner Tasche bücken. Da arbeitet sich die Vibration von meinen Beinen aus durch meinen Körper, bis ich das Erwachen der *Siren* auch unter den Handflächen spüre, die noch immer um das Geländer der Reling geschlungen sind. Es geht los. Die *Siren* sticht in See.

»Das ist übrigens alles nur Show«, ruft Jonah über die Musik hinweg und deutet mit dem Kinn auf die Bildschirme, auf denen zu sehen ist, wie die letzten Taue gelöst werden. Seine Arme liegen noch immer um unsere Schultern und schirmen den nun stärker werdenden Wind ab. »Die *Siren* hat etliche Lenk- und Stabilisierungsmotoren, die sie über GPS an Ort und Stelle halten. Sie können Wellen und selbst starke Strömungen ausgleichen.« Er klingt, als würde er den

Text aus einem Werbeprospekt vorlesen. »Sollte es während der Fahrt unter deinen Füßen also irgendwann vibrieren, arbeiten die Stabilisatoren. Die *Siren* lässt sich damit zentimetergenau navigieren und manövrieren. Einmal programmiert, kann sie theoretisch von nur einer Person gesteuert werden, die lediglich die Systeme überwachen muss.«

Vom Start der Motoren angelockt, füllen sich die Plätze an der Reling wieder. Violet ist offensichtlich nicht unter den Gästen. Aber vielleicht sind ein paar Tage ohne meine überbesorgte Schwester gar nicht mal so schlecht. Instinktiv schmiege ich mich etwas mehr an Jonah, und als er seinen Arm fester um mich legt, durchströmt mich ein Gefühl von Geborgenheit. Das Lächeln, das wenig später auf der Leinwand gespiegelt wird, ist echt.

Ja, wahrscheinlich ist es ganz gut, wenn meine große Schwester nicht ständig an mir klebt, während ich Lolas großen Bruder näher kennenlerne, um herauszufinden, ob da vielleicht mehr ist. Die Augen der übergroßen Tara auf der Leinwand funkeln, als hätte sie einen Plan.

Die Jubelrufe werden immer stärker vom Wind verzerrt, und als irgendjemand brüllt, dass dort unten mehr los sei als beim Auslaufen der Titanic, hoffe ich ganz fest, dass das kein schlechtes Omen ist.

Die Musik bleibt konstant laut, selbst als die großen Leinwände am Kai immer kleiner werden. Ich bin eigentlich davon ausgegangen, dass wir von den großen Boxen am News-6-Turm vom Hafen aus beschallt wurden. Unwillkürlich suche ich nach den versteckten Lautsprechern. Sie sind wirklich gut getarnt, verschmelzen praktisch mit den metallenen Haltestreben zwischen den Glaselementen der Reling. Meine Finger gleiten fasziniert über das mit winzigen Löchern versehene Metall. Jonahs Blick folgt meinem und er nimmt seine Arme von unseren Schultern. Der nun plötzlich spürbare Wind lässt mich erschauern.

»Das Soundsystem auf der *Siren* ist das mit Abstand beste der Welt«, sagt er mit einem stolzen Lächeln auf den Lippen, das eine Horde Endorphine durch meine Adern jagt. Auch wenn es nicht mir gilt, ist es schön zu sehen, wie sehr sich sein bis eben noch aufgesetzter Ausdruck verändert, wie die Anspannung von ihm weicht und er wieder zu dem Jungen wird, den ich zu Hause in unserem Wohnheim zum ersten Mal begegnet bin.

»Musst du immer wie ein Werbesprecher klingen?« Lola schüttelt den Kopf und verdreht dabei die Augen.

Ich schmunzele, während sich die Geschwister ein Blickduell liefern. Hinter Lola werden die Lichter von Port Miami und der Stadt immer kleiner. Wir gleiten voran, ohne dass ich noch etwas davon spüre. Als würde dieses gigantische Schiff gar nicht mehr von Motoren angetrieben, sondern widerstandslos über die Wellen fliegen.

»Warum vibriert es nicht mehr?«, frage ich.

Lola und Jonah sehen mich an. Offenbar habe ich etwas Dummes gesagt. Instinktiv ziehe ich die Schultern nach oben und schaue angestrengt zurück zu den Lichtern. Das nur allzu bekannte Unwohlsein legt sich auf meine Haut.

Jonah mustert mich noch immer, während sich Lolas Augen kurz weiten. »Du brauchst dir gar keine Sorgen zu machen«, beruhigt sie mich. »Die Vibration stammt von den Steuerungsmotoren, die uns aus dem Hafen manövriert haben und vom Starten der Generatoren des Bubble-Systems. Es produziert unter uns einen Teppich aus Mikrobläschen, was unseren Kraftstoffverbrauch reduziert.« Lola ist ganz in ihrem Element. Begleitet von ausladenden Gesten, referiert sie über die umweltfreundlichen Zukunftstechnologien von Price

Corp., die vor allem ihrer Hartnäckigkeit zu verdanken sind. Sie hat sich komplett dem Schutz der Meere verschrieben und sich gegen den Wunsch ihrer Familie an der University of Miami in der Rosenstiel School of Marine eingeschrieben, um für die lange vernachlässigte Nachhaltigkeit im Familienbetrieb zu sorgen. Ich erfahre, dass selbst die Abgase der *Siren* mit eingesprühtem Meerwasser gefiltert werden, das anschließend gereinigt und für die Bewässerung der Pflanzen an Bord genutzt wird. Was oben aus den Schiffsschornsteinen kommt, ist absolut saubere Luft. Vermutlich sauberer als das, was wir in Großstädten so einatmen.

Jonah wurde inzwischen von Hunter in Beschlag genommen, der sich zu uns gesellt hat und Jonah von der Lounge vorschwärmt, auf die sie nun lachend zustreben. Vielleicht wartet dort Lolas Zwillingsbruder auf die beiden, denn er ist noch nicht wieder aufgetaucht. Als Lola endlich mit ihrem Vortrag fertig ist, sind die Lichter von Miami nur noch ein funkelndes Glitzerband im Samtschwarz der Nacht.

Ein schrilles Kreischen zerstört den Moment, während ein kupferroter Wirbelwind an mir vorbeirauscht und sich um Lola schlingt, die dem Ansturm nicht standhalten kann und alles andere als sanft auf dem Deck landet – mit einem Wasserfall langer roter Haare über ihr.

»Candice!«, stöhnt Lola und versucht zu atmen, ohne an den Haaren zu ersticken. Nun weiß ich auch, wen ich vor mir beziehungsweise vor meinen Füßen habe. Candice Vale, Lolas älteste Freundin aus New York, die sich gerade aufrappelt, Lola aber keinesfalls freigibt.

Die Begrüßung entspricht ziemlich genau meinem Bild von Candice, das Lola mir durch ihre Geschichten aus ihrer gemeinsamen Kindheit und Jugend in den Kopf gemalt hat. Endlich schafft es Lola, sich aus der unbequemen Umarmung zu schälen, und setzt sich auf. Ihre Augen spiegeln das Lachen und die wahre Freude über das Wiedersehen mit ihrer ältesten Freundin. Sie drückt Candice ebenfalls fest an sich, bevor sie ein Stück abrückt und in ihren High Heels etwas umständlich aufsteht. Dann reicht sie Candice die Hand und das zierliche Mädchen lässt sich vom Boden hochziehen.

»Es ist so toll, dass du es geschafft hast«, sagt Lola.

»Jetzt hör mal«, antwortet Candice empört. »Für wen außer dir sollte ich sonst all die langweiligen Partys sausen lassen, die in dieser Woche anstehen?« Sie hebt ihre linke Braue, ihr herausfordernder Blick sorgt für ein Kopfschütteln bei Lola.

»Candice, das ist die allerbeste Mitbewohnerin, die man sich vorstellen kann.« Sie deutet auf mich und Hitze steigt in meine Wangen. »Tara, das ist Candice, die wohl durchgeknallteste Person auf dem Planeten.«

Candice' Lachen ist so offen und ehrlich, dass ich gar nicht anders kann, als es zu erwidern. Ich glaube, mir ist noch nie ein Mensch begegnet, der seine Gefühle als Leuchtschrift auf der Stirn trägt wie Candice. Schon nach wenigen Herzschlägen weiß ich, dass wir uns wahnsinnig gut verstehen werden und sämtliche Befürchtungen, mit einer Fremden die Kabine teilen zu müssen, zerplatzen wie Seifenblasen.

Sonderlich lange hält Candice es nicht aus, nur zu lächeln und meine Hand zur Begrüßung zu drücken, daher zieht sie mich einfach spontan zu sich heran. Ich stolpere gegen ihre Brust, werde aber von ihrer warmen Umarmung aufgefangen. Beim Einatmen streift mich ein intensiver Geruch nach … Popcorn und Zuckerwatte? Weil ich glaube, es mir nur einzubilden, schnuppere ich offenbar zu offensichtlich an ihr und sie rückt von mir ab.

O nein, was habe ich getan? Meine Schultern verkrampfen sich. Ich bohre die Fingernägel fest in die Handflächen, doch Candice schnappt sich nur eine dicke Strähne ihrer Haare und schnuppert selbst daran.

»Ah! Mein neues Lieblingsshampoo von einem Kooperationspartner. Es heißt Zirkus oder so.« Sie atmet noch einmal den Duft ein, schließt genießerisch die Augen und seufzt. »Du kannst es gern ausprobieren, in unserer Suite müssten mehrere Flaschen stehen. Erinnere mich nachher daran, dann kannst du eine haben.«

Meine Anspannung wird von Candice wie von einem Schwall Wasser weggespült. Nichts außer völlige Verblüffung über ihre Offenheit und Freundlichkeit bleibt übrig.

»Darf ich auch an dir schnuppern, Candice?«

Wir drehen uns sofort der rauchigen Stimme zu. Hunter zuckt übertrieben mit den Augenbrauen, während Jonah neben ihm nur die Augen verdreht.

»Hi, Candice«, begrüßt er sie schon fast förmlich. Etwas, das Candice offenbar gar nicht leiden kann. Sie reißt auch Jonah in eine stürmische Umarmung, drückt anschließend sogar Hunter an sich, der übertrieben auffällig an ihr riecht und die Nase rümpft, sobald sie ihm wieder ins Gesicht sehen kann. Sie pikt ihm in die Brust und er stöhnt theatralisch auf. Lola übernimmt spontan Hunters Vorstellung und ich reiche ihm vorsichtig die Hand. Mir entgeht jedoch nicht, dass er mich von oben bis unten mustert, genau wie Candice und Lola zuvor.

Jonah kommt zu mir und streift flüchtig meine Hand, was jedoch einen Moment zu lange dauert, um eine beiläufige Berührung zu sein. Mein Puls beschleunigt sich und meine Mundwinkel heben sich wie von selbst. »Wir sollten uns einen Platz im Amphitheater suchen, die Einführung geht gleich los«, sagt er dann, sieht dabei aber nur mich an, bevor er den Blick auf sein Handydisplay senkt.

»Ich dachte, wir sind hier vom Empfang abgeschnitten?«, spreche ich den Gedanken laut aus, während ich mich kurz nach meiner Handtasche bücke. Schließlich hat man mir das erzählt.

»Alles, wofür du kein Netz brauchst, funktioniert nach wie vor.« Er scrollt durch seine Apps, öffnet mit schnellen Daumenbewegungen eine davon und tippt auf dem Display herum. Die Sinfonie um uns wird leiser. »Wie zum Beispiel die App für die Musik und das Licht an Bord.« Er grinst dabei wie ein kleines Kind an Weihnachten, was Hunter veranlasst, stöhnend den Kopf in den Nacken zu legen und irgendetwas von »Spielzeug« zu murmeln, während Lola ein demonstrativ lautes »Angeber« als falsches Husten tarnt und damit Candice und mich zum Lachen bringt.

Kurz darauf begleitet uns Hunter zu der runden Glaswand, die das Amphitheater von der Außenpromenade trennt.

3

Ich verfolge unsere immer größer werdenden Spiegelbilder in der glänzenden, kratzer- und fingerabdrucklosen Glasfläche. Hätte uns nicht ein Concierge mit einem Fingertippen die Tür geöffnet, hätte ich sie vermutlich nicht einmal gefunden. Nahezu lautlos gleitet die Glasscheibe einfach zur Seite und verschwindet in der mit Naturstein verkleideten Wand, die das Theater von der offenen Lounge auf diesem Deck trennt, die Jonah und Hunter zuletzt aufgesucht haben.

Jenseits der Glaswand ist es windstill und ich versuche, meine vermutlich total zerstörte Frisur wieder einigermaßen zurechtzuzupfen. Candice hilft mir ohne Aufforderung dabei und signalisiert mir mit einem Daumen hoch, dass jetzt alles perfekt ist. Diese Frau ist wie ein Tornado.

Wir folgen den indirekt beleuchteten Stufen zwischen den Sitzen nach unten. Das Licht ist gedimmt, daher achte ich sorgsam darauf, wo ich hintrete. Jonah spürt offenbar meine Unsicherheit und bietet mir seinen Arm an. Dankbar nehme ich an und er begleitet mich ganz gentlemanlike zu den unteren Rängen.

»Wir sehen uns später, oder?«, raunt er mir zu, was ich mit einem hoffentlich nicht zu enthusiastischen Nicken erwidere, ohne auf die Idee zu kommen, ihn zu fragen, warum er sich nicht zu uns setzt.

Lola nimmt zwischen Candice und mir in der ersten Reihe Platz. Ich sehe, dass sich bereits etliche Grüppchen gebildet und auf den Sitzen verteilt haben. Ich blicke mich um und versuche, den Anwesenden Namen zuzuordnen, was mir nicht bei vielen gelingt. Einige Gäste sitzen mit dem Rücken zu mir auf den gepolsterten Sesseln, was es mir unmöglich macht, sie zu identifizieren. Die in die Decke eingelassenen Lampen über den Rängen gehen aus und das Gemurmel, das bis eben noch über den Reihen geschwebt ist, verstummt. Mit einem Rascheln wenden sich alle der Bühne zu, auf der ein einzelner Spot angeht und Jonah anstrahlt, der sein professionell charmantes Lächeln aufgesetzt hat. Zahlreiche Lichter im Publikum gehen an. Alle halten ihre Handys hoch und filmen Jonahs Auftritt.

»Ich freue mich, euch alle an Bord der *Siren* willkommen zu heißen«, spricht er das Publikum an, sieht dabei aber nur mir in die Augen, bis ich unter dem Gewicht seiner Aufmerksamkeit tiefer in den Sitz rutsche. Über den spärlichen Applaus mangels freier Hände geht er lässig hinweg. »Ihr alle habt einiges dafür getan, heute hier sitzen zu können«, widmet er sich nun auch den anderen. »Ich spreche nicht nur für mich, sondern für meine Familie und das gesamte Marketingteam von Price Corp., wenn ich euch sage, dass wir von euren kreativen Bewerbungen mehr als begeistert waren.«

Ich kann sehen, wie sich die verschwommenen Schemen um uns herum aufrichten, an dem schmeichelnden Lob wachsen. Fast hätte ich aufgestöhnt. Das wäre etwas für Christian gewesen. Ich lache in mich hinein. Nur zu gern hätte ich seinen Kommentar zu dem Verhalten der »oberflächlichsten Fake-Menschen auf dem Planeten« gehört, wie er Influencer immer nennt.

Nachdem sich die Zuschauer genug in ihrem Erfolg gesonnt haben, fährt Jonah fort. »Um den Aufenthalt für euch alle noch spannender zu gestalten, haben wir uns etwas ganz Besonderes überlegt. Hierfür möchte ich euch Terrence Green vorstellen. Den *Showrunner* der *Siren.*«

Aus den unsichtbaren Lautsprechern dröhnt tosender Applaus. Ein Mann in einem glitzernden silbernen Anzug, mit grauen Schläfen, länglicher Nase und einem Schnurrbart über den schmalen Lippen springt wie ein Flummi auf die Bühne und versetzt damit nicht nur mich in Schockstarre. Leise Fragen schweben über die Sitze, denn offenbar bin nicht nur ich mir unsicher, was ich von Terrence Green halten soll.

»Ein Zirkusdirektor?«

»Ist das sein Ernst?«

»Wo zur Hölle kauft man so ein Outfit?«

»Extrovertiert im Quadrat?«

Zahlreiche vorschnelle Urteile irren durch die Loge, während sich Jonah aus dem Lichtkegel zurückzieht und mit der Dunkelheit verschmilzt.

»Habe ich Sie etwa überrascht?« Terrence' Stimme gleicht einem Schnurren. »Dann wäre das wohl mein Moment gewesen!«, ruft er und holt zu einer weitläufigen Armbewegung aus. Hunderte Pailletten an seinem Jackett blitzen auf und ich fürchte fast, sein Tablet könnte mir jeden Moment an den Kopf fliegen, weil er es nicht ausreichend festhält. Ich drücke mich noch tiefer in das weiche Polster. »Denn, mein verehrtes Publikum, Aufmerksamkeit ist in den folgenden Tagen das Einzige, was für alle Anwesenden zählt.« Den Spot auf sich gerichtet, tigert er über die Bühne, während sich hinter ihm eine Leinwand vor den wunderschönen Nachthimmel und die Millionen glitzernden Sterne schiebt. Mit einem Tippen auf sein Tablet wird die Außenansicht der *Siren* darauf projiziert.

»Sie alle sind Influencer. Und das ist Ihr neuestes Produkt, das Sie auf Ihren Social-Media-Kanälen präsentieren sollen.« Verschiedene Animationen der *Siren*, begleitet von jeder Menge vorbeischwirrender Daten, wechseln sich ab. »Anders als sonst können Sie jedoch keine kurze Story hochladen oder Ihr Produkt mit einem hübschen Lächeln in die Kamera halten«, fährt Terrence fort. »Sie dürfen aber ganz viele Videos drehen, Fotos knipsen und an unseren Partner News 6 übermitteln. Weil Sie bekanntlich vorübergehend vom Netz abgeschnitten sind, gibt es auf jedem Deck extra dafür eingerichtete Terminals.« Der Grundriss der *Siren* ist auf mehreren Bildern zu sehen, rote Punkte kennzeichnen blinkend die entsprechenden Standorte dieser Terminals. »Die Redaktion von News 6 sucht täglich die für sie relevantesten, interessantesten und überraschendsten Videos und Fotos aus, um sie in den Liveshows zu zeigen, die übrigens auch hier an Bord übertragen werden.« Er deutet hinter sich auf die Leinwand, die wie von Geisterhand wieder verschwindet und das Sternenmeer jenseits der Glaswand freigibt.

»Soweit kannten Sie den Deal bereits.« Terrence schnippt mit dem Finger. »Was Sie jedoch nicht wussten«, fährt er in verschwörerischem Ton fort, »ist die Tatsache, dass die- oder derjenige mit der meisten Screentime auf News 6 – also die Person, der bei den Liveshows die meiste Sendezeit geschenkt wird – neben Publicity auch etwas wahrhaft *Unbezahlbares* bekommt.«

Er macht eine dramatische Pause und ich hätte schwören können, dass alle im Theater den Atem anhalten. Sogar ich, obwohl ich als Lolas Gast von dem ganzen Rummel ausgenommen bin. Unabhängig davon würde ich mich dieser Aufgabe sowieso nicht stellen, weil meine Erfahrungen mit medialer Aufmerksamkeit nicht gerade die besten sind. Lola errät meine Gedanken und ich spüre ihre warme Hand sanft auf meinen Fingern, die sich auf dem Oberschenkel um den Saum meines Kleids zusammengekrallt haben. Sie streicht leicht darüber, mein immer schnellerer Puls beruhigt sich. Ich quäle nicht länger den Stoff meines Kleides und wende mich wieder der Bühne zu.

»Wer am kommenden Samstag die meiste Screentime während der Liveshows hatte, dessen Name wird das Schwesternschiff der *Siren* zieren, das sich derzeit noch in der Werft befindet.«

Ein Aufkeuchen und Raunen geht durch die Zuschauerränge, die Handydisplays zittern vor Aufregung und Candice beugt sich mit einem leise quiekenden Geräusch zu Lola. »Also ich finde ja, dass ›Candice‹ der optimale Name für so einen Luxusliner wäre.«

Lola schüttelt nur lachend den Kopf.

Terrence hebt theatralisch die Augenbrauen. »Doch das ist noch nicht alles«, sagt er beinahe im Flüsterton. Angesichts der Stille, die nun herrscht, hätte er das Mikrofon an seinem Revers gar nicht gebraucht. »Zur Namenspatenschaft gehört auch eine eigene Royal-Suite, die exklusiv zur Verfügung steht, wann immer das Schiff ablegt.«

Die Überraschung ist so groß, dass die meisten Handys verschwinden und ein echter Applaus durch das Amphitheater schallt. Der Beifall entlockt Terrence ein verschlagenes Grinsen und ein Zucken seines Schnurrbarts, bevor er uns mitteilt, dass am Empfang auf Deck 5 unsere persönlichen Butler auf uns warten. Kurz darauf gehen die Lichter wieder an, die ersten Gäste erheben sich und streben dem Ausgang zu. Die meisten Grüppchen sind offenbar schon mit dem Planen ihrer Beiträge beschäftigt – wie auch Candice, die Lola mit ihren Ideen zutextet, obwohl sie genau wie ich nicht zur Influencerauswahl gehört.

Plötzlich höre ich ein lautes Lachen, das mein Blut in den Adern zu Eis erstarren lässt. Meine Beine hören nicht mehr auf meine Befehle. Ich stehe da wie festgefroren. Mein Verdacht bestätigt sich und mit einem Rauschen in den Ohren sehe ich der jungen Frau hinterher, die auffallend ihre bis zum Po reichende blonde Mähne über die Schulter wirft. Sie unterhält sich so angeregt, dass sie mich nicht bemerkt hat. Rasch wende ich mich ab und starre auf die unebenen Natursteine neben einem Durchgang. Die indirekte Beleuchtung sorgt für ein Lichtspiel, das mir das Zählen der Steine beinahe unmöglich macht. Trotzdem konzentriere ich mich voll und ganz darauf, nutze sämtliche Gehirnkapazitäten dafür, nur um mich nicht der Realität stellen zu müssen. Amber West, die ich sie so tief in meiner Erinnerungskiste vergraben habe, dass sie nie wieder ans Licht hätte kommen sollen, ist auf der *Siren*. Meine Lunge schreit nach Sauerstoff, mein Herz nach Violet. Ich versuche zu atmen, doch meine Brust lässt sich nicht weiten, meine Bauchmuskulatur kontrahiert in immer kürzeren Abständen.

Lola dreht sich zu mir um. »Tara, wo bleibst –« Sie bricht mitten im Satz ab und ist mit zwei großen Schritten bei mir. Ein paar Passagiere umrunden uns, nicht ohne ihren Unmut kundzutun, doch das ist jetzt nebensächlich. Meine Beine zittern, meine Knie drohen, unter mir nachzugeben. Ich atme gepresst, die Enge in meiner Brust lässt nicht genug Sauerstoff in meine Lunge.

Lola legt ihren Arm um mich und stützt mich, als ich taumele. Ich hätte schwören können, dass ich zum ersten Mal die Wellenbewegung tief unter uns spüre. Lolas Gesicht verschwimmt vor meinen Augen. Sie reibt mir über den Rücken.

»Was ist los, Tara?« Ihre Stimme klingt sehr besorgt. Auch Candice kommt langsam zu uns zurück und fragt, was passiert ist. Lola sieht zu ihr.

»O nein!«, höre ich Lola dann sagen. Sie reißt mich zu sich herum, hebt mein Kinn an und sieht mir tief in die Augen, als würde sie die nächsten Worte direkt in meinen Kopf pressen wollen. »Ich wusste nicht, dass sie hier sein wird. Das musst du mir glauben.« Dann drückt sie mich an sich.

»Ich …« Soll ich behaupten, dass ich alles verarbeitet habe? Dass es mir egal ist, was damals passiert ist? Ich kann es nicht aussprechen. All die gespeicherten und nicht veröffentlichten Entwürfe auf meinem Instagram-Account beweisen das Gegenteil. Es wäre eine glatte Lüge, die Lola sofort durchschauen würde. Ich hole tief Luft und versuche es erneut. »Ich habe gehofft, dass sie mir inzwischen egal wäre.«

Lola drückt mich noch einmal fest an sich. Umhüllt von ihrem vertrauten Duft, der mich immer an Vanilleeiscreme denken lässt, beruhigt sich mein Herzschlag etwas. Ich kann wieder freier atmen, die Panik in mir ebbt ab.

»Was soll der Auflauf hier?« Erschrocken weiche ich von Lola zurück. »Ihr werdet am Empfang erwartet.«

Keine Ahnung, wo er so plötzlich herkommt, aber hinter Lola steht Lucas, der es sogar geschafft hat, seine Sonnenbrille abzusetzen. Seine Augen sind von dunklen Schatten untermalt. Er sieht mich an wie ein widerliches Insekt. Als wäre *ich* das Monster und nicht die junge Frau, die eben durch die Tür verschwunden ist. Schnell sehe ich wieder zu meiner Freundin. Lola denkt offenbar darüber nach, was sie sagen könnte, ohne mich oder meine Vergangenheit in ein schlechtes Licht zu rücken, da kommt Jonah von einem Durchgang neben der Bühne auf uns zu. Lucas ist binnen eines Schlages meines rasenden Herzens verschwunden.

Luft. Ich brauche dringend frische Luft! Ich beuge mich vor und stütze mich auf meinen noch immer zitternden Oberschenkeln ab. Lola streicht meine Haare nach hinten und fährt dabei immer wieder in sanften Bewegungen über meinen Rücken, bis ich es tatsächlich schaffe, wieder durchzuatmen.

Candice' Zuckerwattegeruch dringt in meine Nase und ich schaue zu ihr auf. Besorgt sieht sie mich aus ihren großen, mit künstlichen Wimpern umrahmten blassblauen Augen an. Sie macht sich ehrlich Sorgen um mich, ein Mädchen, das sie kaum kennt. Die Enge in meiner Brust lässt noch weiter nach.

»Kannst du schon vorgehen?«, bittet Lola ihre Freundin.

Candice nickt verständnisvoll. Sie hakt sich ungefragt bei Jonah ein und zieht ihn mit sich, bevor er etwas sagen kann, was alles nur noch schlimmer machen würden. Sein mitleidiger Blick ist mir schon zu viel.

»Wenn ihr noch etwas braucht, meldet euch«, ruft Candice uns über die Schulter hinweg zu, bleibt dann aber so abrupt stehen, dass sie Jonah beinahe den Arm ausreißt. »Verdammt. Wir können uns ja gar nicht anrufen. Schickt mir einfach eine Brieftaube oder so.«

Ich kann nicht anders und muss lächeln. »Ist sie immer so?«, frage ich, froh über jede Ablenkung, während ich mich wieder aufrichte.

Auch Lola lächelt ihrer Freundin hinterher. »O ja, das ist sie.« Sie mustert mich kurz. »Geht es wieder?«

Ich nicke, lasse den Blick durch das Amphitheater gleiten und schäme mich für den dummen Zusammenbruch. »Ich war einfach … völlig überrumpelt. Als hätte ich einen Geist aus meiner Vergangenheit gesehen.« Und Violet war dieses Mal nicht hier, um ihn zu vertreiben.

»Einen sehr bösen Geist«, bekräftigt Lola. Dann hebt sie mahnend den Zeigefinger und wedelt damit vor meiner Nase herum. »Und ich weiß, was in dir vorgeht. Ich kenne dich. Wenn du auch nur einmal zu denken wagst, dass das eben peinlich war, kriegst du es mit meiner bösen Seite zu tun.« Sie zwingt sich ein kurzes Lächeln auf die Lippen, dann senkt sie bekümmert den Blick. »Ich bin die mieseste Freundin der Welt. Nicht eine Sekunde habe ich daran gedacht …« Sie sieht so aufrichtig zerknirscht aus, dass ich nun sie in den Arm nehme.

»Du bist die allerbeste Freundin, die ich mir wünschen kann«, sage ich ehrlich. »Wer etwas anderes behauptet, lügt. Und auch eine Lola Price kann nicht an alles denken«, packe ich sie bei ihrer Ehre und zwinge sie zum Kontern.

»Eine Price schafft alles«, flüstert sie und wiederholt damit, was man ihr von klein auf mitgegeben hat. Ihr Blick gleitet in die Ferne, ehe sie wieder zu mir zurückkehrt. »Vor allem kann sie ihrer besten Freundin den Urlaub ihres Lebens verschaffen!«, sagt sie und richtet sich dabei immer weiter auf. »Weshalb wir beide jetzt keinen Gedanken mehr an Amber West vergeuden, sondern die düsteren Schatten der Vergangenheit ruhen lassen.«

Ich lache über die pathetische Ansprache. Lola geht vor mir in die Hocke, sammelt mein Handy und einen Lipgloss vom Boden auf und steckt beides in meine Handtasche, die ich während der Erstarrung offenbar fallen gelassen habe. Mit endlich wieder festen Schritten verlassen wir das Amphitheater und treten, vom Concierge angewiesen, in einen gläsernen Lift, der sich ohne unser Zutun in Bewegung setzt, nachdem der junge Mann auf das transparente Display gedrückt hat. Während wir die Etage verlassen, öffnet sich in unserem Rücken die Dunkelheit des Schachts, und angelockt von einem strahlenden Leuchten drehen wir uns um. Ich kann nicht glauben, was ich dort sehe. Mitten auf diesem gigantischen Schiff blicke ich auf unzählige Baumwipfel in einer Art Lichthof. Hunderte Lichterketten schmücken die Baumkronen wie Feen mit glitzernden Flügeln, die über uns am Nachthimmel schweben. Auch die Balkone, die von den Seiten aus auf die grüne Ader der *Siren* blicken, sind stimmungsvoll beleuchtet. Wir gleiten weiter nach unten. Ich habe keine Ahnung von Botanik, bin mir aber sicher, dass diese Pflanzen aus verschiedenen Regionen der Welt stammen.

»Ich habe dir doch vorhin erzählt, dass das gereinigte Wasser der Abgasfilteranlage für die Bewässerung der Pflanzen genutzt wird.« Lola sagt das, als hätte ich davon ausgehen müssen, hier auf einen ganzen botanischen Garten zu stoßen.

»Ich dachte, du sprichst von Pflanzkübeln oder kleinen Gestecken in den Kabinen«, bringe ich hervor, während wir durch die Baumkronen nach unten gleiten und sich kleine Pfade inmitten der Blütenpracht darunter zeigen. Der Anblick ist … so atemberaubend, dass ich nicht die richtigen Worte dafür finde. Wie gern würde ich durch diese Oase spazieren, durch all die Gewächse in schillernden Farben, zwischen denen es wundervoll duften muss – aber wir fahren noch eine Etage tiefer.

Nach einem melodischen Bing öffnen sich die Fahrstuhltüren vor und hinter uns. Eine Stimme verkündet, dass wir uns nun auf Deck 5 befinden, dass Ausgang A zum Empfang führt und Ausgang B zum Fitnessbereich. Auf der Glasfläche über dem Touchdisplay für die Wahl der Etage erscheint eine Übersichtskarte des Decks und rote Punkte leuchten auf. Lola hat sich bereits Ausgang A zugewandt, während ich den Blick kaum von dem schlichtweg dekadent wirkenden Flur aus weißem Marmor mit Goldintarsien losreißen kann. Bei jeder Bewegung bringen die in der Decke eingelassenen Spots sämtliche Oberflächen zum Funkeln und Glänzen. Weitere Pflanzen in gigantischen Bottichen flankieren den Lift auf dieser Seite. Bevor ich Lola folge, kann ich nicht widerstehen und drücke auf einen der roten Punkte auf der Übersicht bei Ausgang B. Das Bild eines Hightech-Fitnessstudios ploppt auf. Kleine Animationen zeigen die unzähligen Trainingsmöglichkeiten hier an Bord. Es gibt einfach alles: von normalen Laufbändern bis zu Cardiorädern mit VR-Brillen, die eine realistische Radtour vortäuschen, klassische Hantelbänke, aber auch ultramoderne Zirkelgeräte sowie Personal Trainer, die den Passagieren jederzeit zur Verfügung stehen, bei Bedarf auch auf der Laufstrecke rund um das gesamte Deck. Ich spüre die Vorfreude in meinen Fingerspitzen kribbeln und kann es kaum erwarten, mir die modernen Geräte anzuschauen, die ich nur aus meinen Theoriekursen kenne … am liebsten jetzt gleich. Doch Lola durchschaut mich sofort. Sie hakt sich bei mir unter und zieht mich vom Display weg.

»Wir wollen Spaß haben, Tara«, sagt sie mit mahnendem Tonfall.

Ich will einwenden, dass regelmäßiger Sport für mich Spaß und vor allem Gesundheit bedeutet, sonst würde ich nicht meinen Master in *Exercise Physiology* anstreben, aber sie lässt keine Widerrede gelten.

»Wir können irgendwann noch dort vorbeischauen«, sagt sie, aber ihr *irgendwann* klingt nach *nie.* »Jetzt sehen wir uns erst mal unsere Suite an.«

Wir verlassen den Fahrstuhl und unsere Schritte hallen auf dem polierten weißen Marmor mit den Goldadern wider, die das Deckenlicht spiegeln. Ich lege den Kopf in den Nacken. Weit oben, bestimmt drei oder vier normale Raumhöhen über uns, sind etliche Kronleuchter angebracht, die auch in einen königlichen Ballsaal gepasst hätten. Ich nehme die Umgebung in mich auf. Hinter dekorativen Säulen und beleuchteten Pflanztöpfen befinden sich kleine Cafés und Bars neben

Luxusboutiquen, deren Namen ich nur aus Serien kenne. Armani, Prada, Gucci, Victoria's Secret, Bulgari, Tiffany … Der Eindruck, auf einem Schiff zu sein, verblasst immer mehr. Diese Seite des Decks könnte das Ergebnis einer Paarung der 5th Avenue in New York und einem europäischen Königspalast sein.

Wir folgen den dezenten gläsernen Hinweisschildern zum funkelnden Empfangstresen, der sich mit seinen Goldornamenten perfekt in das Ambiente einfügt. Niemand wartet davor oder unterhält sich mit der jungen Frau dahinter. Die anderen Passagiere wurden offenbar schon zu ihren Kabinen gebracht.

Ein Mann, vielleicht Mitte vierzig, tritt auf uns zu und begrüßt uns mit einem Lächeln. »Miss Price, Miss Dawson.« Er deutet mit einem Kopfnicken eine kleine Verbeugung an.

Ich weiß nicht, ob ich überrascht sein soll, weil er meinen Namen kennt, oder ob ich der fiesen Stimme in meinem Kopf Glauben schenken soll, die mir zuraunt, dass wir die Letzten sind. Ich bringe die Stimme zum Schweigen und erwidere das Lächeln des Mannes.

»Mein Name ist Ethan, ich bin Ihr persönlicher Butler. Egal, was Sie benötigen, ich besorge es Ihnen. Von einem exklusiven Einkaufserlebnis zu Ihrer bevorzugten Tageszeit bis hin zu speziellen Speisen und Getränken. Zögern Sie nicht, sich an mich zu wenden. Dazu müssen Sie nur den Kontaktknopf an Ihrem Personal Guide drücken.« Er zaubert mehrere hübsche Armbänder aus seinem Jackett und erst jetzt fällt mir auf, dass er weiße Handschuhe trägt. »Welches Design bevorzugen Sie?« Er präsentiert uns Reifen und Bänder in Gold und Silber, aus braunem, schwarzem und hellem Leder und eine transparente Version, die auf seiner weißen Handfläche beinahe unsichtbar wirkt. Völlig überfordert wähle ich das Lederband in hellem Beige, Lola entscheidet sich für die silberne Variante.

»Darf ich Ihnen die Bänder anlegen?«, fragt Ethan, während er die übrigen wieder einsteckt.

Lola nickt und streckt Ethan ihr Handgelenk entgegen. Er schließt das Armband und sieht mich zögernd an. Ich bin noch immer total überfordert und fühle mich absolut fehl am Platz, weil ich es nicht gewohnt bin, bedient zu werden wie Lola. Ethan hakt erneut nach, ob er mir behilflich sein darf, was mich endlich zurück in die Realität reißt. Auch ich halte ihm die Hand hin, er nimmt das Lederband aus meiner Handfläche und legt es mir an. Anschließend zieht er aus seiner anderen Tasche ein kleines Gerät, das wie ein winziges Handy aussieht, tippt kurz darauf und fährt damit über eine kleine Glasfläche an Lolas Armband, die nun aufleuchtet und ein Foto von ihr zeigt.

»Sie können hier drücken.« Ethan deutet auf die untere Ecke des kleinen Displays, auf dem eine Wunderlampe zu sehen ist. Die Anspielung auf einen Dschinn, der einem alle Wünsche erfüllt, bringt mich zum Schmunzeln. Ethan scheint erfreut über meine Reaktion und schenkt mir ein weiteres Lächeln. »Mithilfe Ihres Personal Guides ist es ganz einfach, sich auf dem Schiff zu orientieren. Geben Sie Ihr Ziel entweder mittels Spracheingabe ein oder über die Infodisplays, die Sie überall finden können. Haben Sie noch Fragen?«

Wir schütteln beide die Köpfe, während Ethan auch mein Armband personalisiert.

»Darf ich Sie nun zu Ihrer Suite begleiten?« Er macht eine ausladende Geste zur gegenüberliegenden Seite des Decks, wo halb hinter Pflanzkübeln verborgen ein weiterer gläserner runder Lift wartet.

Ethan lässt uns den Vortritt, dann sagt er laut und deutlich: »Deck 20.«

Der Aufzug setzt sich jedoch nicht in Bewegung, stattdessen blinkt auf dem Display ein kleiner roter Kreis und fordert eine Zugangsberechtigung.

»Der Zutritt zu Deck 20 ist aus Sicherheitsgründen nur den Gästen der dortigen Suiten und den Butlern gestattet. Niemand sonst hat Zugang. Auch keine Begleitpersonen. Zum Nachweis Ihrer Berechtigung scannen Sie einfach Ihren Personal Guide unter dem Display«, fordert er uns auf.

Lola reagiert schneller als ich und hält ihr Silberarmband an den Scanner. Das Blinklicht erlöscht, die Fahrstuhltüren schließen sich und wir schweben nach oben, erneut vorbei an dem gigantischen botanischen Garten und immer weiter, bis sich die Türen der A-Seite vor uns wieder öffnen und eine Stimme unser Ziel verkündet. Ethan wartet, bis wir ausgestiegen sind, und deutet dann nach rechts in einen weiteren mit Marmor verkleideten Flur. Meine Füße versinken beinahe in dem weichen beigefarbenen Teppich unter uns, der jedes Geräusch schluckt, während wir an sehr wenigen Türen vorbeigehen, bis wir unser Ziel erreicht haben. Ethan fährt mit einer Chipkarte, die im Vergleich zu unseren Armbändern schon fast antik wirkt, über ein weiß leuchtendes Sensorfeld, wo sich eigentlich ein Türgriff befinden sollte. Mit einem leisen Zischen gleitet die Tür hinter eine Wand.

»Willkommen in der Royal-Suite der *Siren*«, verkündet Ethan, während er zur Seite tritt und einen gigantischen Raum freigibt, der aus komplett verglasten Wänden besteht. Weil es im Inneren zu hell ist, kann ich den Nachthimmel und den endlosen Atlantik nur erahnen. Daher gleitet mein Blick von unseren geisterhaften Spiegelbildern über die Einrichtung, streift die Couchlandschaft, die unsere im Wohnheim wie ein kleines Sofa wirken lässt, und den aus mehreren zusammengesetzten Glaswürfeln bestehenden Beistelltisch. Eine geschwungene Treppe mit gläsernem Geländer lässt mich endlich verstehen, dass auch eine Suite auf einem Schiff zwei Etagen umfassen kann. Unter der Treppe steht ein silberner Servierwagen mit allerhand Karaffen zwischen den beiden nicht verglasten Wänden. An der einen hängt ein gigantischer Flachbildfernseher, an der anderen, komplett mit Bruchstein verkleideten Wand ist ein … *Kamin* eingelassen. Hinter einer Glasscheibe zucken Flammen, und die völlige Unsinnigkeit eines brennenden Kamins auf einer Karibikkreuzfahrt, während das komplette Schiff klimatisiert ist, lässt mich hysterisch auflachen.

»Der Kamin ist nur für die Atmosphäre«, wispert Ethan mir dezent zu. Scheinbar hat er verstanden, was in mir vorgeht. »Es handelt sich lediglich um einen Bildschirm.«

Ich will mich gerade für die Erklärung bedanken, da bemerke ich, wie das Licht im Flur jenseits eines Durchgangs zwischen Treppe und Fake-Kamin aktiviert wird. Meine Antwort an Ethan bleibt mir in der Kehle stecken, als ich sehe, dass jemand im Rundbogen erscheint, den ich hier garantiert nicht erwartet hätte.

»Lucas?«, fragt auch Lola ehrlich überrascht und sieht ihren Zwillingsbruder stirnrunzelnd an. »Was tust du hier?«

»Ich wohne hier«, erwidert er nur, streicht sich durch die Haare und beginnt, sein Designerjackett aufzuknöpfen.

4

Keine Ahnung, ob es an der Klimaanlage oder Lucas' eisigem Blick liegt, dass sich die Härchen auf meinen Unterarmen aufrichten und ich so unauffällig wie möglich darüberreibe. Ich wünschte, die Flammen hinter dem schützenden Glas würden echte Wärme verbreiten.

»Auf keinen Fall! Du wohnst mit Jonah und Hunter nebenan«, beharrt Lola und starrt ihren Zwillingsbruder nieder. »Wir haben keinen Platz für dein gigantisches Ego.«

Lucas' Mundwinkel zucken belustigt und selbst dieser Ansatz eines Lächelns lässt sein Gesicht erstrahlen. Er spielt mit Lola wie sonst bei seinen Shootings mit der Kamera. Während er weiter in den Raum tritt, befreit er sich von seinem dunklen Jackett, wirft es auf das steinerne Lowboard unter dem Fake-Kamin, löst die Manschettenknöpfe und krempelt sich anschließend die Ärmel bis zum Ellbogen hoch. Ich fühle mich in seinen letzten Werbespot für ein Parfüm einer Luxusmarke versetzt. Es fehlt nur noch das Model, das sich an ihn schmiegt. Ich verfolge völlig gebannt das Spiel seiner Muskeln an den Unterarmen, wie vermutlich alle in seiner Nähe es tun würden – außer Lola, die mich mit einem lauten Grummeln erschreckt. Ich sehe zwischen ihr und Lucas hin und her. Lola redet so gut wie nie über ihren Zwillingsbruder. Wenn ihre Familie zur Sprache kommt, erzählt sie nur von Jonah, obwohl Lucas ihr eigentlich viel näherstehen müsste.

»Falls Sie noch etwas benötigen, zögern Sie nicht, mich zu rufen«, versucht Ethan die Anspannung im Raum zu durchbrechen.

»Wir haben alles, was wir brauchen«, erwidert Lucas völlig selbstverständlich, während Lola sich noch weiter anspannt und Ethan die Chance nutzt, sich zurückzuziehen. Ich höre, wie die Tür hinter uns zugleitet.

Lola ist kurz vor dem Explodieren wie an unseren ersten Tagen an der UM, als ihr ein paar Mädchen vorgeworfen hatten, ihr Studium nur aus Imagegründen begonnen zu haben und dass sie sowieso nach wenigen Wochen abbrechen und auf ein Elite-College wechseln würde. Ich greife nach ihrer Hand und drücke sie sanft. Sie soll wissen, dass sie nicht allein ist.

Ich verfolge, wie Lucas lässig weiter die Suite durchquert und dabei auch noch drei Knöpfe seines Kragens öffnet, bevor er sich auf die cremefarbene Couch fallen lässt. Er verschränkt die Hände hinter dem Kopf und besitzt tatsächlich die Unverschämtheit, die Füße samt Schuhen auf den Glastisch zu legen. Lola zerquetscht mir fast die Hand und ich höre, wie sie mit den Zähnen knirscht.

Ohne uns zu beachten, zieht Lucas sein Handy aus der Tasche und filmt den Raum. »Das hier ist die Royal-Suite der *Siren*«, beginnt er, während er offenbar das tut, wofür die Jungfernfahrt gedacht ist: Videos drehen und für die *Siren* werben. Doch was aus Lucas' Mund kommt, ist alles andere als Werbung.

»Seht ihr den Kamin? Auch wenn er nicht echt ist, gibt es doch wirklich nur ein Wort dafür, auf einem Karibikkreuzfahrtschiff einen Kamin einzubauen: bescheuert.«

Fassungslos sehe ich zu, wie Lucas die Kameraperspektive ändert und nun sich selbst aufnimmt. »Nur damit eins klar ist: Ich habe noch versucht, aus der Sache herauszukommen und nicht mit an Bord zu gehen, aber«, er verstellt seine Stimme, *»du bist ein Price und gehörst daher auf das Flaggschiff der neuen Flotte.«* Ein Augenverdrehen begleitet das Zitat, von welchem Familienmitglied es auch immer stammt.

Ich fühle mich so unwohl wie schon lange nicht mehr und suche instinktiv nach einem Fluchtweg. Doch leider weiß ich nicht einmal, wo mein Zimmer ist.

Lola spürt mein Unbehagen. »Wo sind unsere Schlafzimmer, Lucas?«, fragt sie.

Lucas legt den Kopf in den Nacken, um zu uns sehen zu können, dann richtet er sich auf, als hätte er eine tolle Idee, und springt mit erhobenem Handy über die Lehne der Couch.

»Du filmst uns doch hoffentlich nicht«, schimpft Lola und will ihre Hand vor die Linse seines Handys heben, aber er ist schneller und hält es höher, die Kamera nach wie vor auf Lola gerichtet.

»Drei Schlafzimmer sind oben«, er schwenkt mit dem Handy über die Treppe nach oben, »zwei dort hinten.« Er zeigt zu dem Durchgang, aus dem er gekommen ist. Dann sieht er direkt in sein Handy. »Ihr habt richtig gehört«, spricht er nun wieder mit nicht vorhandenen Zuschauern. »Die Suite hat verschwenderische fünf Schlafzimmer! Hier könnte eine ganze Großfamilie wohnen, während es meiner Zwillingsschwester schon mit mir zu eng ist.« Er schnalzt mit der Zunge, bevor er die Kamera wieder direkt auf Lola richtet, die ihn bitterböse anfunkelt. Er lacht nur, während ich wie erstarrt bin. Werde auch ich auf diesem Video zu sehen sein? Meine Finger beginnen zu zittern, ich rücke so gut es geht von Lola ab und lasse ihre Hand los.

»Darf ich Euch zu Eurem Zimmer begleiten, Majestät?« Mitsamt

Handy verbeugt er sich und sieht mich dann direkt an. Seine Brauen ziehen sich zusammen, während er weder etwas sagt noch irgendwelche Anstalten macht, das doofe Handy herunterzunehmen.

Ich schlucke die Säure hinunter, die meine Kehle emporklettert, tackere mir ein Lächeln ins Gesicht und starre weiterhin über das entgegengehaltene Gerät hinweg Lucas Price an. Keine Ahnung, wie lange der Moment wirklich dauert, aber es fühlt sich an wie Stunden. Stunden, in denen ich gegen die Bilder in mir ankämpfe, Kommentare vor meinem inneren Auge ablaufen, begleitet von Ambers Lachen.

Niemand sagt etwas und ich danke dem Universum, dass es uns Candice schickt. Aber vermutlich hat Ethan sie einfach nur zur Suite begleitet.

»Warum zur Hölle lauert ihr hier hinter der Tür?« Ihr Zuckerwattegeruch kommt noch vor ihr bei uns an. »Und was hat *er* in der Mädchensuite zu suchen?« Sie schiebt sich zwischen Lola und mich, kneift die Augen zusammen und scannt Lucas von oben bis unten. »Hab ich etwas nicht mitbekommen?«

Die Situation ist so absurd, dass meine Anspannung in einem Auflachen explodiert. Lola bemüht sich, ihren ernsthaften Blick aufrechtzuerhalten, doch sie verliert grandios.

»Verehrte Zuschauer, das ist Candice Vale, die Gerüchten zufolge nach Popcorn und Zuckerwatte riecht und trotzdem an meiner Männlichkeit zweifelt.« Er schüttelt vorwurfsvoll den Kopf, dann lächelt er, was innerhalb eines Augenblickes einen komplett anderen Menschen aus ihm macht. Der verbitterte Typ von eben ist verschwunden und weicht einem absolut atemberaubend hübschen Jungen, der sein Handy in die Hosentasche gleiten lässt und Candice mit funkelnden dunkelblauen Augen angrinst.

Ein Teil von mir wäre gern wie Candice. Nicht nur, weil Lucas ihr das erste ehrliche Lächeln schenkt, das selbst bei mir für ein Flattern in der Magengegend sorgt, sondern weil sie es überhaupt geschafft hat, es aus ihm herauszukitzeln. Weil sie sich traut, das auszusprechen, was sie denkt – ohne Wenn und Aber. Ich sollte zu ihr in die Ausbildung gehen.

Candice wirbelt an uns vorbei auf Lucas zu, der sich sofort zu ihr beugt und sie an sich drückt. Dabei zieht er lautstark die Luft ein und riecht an ihren Haaren. »Die Gerüchte stimmen offenbar«, sagt er, als sie sich voneinander lösen. Sein Lachen vibriert in meinem ganzen Körper nach.

»Alle Gerüchte über mich stimmen, das solltest du doch langsam wissen, böser Zwilling.« Sie schnaubt. »Und jetzt erzählt mir, was hier los ist.« Sie blickt in die Runde.

»Lucas behauptet, in unserer Suite zu wohnen«, beginnt Lola.

»Ich behaupte das nicht nur, ich *wohne* hier.« Demonstrativ hebt er den linken Arm, um dessen Handgelenk sich die schwarze Lederversion des Personal Guides schmiegt.

»Du wohnst in der Suite auf der Backbordseite«, sagt Lola nun wieder energischer. »Das ist links, falls du das verwechselt haben solltest«, stichelt sie.

»Ich werde garantiert nicht mit Jonah zusammenwohnen«, erwidert Lucas, sein Lächeln ist wie weggewischt, jeglicher Glanz verschwindet aus seinen Augen. »Schlimm genug, dass ich mit ihm auf einem Schiff sein muss. Ihr könnt die Zimmer oben haben, zwei davon haben eine tolle Aussicht.« Er deutet kurz über unsere Köpfe hinweg zur Treppe, dann wandert sein Blick von Lola über Candice zu mir. Seine Augen werden immer schmaler. »Solltet ihr nicht zu viert sein?«

Ich schlucke. Sollten wir. Violet fehlt. Ich will etwas sagen, doch Lola kommt mir zuvor.

»Taras Schwester Violet ist krank geworden und konnte nicht mitkommen«, sagt sie, als hätte sich Violet tatsächlich entschuldigt.

Lucas' gesamte Haltung wirkt plötzlich verändert. Ich sehe genau, wenn sich jemand unwohl fühlt – wie sich die Schulterpartie anspannt, wie der Blick hin und her huscht, auf der Suche nach einem Ausweg. Nie hätte ich gedacht, dass ich diesen furchtbaren Teil von mir ausgerechnet an Lucas Price entdecke. Doch er hat sich schnell wieder im Griff, streckt sich und sagt in einem fast schon herablassenden Ton: »Dann ist ja mehr als genug Platz für uns alle.« Mit diesen Worten dreht er sich um und lässt uns stehen.

»Was war das denn?«, fragt Candice, während wir Lucas hinterhersehen. Mit hochgezogenen Schultern verschwindet er im Durchgang neben dem Kaminfeuer, als würde ihn jemand verfolgen. »Ich dachte, die Situation zwischen euch hätte sich gebessert, seit er am St. Joseph's ist?« Sie wendet sich Lola zu, die nur seufzend den Kopf schüttelt.

»Der Abstand hat uns gutgetan, aber ihn jetzt hier zu sehen ... Als er eben ... Vergesst es. Wir wollen Spaß haben. Was Lucas tut, ist seine Sache.« Sie setzt ein bemüht wirkendes Lächeln auf. »Wer zuerst oben ist, darf sich auch zuerst ein Zimmer aussuchen.«

Schon rennt sie in für ihre hohen Riemchensandalen beeindruckender Geschwindigkeit Richtung Treppe. Kreischend jagt Candice ihr hinterher. Weil sich die beiden unentwegt gegenseitig zurückhalten, schlüpfe ich an ihnen vorbei und springe die Stufen hinauf. Oben auf der Galerie wartet eine Armee an Koffern in allen Größen und Variationen. Rasch werfe ich einen Blick in die Schlafzimmer. Zwei von ihnen haben durch eine komplett verglaste Wand einen perfekten Ausblick auf das Meer. Das dritte Zimmer sieht auf den ersten Blick aus wie ein Kinderzimmer. Anstelle eines Fensters hat es einen gigantischen Bildschirm, der aktuell das weite Meer und entfernte Inseln mit Palmenstrand zeigt, darunter sind vermutlich alle derzeit verfügbaren Spielkonsolen versammelt, mit einer großen Auswahl an Spielen in einer Vitrine daneben. Ein wahr gewordener Kindertraum. Von allen drei Räumen gehen Türen ab, die wahrscheinlich zu jeweils einem Badezimmer führen.

Ich höre Candice und Lola auf der Treppe lachen, kurz darauf kommen sie kichernd und nach Atem ringend bei mir an.

»Du willst doch nicht ernsthaft das kleine Ding hier nehmen, wenn du die freie Auswahl hast?« Candice sieht mich schockiert an.

»Ich wollte euch die beiden …«, stammele ich und knibble an meinen Fingernägeln.

»Vergiss es, Tara!« Lola schüttelt den Kopf und verzieht die Lippen so missbilligend, dass ich mich wie ausgeschimpft fühle. Die Konsolen in meinem Rücken verstärken das Gefühl noch, weil ich an die etlichen Diskussionen mit meinen Eltern zurückdenke, als es um meine tägliche Medienzeit ging.

»Ich weiß genau, was du vorhast«, fährt Lola fort. »Du denkst, wir müssten die größeren Zimmer haben, weil *wir es nicht anders gewohnt sind.*« Sie malt Gänsefüßchen in die Luft und verändert ihre Stimme. »Hatten wir das Thema nicht schon oft genug? Du hast dir die freie Auswahl verdient.« Sie grinst mich an. »Außerdem haben wir keine anderen Rechte als du. Wir sind nicht anders.« Nach einem Seitenblick auf Candice wird ihr Grinsen noch breiter. »Na ja, Candice vielleicht schon«, sagt sie neckend und stupst Candice mit der Schulter an. »Aber sie ist ein Unikat. Und schläft in dem Zimmer, das übrig bleibt.«

Candice reagiert nicht auf die Stichelei, sondern nickt nur. »Vermutlich werde ich sowieso nicht oft hier sein.« Sie zuckt mit den rotbraunen Augenbrauen und sieht von Lola zu mir. »Schließlich gibt es jede Menge Frischfleisch auf diesem Schiff.« Sie stapft in das Kinderzimmer und wirft ihre kleine Tasche auf das Bett, als hätte sie es erobert, während ich ihr nur wieder fasziniert zusehen kann.

»Welches Zimmer willst du?«, fragt Lola.

Candice lässt sich gerade auf das Bett fallen und macht einen Schneeengel in die Bettdecken. »Du kannst dir natürlich auch noch das unten anschauen, Lucas kann ja nicht zwei Schlafzimmer belegen.«

»Welches willst du denn?«, frage ich zurück, doch Lola reagiert nur wieder mit einem schnellen Kopfschütteln. »Okay, okay. Dann nehme ich das hier.« Ich deute auf das Zimmer neben der Treppe, das größere von den beiden, und Lola nickt zufrieden.

»Dann verteilen wir mal unsere Sachen, würde ich sagen.« Sie deutet auf die am Geländer der Galerie aufgereihten Massen an Gepäck. Zwischen den Gepäckstücken mit YSL-Logo und den Louis Vuitton Taschen meiner Mitbewohnerinnen habe ich meinen alten Koffer schnell identifiziert. Ich ziehe ihn aus der Reihe und rolle ihn zu meinem Zimmer.

»Candice, du kannst deine Koffer auch selbst reinrollen, oder?«, fragt Lola.

Candice erhebt sich stöhnend und streicht sich die Haare aus dem Gesicht. »Natürlich kann ich das. Was ist das denn für eine Frage? Brauchst du etwa Hilfe?« Sie hebt skeptisch eine Braue. Das Mädchen wird mir immer sympathischer.

Lola lacht und schüttelt den Kopf. »Nein, nein. Der Einzige, der in dieser Suite vermutlich auf die Hilfe von Ethan setzt, ist Lucas. Wetten?«

»Sei nicht immer so fies zu deinem bösen Zwilling«, mahnt Candice. »Er kann doch nichts dafür, dass er nicht so cool ist wie wir.« Sie springt vom Bett, kommt zu uns auf die Galerie und schubst einen Koffer nach dem anderen in ihr Zimmer. Dann drückt sie den Sensor, der die Tür schließt, und ruft: »Fertig! Jetzt können wir essen gehen. Ethan hat von einem italienischen Abend auf Deck 6 gesprochen. Kommt ihr?«

»Geh ruhig schon vor, wir treffen uns dort garantiert. Ich will noch kurz mit Lucas sprechen. Irgendetwas stimmt nicht mit ihm.«

»Sag ihm, dass es mir leidtut.«

»Was denn?«, fragt Lola irritiert.

»Dass er nicht ich sein kann.« Candice zuckt mit den Schultern und ich muss schon wieder lachen. Seit mir Candice begegnet ist, habe ich vermutlich öfter gelacht als in den anderthalb Jahren davor. Und ich spüre, wie befreiend das wirkt.

Candice geht tatsächlich schon vor, während ich die wenigen Sachen, die ich dabeihabe, in einen der Wandschränke sortiere. Hinter der Tür in meinem Schlafzimmer finde ich tatsächlich ein Bad, das unerwartet groß ist und offenbar nur mir allein gehört. Die Waschutensilien sind schnell verstaut. Weil Lola meine Kleider für mich eingepackt hat, damit sie in ihrem Schrankkoffer keine Falten bekommen, gehe ich zu ihrem Zimmer hinüber. Die Tür ist geschlossen, dennoch dringen Gesprächsfetzen hindurch, die mich erstarren lassen.

5

Es ist mir egal, wie unhöflich es ist, zu lauschen. Aber selbst wenn nicht, wäre es mir unmöglich, mich auch nur einen Zentimeter zu bewegen, solange Lucas dort drin über mich herzieht. Ich höre seine Stimme nur gedämpft, und doch sickert seine Wut mit jeder Silbe unter der geschlossenen Tür hindurch. Er muss dicht dahinter stehen. Ich stütze mich mit der Hand an der seidenweichen Wandverkleidung ab.

»Ich kenne genügend Mädchen wie Tara. Und du auch. Du weißt genau, wie sie ticken.«

Lola antwortet irgendetwas, das ich nicht verstehen kann. Sie muss viel weiter von der Tür entfernt sein als Lucas.

»Auf ein normales College zu gehen, war ein Fehler.« Er stößt ein freudloses Lachen aus. »Da stimme ich ausnahmsweise mit unserem Vater überein. Am St. Joseph's bei den Ravens wärst du viel besser aufgehoben.«

»Was bist du nur für ein Snob geworden, Lucas?« Lola scheint näher gekommen zu sein. »Die vielen Partys sonst wo auf der Welt tun dir offenbar nicht gut. Oder haben dir die ständigen Jetlags die Gehirnzellen weggebrannt?«

Ich kann mir ihr Gesicht gut vorstellen. Lolas Empörung zeigt sich immer in einer kleinen Doppelfalte zwischen ihren Brauen, die ich das erste Mal gesehen habe, als ich mit dem Lageplan in der einen Hand und meinem Koffer in der anderen in unserem Wohnheimzimmer stand und an eine Verwechslung glaubte. Ich hatte mich auf die Zuteilungsliste setzen lassen – und bin in Lolas Luxusapartment gelandet. Die Miete lag weit über meinen Einnahmen, die ich mit meinem Studentenjob im Herbert Wellness Center verdiene. Als ich endlich in der Lage war, überhaupt etwas zu sagen, kam nur seltsames Gestammel über meine Lippen – von einer Verwechslung, dass ich nicht zu diesem High-Society-Glamour passe und dass Lola nicht meine Liga sei. Sie war so ehrlich empört gewesen, dass sich die kleine Doppelfalte gezeigt hatte, bevor sie mir eine ordentliche Standpauke gehalten und mit den ersten Vorurteilen aufgeräumt hat.

»Ich will dich nur beschützen, Lola. Du bist alles, was ich noch habe.« Lucas' Stimme klingt wie eine Beschwörung.

»Beschützen? Sehe ich für dich aus, als müsste ich beschützt werden? Vor Tara?«

»O ja. Sie ist Gift für dich. Du solltest es besser wissen.« Er senkt die Stimme, sodass ich nicht mehr aufschnappen kann, was er zu Lola sagt. Ich höre nur etwas von Scherben einsammeln, bevor er wieder lauter wird. »Brauchst du Beweise? Als ich vorhin mein Handy auf sie gehalten habe, hat sie mich sofort breit angelächelt. Es hätte nur noch gefehlt, dass sie mir ihren Account-Namen zubrüllt wie alle anderen.« Er stößt ein verächtliches Schnauben aus, während sich in mir alles verkrampft. Er hat doch keine Ahnung! »Außerdem hast du Candice weggeschickt, nur weil Tara um Aufmerksamkeit gebettelt hat«, wirft er ihr vor.

Nun bin ich es, die beinahe vor Wut platzt. Ich habe *um Aufmerk-*

samkeit gebettelt? Meine Fingernägel suchen nach einem Halt an der Wand, doch sie schaben mit einem kratzenden Geräusch darüber. Dann höre ich nur noch einzelne Silben, egal wie nah ich das Ohr an die Tür halte, während sich mein Herz schmerzhaft zusammenzieht und Tränen der Wut das Brennen in meinen Augen zu löschen versuchen.

Lucas kennt mich überhaupt nicht. Ich habe noch kein richtiges Wort mit ihm gewechselt, aber er bildet sich eine Meinung über mich, die ich in meinen schlimmsten Albträumen nicht erwartet hätte. Meine Kehle wird eng und ich kämpfe gegen den verdammten Kloß aus Wut, Ungerechtigkeit und Vorurteilen.

Schwere Schritte erklingen, werden lauter. Lucas kommt auf die Tür zu. Ich wische mir die armseligen Tränen aus dem Gesicht und richte mich auf, so gut ich kann, weil ich ihn direkt konfrontieren will … doch dann renne ich in mein Schlafzimmer und schlage auf den Sensor für die Tür. Meine Hände zittern unkontrolliert, während ich rückwärts gehe, die Tür im Blick, falls Lucas mich gesehen hat und mir gefolgt ist, um mir weitere Vorwürfe zu machen, mich von Angesicht zu Angesicht zu beleidigen, mir …

Ich stoße mit den Waden gegen das Bett und lasse mich fallen. Die weiche Überdecke hüllt mich ein. Ich würde so gern noch tiefer eintauchen, einfach verschwinden.

Der »schönste Urlaub meines Lebens« ist zu einem Albtraum geworden und ich würde mich am liebsten während der ganzen Fahrt hier in meinem Zimmer in der Suite verkriechen. Violet ist nicht bei mir, Lucas Price hasst mich ohne ersichtlichen Grund … und zu guter Letzt ist auch noch Amber West mit an Bord, dem einzigen Ort auf der Welt, an dem ich ihr nicht entkommen kann.

Was habe ich getan, um das zu verdienen?

Karma is a bitch!

Ich schlage mit der geballten Faust auf die unzähligen Schichten an Decken unter mir. Die Energie des Schlags verpufft darin und ich fühle mich irgendwie leer. Warum kann ich nicht wie Candice sein, die offenbar von allen gemocht, ja sogar geliebt wird?

Von neuer Energie durchströmt, stütze ich mich auf die Ellbogen. In meinem Kopf rasen Tausende Gedanken umher, bis ich greifen kann, was den Ruck in meinem Körper, die Veränderung ausgelöst hat. Ich muss nicht sein wie Candice. Oder wie sonst irgendjemand. Violets Worte von damals kommen mir wieder in den Sinn: *Es ist okay, wenn andere dich nicht mögen. Die meisten mögen nicht einmal sich selbst.*

Keine Ahnung, ob sie von Vi selbst stammten oder sie die Worte irgendwo aufgeschnappt hatte, damals wollte ich sie direkt auf Instagram posten, weil sie mir so unglaublich viel Mut gemacht hatten. Doch leider befindet sich auch dieser Post mit all dem darin enthaltenen Mut noch immer in meinen Entwürfen wie all die anderen Gedanken und Sätze, die mich motiviert haben. All die Worte, die mir geholfen haben, aus dem Loch zu kommen und endlich wieder nach vorn zu blicken.

Und nun könnte ich den Spruch nicht mal veröffentlichen, selbst wenn ich wollte, ganz gleich wie perfekt die Aussage zu meiner jetzigen Situation passt und mir erneut hilft, wieder durchatmen zu können.

Ich stehe vom Bett auf und sehe mich suchend um. Meine Handtasche steht auf dem kleinen würfelförmigen Regal neben der Tür. Ich fische das Handy heraus und will schon Instagram öffnen, um mir den Entwurf noch einmal anzuschauen, da sehe ich einen Nachrichteneingang und mehrere verpasste Anrufe. Sofort huscht mein Blick in die obere Ecke des Displays. Es gibt weder WLAN noch ein Funknetz, ich habe keine Verbindung zur Außenwelt – und dennoch drei Nachrichten und sieben verpasste Anrufe.

Sie müssen beim Auslaufen der *Siren* eingegangen sein. Die Vibration, die ich gespürt habe, kam also doch von meinem Handy. Verdammt! Ob Violet etwas passiert ist?

Wie in Trance klicke ich auf den Messenger und öffne den Chat mit Violet. Eine Nachricht nach der anderen springt mir entgegen und nimmt dem Raum jegliche Wärme, während die Sorge um meine Schwester von einem ganz anderen Schrecken ersetzt wird.

Es tut mir leid, dass ich so feige bin.

Geh nicht mit an Bord, Tara. Bitte!

Falls es zu spät ist, hoffe ich, dass du wenigstens noch das hier lesen kannst: Halt dich bitte von Jonah Price fern. Er ist nicht der, für den du ihn hältst.

Die Buchstaben verschwimmen vor meinen Augen, werden zu den Worten, die Vi mir vor anderthalb Jahren geschickt hat, und die Erinnerung an jenen Tag holt mich ein: *Halt dich bitte von Instagram fern.* Natürlich habe ich diese Bitte ignoriert – wie vermutlich jeder andere von Neugier getriebene oder einfach nur normale Mensch – und direkt die App geöffnet. Ich hatte Tausende Benachrichtigungen. Im ersten Moment war ich noch von kribbelnder Aufregung erfüllt, endlich etwas erreicht zu haben, endlich Aufmerksamkeit für das bekommen zu haben, was ich mit der Welt teilen wollte. Also habe ich auf das Nachrichtensymbol gedrückt – und jeder einzelne der angezeigten Texte unter den unbekannten Kontakten hat einen weiteren Teil meiner selbst aus mir herausgerissen.

Erst nach Stunden voller Tränen, eingeschlossen und versteckt vor meinen Eltern, habe ich erfahren, dass Amber West durch Zufall meinen Post gelesen und nichts Besseres zu tun gehabt hatte, als die wenigen vorhandenen Kommentare mit Füßen zu treten. Liebevolle Kommentare, in denen mir zu meinem Mut gratuliert wurde, klatschende Emoji-Hände, bestätigende Aussagen, wie recht ich hätte und wie unrealistisch alles auf Instagram doch sei. Dass sich der Perfektionswahn all der makellos inszenierten oder sogar digital nachbearbeiteten Bilder negativ auf junge Menschen auswirke. Mir folgten nicht sehr viele Leute, aber fast alle hatten mich mit ihren Kommentaren stolz gemacht.

Und was hat Amber getan? Anstatt sich in das Lob einzureihen, hat sie meinen Post mit ihren Millionen Fans geteilt, jede kleine Delle in meinen Oberschenkeln und jede Speckfalte an meinem Bauch markiert und dazu die Frage gestellt: *Wollt ihr auf Instagram wirklich SO ETWAS sehen?*

In ihrer Story danach machte sie Werbung für Bademode und zeigte ihren perfekten Körper ohne auch nur ein Gramm Fett zu viel. Es waren Aufnahmen während des Shootings, keine inszenierten Bilder. Amber lachte viel und jeder Lacher sorgte für Gänsehaut. Das Gefühl dabei folgt mir noch heute, genau wie die unzähligen diffamierenden Nachrichten, die meinen Posteingang gesprengt haben.

Ja, Amber ist wirklich perfekt. Sie hilft nicht mit Filtern oder Bildbearbeitung nach, da bin ich mir ziemlich sicher. Sie ist diszipliniert und hat einfach eine gute genetische Veranlagung. Die aufmunternden Nachrichten, all die Beweise für digitale Perfektion, die mir zugeschickt wurden, gingen in der Flut des Shitstorms unter, den Amber auf mich hatte niederregnen lassen. Nur weil ich mich getraut habe, einen Schnappschuss von mir zu posten, den Mom bei meinem täglichen Workout nach der Zusage zur UM geschossen hat. Mein Gesicht war verschwitzt, aber ich habe gestrahlt. Noch nie im Leben habe ich auf einem Foto so wahnsinnig glücklich ausgesehen – auch wenn zwischen meinem kurzen Sportshirt und meiner Shorts ein Muffintop zu sehen war und das Licht die Dellen, die verdammt noch mal fast jede Frau hat, nicht gerade vorteilhaft in Szene gesetzt hat. Diese vermeintlichen Makel sind mir immer egal gewesen. Moms Foto hat eine so unglaubliche Leichtigkeit verströmt, ein pures Glücksgefühl, das mir den Mut gegeben hat, auch dieses so offensichtlich nicht perfekte Foto zu posten. Die Caption lautete:

Das Streben nach Perfektion zerstört unsere Fähigkeit, so glücklich zu sein, wie wir sind. Du musst nicht »perfekt« sein, um dich gut zu fühlen. Denn du bist jetzt schon so perfekt, wie NUR DU es sein kannst. Lass dir von niemandem etwas anderes einreden.

Amber hat mir damals mehr genommen als mein Selbstbewusstsein und mein Körperbewusstsein. Ich war mir davor nie hässlich oder zu dick vorgekommen, auch wenn ich wie alle anderen nur gut ausgeleuchtete Bilder von mir gepostet habe. Erst mit diesen Nachrichten ging etwas in mir zu Bruch.

In der Folge stürzten sich ihre Fans auf all meine vorherigen Posts, zerpflückten jedes ermutigende Wort. Doch sie machten sich nicht nur über mich her, sondern auch über all diejenigen, die mir in ihren Kommentaren gesagt hatten, dass ich sie erreichen, zum Nachdenken bringen oder motivieren konnte. Und das nur mit meiner Sicht auf die Welt, indem ich ganz ich selbst war. Dieser Zuspruch hat mir damals viel bedeutet und mich in der Wahl meines Studiums bestärkt – bis dieser eine Moment mir einfach alles genommen hat. Ich wollte die Uni schmeißen, noch bevor ich mein Studium überhaupt begonnen hatte, wollte meine Zusage von der UM mit meinem großen Ziel »B.S. in Exercise-Physiology«, das in fett gedruckten Buchstaben auf dem Formular prangte, bereits zerreißen. Ganze zehn Tage habe ich mich nur zum Essen aus meinem Zimmer getraut. Zehn Tage, bis meine Schwester Violet und mein bester Freund Christian, die zu diesem Zeitpunkt bereits in ihrem ersten Jahr an der UM waren, einen bezahlbaren Flug ergattern konnten und nach Hause gekommen sind, um die Scherben von mir einzusammeln und wieder zusammenzusetzen, so gut es ging.

Halt dich bitte von Instagram fern.

Ich blinzele das Brennen in meinen Augen weg. Die Erinnerungen an damals verblassen, auch wenn die Schatten nach anderthalb Jahren noch über mir hängen, mich einhüllen und immer wieder meine Reaktionen bestimmen. Lolas Therapeutin – ja, Lola spricht mit ihrer mehrere Hundert Dollar pro Stunde teuren Fachfrau über mich – nennt es eine beginnende Angststörung: Allodoxaphobie. Die Angst vor der Meinung anderer, die Sorge vor der Reaktion des Gegenübers, die Panik vor einem ernüchternden Urteil über mich, meinem Verhalten oder dem, was ich sage.

Halt dich bitte von Jonah Price fern.

Warum hat mir Violet das geschrieben? Ich starre die Nachricht an, bis das Display erlischt. Ich habe keine Ahnung, seit wann genau ich auf der Bettkante sitze oder wie viel Zeit vergeht, in der mir mein Spiegelbild aus dem schwarzen Bildschirm entgegenblickt. Meine Haare, die zu Hause in Minnesota noch eintönig hellbraun waren, haben nun – von Miamis Sonne geküsst – helle Strähnen, doch meine dunkelblauen Augen, deren Farbe ich im Gegenlicht der Spots an der Decke nicht erkennen kann, wirken leer. Augen, die Jonah bei einem Telefonat mit einem pathetischen »schöner als der Nachthimmel« beschrieben hat, woraufhin wir beide einen Lachanfall bekommen haben. Er hatte irgendwo vom »Tag der Komplimente« gelesen oder ihn selbst erfunden, um den ganzen Tag Komplimente einzuheimsen – oder um mich aufzuheitern. So habe ich ihn kennengelernt. Wie kann Violet auch nur annähernd etwas anderes in ihm sehen?

Es macht mich verrückt, ihr nicht antworten zu können, zu wissen, dass die Nachricht, die ich jetzt tippe, sie erst erreichen wird, wenn wir in einer Woche wieder in Port Miami einlaufen. Und doch schreibe ich ihr.

Was ist passiert? Du machst mir Angst.

Ich lösche die Worte wieder.

Wie kannst du mir so etwas schreiben? Du weißt doch, dass ich wahnsinnig werde, wenn ich nicht nachhaken kann.

Vorwürfe. Die hat Violet nicht verdient. Oder doch? Ich tippe weiter.

Ich weiß, dass du und Christian damals komplett durchgedreht seid, als ihr mich zu Hause als Häufchen Elend gesehen habt. Aber bis eben war alles gut.

Ich horche in mich hinein. Das war sogar fast die Wahrheit. *Trotz* Amber. *Trotz* Lucas. Beides hat mich kurz eiskalt erwischt, wurde aber von der Wärme tief in mir wieder weggefegt.

Du musst mich nicht immer beschützen.
Ich schaffe das selbst.

Ich mache mir mit einem tiefen Atemzug Mut und drücke auf *Senden*. Natürlich passiert rein gar nichts, aber ich fühle mich besser. Um zu beweisen, dass es tatsächlich so ist, schreibe ich einen neuen Instagram-Post:

Manchmal muss man sich den Schatten der Vergangenheit stellen. Wer sich nur von ihnen abwendet und sie ignoriert, wird nie wissen, wie groß sie wirklich sind.

Ich hätte mich nie im Leben freiwillig mit Amber getroffen, habe ihre Posts und alle mit ihr verbundenen Influencer gemieden, obwohl ich viele davon inspirierend fand. Die Zeit an der UM an der Seite von Lola hat mein Leben heller und den Schatten von Amber West kleiner gemacht, als ich gedacht hätte.

Ich speichere den Post, obwohl ich ihn so gern veröffentlichen würde – um mir selbst zu beweisen, dass ich es kann. Aber das muss ich wohl auf nächste Woche verschieben.

In diesem Moment klopft es sanft an meine Tür.

6

»Tara?« Lolas Stimme klingt so besorgt, dass ich sie schnell hereinbitte. Die Tür gleitet auf und Lola kommt ganz langsam auf mich zu. Sie lässt mich dabei keinen Augenblick aus den Augen, als könnte sie mich verschrecken, wenn sie auch nur eine falsche Bewegung macht.

»Ich habe deine Schritte gehört«, sagt sie.

Ich runzele die Stirn, weil ich nicht weiß, worauf sie hinauswill. Sie setzt sich neben mich, die Matratze gibt nach und ich wende mich ihr zu.

»Lucas kann so ein Arsch sein. Er denkt, nur weil er mein Zwillingsbruder ist, hätte er das Recht, den Beschützer zu spielen. Dabei ist er ein paar Minuten jünger als ich.« Sie verdreht die Augen. »Aber du kennst das ja von Vi.« Ein vorsichtiges Lächeln umspielt ihre Lippen. »Warum müssen Geschwister in allem eine Gefahr sehen, wo gar keine ist?«

Ich lache auf. Sie hat so recht damit!

»Ältere Schwestern sind garantiert noch viel schlimmer als Brüder«, erwidere ich, weil es die einzig logische Erklärung für Violets Nachricht ist. Eigentlich hatte ich vor, Lola zu fragen, ob auf ihrem Geburtstag etwas vorgefallen ist, was Violet zu dieser Nachricht veranlasst haben könnte. Aber sie hat mir die Antwort praktisch schon gegeben. Violet sieht in allem eine Gefahr für mich, ist seit der Sache mit Amber so überbesorgt, dass sie Christian aus ihrem gemeinsamen Wohnheimapartment rauswerfen wollte, damit ich zu ihr ziehen kann und nicht mit »einer Fremden« zusammenwohnen muss. Sie wollte sogar im Herbert Wellness Center anheuern, damit ich dort nicht allein arbeiten muss, obwohl sie mit Sport gar nichts zu tun hat. In meinem Kopf laufen für Sekunden weitere Erklärungen ab, die mich immer mehr entspannen. Vi ist Jonah ja offenbar auf der Party begegnet, ich hatte sie in einer von Lolas Storys im Hintergrund gesehen, und nun fürchtet sie um … keine Ahnung … mein Herz, vielleicht sogar meine *Tugend.* Zuzutrauen wäre es ihr. Aber ich habe genug davon, von ihr bemuttert zu werden, und beschließe, die Nachricht zu ignorieren, bis ich wieder mit ihr reden kann.

»Lucas muss dich nur kennenlernen«, sagt Lola und ich brauche einen Moment, bis ich wieder ganz beim Thema bin. »Ich wollte ihm nicht sagen, warum … was mit dir …« Ihre Worte geraten ins Stocken, sie wirkt unsicher.

»Danke«, sage ich nur leise, weil ich es wirklich schätze, dass sie meine Vergangenheit nicht gleich vor jedem ausbreitet. Egal aus welchem Grund.

»Willst du zum Dinner auf Deck 6 oder sollen wir uns etwas bringen lassen?« Sie macht eine kurze Pause, in der mein Magen wie zur Antwort knurrt. »Amber wird vermutlich auch dort sein, wenn es das heutige Event ist, aber …«

Stell dich deinen Schatten, ermahne ich mich selbst.

»Ich lasse mir von niemandem den ›schönsten Urlaub meines Lebens‹ versauen, schon gar nicht von Amber West.« In meiner Stimme schwingt offenbar genug Überzeugung mit, denn Lola lächelt.

»Das hatte ich gehofft. Dein Kleid liegt schon in meinem Zimmer bereit.« Lola springt auf und reicht mir die Hand, um mich auf die Füße zu ziehen.

Erst jetzt bemerke ich, dass meine Finger noch immer um mein Handy geklammert sind. Ich schalte es aus, lege es in die Schublade des Nachttischs und folge Lola über die Galerie zu ihrem Zimmer. Candice' Tür steht offen, der Duft ihres besonderen Shampoos weht heraus und lässt meinen Magen wieder knurren.

Rund eine halbe Stunde später führt uns unser Personal Guide zu Deck 6. Die noch immer warme Nachtluft schlägt uns entgegen, kaum dass sich die Fahrstuhltüren zur Oase des Schiffs hin öffnen, und ich bin froh, mich für das leichte türkisfarbene Kleid mit den Spaghettiträgern entschieden zu haben. Die kleinen Lämpchen wirken beim Gang durch die Parkanlage noch mehr wie Feenlichter als vom Lift aus und ich bin schlichtweg überwältigt. Passend dazu schimmern die irisierenden Pailletten an meinem Dekolleté und am Saum kurz über meinen Knien bei jedem Schritt auf. Leises Vogelgezwitscher – vom Band, wie mir Lola erklärt –, dazu die intensiven Düfte der exotischen Blumen, die unterhalb der großen Bäume wachsen, während der sanfte Wind über unsere nackten Arme und Beine streicht, und ich fühle mich wie in einem Traum. Ich könnte noch ewig durch die grüne Oase streifen, wenn mein Magen nicht immer lauter nach Essen verlangen würde. Mein Körper ist ein mieser Verräter.

Nachdem die Pflanzen um uns herum immer kleiner werden, teilt sich der geschwungene Weg und führt um einen steinernen Brunnen vor einem Arkadengang, dessen mehrere Decks hohen Segmente teils zugemauert und mit Marmorstatuen ausgefüllt sind. Noch während wir den Brunnen umrunden und ich überlege, warum er mir so bekannt vorkommt, seufzt Lola auf.

»Erst das Kolosseum, jetzt der Trevi-Brunnen ... Der Innenarchitekt muss wohl ein Faible für Rom haben.«

Wir treten durch einen der Bögen und landen auf einem gepflasterten Platz, der von Arkadengängen umrahmt die perfekte Kulisse für einen italienischen Film bieten würde. Das kleine goldene Schild mit »Piazza delle Sirene« ist absolut unnötig in Anbetracht der leisen italienischen Klänge, die nun das künstliche Vogelzwitschern ablösen. Es riecht einfach himmlisch nach Kräutern und gegrilltem Gemüse. Etliche kleine Tische mit weißen Tischdecken und dekorativen Körbchen mit Gebäck verteilen sich auf einer großen Fläche unter Lampionketten, die von der einen Seite des Atriums zur anderen gespannt sind. Der Duft geht von mehreren Servierwagen aus, die Kellner von Tisch zu Tisch ziehen, und an denen Köche mit klischeehaft hoher Mütze direkt vor den Gästen das Essen zubereiten. Ich lasse den Platz noch auf mich wirken, entdecke kleine Cafés, Bars und Geschäfte hinter den Arkadengängen, als Lola mit Nachdruck meinen Namen sagt und mit den Fingern vor meiner Nase herumschnippt. Erschrocken weiche ich zurück.

»Wo willst du sitzen?«, fragt sie nicht annähernd so beeindruckt, wie ich es bin. Offensichtlich schätzt sie den Anblick dieses Ortes genauso wenig wie das Hightech-Fitnessstudio. Ihre Augen verengen sich gerade ganz leicht und ich folge ihrem Blick zu dem Tisch, an dem Amber sitzt und mit aufgesetztem Lächeln in einem Salat herumstochert, während irgendjemand die Handykamera auf sie richtet. Bei all den Gerüchen und dem Angebot an Speisen sollte es unter Strafe stehen, einen einfachen Salat zu essen. Seltsamerweise ist das mein einziger Gedanke bezüglich Amber, ich spüre nicht mal ein leises Echo des

Schocks, den ich vorhin im Amphitheater erlebt habe, egal, wie lange ich in mich hineinhorche.

Amber ertappt mich beim Starren, zieht die perfekt nachgezogenen Brauen zusammen und ich sehe schnell zur Seite, über etliche freie Tische hinweg, die allesamt eingedeckt sind und nicht den Anschein erwecken, dass nur eine Handvoll Passagiere an Bord sind. Mein Blick bleibt an Jonah am Rand der Piazza hängen, der neben einer Säule steht und mit jemandem diskutiert, den ich nicht sehen kann. Er wirkt alles andere als zufrieden und den ausladenden Handbewegungen nach ist es auch kein angenehmes Gespräch. Plötzlich hält er inne, macht noch eine kurze beschwichtigende Geste und kommt dann zielstrebig auf Lola und mich zu. Mit jedem Schritt scheint er sich mehr zu entspannen und mein Magenknurren wird durch ein leichtes Flattern ersetzt, als er uns entgegenlächelt.

»Wie gefällt euch die Suite?«, fragt er und versenkt die Hände in den Hosentaschen, auf eine unsichere Art, die ich noch nie bei ihm gesehen habe.

»Die Suite ist toll, der Mitbewohner weniger«, erwidert Lola mit schnippischem Tonfall.

»Habt ihr euch gestritten?« Jonahs hellblaue Augen huschen zwischen Lola und mir hin und her.

»Was?«, entgegnet Lola empört, die Doppelfalte erscheint über ihrer Nasenwurzel. »Wir streiten uns nie«, sagt sie vollkommen überzeugt und tritt näher zu mir, als könnte sie die Aussage damit unterstreichen. Offenbar weiß Jonah nichts von unserem überraschenden Neuzugang in der »Mädchensuite«, daher klärt Lola ihn auf. »Lucas behauptet, er könne nicht mit dir zusammenwohnen. Außerdem hat er ein Video aufgenommen, auf dem er erzählt, dass er eigentlich gar nicht an Bord kommen wollte. Habt *ihr* euch gestritten?«

Jonah legt sich die rechte Hand in den Nacken und sieht sich wie beiläufig um, weil Lola immer lauter geworden ist und wir schon jetzt die Aufmerksamkeit einiger anderer Gäste auf uns gezogen haben. Ich glaube sogar, dass bereits Handykameras auf uns gerichtet sind. Aber vielleicht zeigen sie auch nur zufällig in unsere Richtung.

»Wollen wir uns setzen?«, frage ich und halte meine Schultern mit aller Kraft gesenkt, während ich immer wieder zu den Kameras sehe. Auch Jonah bemerkt sie und versucht sich an einem Lächeln, das so ziemlich das Gegenteil von überzeugend ist. Zumindest aus der Nähe. Erst als er mir zunickt, wirkt es echter und erreicht sogar beinahe seine Augen.

»Von mir aus«, antwortet Lola und funkelt ihren Bruder herausfordernd an. »Aber dann erzählst du mir, was schon wieder los ist.« Sie wartet gar nicht erst auf Jonahs Reaktion, sondern steuert direkt auf einen Tisch am Ende der Piazza zu, der weit genug von all den Handys entfernt sein sollte, selbst mit Zoom. Ich hake mich in Jonahs dargebotenen Arm ein, meine Schultern entspannen sich endlich und wir folgen Lola. Dabei kommen wir an Candice vorbei, die mit Hunter und diesem Typen am Tisch sitzt, der nach uns an Bord gegangen ist. Scott? Sie ruft uns zu, dass sie gleich zu uns kommen würde. Trotzdem entgeht mir nicht, dass Lolas Schritte schneller werden, als sie Scott entdeckt, der Candice gegenübersitzt.

Kaum haben wir Platz genommen, eilt auch schon ein junger Kellner herbei. Er fragt nach den Getränkewünschen, preist uns einen unaussprechlichen italienischen Wein an, den Jonah dann auch bestellen will, aber Lola winkt ab und ordert gleich eine ganze Flasche für unseren Tisch.

Wie es scheint, habe ich mein Naserümpfen nicht unter Kontrolle, denn Jonah schmunzelt, als er mich ansieht. »Für dich eine Cola?«

Ich nicke ihm dankbar zu. Mit Wein kann ich absolut nichts anfangen. Egal, welche edlen Tropfen mir Lola im letzten Jahr andrehen wollte, für mich schafften sie es alle nur in die Kategorie »kann man runterwürgen«. Wahrscheinlich werde ich Wein nie wertschätzen können, wie Lola es einmal genannt hat.

»Ohne Zucker?«, fragt der Kellner.

Mein schockierter Gesichtsausdruck muss Bände sprechen, denn Lola prustet los.

»Normal, bitte«, presse ich hervor und der Kellner eilt mit einem festgetackerten Lächeln davon.

Ich sollte dringend an meinem Pokerface arbeiten.

»Du hast den armen Jungen erschreckt«, ermahnt Jonah seine Schwester.

Lola richtet sich sofort auf. »Wo wir direkt beim Thema wären. Was hast du meinem Zwillingsbruder angetan?«

»Ich habe absolut keine Ahnung«, stößt Jonah aus, begleitet von einem langen Seufzen. »Dad hat mich gestern angerufen und gesagt, dass Lucas nicht mit an Bord gehen will. Ich weiß nicht, was seine Meinung letztendlich geändert hat.«

Ein weiterer Kellner kommt an unseren Tisch und fragt, ob wir die Live-Küche in Anspruch nehmen oder à la Carte bestellen wollen. Lola und Jonah sehen mich an und ich bin … überfordert. Meine rechte Hand krallt sich in den weichen Stoff meines Kleides und macht sämtliche Bemühungen zunichte, knitterfrei zu bleiben.

»Ähm, die Live-Küche?« Die Antwort klingt eher nach einer Frage, dennoch nickt der Kellner, wendet um einhundertachtzig Grad, eilt im Stechschritt zu einem der Kochwagen an einem anderen Tisch und gibt seinem Kollegen dort unseren Wunsch weiter. Meine Finger entspannen sich gerade wieder, da schießen hinter dem Koch Flammen empor, die nur knapp die Lampions über der Piazza verfehlen.

»Ich hoffe, das war keine falsche Entscheidung«, murmele ich eher zu mir selbst, sehe vorsichtig nach oben und checke den Abstand zu den hübschen Papierlaternen.

»Um uns herum gibt es genug Wasser«, kommentiert Jonah locker.

»Du willst ja nur den Helden spielen«, stichelt Lola.

Jonah grinst sie mit einem Funkeln in den Augen an, das beim nächsten Satz jedoch erlischt.

»Glaub ja nicht, dass ich dich anbeten werde, wie Lucas es tut.«

Weil sich die beiden über den Tisch hinweg einen Starrwettbewerb liefern, ohne etwas zu sagen, versuche ich, den Worten einen Sinn zu entnehmen. Beziehungsweise dem, was ungesagt zwischen ihnen über dem Korb mit Knabbergebäck hängt – dass Lucas seinen großen Bruder im Moment ganz offensichtlich nicht vergöttert. Bleibt nur die Frage nach dem Warum.

Der Kellner unterbricht das Geschwisterduell, worüber ich unendlich froh bin. Er stellt mir ebenfalls ein Weinglas hin, schenkt dann jedoch Cola aus einer kleinen Flasche ein, als wäre es ein ebenso erlesenes Getränk wie der Rotwein, den er anschließend Lola und zuletzt Jonah eingießt. Lola schwenkt wie im Film ihr Glas, riecht daran und nimmt dann einen Schluck. Sie nickt dem Kellner zu, der schon fast erleichtert aussieht, den beiden den richtigen Tropfen empfohlen zu haben.

Eingehüllt in den köstlichen Geruch nach gegrilltem Gemüse wird meine Portion Spaghetti direkt aus dem Topf in einem gigantischen ausgehöhlten Parmesanlaib gewälzt, hübsch auf einem länglichen weißen Teller arrangiert und mit wenigen Handgriffen perfekt dekoriert. Es ist faszinierend, den Köchen beim Show-Kochen zuzusehen und wie sie mit begrenzten Mitteln dieses gigantische kulinarische Erlebnis zaubern. Nachdem der Koch Butter, Zwiebeln, Tomaten, Champignons und Schinken mit duftenden Kräutern in einer Pfanne geschwenkt, mit Alkohol aus einer Karaffe übergossen und entzündet hat, schlage ich Jonahs Angebot, seine flambierte Pasta zu kosten, natürlich nicht aus. Auch sein Essen schmeckt unglaublich, ebenso wie Lolas gebratene Garnelen.

Die mobile Küche zieht weiter und wir schlagen uns die Bäuche voll, lachen und haben Spaß, sodass alle negativen Schwingungen des Tages verschwinden wie das Essen von unseren Tellern. Ich habe noch nie einen ganzen Abend mit Jonah verbracht. Als Lola von Candice angebettelt wird, sie noch zu einem gemeinsamen Bekannten zu begleiten, nehme ich sein Angebot an, mit ihm zu unseren Suiten zurückzukehren. Ich bin heute einfach zu geschafft für eine Party, nach der es sich laut Candice definitiv anhört.

Candice ruft und winkt Lola vom anderen Ende der Piazza ungeduldig zu – was ich in einigen Handydisplays wie in einem schrägen Spiegelkabinett sehen kann. Lola verabschiedet sich mit einer festen Umarmung von mir. »Weck mich morgen, damit wir gemeinsam zum Frühstück auf das Sonnendeck gehen können, okay?«

Lola ist das Gegenteil einer Frühaufsteherin und frühstückt an den Wochenenden meistens erst, wenn ich schon an das Mittagessen denke, daher fällt mein Nicken etwas zögerlich aus.

»Versprich es mir!«, verlangt sie.

»Okay, okay. Ich werde dich wecken, bevor ich frühstücke.«

Sie scannt meinen Gesichtsausdruck noch einen Moment lang, dann nickt sie zufrieden. »Bis morgen.« Ihr Blick gleitet über meine Schulter hinweg zu Jonah, sie beißt sich kurz auf die Lippe, dann grinst sie mich breit an. »Ich würde ja sagen, tu nichts, was ich nicht auch tun würde, aber … igitt!« Sie schüttelt sich demonstrativ.

Ich lache auf, aber es klingt alles andere als echt, denn erst ihr Spruch hat mir klargemacht, dass ich zum ersten Mal mit Jonah allein sein werde. Lola drückt mir noch einen Kuss auf die Wange und folgt dann Candice' immer lauteren Rufen. Ich sehe ihr nach – genau wie diverse Handykameras –, bis sie zusammen mit Candice in einem Bogengang verschwindet. Dabei verdränge ich die Tatsache, dass Jonah hinter mir steht und wir zum ersten Mal nicht schreiben müssen, sondern einfach reden können.

Langsam drehe ich mich um und versuche, meine innere Aufregung unter Kontrolle zu bringen. Jonah schenkt mir ein strahlendes Lächeln und bietet mir seinen Arm an. Ich lege meine Hand darauf und ohne uns abzusprechen, gehen wir los.

»Bist du immer noch froh darüber, dass wir dich überredet haben?«, durchbricht er das sanfte Rascheln der Blätter zwischen den Lichtern hoch über uns und die inzwischen nur noch vereinzelten Vogelrufe.

Weil ich nicht gleich etwas erwidere und in mich hineinhorche, welche Gefühle nach diesem Abend überwiegen, spricht er weiter – und meine positive Antwort zerfällt auf meiner Zunge zu Staub. »Wollte dich Violet nicht eigentlich begleiten? Vermisst du sie?«

Halt dich bitte von Jonah Price fern.

Mein Puls beschleunigt sich, ich bleibe stehen und entziehe Jonah die Hand so schnell, dass meine Nägel über den Stoff des Sakkos kratzen. »Du … ihr kennt euch von der Party, oder?« Ich rufe mir Lolas letztes Video des Abends in Erinnerung, sehe Jonah und Violet im Hintergrund an der Bar stehen, ohne dass zu erkennen ist, ob sie sich auch unterhalten haben.

Von meinem Gestammel aufgeschreckt, dreht er sich zu mir um, leichte Furchen erscheinen auf seiner Stirn, ehe er nickt. »Ich habe sie auf der Party der Zwillinge kennengelernt, Lola hat uns vorgestellt und gesagt, sie würde auch mitfahren.« Die Falten über seinen Brauen vertiefen sich und für einen winzigen Augenblick presst er die Lippen zusammen.

»Ich habe keine Ahnung, warum sie nicht mitgekommen ist«, sage ich kurz angebunden. Ich will nicht mehr über Vi sprechen, sonst könnte der Ärger über ihren völlig übertriebenen Beschützerinstinkt wieder hochkochen. Mit aller Kraft verdränge ich die Nachricht und lenke die Aufmerksamkeit auf Jonahs Geschwister. »Und du weißt nicht, warum Lucas nicht mitfahren wollte oder warum er jetzt bei uns wohnt?«

Jonah schüttelt langsam den Kopf, seine Miene verrät, dass er angestrengt nachdenkt. Er scheint sich über Lucas zu ärgern, denn seine Kiefermuskulatur ist deutlich angespannt.

»Geschwister sind wohl immer für eine Überraschung gut«, schließt er das Thema ab und wir gehen weiter. Die Stille zwischen uns hat sich verändert, sie ist gefüllt von all den Gedanken, die in meinem und offenbar auch Jonahs Kopf arbeiten. Hin und wieder streifen sich unsere Finger zufällig, was mich zurückzucken lässt. Jede Berührung kommt mir im Moment unmöglich vor, weil wir so weit entfernt voneinander sind.

Ein Concierge ruft uns den Lift und fragt, ob wir direkt zur Suite wollen. Jonah gibt die Frage an mich weiter. »Wir können auch noch zum Sonnendeck hinauffahren, wenn du möchtest.«

Ich tauche in seine leuchtend blauen Augen ein und bin mir sicher, dass er die Frage nur aus Höflichkeit gestellt hat. »Zur Suite bitte«, antworte ich dem Concierge.

Er drückt mit dem behandschuhten Finger *Deck 20* auf dem Display, wir steigen ein und Jonah hält kurz seinen goldenen Personal Guide an den Sensor. Kaum, dass sich die gläsernen Türen geschlossen haben, greift eine innere Unruhe nach mir. Ich bin mir sicher, dass Jonah nicht auf das Sonnendeck wollte, aber vielleicht nur, weil er … mehr erwartet. Meine Hände malträtieren schon wieder den zarten Stoff meines Kleides und eine unangenehme Befangenheit beschleicht mich. Wir haben nie darüber geschrieben, was genau das zwischen uns ist, es gab nur lockere Sprüche, bis jetzt war ich auch noch nie mit ihm allein.

»Tara!« Jonah greift an meine Schulter und beugt sich hinunter, damit er mir trotz gesenktem Kopf in die Augen sehen kann. »Ist alles in Ordnung? Du siehst … verschreckt aus.« Es klingt, als teste er das Wort aus – oder meine Reaktion auf ihn. Dann lacht er. »Meine außerordentliche Präsenz kann natürlich einschüchternd wirken. Wir hatten das Thema ja schon mal.« Er schmunzelt und seine Augen blitzen auf, als sie die Feenlichter hinter mir reflektieren. Ich bin so froh über seinen Versuch, die Situation aufzulockern, dass ich direkt darauf einsteige.

Ich lache auf. »Stimmt. Dein Ego ist so groß, dass ich Angst hatte, erdrückt zu werden«, kontere ich und ernte ein ehrliches Lächeln, das meine Brust wärmt. Jonahs Hand, die noch immer auf meiner Schulter liegt, streift meinen Arm entlang nach unten. So sanft und warm wie eine Sommerbrise und doch hinterlässt sie eine Spur purer Gänsehaut. Der Aufzug hält gerade an und die Türen gleiten auf, als Jonah seine Finger mit meinen verschränkt und rückwärts den Lift verlässt, ohne mich aus den Augen zu lassen. Ich beobachte sein spitzbübisches Grinsen, das kleine Fältchen um seine Augen zeichnet, bis unsere verbundenen Hände nicht mehr zulassen, dass ich stehen bleibe. Ich will ihn nicht loslassen, also folge ich ihm. Kaum haben sich die Fahrstuhltüren wieder geschlossen, spannt Jonah sich an und sieht zu beiden Seiten den Flur hinunter, während er mit der freien Hand seinen Nacken massiert. Die Unsicherheit steht ihm, denn sie bildet einen starken Kontrast zu seinem gut genährten Selbstbewusstsein. Ich verschiebe jegliche Entscheidung und zeige in den Gang nach links. Schließlich führt der Flur vor unseren Suiten wieder zusammen.

Jonah deutet eine Verbeugung an und sagt: »Wenn Sie mir bitte folgen würden, Madame.« Er dreht sich um und reißt mich praktisch mit sich, während ich lospruste. Wir passieren lachend die Suiten der anderen Gäste auf der Backbordseite. Jonah erzählt mir im Schnelldurchlauf, wer in welcher Suite untergebracht ist, aber noch vor Ende des Flurs habe ich die Namen schon wieder vergessen. Wir biegen erneut um die Ecke und kommen vor der Royal-Suite A an, Jonahs Suite. Die humorvolle Stimmung zwischen uns verpufft, als hätte die Belüftung sie abgesaugt. Meine Hand entgleitet Jonahs Fingern, die er daraufhin in seinen Hosentaschen versenkt. Nun lässt sich eine Entscheidung nicht weiter hinauszögern.

»Ich …«, beginnen wir beide gleichzeitig, was die angespannte Atmosphäre zumindest ein bisschen lockert. Er lässt mir den Vortritt.

»Ich sollte dann wirklich schlafen gehen. Der Tag war … aufregend«, sage ich.

Jonah scheint weder überrascht noch enttäuscht, was das Engegefühl in meiner Brust etwas löst. »Geht mir genauso.« Er tritt kurz näher, umarmt mich und drückt mir einen schnellen Kuss auf den Scheitel. Dann schlendert er auf seine Tür zu. »Ich wünsche dir schöne Träume … von mir«, sagt er, ohne sich umzudrehen.

Auf dem Weg zu meiner Suite grinse ich die ganze Zeit vor mich hin. Später im Bett starre ich durch das Panoramafenster zum Mond und den unglaublich vielen Sternen hinaus und sortiere meine Gefühle des heutigen Tages. Ich stelle fest, dass ich tatsächlich stolz auf mich bin. Stolz darauf, dass ich mich nicht von der Vergangenheit habe unterkriegen lassen. Doch allein bei diesem Gedanken krampft sich mein Magen zusammen. Als wäre es verboten, stolz auf sich zu sein. Nur warum?

Ich fische mein Handy aus der Nachttischschublade, erstelle einen neuen Instagram-Post und tippe:

Kennst du das Gefühl, etwas geschafft zu haben? Stolz auf dich zu sein? Und kennst du auch dieses eiskalte, ätzende Etwas, das oft diesem wunderbar warmem Gefühl folgt? Warum ist das so? Warum darf man nicht einfach stolz auf sich sein, ohne ein schlechtes Gewissen zu haben? Falls es dir ähnlich geht: Sei stolz auf dich. Auf jeden einzelnen verdammten Schritt – auch wenn er noch so klein ist.

Ich speichere den Post ab, schalte das Handy wieder aus und schließe die Augen. Ich stelle mir vor, dass ich die Bewegung der Wellen weit unter mir spüre, dass sie mich sanft hin und her wiegen, und falle kurz darauf in einen entspannten und sehr tiefen Schlaf.

MONTAG

7

Sanftes Morgenlicht küsst mich wach und ich bin mir ziemlich sicher, seit Jahren nicht so gut geschlafen zu haben. Ich blinzele gegen die Helligkeit an und versuche, die Lider zu heben. Dann bleibt mir nichts anderes übrig, als sie aufzureißen und mich aufzusetzen, um das Naturschauspiel jenseits der Glaswand zu beobachten.

Die Sonne klettert aus dem endlosen Meer empor. Hauchzarte goldene und rosafarbene Schlieren streifen den Halbkreis, der sich dutzendfach in den sanften Wellen vor mir bricht. Es ist so wunderschön, dass ich aus dem Bett steige und zum Fenster gehe, die Hand auf das kühle Glas lege und mich mit jedem Atemzug von dem puren Glücksgefühl durchströmen lasse, Zeuge von etwas so Wundervollem sein zu können.

Erst als sich die Sonne über den Wellen erhoben hat, wende ich mich ab und sehe zur Wand neben meinem Bett, an der ein gläsernes Display die Uhrzeit anzeigt. Es ist erst kurz nach sechs, dabei fühlt es sich an, als hätte ich tagelang durchgeschlafen.

Wenn ich Lola jetzt wecke, würde sie mich vermutlich über Bord werfen. Ihr Angebot, mit mir zu frühstücken, gilt garantiert nicht vor acht Uhr. Diese Zeit existiert in Lolas Welt schlichtweg nicht.

Unsicher, ob ich allein gehen soll und wo überhaupt ein Frühstück angeboten wird, trete ich zu dem kleinen Schreibtisch neben der Badezimmertür und suche nach einem Prospekt über die *Siren*, wie ich es aus Hotels kenne. Doch auf der spiegelnden Oberfläche liegt nur ein Tablet. Ich tippe es an und werde von Ethan angelächelt, der mich in einem kurzen Video noch einmal begrüßt und mir anbietet, ihn direkt über den Personal Guide zu kontaktieren. Für allgemeine Informationen über die *Siren* könne ich jedoch auch durch die Rubriken surfen. Ethans Gesicht verschwindet und eine Übersicht der *Siren* erscheint. Es blinken mehrere Stellen auf, und obwohl ich eigentlich nach Restaurants gesucht habe, komme ich einfach nicht an dem Punkt »Fitness« vorbei. Jobkrankheit. Ich sehe mir das Teaservideo an, das auch schon im Fahrstuhl lief, und entlocke dem Gerät immer mehr Details, die dafür sorgen, meinen Frühstückswunsch zu verschieben. Stattdessen ziehe ich meine Sportklamotten an und fahre mit dem Lift zu Deck 5 hinunter. Von meinem Personal Guide am Handgelenk lasse ich mich zum Running Track navigieren, einer rutschfesten Joggingstrecke rund um das ganze Deck. Die Glastür zur Außenpromenade gleitet zur Seite und mir schlägt feuchte, schwere Luft entgegen.

Als ich damals von Minnesota nach Miami gezogen bin, hat es über ein halbes Jahr gedauert, bevor ich mich an die hohe Luftfeuchtigkeit und die Tatsache gewöhnt hatte, dass es in diesen Breitengraden nachts nur geringfügig abkühlt. So konnte ich nicht länger in der kühlen Morgenluft joggen, sondern musste mich umgewöhnen.

Dass ich mich nun auf einem Schiff befinde, hat mein Körper offenbar völlig verdrängt, denn zunächst kann ich die Geräusche nicht zuordnen. Tatsächlich höre ich seit unserem Auslaufen zum ersten Mal das Meer. Ich eile zur Reling, lehne mich darüber und sehe an der Schiffswand entlang nach unten, in das von der *Siren* verdrängte Wasser, das zur Seite gleitet. Mit geschlossenen Augen genieße ich das gleichmäßige Rauschen. Als uns eine Welle rammt, erhalte ich die Erklärung für das Ruckeln, das immer mal wieder das Schiff erschüttert. Es ist nicht sehr stark und gleicht den kleinen Erschütterungen in Zügen, weshalb ich nicht nachgefragt habe – und gestern auch niemand darauf reagiert hat oder in Panik ausgebrochen ist. Direkt an der Reling spüre ich die sanfte Vibration der Stabilisatoren, die offenbar der Wellenbewegung entgegenwirken.

Ich mache ein paar tiefe Atemzüge, um meinen Körper an die nicht klimatisierte Luft zu gewöhnen, dann jogge ich los. Nach vier Runden, was laut Beschilderung ungefähr meiner Zwei-Meilen-Strecke auf dem Campus entspricht, laufe ich langsam aus und betrete völlig verschwitzt, aber erfüllt von positiver Energie direkt vom Track aus das Fitnessstudio. Die Kälte der Klimaanlage schlägt mir entgegen, der Schweiß auf meiner Haut lässt mich frösteln. Was mein gut trainiertes Herz jedoch fast zum Stillstand bringt, ist eine Bewegung, die ich aus dem Augenwinkel wahrnehme. Ich fahre herum und blicke über die verspiegelte Wand direkt in Lucas' Gesicht, der mich misstrauisch mustert. Er sitzt auf einer Hantelbank, die im Vergleich zu den Hightech-Geräten im Raum nahezu antik wirkt, und lässt mich nicht aus den Augen, was es mir fast unmöglich macht, ein Lächeln aufzusetzen. Mit angestrengt verzerrten Lippen würge ich ein »Guten Morgen« hervor.

Seine Arroganz und die Tatsache, dass er nicht einmal genug Anstand besitzt, zurückzugrüßen, lassen meinen Magen grummeln. Mein Lächeln fällt in sich zusammen. Ich wende mich ab und widme mich dem Trainingszirkel, den ich mir vorhin auf dem Tablet ausgesucht hatte. Er will mich ignorieren? Das kann ich auch.

Mit meinem Personal Guide personalisiere ich die elektronischen Geräte im Zirkel, sodass Gewicht und Position immer auf mich eingestellt werden, wenn ich nach sechzig Sekunden die Trainingseinheit wechsele. Ich kenne diese Art von Training nur aus Broschüren und Videos, denn auf dem Campus sind wir leider nicht annähernd so ausgestattet. Ich bin absolut begeistert und male mir bereits aus, wie ich mit diesen Hightech-Geräten meine späteren Kunden anleiten und ihre gesamten Ergebnisse am Bildschirm auslesen kann. In dieser Technik steckt unglaubliches Potenzial!

Lucas und ich sind allein in dem hell erleuchteten nahezu komplett in Creme und Gold gehaltenen Studio und ich kann einfach nicht anders, als immer wieder zu ihm zu sehen. Er nimmt zu viel Gewicht, daher wundert es mich gar nicht, dass er die Stange nur mit stöhnenden Lauten von sich schieben kann. Laute, die in mir nachklingen, als wäre ich ein Resonanzkörper. Wie dämlich von mir, dass ich mein Handy samt Kopfhörer in der Suite gelassen habe.

Ich bin gerade an der dritten Station angekommen – Brusttraining am Butterfly-Gerät –, als Lucas sein Bankdrücken beendet und mit einem Handtuch über der Schulter auf mich zukommt. Ich versuche, nicht auf die aufgepumpten Muskeln unter seinem Shirt zu starren, sondern mich auf den Schriftzug »University of Whitefield« darüber zu konzentrieren, aber als er den Arm hebt und sich mit dem Handtuch die Stirn abwischt, wird das Vorhaben unmöglich.

»Was machst du hier?«, frage ich.

Lucas hält mitten in der Bewegung inne, kneift die Augen zusammen und verzieht die Lippen, bevor er einen kabellosen Kopfhörer aus dem Ohr nimmt, den ich vorher gar nicht bemerkt habe.

»Wie bitte?«

Er wirft mir einen Blick zu, unter dem sich mein Körper normalerweise von selbst zusammenfalten würde. Bei jeder anderen Person hätte ich jetzt den Kopf gesenkt und die Schultern hochgezogen, weil ich mich offenbar missverständlich ausgedrückt habe, was mich immer in Panik versetzt. Nicht jedoch bei Lucas. Er denkt sowieso schon das Schlimmste von mir, daher befeuert die panische Energie meinen Ärger – und meine Kraft – und lässt die Wiederholung meiner Worte barsch klingen: »Was machst du hier?«

Er hebt die Brauen. »Wonach sieht es denn aus?«

Verflucht. Meine Arme beginnen zu zittern, was er mit einem kurzen Blick registriert. Ich habe das Trainingsgewicht nicht für ewig langes Halten eingestellt.

»Ich meine um diese Zeit.« Ich stelle fest, dass ich kein bisschen vor mich hin stammele, sondern in jeder einzelnen Silbe ein genervter Unterton mitschwingt, was aber auch an der Anstrengung liegen kann, die Griffe vor der Brust zusammenzuhalten.

Er schüttelt abfällig den Kopf. »Denkst du, ich sehe so aus«, er gestikuliert vor seinem Oberkörper herum, »weil ich jeden Abend auf Partys gehe und dann bis mittags im Bett liege?« Er wendet sich ab, und mit einem erleichterten Seufzen gebe ich dem Drängen meiner Muskeln nach und lasse die Griffe langsam zur Seite gleiten. Genau in diesem Moment dreht Lucas sich wieder um und mustert mich skeptisch. »Warum denken immer alle, dass ich nichts dafür tun muss? Ich bin doch nicht mit Sixpack auf die Welt gekommen.«

Bis jetzt hatte ich noch nie das Bedürfnis, jemandem an die Kehle springen zu müssen – nicht einmal Amber –, aber die Überheblichkeit in Lucas' Stimme reizt einen Teil von mir, der ganz neue Schwingungen freisetzt. Schließlich hat er sich auch direkt ein Urteil über mich gebildet, ohne mich zu kennen. Das will ich ihm gerade an den Kopf werfen, als er ein kaum Hörbares »Sorry« ausstößt.

Ich neige mich instinktiv auf meinem Sitz am Butterfly-Gerät nach vorn, zumindest so weit, wie es die Überdehnung meiner Arme zulässt, weil meine Finger sich noch immer um die Griffe krallen.

»Und um deine Frage zu beantworten: Um diese Zeit habe ich immer meine Ruhe – dachte ich.« Ohne ein weiteres Wort steckt er seinen Kopfhörer wieder ins Ohr und setzt sein Training fort.

Ich verpasse zwei Gerätewechsel, weil ich immer noch versuche herauszufinden, was da eben geschehen ist und wieso mir ganz offenbar egal ist, was Lucas über mich denkt. Okay, egal vielleicht nicht, aber ich habe keine Angst davor, dass er etwas Falsches von mir denken könnte, was die ganze Sache definitiv leichter macht.

Meine Augen suchen immer wieder Lucas' Blick und verfolgen sein wirklich anstrengendes Training. Selbst beim Beinheben an der Klimmzugstange hat er Gewichte zwischen die Knie gepresst. Tief beeindruckt sehe ich zu, wie er trotzdem vollkommen kontrolliert und langsam – ohne Schwung zu holen, womit die meisten tricksen – die Beine bis nach oben zur Stange bringt. Dennoch ist es zu viel und die Sportwissenschaftsstudentin in mir muss einfach eingreifen. Ich verlasse das Adduktoren-Gerät und gehe auf etwas wackeligen Beinen zu ihm. Er bemerkt mich, zieht sein auferlegtes Pensum jedoch weiter durch und lässt sich erst auf die Matte fallen, als ich schon neben ihm stehe. Ich verkneife mir, ihn anzusprechen, solange er den Hörer im Ohr hat, lege aber sofort los, als er ihn mit einem genervt auffordernden Blick herausnimmt.

»Übertreibst du es nicht ein wenig?«, formuliere ich meine Bedenken absichtlich wie eine Frage und setze ein freundliches Lächeln auf wie während der Arbeit im Herbert Wellness Center. Professionell, aber bestimmend. Ich darf schließlich keine Verletzung während meiner Aufsicht riskieren.

Lucas sieht mich verständnislos an. »Ähm … nein«, ist seine knappe Antwort.

Ich muss wohl direkter werden. »Dein Pensum ist zu hoch. Zu viel Gewicht, zu viele Wiederholungen. Das ist nicht nötig. Du bist schließlich kein Spitzensportler.«

»Woher willst du das denn wissen? Du trainierst an idiotensicheren Geräten.« Er sieht schon fast abfällig hinüber zum Zirkel, hebt sein Handtuch vom Boden auf und tupft sich erneut den Schweiß vom Körper.

»Ich wollte die Geräte nur …«, beginne ich, doch ich bin ihm keine Erklärung schuldig. Stattdessen erzähle ich ihm, was genau ich studiere und dass ich genug Ahnung habe, um ein ausgewogenes Training einschätzen zu können, das Menschen zu einem gesünderen Leben verhelfen, sie körperlich fit halten oder schnellstmöglich rehabilitieren soll. Sein Training sieht dagegen eher nach meinen Kursen für Leistungsphysiologie aus, die darauf ausgelegt sind, Spitzensportler zu betreuen. Während ich wie ein Wasserfall auf ihn einrede, wünsche ich mir die ganze Zeit, in Lucas' Kopf sehen zu können. Sein Gesicht entspannt sich allmählich, und als endlich alles aus mir herausgesprudelt ist, was ich zu sagen hatte, wirkt er wesentlich freundlicher.

»Ich will nicht hungern, mir Drogen einwerfen oder mich von Zigaretten ernähren statt von gutem Essen. Deshalb ist mein Pensum höher. Ich genieße gern.« Die letzten Worte klingen anders. Etwas rauer und tiefer, aber vielleicht liegt das auch an seinem nun leicht verhangenen Blick. Was mich jedoch daran zweifeln lässt, dass er noch vom Essen redet. Ich spüre, wie sich weit mehr als die normale Trainingshitze auf meinen Wangen abzeichnet, aber Lucas geht darüber hinweg, als hätte er es nicht bemerkt.

»Zufrieden?«, schiebt er in dem überheblichen Tonfall von vorhin hinterher.

Er wartet meine Antwort nicht ab, sondern wendet sich um und geht zu den Cardio-Geräten hinüber. Er entscheidet sich für das Fahrrad, drückt seinen Kopfhörer wieder ins Ohr, setzt sich und greift nach der VR-Brille, die in einer Halterung am Lenker steckt, um sich von der *Siren* an einen ganz anderen Ort zu versetzen – zumindest kurzfristig.

Ich sehe auf die Uhr an der Wand und entscheide, dass es nach einer ausgiebigen Dusche spät genug sein dürfte, Lola ohne allzu tödliches Risiko zu wecken. Außerdem ist sie selbst vor acht Uhr an ihrem miesesten Tag eine angenehmere Gesellschaft als ihr Zwillingsbruder.

8

Während des Frühstücks auf dem nur den Gästen der Suiten zugänglichen oberen Sonnendeck, zu denen auf der Jungfernfahrt alle eingeladenen Influencer gehören, erfahre ich von Candice und Lola, dass die von Jonah gestern Abend genannten Namen nur ein Teil der Passagiere sind.

»Die meisten von ihnen haben Mitarbeiter dabei – weshalb sie jetzt gerade allein an ihren Tischen hocken, weil sie sonst nicht wissen, mit wem sie reden sollen«, erklärt Candice und deutet vage um uns herum. Mein Blick gleitet über Jonah, der kurz die Hand zum Gruß hebt, während er mit Hunter frühstückt, zu einer der einsamen Frauen an den Nachbartischen, die ich tatsächlich erkenne. *Lyanna* hatte vor drei Jahren mal einen Nummer-1-Hit, war anschließend aber zu sehr mit Promi-Partys beschäftigt, um auch nur einen einzigen weiteren Song schreiben zu können. Stattdessen unterhält sie nun alte und neue Fans über Social Media, wo sie sich eine große Reichweite aufgebaut und damit genügend Kooperationspartner angelockt hat, um ein gutes Leben zu führen. Aus diesem Grund wurde sie vermutlich auch für die *Siren* ausgewählt.

»Und wo sind diese Mitarbeiter jetzt?«, frage ich und beiße von dem wohl besten Croissant der Welt ab. Es wäre eine Todsünde, es nicht zu essen, obwohl ich schon längst satt bin. Gerade als ich genießerisch seufze, kommen mir ausgerechnet Lucas' Worte über Genuss wieder in den Sinn und mein Frühstück wird in meinem Magen lebendig. Der verkniffene Ausdruck, der sich dabei offenbar auf meinem Gesicht zeigt, lässt Candice' Braue nach oben wandern.

»Die Instagram-Boyfriends, Stylisten, Personal Trainer, Kosmetiker und keine Ahnung was noch wohnen unten in den normalen Kabinen«, erklärt Lola. »Wobei es *normal* vielleicht nicht ganz trifft.« Sie sucht nach den richtigen Worten. »Es sind Maisonette-Suiten mit Balkon wie unsere, nur nicht ganz so groß. Lediglich die Kabinen der Crew auf Deck 3 haben keinen Zugang nach draußen.« Sie schüttelt den Kopf und kommt zum Thema zurück, während ich überlege, ob ich – abgesehen von der Kellnerin, die uns eben unser Frühstück gebracht hat – heute überhaupt schon jemanden von der Crew gesehen habe. Erst jetzt wird mir bewusst, dass überall weiß gekleidete Schatten umherhuschen, den Blick gesenkt, um ja keine Aufmerksamkeit auf sich zu ziehen. Viele der Angestellten haben kleine handyähnliche Geräte in der Hand, mit denen Bestellungen weitergeleitet werden.

»Jonah und das Marketingteam wollten nicht, dass die geladenen Gäste sich nur mit ihren eigenen Leuten abschotten, sondern dass sie zusammenarbeiten.« Lola rümpft die Nase. »Zumindest irgendwie.«

Sie kommt nicht dazu, das genauer zu erklären, denn Terrence Green springt zwischen den Tischen hindurch, wirbelt herum, grinst hier und da jemanden an, und küsst die Hand von Lyanna, die erstarrt und offenbar nicht weiß, wie ihr geschieht. Terrence zieht seine Show so lange ab, bis etliche Handykameras auf ihn gerichtet sind. Wie Spots leuchten sie immer wieder auf und blenden mich, wenn sie die Sonne reflektieren. Zufrieden verbeugt er sich und stellt sich auf ein kleines Podium am Rand der Balustrade zu den unteren Decks. Trotz der Hitze trägt er auch heute Hemd und Fliege zu einem blauen Anzug, der ihn beinahe mit dem Himmel hinter sich verschmelzen lässt – wären da nicht wieder die zahlreichen Pailletten. Auffällig ist, dass der Schnurrbart fehlt. Entweder war er nur aufgeklebt oder er hat ihn sich abrasiert. Sein Gesicht wirkt jedenfalls um etliche Jahre jünger.

»Guten Morgen, teure Gäste der *Siren*«, ertönt seine Stimme aus den Lautsprechern um uns herum, und ich frage mich, ob das »teuer« nur für mich so zweideutig klingt. Da Candice neben mir prustet, geht es offenbar nicht nur mir so. Während einer dramatischen Pause sieht der Showrunner von einem Augenpaar zum nächsten. »Bevor ich mich gleich auf die Suche nach den Gästen mache, die ihr Frühstück nicht auf dem Sonnendeck genießen, habe ich für Sie alle einen Auftrag, bei dem Sie Ihrer Kreativität freien Lauf lassen können.« Begleitet von einer übertrieben ausladenden Geste präsentiert er die Tagesaufgabe. »Erkunden Sie heute die *Siren* und setzen Sie sich und Ihren Lieblingsort möglichst beeindruckend in Szene. Bisher hatte die Welt keinen Zugang zur *Siren*, niemand kennt das Casino, den Diamond Club, das Spa, das Fitnessstudio, die vielen Pools, die Restaurants, Cafés und Bars, unseren Virtual Ocean, die Sportplätze oder die Eislaufbahn.« Er holt übertrieben Luft. »Öffnen Sie der Welt die Augen! Und vergessen Sie nicht, sich oft genug selbst zu zeigen, vielleicht trägt das Schwesternschiff der *Siren* dann schon bald Ihren Namen.«

Vereinzelte Seufzer werden vom Wind über das Sonnendeck getragen und die Handys hören auf, mich zu blenden.

»Die Fotos und Videos müssen bis sechzehn Uhr Deckzeit an den

Terminals hochgeladen sein, um für die heutige Show in Betracht zu kommen. Sie können alle Informationen zur Tagesaufgabe auch auf den Tablets in Ihren Suiten abrufen. Ich wünsche Ihnen gutes Gelingen, und vergessen Sie nicht: Sie müssen dem Lockruf der ›*Sirene*‹ folgen, um zu bekommen, was Sie wollen.« Er wackelt übertrieben mit seinen buschigen Augenbrauen, verbeugt sich und verschwindet, während ich noch über den Sinn – oder Unsinn – des letzten Satzes nachdenke.

»Wo wollen wir zuerst hingehen?« Candice beugt sich über den Tisch und sieht sowohl Lola als auch mich verschwörerisch an.

»Du willst ernsthaft mitmachen?«, kommt Lola mir zuvor.

»Natürlich!« Candice reckt das Kinn in die Luft. »Was für ein Glück wäre es für euch, wenn die *Candice* bald neben der *Siren* in See sticht, anstatt einer …«, sie sieht sich kurz um, »einer *Tommy.* Wie klingt das denn?«

Ich suche nach einem potenziellen Tommy und finde einen nicht wirklich fit aussehenden jungen Mann, der mehr in seinem Loungesessel hängt als zu sitzen. Ich habe kein Mitleid für Leute, die ihren Körper nicht schätzen und bis zum Erbrechen Partys feiern.

»Irgendwie kommt er mir bekannt vor«, sage ich und versuche, mich zu erinnern.

»Jeder kennt ihn«, sagt Lola.

Candice fügt mit singender Stimme hinzu: »Tommy Lewis! Ich war damals *so* verliebt in ihn.« Sie neigt den Kopf und stößt ein theatralisches Seufzen aus. Dann klärt sich ihr verträumter Blick und weicht Ernüchterung. »Oder wohl eher in seine Rolle als Caden Walsh.«

Ich sehe sofort wieder zu dem jungen Mann hinüber und suche nach Ähnlichkeiten. Es dauert einen Moment, bis ich in der bleichen Person auf dem Sessel tatsächlich den Schwarm meiner Teenie-Jahre finde. Wie oft hat Christian mich für die zahlreichen Caden-Poster in meinem Zimmer geneckt, wie oft haben Violet und ich die Serie angeschaut – nur wegen Caden! Ich glaube, ich habe nie wieder so sehr für jemanden geschwärmt wie für diesen Schauspieler – und doch habe ich nach Absetzen der Serie nichts mehr von ihm gehört.

»Den Blick kenne ich.« Candice zuckt mit den Augenbrauen. »Da hatte wohl auch jemand alle Caden-Aufsteller, die man kriegen konnte.«

Ich lache auf. »Fast. Bei mir war jedes bisschen Tapete mit Postern von ihm bedeckt. Was hat er nach der Serie gemacht?«

»Ich schätze, nichts.« Candice sieht zu Lola, die mit den Schultern zuckt, dann aber einen Geistesblitz hat. »War er nicht in Großbritannien in dieser einen Show?«

»Urgh, ja. Die haben ihn in den Dschungel gesteckt, wo er blöde Werbespots drehen musste.«

Ich verschlucke mich an meinem nächsten Bissen, lache und huste gleichzeitig. »Stimmt, die Werbung für dieses widerliche Müsli. Aber ich glaube, das war nicht im Dschungel.«

Candice zuckt mit den Schultern. »Egal. Ich erinnere mich lieber an seine Zeit als Caden. Und offenbar hat er noch genug Fans, um für die Reise hier attraktiv zu sein.«

Rund drei Stunden später, in denen wir so ziemlich auf jedem uns zugänglichen Deck der *Siren* waren und nun zu den Pools auf Deck 15 unterwegs sind, wirft uns Candice lachend vor, wie untauglich wir doch sind, was das Fotografieren betrifft.

»Also eine Karriere als Instagram-Boyfriend müsst ihr euch leider aus dem Kopf schlagen.« Sie schüttelt theatralisch den Kopf. »Aber zum Glück habt ihr Freundinnenqualitäten.«

»Wir wären ja auch eher … Instagram-Girlfriends oder … nur Friends?«, gebe ich zu bedenken, während ich die innere Wärme genieße, die ihre Worte über Freundinnen in mir ausgelöst haben.

»Die gibt es nicht. Egal um welches Geschlecht es sich handelt, ob du mit der Person hinter der Kamera zusammen bist oder nicht, ob du mit der Person bekleidet oder unbekleidet Spaß hast – wenn sie dich regelmäßig in Szene setzt, ist sie dein Instagram-Boyfriend, selbst wenn es deine Mom ist.«

Sie bleibt mitten auf der Außenpromenade des Decks stehen und runzelt die Stirn. »Jetzt bin ich mir ganz sicher, dass ich mich lieber an die Caden-Zeit von Tommy erinnere und alles danach aus meinem Gehirn löschen will.« Sie schluckt schwer und ich stimme ihr wortlos zu, denn wir werden gerade Zeuge davon, wie Tommy Lewis aka Caden Walsh sich in einen Eimer übergibt, der von einem älteren Typen gehaltenen wird. Danach wird er abgetupft und frisch gepudert. Dank der strahlenden Sonne, die alles hier draußen überbelichtet, sieht er gar nicht mehr so krank aus. Er lächelt in die Kamera und erzählt, wie gern er als Caden damals auf so einem Schiff gewesen wäre. Das Grübchenlächeln hat er noch drauf wie früher, es fällt aber gleich wieder in sich zusammen, weil die schnelle Drehung zur Poollandschaft, die nahezu das gesamte Deck umfasst, offenbar auch seinen Magen wieder umdreht.

Ich bin mehr als froh, dass es Lola und Candice ähnlich geht wie mir und wir schnellstmöglich verschwinden. Der ältere Typ bei Tommy ruft uns ein »Seekrank!« hinterher, kann aber meine nun ebenfalls auftretende Übelkeit damit nicht schmälern. Irgendwo in meinem Augenwinkel huschen bereits weiße Crewmitglieder vorbei, um die Sauerei zu beseitigen.

Wir suchen auf dem Bildschirm im Fahrstuhl nach einem abgelegenen Ort und wählen Deck 6. Während der Fahrt kommen wir erneut auf Tommy zu sprechen.

»Wie kann man sich für eine Kreuzfahrt bewerben, wenn man seekrank wird?«, frage ich.

»Die ganze Promo der *Siren* könnte ihn wieder ins Rampenlicht rücken. Vielleicht bekommt er dann Werbeverträge für besseres Müsli«, sinniert Candice. »Schon traurig, dass sein Erfolg nicht angehalten hat.« Ihre Trauer spiegelt sich tatsächlich eins zu eins auf ihrem Gesicht.

Und sie hat recht. Ich weiß gar nicht mehr, wann ich damals die ganzen Caden-Poster abgehängt habe, weil ich meiner Caden-Phase entwachsen war. Hieß es nicht irgendwann, Tommy hätte geheiratet? Irgendein Hollywood-Sternchen, das dann den geballten Hass der Fans abbekommen hat? Wo diese Frau jetzt wohl ist?

Ein paar geschäftig wirkende Crew-Mitglieder eilen an uns vorbei, als wir gerade eine hoffentlich genug abgelegene kleine Bar an der Backbordseite erreichen, die tagsüber Kaffeespezialitäten auf der Außenpromenade serviert und abends »Future Cocktails« ausschenkt. Doch es ist wie ein Fluch. Egal, wohin wir uns zurückziehen wollen, einer unserer Mitpassagiere ist samt Entourage bereits da. In diesem Fall Amber, die gerade ihren Fotografen anzickt, dass er die Bilder löschen muss und künftig darauf achten sollte, dass man die – meiner Meinung nach nicht vorhandene – Cellulite nicht sieht. Dabei müsste besonders ihr klar sein, dass erst heut Abend wieder das perfekte Licht für einen Dreh ist. Wir stolpern praktisch in die Diskussion auf der Außenpromenade, und Amber wirft mir einen kurzen Seitenblick zu. Ganz im Gegensatz zu Lola, die sie offensichtlich erkennt und mit einem entzückenden Lächeln beschenkt, bei dem sich wie von Zauberhand auch die verärgert heruntergezogenen perfekten Brauen heben.

»Lola Price?«, fragt sie, als wäre es total überraschend, hier auf sie zu treffen. »Wollen wir vielleicht gemeinsam ein kurzes Video aufnehmen?« Ihre Augen funkeln regelrecht und ich könnte Lola dafür küssen, dass sie mit einem ebenso falschen Lächeln ablehnt. Ambers Miene gerät ins Wanken, sie richtet ihren Blick erst auf Candice und anschließend auf mich. Ich warte darauf, dass sich irgendein Wiedererkennen in ihrem Gesicht abzeichnet, sie vielleicht zumindest darüber nachdenkt, ob sie mich kennen könnte – doch ich sehe rein gar nichts, nur dass sich ihre nach oben gezogenen Mundwinkel immer mehr verkrampfen.

Diese Frau hat mich vor anderthalb Jahren in ein dunkles Loch geschubst, aus dem ich mühsam wieder hinausgeklettert bin – mithilfe wundervoller Freunde und meiner Schwester –, und sie erinnert sich nicht einmal an mich! Meine Lippen zittern. Ich schäme mich. Nicht für das, was ich bin oder was ihretwegen aus mir geworden ist, sondern für *sie*. Für die so wunderhübsche wie verblendete Person, die Leben zerstört, ohne dass es ihr auffällt, ohne auch nur einen Gedanken daran zu verschwenden. Die alte Tara hätte ihr das vielleicht sogar ins Gesicht gesagt, aber die Tara, die sie aus mir gemacht hat, bringt kein Wort über die Lippen. Doch das muss ich auch gar nicht.

»Lass uns gehen.« Lolas Hand gleitet sanft über meinen Arm und sie greift nach meiner Hand. Ohne zu wissen, wie viel es mir wirklich bedeutet, hakt sich Candice auf meiner anderen Seite unter und wir lassen Amber und die Bar hinter uns. Ich rechne Candice hoch an, dass sie nicht nachfragt, sondern einfach nur für mich da ist.

Unser verspätetes Mittagessen nehmen wir schließlich fernab von allen anderen Gästen – sogar ohne unseren grimmigen Mitbewohner – auf der weitläufigen Couch unserer Suite ein. Die Türen zum Balkon sind geöffnet, hin und wieder rauscht eine warme Brise zu uns herein. Leise Musik dringt aus unsichtbaren Lautsprechern, nur die Songs wechseln leider ständig, weil Candice offenbar nicht länger als eine Minute zuhören kann und mehr oder weniger bei jedem Refrain schon nach dem nächsten Titel in ihrer Playlist sucht. Dennoch haben wir so viel Spaß, dass ich liebend gern hierbleiben würde, anstatt zur Liveübertragung der Show auf News 6 ins Amphitheater zu gehen. Doch dann hätte ich wirklich etwas verpasst.

9

Das Theater wirkt heute völlig verändert. Candice' erstauntem Gesichtsausdruck nach ist sie ebenso überwältigt wie ich. Wir bleiben direkt am unteren Zugang zum Kolosseum stehen und lassen die Kulisse auf uns wirken. Auf den Treppen zwischen den Rängen sind überall Feuerschalen verteilt, an den mit Stein verkleideten Wänden brennen Fackeln. Unschlüssig, was ich von so viel offenem Feuer halten soll, trete ich von einem Bein auf das andere und beäuge die Fackel direkt neben dem Eingang genauer.

»Keine Sorge, das Feuer ist nicht echt«, raunt mir eine Stimme ins Ohr und bringt meinen Puls unwillkürlich zum Rasen. Schnell wende ich mich Jonah zu. Um seinen Worten mehr Nachdruck zu verleihen, greift er mitten in die Flamme. Instinktiv warte ich auf einen Schmerzenslaut, doch der bleibt aus.

»Das ist nur beleuchteter Nebel aus einem Ultraschallvernebler, der hier unten in einem Wasserbehälter sitzt.« Jonah deutet auf die metallene Haltevorrichtung der Fackel.

Vollkommen fasziniert lasse ich zu, wie er meine Hand nimmt und sie ebenfalls durch die tanzende »Flamme« führt. Ich spüre die Feuchtigkeit nur schwach, weil sich offenbar alle meine Sinne auf Jonah konzentrieren, auf die Berührung und den herben Geruch seines Parfüms. Keine Ahnung, wie lange wir hier stehen, von Geborgenheit eingehüllt, als wären wir allein im Amphitheater. Erst Lolas Stimme reißt mich in die Gegenwart zurück.

»Wenn ihr euch noch länger anschmachtet, wird mir übel.« Sie stöhnt theatralisch auf.

Candice lacht nur schallend und Jonah verdreht die Augen, bevor er sich seiner Schwester zuwendet und klarstellt, dass wir uns nicht anschmachten. Ich bin unschlüssig, ob die klare Ansage eine tiefere Bedeutung hat oder ich zu viel in die Geschwisterneckereien hineininterpretiere. Ich folge Lola und Candice, die sich offenbar für einen Platz weiter oben entschieden haben, und versuche, das dumpfe Gefühl in meiner Brust zu ergründen, das die Wärme ablöst.

Während Terrence seinen überdrehten Auftritt hinlegt, bis sich genügend Handys auf ihn richten, zähle ich die Passagiere. Es ist einfach, weil eine auf der Bühne angebrachte Kamera ein Livebild der im Moment noch gut ausgeleuchteten ersten Sitzreihe auf die große Leinwand überträgt. Jetzt ist mir klar, warum alle dicht gedrängt auf den vorderen Sitzen hocken anstatt wie gestern überall im Theater verteilt. Sie sind allesamt so berechenbar, dass ich gedanklich die Augen verdrehe. Exakt vierzig Plätze sind belegt. Ich mache einige bekannte Gesichter aus: Amber, Lyanna, Tommy, eine Fashion-Influencerin namens Nicky Lauren, Mali, ein südafrikanisches Model, sowie weitere bekannte Persönlichkeiten – und auch diesen Scott, der mir noch immer nicht bekannt vorkommt, obwohl Candice und Hunter am Vorabend mit ihm zusammen am Tisch saßen. Er blickt mit einem schiefen Lächeln direkt in die Kamera und sieht aus, als flirte er mit der Linse. Heute trägt er einen dunklen Anzug, das schwarze Hemd ist nur locker geknöpft.

Ich sehe mich weiter um. Lucas ist nirgendwo zu sehen. Er sitzt weder vorn bei den anderen noch irgendwo anders auf den Rängen. Aber warum zur Hölle halten meine Augen ausgerechnet nach ihm Ausschau? Um mich selbst von dem absurden Gedanken abzubringen, folgt mein Blick Jonah, der mit dem Handy in der Hand zu Terrence auf die Bühne tritt, ihm das Display zeigt und sich gleich wieder zurückzieht.

»Meine sehr verehrten Gäste«, verkündet Terrence dann. »Es ist so weit. Lasst die Liveshow beginnen!«

Er stellt sich zu Jonah neben die Bühne. Hunter redet gerade auf Jonah ein, dessen Lippen sich zu einem Grinsen verziehen, das eine wohlige Wärme durch meinen Körper schickt. Die Lichter im Amphitheater gehen aus, die Leinwand wird schwarz und nur noch das zarte Flammenspiel der Wassernebel-Feuerschalen erleuchtet das Theater. Ich kann Jonahs angespanntes Gesicht im Schein seiner Smartphonebeleuchtung sehen, bevor die Liveübertragung startet. Als er das Handy in die Tasche seines Jacketts steckt, erklingt die Hymne der *Siren* und die Leinwand erwacht mit dem Logo von News 6 zum Leben.

NEWS 6

»Herzlich willkommen zu unserer ersten Sondersendung mit exklusiven Eindrücken von Bord der *Siren*, des Luxusliners, der derzeit die Welt in Entzücken versetzt!« Helena Johnson strahlt mit einem bildhübschen Lächeln in die Kamera. Ihre blonden Haare fallen in sanften Wellen über ihre Schultern und glänzen selbst im grellen Studiolicht wie purer Sonnenschein. Sie trägt eine roséfarbene Bluse zu einer weißen Hose und sitzt, ein Bein lässig über das andere geschlagen, auf ihrem Talksessel im Studio. Anstelle der Skyline von Miami ist hinter ihr eine Großaufnahme der *Siren* zu sehen. »Ich möchte Ihnen meinen Co-Moderator Simon Walker vorstellen.«

Das Bild schwenkt zu einem gut aussehenden jungen Mann, der in dem Sessel neben ihr schon fast schüchtern in die Kamera lächelt.

»Simon, begrüße unser Publikum vor den Bildschirmen.«

Jemand im Amphitheater stöhnt genervt auf, bevor Simons Lächeln noch breiter wird und er mit den ultralangen Wimpern klimpert. »Willkommen bei News 6«, bringt er dann irgendwann hervor.

Helena lächelt ihn voller Stolz an, als hätte er eben eine Goldmedaille gewonnen. Ich sehe zu Lola und Candice, weil mich ihre Meinung dazu interessieren würde, da geht es bereits weiter.

»Die *Siren* ist vor rund vierundzwanzig Stunden ausgelaufen und die Spekulationen, wer wohl mit wem zusammenwohnt und was derzeit in der medialen Wüste passiert, hat mich kaum schlafen lassen.« Sie gestikuliert übertrieben und Simon lacht gekünstelt über ihren Witz.

Candice' Interesse gilt offenbar mehr dem Co-Moderator, denn sie fragt so laut, dass auch die anderen Gäste es hören: »Da hat Helena aber eine gute Wahl getroffen.«

Wie ein Echo schweben einzelne Lacher zu uns hinauf, unter die sich ein Schnauben mischt, dessen Quelle nicht auszumachen ist.

»Zuerst wollen wir Ihnen einen Überblick über die wichtigsten Lokalitäten auf der *Siren* geben – zusammengeschnitten aus zahlreichen Videos der sechsundvierzig Passagiere, die gestern Abend an Bord gegangen sind.«

Sofort werfe ich einen Blick nach unten, auf die vierzig geladenen Gäste, zähle in Gedanken Lola, Candice, Jonah, Lucas und mich dazu und frage leise: »Wer ist Nummer sechsundvierzig?«

»Hunter«, kommt es zeitgleich von Lola und Candice. »Er ist Jonahs Gast und zählt auch nicht zu den Influencern«, erklärt Lola und deutet nach unten. Ich schaue mich um, doch ebenso wie Lucas ist Hunter nirgendwo zu sehen. Auch nicht neben der Bühne, wo er gerade noch mit Jonah gesprochen hat.

»Anschließend haben wir ein echtes Highlight für Sie«, Helena versichert sich bei Simon, dass er zustimmt, was er mit einem eifrigen Nicken zeigt, »also bleiben Sie dran.«

Was nun folgt, sind zusammengeschnittene, schon fast professionelle Werbevideos, die trotz allem ein gutes Gesamtbild der *Siren* ergeben: das Amphitheater, in dem wir gerade sitzen, noch ohne Feuerschalen, was deutlich macht, dass es Aufnahmen von gestern oder tagsüber sind; die große Mall auf Deck 5, die auch auf den Videos wirkt, als hätte man eine teure Einkaufsmeile mit Schloss Versailles gekreuzt; die komfortablen Suiten; das Fitnessstudio, das mich mit Erinnerungen an den frühen Morgen überspült und meinen Puls grundlos beschleunigt. Es folgen kurze Szenen aus dem Casino, von der Piazza delle Sirene, aus dem Spa-Bereich, von der Eislaufbahn und weiteren Orten, die wir noch nicht besucht haben. Das Ganze dauert vielleicht drei, vier Minuten und doch bekommt man einen wahnsinnig guten Eindruck von der vorher so mysteriösen *Siren.*

Nicht jedoch von den Gästen.

»Ist dir etwas aufgefallen, Simon?«, fragt Helena ihren Co-Moderator.

»Die *Siren* hat keine Passagiere und ist ein Geisterschiff?«

Helena lacht. »Ganz im Gegenteil. Die handverlesenen Passagiere der Jungfernfahrt der *Siren* haben es in sich! Sieh jetzt genau hin. Die Regie sagt, uns erwarte eine Überraschung.«

Zu Beginn folgen noch laut schallende Jubelrufe auf jeden noch so kurzen Moment Screentime, der die Betreffenden der Namensgebung näher bringen. Doch sie gehen schnell in Rauch und Nebel auf wie das Wasser in den Schalen mit dem falschen Feuer neben uns. Lächelnde Gesichter wechseln sich mit wütenden Fratzen oder Kotzeimern ab, perfekte Posen mit flachem Bauch und schlanken Beinen zeigen plötzlich die Realität. Die Bilder laufen so schnell ab, dass ich die einzelnen Passagiere irgendwann gar nicht mehr unterscheiden kann.

Dann geht es ins Detail.

Es ist früher Nachmittag, würde ich schätzen, und die Kulisse der ersten Einstellung kommt mir bekannt vor, noch bevor ich Amber mit im Wind wehenden leuchtend blonden Haaren mit dem Rücken zu uns an der Reling stehen sehe. Die Kamera gleitet über ihren perfekten Körper in weißem Bikini-Oberteil und weißen Hotpants, wodurch ihre Haut noch gebräunter wirkt. Als die Kamera etwas holpernd näher kommt, dreht sie sich um und lächelt so strahlend, dass jedem Menschen auf dem Planeten das Herz aufgehen muss. Dann folgt ein Cut, die Perspektive wechselt, es liegt kein Filter auf der Aufnahme, die vermutlich auch nicht nachbearbeitet wurde.

Von schockierten Ausrufen aus den vorderen Reihen begleitet, verfolge ich noch einmal, wie Amber ihren Fotografen – oder Instagram-Boyfriend, wie Candice ihn nennt – anzickt. Sie fordert ihn auf, das Video zu löschen, auf dem man angeblich ihre Cellulite sieht. Passend dazu zoomt die Kamera näher, zeigt Ambers Kehrseite in jedem Detail und vielleicht sind tatsächlich ein paar kleine dunkle Flecken zu sehen, die aber auch Schatten sein könnten. Bei der schlechten Auflösung der Kamera durch das starke Zoomen wäre das nicht mal abwegig.

»Verdammt, verdammt!«, flüstert Candice. »Das gibt Ärger.«

Man braucht keine prophetische Gabe, um Ambers Reaktion auf das Video vorhersehen zu können. Amber saß eben noch in der ersten Reihe, jetzt springt sie auf, dreht sich zu den anderen Gästen um und versprüht erneut ihr Gift – direkt in die Handys, die gleich die nächsten »Highlights« für morgen Abend aufzeichnen.

»Wer von euch war das?«, zischt Amber mit vor Wut verzerrtem Gesicht, während auf der Leinwand hinter ihr Tommy auftaucht. Lächelnd erklärt er, wie gern er als Caden auf einem Schiff wie diesem gewesen wäre. Ich weiß, was als Nächstes kommt, weil ich live dabei gewesen bin, dennoch kann ich nicht wegsehen.

Tommy dreht sich zur Poollandschaft um, die Perspektive wechselt und der ältere Mann hält Tommy gerade noch rechtzeitig einen

Eimer hin. Niemand achtet mehr auf die tobende Amber. Die lauten Ekelausrufe werden durch das Echo vervielfältigt. Aus allen Richtungen dringen sie auf Tommy ein, der immer tiefer in seinen Sitz sinkt und mir unfassbar leidtut.

Und dann erscheint Jonah auf der Leinwand; Lolas Finger greifen nach meinen. Spätestens jetzt ist klar, dass die Primetime-Show keine freundliche Dauerwerbesendung ist, denn ich kann mir denken, was gleich folgt. Wir sehen Jonah bei seiner Willkommensrede, mit dem allseits bekannten strahlenden Lächeln – dann mit wutverzerrtem Gesicht und wild gestikulierend halb von einer Säule auf der Piazza delle Sirene verdeckt. Auch dieses Mal kann ich seinen Gesprächspartner nicht sehen und auch nicht verstehen, worum es geht. Ich kann nur beobachten, was die Aufnahmen bei Jonah bewirken.

Er steht neben der Bühne und schüttelt mit gesenktem Blick den Kopf. Selbst von hier oben aus erkenne ich, wie verkrampft seine Hände sind. Am liebsten würde ich aufspringen und ihn trösten, ihm sagen, dass er nicht so ist – aber Lola hält mich nach wie vor fest und macht eine schwache Bewegung in Richtung der Gäste auf den vorderen Sitzen. Alle gestikulieren wild durcheinander, weil sie offenbar gar nicht wissen, auf wen sie die Handykamera richten sollen, weil aus allen Richtungen Offenbarungen und Vorwürfe schießen. Vorwürfe über Verrat, Betrug, Intrigen, Affären. Private Dinge, die sonst niemand weiß, und die deutlich machen, dass es mehr Verbindungen zwischen den Passagieren gibt als die genutzten Hashtags auf Social Media. Weit tiefer gehende Verbindungen. Es ist schlimmer als in jeder Daily Soap. Und einfach alles wird aufgezeichnet. All die schmutzige Wäsche könnte morgen dort oben auf der großen Leinwand zu sehen sein.

Jetzt verstehe ich, warum Lola mich festhält. Sie will nicht, dass auch ich ins Kreuzfeuer gerate. Wofür ich ihr wahnsinnig dankbar bin.

Es dauert entsetzlich lange, bis der Beitrag über Jonah endlich zu Ende ist, dabei vergehen vermutlich nur Sekunden. Jonah sieht immer mehr so aus, als würde er davonrennen wollen, während sich die anderen weiter mit Anschuldigungen bewerfen. Die Leinwand zeigt nun den oberkörperfreien und äußerst gut trainierten Basketballer Liam Callister auf dem Basketballplatz der *Siren*. Er wirft ein paar Körbe, landet perfekte Treffer und tupft sich anschließend den verschwitzten Oberkörper mit einem Handtuch ab. Dann greift er zum Getränk einer seiner Sponsoren, der bei offiziellen Spielen auch sein Trikot ziert, trinkt gierig aus der Flasche und hält sie anschließend wie zufällig und mit einem breiten Lächeln in die Kamera. Es folgt der Schnitt, die Perspektive wechselt, und das Lächeln fällt in sich zusammen. Liam sieht nun fast so grün aus wie die Flüssigkeit, die im inneren der Plastikflasche sanft hin und her schwappt. Er verzieht das Gesicht und bekommt von seinem Kameramann ganz schnell ein Wasser gereicht, das er in sich hineinschüttet. »Das verdammte Zeug ist einfach widerlich«, sagt er, nachdem er sich für das Wasser bedankt hat. Der Ton hallt, wurde offensichtlich von weiter weg aufgenommen. Ich sitze nur da und schüttele ungläubig den Kopf. Was tun die Passagiere dort unten sich gegenseitig an, um sich zu sabotieren? Werden hier gerade alte Rechnungen beglichen oder sind diese Aufnahmen aus Neid entstanden?

»Liam hat nun wohl einen Sponsor weniger …« Noch während die Silben meine Lippen verlassen, bereue ich es. Doch meine Freundinnen machen mir keine Vorwürfe, sondern stimmen mir zu. Und das fühlt sich wahnsinnig gut an.

Als Helena Johnson meine Aussage wortwörtlich wiederholt und ihrem hübschen Co-Moderator damit ein Auflachen entlockt, entspanne ich mich wieder etwas. Insgeheim kann ich es kaum erwarten, dass die Lichter angehen und das ganze Drama hier ein Ende findet.

Als es endlich so weit ist, gehe ich hinunter zu Jonah, der noch immer geknickt zwischen Bühne und Theatereingang steht und nicht sehr überzeugend lächelnd die vorbeigehenden Passagiere verabschiedet. Ich mische mich unter sie, bleibe aber an Jonahs Seite stehen.

»Alles okay?«, frage ich ihn, weil ich nicht weiß, wie ich sonst beginnen soll.

Statt einer Antwort versenkt er die Hände in den Hosentaschen und weicht meinem Blick aus.

»Das warst nicht du«, sage ich und deute auf die Leinwand. »Im Gegensatz zu den anderen haben sie bei dir nicht die Wahrheit hinter dem öffentlichen Menschen gezeigt.«

»Was macht dich da so sicher?« Nun sieht er mich doch an. Seine hellblauen Augen flehen geradezu um eine aufmunternde Antwort.

»Weil ich dich kenne, Jonah«, sage ich ganz ehrlich. »Du bist freundlich, nett, witzig ...« Ich halte inne, als ich bemerke, dass er sich immer weiter aufrichtet und ein schwaches Lächeln an seinem Mundwinkel zupft.

»Wieso hörst du auf?« Jetzt kann er sich nicht mehr zurückhalten und grinst mich breit an. Seine Haltung strahlt wieder das Selbstbewusstsein eines Typen aus, dessen Hände nichts in den Hosentaschen verloren haben, und schon stützt er sich lässig neben der Fackel an der Wand ab.

Ich öffne gespielt empört den Mund, bevor ich fortfahre. »... und viel zu sehr von dir selbst überzeugt, was ich Lola nie geglaubt habe. Aber sie hat wohl recht.«

»Hat sie nicht und das weißt du auch.« Jonah schiebt den Kopf etwas nach vorn, sein Gesicht kommt näher und das Licht der Fackel flackert in seinen Augen. Meine Luft wird knapp, vielleicht habe ich in den letzten Sekunden nicht geatmet.

Jonah ist nicht nah genug, um in meine persönliche Distanzzone einzudringen oder uns in den Augen heimlicher Beobachter irgendeine Affäre anzuhängen. Aber er ist so nah, dass mich sein Atem, den er beim Lachen ausstößt, sanft streift. Noch immer habe ich nicht auf seine Bemerkung reagiert – ich bin einfach nicht schlagfertig genug –, dafür liefere ich ihm nun die entwaffnende Wahrheit.

»Ich habe den öffentlichen Jonah Price immer für falsch gehalten. Das viele Lächeln, das aufmerksame Zuhören bei Interviews – aber das ist nicht gespielt, du bist wirklich so. Das weiß ich inzwischen.«

Jonahs verschmitztes Grinsen weicht einem ernsten Ausdruck. Er nimmt den Arm von der Wand und macht einen Schritt auf mich zu. Sobald er in Reichweite ist, greift er nach meiner Hand. »Danke, Tara«, sagt er ehrlich. »Das bedeutet mir wirklich sehr viel.«

Ich nicke nur schwach, weil die Berührung unserer Hände eine wohlige Wärme durch meinen Körper jagt.

»Hey, Schluss mit turteln!«, fährt Lola dazwischen, nachdem sie sich mehrmals geräuspert hat. »Wir müssen uns für die Party umziehen.«

»Moment«, Jonah schenkt seiner Schwester einen finsteren Blick, bevor er sich wieder mir zuwendet. Meine Hand liegt noch immer in seiner. »Würdest du mir die Ehre erweisen, heute meine offizielle Begleiterin zu sein?«, fragt er beinahe feierlich, was es mir unmöglich macht, Nein zu sagen – oder überhaupt etwas hervorzubringen. Also nicke ich nur.

Als ich mit Lola und Candice zu unserer Suite zurückgehe, distanziere ich mich immer mehr von der katastrophalen Liveshow, und mit jedem Schritt bin ich glücklicher darüber, nicht im Rampenlicht zu stehen und mich mit all den umherfliegenden Vorwürfen auseinandersetzen zu müssen. Ich strebe nicht nach dem vielleicht Unerreichbaren und nutze dafür jedes Mittel, um andere schlechtzumachen. Diese Fahrt könnte doch noch wie geplant laufen – weil ich mit meinen Freundinnen Spaß habe und wirklich die Chance bekomme, Jonah noch besser kennenzulernen.

Erst in meinem Zimmer kommt mir der Gedanke, dass ich genau das Gegenteil von dem tue, was Violet in ihrer Nachricht geschrieben hat. Aber die Nachricht war an eine andere Tara gerichtet, um sie vor einer weiteren Enttäuschung zu bewahren. Nicht an die Tara, die mit Amber konfrontiert wurde und beschlossen hat, über ihren Schatten zu springen.

Ich gehe unter die Dusche, verbreite im gesamten Badezimmer den Duft nach Zuckerwatte, weil Candice mir eine Flasche ihres Shampoos ins Zimmer gestellt hat, und genieße die Leichtigkeit, die ich in dem Ausmaß seit anderthalb Jahren nicht mehr gespürt habe. Kribbelnde Vorfreude liegt in der feuchten Luft und dringt mit dem weichen Duschöl in meine Haut ein, während sich die Worte für einen neuen Post in meinen Gedanken formen:

Jeder noch so kleine Sieg über deine Ängste ist ein Sieg, den dir niemand wegnehmen kann.

10

»Gibt es irgendein Motto, das ich verpasst habe?«, frage ich mit einem Blick auf den geöffneten Kleidersack, den mir Lola in die Hand gedrückt hat. Dann sehe ich zu Lolas Bett hinüber, auf dem ein weißer, noch undefinierbarer Stoffhaufen ausgebreitet ist, als Candice ins Zimmer kommt, eine Hand auf die Brust gepresst, weil sie sonst offenbar ihr trägerloses weißes Kleid verliert. Wortlos dreht sie uns den Rücken zu und Lola schließt den Reißverschluss der mit schillernden Pailletten besetzten Korsage.

Candice dreht sich wieder zu uns um und lächelt breit. »Sich an Dresscodes zu halten, ist langweilig. Es ist aber nicht langweilig, mit Freundinnen eine Einheit zu bilden.«

Mit den etlichen Lagen Chiffon, die ihr in Wellen bis zu den Knien fallen, sieht Candice aus wie eine Winterfee. Vor allem, weil sie das Zimmer in einem fast schwebenden Gang wieder verlässt, der zu ihrem glücklichen Lächeln passt.

»Bis gleich, Ladys!«, ruft sie noch, dann ist sie verschwunden.

»Das war Candice' Idee«, sagt Lola. »Wir haben das früher oft gemacht, weil mein männlicher Zwilling allein bei der Andeutung, wir könnten uns ähnlich anziehen, immer davongerannt ist.« Ein Grinsen tritt auf Lolas Lippen, dann trübt sich ihr Blick, gleitet direkt in die Vergangenheit. Mit einem Blinzeln kehrt sie auf die *Siren* zurück, und ich konzentriere mich ebenso blinzelnd auf sie, anstatt an ihren Zwillingsbruder zu denken.

»Wenn es dir unangenehm ist, so herumzulaufen wie Candice und ich …«, sagt sie und mustert mich eingehend.

Die Vorstellung, dass eventuell alle anderen Gäste in bunten Kleidern oder dem klassischen kleinen Schwarzen zur Party kommen und wir drei wahnsinnig auffallen werden, verursacht ein leicht flaues Gefühl in meiner Magengegend. Aber ich will mich nicht länger verstecken, halte die Stärke fest, die ich offenbar aus der Konfrontation mit Amber gezogen habe. Also schüttele ich den Kopf.

Wenig später stehe ich in Seide gehüllt zwischen Lola und Candice vor dem großen rahmenlosen Spiegel, der in die Wand des Flurs zu Lucas' Zimmer eingelassen ist. Eigentlich besteht die Wand praktisch nur aus der spiegelnden Fläche. Deshalb ist Lola auch der Meinung, dass Lucas dieses Zimmer nur ausgewählt hat, um sich ständig selbst anzustarren und zuzuzwinkern. Sie sagt das so laut, dass ich mit einem Konter aus seinem Zimmer rechne, doch es bleibt still, weshalb ich mich wieder dem Spiegel widme.

Wie ein weißer Wasserfall fällt der Stoff von den hauchdünnen Trägern des Kleids über meine Brust, umschmeichelt meine Hüfte und endet knapp unter den Knien. Meine Füße stecken in einem Paar meiner liebsten Sandalen, die praktischerweise weiß sind. Lolas Kleid erinnert an eine römische Toga, der Stoff bedeckt nur eine Schulter und endet kurz über ihren Knöcheln. Passend zu diesem Outfit trägt sie flache Sandalen mit aufwendig geschnürten Bändern.

Candice hat sich für silberne Stilettos entschieden, mit denen ich vermutlich ohne Bänderriss nur ein paar Meter weit kommen würde.

Ihr kupferrotes Haar ist zu einem hohen Pferdeschwanz gebunden, die leicht gelockten Strähnen gleichen Flammen, die um ihren Kopf tanzen.

Lola trägt das dunkelbraune Haar offen wie ich, ihr Spiegelbild lächelt mir entgegen. »Du siehst wunderschön aus, Tara. Welche Verschwendung, dass du dich mit Jonah verabredet hast.« Sie rümpft ihre zierliche Nase und seufzt theatralisch. »Aber ich will dem jungen Glück ja nicht im Weg stehen.«

Eine Bewegung lenkt meine Aufmerksamkeit von unserem Spiegelbild weg. Lucas kommt aus seinem Zimmer, stützt sich mit einer Hand an der Wand ab und mustert uns mit leicht zur Seite geneigtem Kopf.

Ich höre nicht, was er zu Lola sagt, weil meine gesamte Konzentration auf seinem nackten Oberkörper über der locker sitzenden weißen Jogginghose gerichtet ist. Natürlich starre ich nur aus rein professionellen Gründen auf seine definierten Muskeln und die Perfektion, die er mit seinem übertriebenen Training tatsächlich erreicht. Schließlich gehört das zu meinem Studium und zu meinem Nebenjob dazu.

»Kannst du dir nichts anziehen?« Candice schnalzt mit der Zunge und sieht Lucas vorwurfsvoll an. »Mein Make-up verläuft, wenn mir zu heiß wird.« Sie fächert sich mit der Hand Luft zu, der Windstoß erreicht auch mich und ich reiße mich endlich von Lucas' Anblick los.

»Du siehst aber auch zum Anbeißen aus, Candice.« Lucas schenkt Candice ein ehrliches Lächeln. Barfuß kommt er näher und richtet den Blick auf Lola. »Was meintest du eben?«

»Dass du das Zimmer nur genommen hast, weil es hier einen Spiegel gibt, der deinem Ego entspricht?«, feixt Lola.

Lucas schüttelt den Kopf, ohne auf die Stichelei seiner Schwester einzugehen. »Dass Tara mit Jonah verabredet ist.« Zwischen seinen dunklen Brauen zeigt sich eine tiefe Furche, während er mich nun so aufmerksam mustert, dass sein Blick wie eine Berührung direkt über meine Haut streift. Die Träger an meinem Kleid kommen mir augenblicklich zu schmal vor. Dass ich keinen BH trage, tut sein Übriges, und instinktiv schlinge ich meine Arme um mich.

»Er fragt einfach so die Freundin seiner Schwester nach einem Date? Ich wusste gar nicht, dass ihr euch kennt.«

Ich kann nicht einmal genau sagen, ob er wirklich mit mir spricht, weil sein Blick vollkommen entrückt ist. Als wäre er ganz woanders, an einem Ort, der ihm Sorgenfalten auf die Stirn zeichnet.

Lola stöhnt auf. »Im Gegensatz zu gewissen anderen Brüdern besucht mich Jonah ab und zu. Er hat Tara bereits vor Monaten kennengelernt.« Der Vorwurf in ihrer Stimme ist nicht zu überhören und holt Lucas in die Gegenwart zurück. »Würdest du weniger auf Partys herumhängen oder Model spielen und dich mehr für deine Familie interessieren, hättest du bestimmt schon einmal ihr Dauergrinsen gesehen, wenn sie und Jonah sich Nachrichten schreiben.«

Lucas' Augen werden immer schmaler, sein Blick huscht hin und her, während seine Kiefermuskulatur angespannt ist, was sein markantes Gesicht noch härter und unnahbarer wirken lässt. Ich würde nur allzu gern wissen, was in ihm vorgeht. Aber da scheint er einen Entschluss zu fassen, dreht sich ohne ein weiteres Wort um und verschwindet in seinem Zimmer.

»Brüder!«, grummelt Lola ihm hinterher.

»Was war das denn?«, fragt Candice. »Der böse Zwilling ist heute offenbar in Höchstform.«

Lola zuckt die Schultern. »Ich habe keine Ahnung, was mit ihm los ist, seit er in Europa studiert – oder eigentlich schon seit unserem letzten Jahr auf der St. Mitchell.« Ihre in einem dunklen Roséton geschminkten Lippen verziehen sich zu einem Strich.

»Willst du … darüber reden?«, frage ich, weil es Lola ganz offensichtlich belastet, egal, wie sehr sie es zu überspielen versucht.

Sie schüttelt den Kopf. »Er wird sich hoffentlich irgendwann wieder einkriegen und merken, wie wichtig die Familie ist«, erwidert sie mit einem Lächeln, das ihre Augen nicht erreicht.

Ich hebe den Arm und streiche ihr über die Schulter, während Candice sie an der Hüfte packt und an sich zieht.

»Das wird er«, sagt Candice voller Zuversicht. »Jetzt sollten wir aber los, denn ich habe nicht vor, die Nacht allein zu verbringen.« Sie zwinkert unsere Spiegelbilder an und schiebt uns den Flur entlang zum Eingang der Suite.

Ihre Entschlossenheit beweist sie gleich, nachdem wir das Casino betreten haben, in dem die »Party des Tages« stattfindet und wir uns »lange genug gezeigt haben, damit alle unser außergewöhnliches Outfit genießen konnten«, wie sie es nennt. Sie entschuldigt sich bei uns und geht zielstrebig auf eine Gruppe Frauen an einem Roulettetisch zu, an dem ich nur die Sängerin Lyanna erkenne. Fast alle Spielerinnen halten ihre Handys nach oben und sprechen in die Kamera – was übrigens auch für den Rest der Anwesenden gilt. Die Displays funkeln mit den Lichtern des Casinos um die Wette. Beinahe alle filmen nur sich selbst – im Gegensatz zu Candice, die mit dem Handy in der Hand die anderen am Spieltisch filmt. Im ersten Moment scheinen die Streitigkeiten im Amphitheater vergessen, die Vorwürfe verraucht, doch mir fallen die Blicke auf, die zwischen einzelnen Grüppchen an den Tischen hin und her schießen. Instinktiv würde ich mich am liebsten ducken, um nicht ins Kreuzfeuer zu geraten, jetzt, wo Candice nicht länger meine linke Flanke schützt.

Lola macht sich weit weniger Gedanken. Sie hakt sich bei mir unter und steuert zielstrebig zwischen den Spieltischen hindurch. Das Casino ist natürlich ebenso exklusiv wie der Rest der *Siren*. Die Spielautomaten an der Wand sind diskret von Marmorsäulen, Pflanzen und einer herabrauschenden Wasserwand abgeschottet, die sogar die Klänge der Automaten einigermaßen schluckt. Offensichtlich soll nichts die altehrwürdige Atmosphäre der klassischen Casinotische zerstören. Kronleuchter erhellen den Raum, der mit dicken roten Teppichen ausgelegt ist. An der dem Eingang gegenüberliegenden Wand zieht sich eine auf Hochglanz polierte Bar aus dunklem Holz entlang, die mit ihren goldenen Intarsien perfekt zu den Spieltischen passt. Auf einem der rot gepolsterten Barhocker sitzt Jonah und unterhält sich mit Hunter, der neben ihm am Tresen lehnt.

Ein Jubelschrei zieht meine Aufmerksamkeit von den beiden weg und ich sehe zu, wie Liam Callister, der Basketballspieler, an einem der Roulettetische in sein Handy lacht und verkündet, dass er gewonnen habe. Ein blondhaariger Typ, der meines Wissens irgendwann in einer Daily Soap mitgespielt hat, klopft ihm auf die Schulter. Wir passieren mehrere Würfeltische und weichen Kellnern in altmodischer Uniform aus, bis wir bei den Kartenspielern ankommen. Wie immer bin ich von der Fingerfertigkeit der Croupiers begeistert – auch wenn ich aufgrund meines Alters noch nie einen Fuß in ein Casino gesetzt habe. Violet, Christian und ich hatten nach irgendeinem Film, an den ich mich nicht mehr erinnern kann, eine Phase, in der wir ständig Poker gespielt und vor allem das Mischen geübt haben – aber von den flink und grazil ineinander fliegenden Karten der Frau am hintersten Tisch waren wir meilenweit entfernt.

»Dad hat uns mal einen Croupier aus Europa einfliegen lassen, weil wir so begeistert von Kartentricks waren«, erzählt Lola und ich blinzel angesichts der so unterschiedlichen Maßnahmen, obwohl wir doch dasselbe Ziel hatten. »Aber der Typ war schrecklich und so versnobt, als wären wir unter seiner Würde – und als hätte Dad ihm nicht eine horrende Summe dafür bezahlt. Lucas und ich haben ihn daraufhin in den Wahnsinn getrieben, bis er freiwillig gegangen ist.« Lola schüttelt lachend den Kopf. »Lucas ist sehr hartnäckig, wenn er jemanden nicht ausstehen kann.«

Als hätte sie ihn mit ihrer Erwähnung heraufbeschworen, dreht sich Lucas nur wenige Meter von uns entfernt um. Ich habe keine Ahnung, wie er schon hier sein kann – top gestylt im Smoking wie alle anderen männlichen Gäste –, während er eben noch halb nackt in seinem Zimmer verschwunden ist. Schnell verdränge ich die Bilder von vorhin, sodass ich die Reaktion auf uns mitbekomme, als er uns entdeckt. Er kneift die Augen zusammen, dann huscht sein Blick zur Bar, auf die Lola weiter zusteuert. Sie hat ihren Zwillingsbruder entweder nicht gesehen oder ignoriert ihn gekonnt.

Ich werfe Lucas ein schwaches Lächeln zu, das er vermutlich gar nicht zu sehen bekommt, weil ich weitergehen muss, bevor Lola mir noch den Arm ausreißt.

»Kann ich dich mit Jonah allein lassen oder soll ich besser bleiben?«, fragt sie mich ganz leise. Wir umrunden gerade ein breites Becken, in dem Wasser über etliche große Kristalle rinnt, die von Lichtern mit Farbwechsel beleuchtet werden. »Ich könnte beispielsweise Hunter ablenken«, schlägt sie vor und zuckt mit den Augenbrauen.

»Du musst auf jeden Fall nicht den Aufpasser spielen«, sage ich. »Schließlich kenne ich Jonah inzwischen recht gut.«

»Na ja, Nachrichten schreiben ist das Eine, die dunkle Seite kommt oft nur in der Realität ans Licht.«

Ich schaue an der funkelnden Bar entlang, hinter der zwei Barkeeper und eine Barkeeperin gerade eine Show beim Cocktail-Mixen abliefern. Synchron werfen sie die Shaker in die Luft, fangen sie hinter dem Rücken auf, schlagen rhythmisch dagegen und werfen sie mit einer Drehung in die andere Hand. Im selben Moment öffnen sie die Shaker und lassen die verschiedenfarbigen Flüssigkeiten zeitgleich in die vorbereiteten Gläser fließen.

Ein paar der Gäste am Tresen klatschen Beifall, darunter auch Scott, der offenbar mit der Barkeeperin flirtet und im nächsten Moment den von ihr gemixten Drink serviert bekommt. Er nimmt das Glas an sich und wendet sich mit einer lässigen Bewegung auf dem Barhocker zu den Spieltischen um.

»Wenn ich es mir recht überlege, beansprucht wohl Scott Porter die dunkle Seite für sich.«

Irritiert sehe ich Lola an.

»Findest du nicht, dass er aussieht wie Hayden Christensen aka Anakin Skywalker?«

Ich schaue zurück zu Scott, der gerade an dem gläsernen Strohhalm saugt und anschließend über seine Lippen leckt. Ich habe die Star Wars-Filme vor Jahren zum letzten Mal gesehen, aber mit Lolas Anspielung fällt mir die Ähnlichkeit tatsächlich auf.

»Hübsch, aber mit tiefschwarzer Seele.« Lola zuckt mit den Schultern, ihre zusammengekniffenen Lippen sagen jedoch etwas anderes aus. Ich kann sie nur nicht danach fragen, weil wir bei Jonah und Hunter angekommen sind. Kurz bevor Lola auf uns aufmerksam machen kann, dreht sich Jonah um – und hält mitten im Gespräch mit geöffnetem Mund inne. Er mustert mich so intensiv, dass ich mich beinahe unwohl fühle. Seine Lider flattern leicht, als er mich von Kopf bis Fuß scannt, bis sein strahlendes Lächeln auch meine Mundwinkel hebt.

»Hi, Tara«, sagt er irgendwann, als auch Hunter sich zu uns umdreht. Jonah sieht kurz zwischen ihm und mir hin und her. »Tara, das ist Hunter, einer meiner Freunde aus New York«, stellt er uns höflich vor, obwohl Lola ihm beim Auslaufen aus Port Miami längst zuvorgekommen ist. »Hunter, das ist Tara, meine …«, er stockt, sucht in meinem Gesicht nach dem passenden Begriff, bevor er sich für »meine Begleitung für den heutigen Abend« entscheidet. »Wollt ihr etwas trinken?«, fragt er dann schnell, um die seltsame Situation zu lockern. »Ich lade euch ein.«

»Haha, als müsste hier irgendjemand für irgendetwas bezahlen«, sagt Lola trocken und schafft es dadurch, allen zumindest ein Auflachen zu entlocken.

Jonah ordert Getränke für uns und rutscht einen Barhocker weiter, damit ich mich auf seinen Platz setzen kann. Lola verabschiedet sich, sobald ihr Cocktail fertig ist – nicht jedoch, ohne sich noch einmal zu versichern, dass es für mich okay ist.

Wenig später unterhalte ich mich angeregt mit Jonah und Hunter. Sie erzählen mir von ihrer gemeinsamen Highschoolzeit an der St. Mitchell in New York, dieselbe Privatschule, die auch Lola besucht hat. Als die Sprache auf ein seltsames Handyspiel kommt, das »Wahrheit oder Pflicht« gleicht, wechselt die Stimmung urplötzlich und die Luft fühlt sich viel dicker an. Ausgerechnet in dem Moment tritt Scott wieder an den Tresen und lächelt mich über Hunters Schulter hinweg an. Ich spüre, wie sich Jonah versteift, als er ihn ebenfalls bemerkt. Sobald Scott mit seinem Getränk – und nach einem weiteren Flirt mit der kurzhaarigen Barkeeperin – wieder verschwunden ist, kann ich meine Neugier nicht zurückhalten.

»Was ist denn zwischen euch vorgefallen?« Ich drehe mich umständlich von Jonah zu Hunter und zurück.

Jonah seufzt. Ich denke schon, dass ich keine Antwort mehr bekomme, da sagt Hunter: »Lucas und Scott waren das Dream-Team der St. Mitchell. Ihre Freundschaft konnte einfach nichts erschüttern. Sie waren quasi unzertrennlich.« Er verhakt die Zeigefinger ineinander und versucht, sie auseinanderzuziehen. Ich sehe zu Jonah, der mit den Zähnen knirscht und langsam nickt.

»Und was ist dann passiert?« Weil Jonah wieder schweigt, sehe ich zu Hunter, der die Lippen zu einem schwachen Grinsen verzieht.

»Ein Mädchen natürlich.« Er kippt sein Getränk in einem Zug in den Rachen, klopft auf die Theke und lässt mich, Jonah und all die Dinge, die noch ungesagt zwischen uns hängen, einfach an der Bar zurück.

Auf eine etwas detailliertere Erklärung hoffend, nippe ich an meinem Glas und lecke den Zuckerrand von meinen Lippen, was Jonah schlucken lässt. Dann richtet er sich auf und deutet mit dem Kopf zu den Spieltischen, an denen sich inzwischen immer mehr Gäste eingefunden haben.

»Wollen wir eine Runde spielen?« Jonah gleitet vom Barhocker.

Ich habe so gar keine Ahnung, was Casinos oder Glücksspiele angeht, und das sieht man mir offensichtlich an, denn Jonah greift wie beiläufig nach meiner Hand und streicht beruhigend darüber. Allein von dieser lockeren Berührung bekomme ich eine Gänsehaut. Vielleicht liegt es aber auch an dem Blick aus diesen unergründlich dunklen Augen, den ich plötzlich auf mir spüre – Lucas' Augen, denen ich begegne, als ich unsicher an Jonah vorbeischaue.

»Auf die Personal Guides wurde für den heutigen Abend ein Guthaben geladen«, erklärt mir Jonah.

Ich reagiere nicht, kann nicht reagieren, weil ich an Lucas festhänge, der seine Karten am Black-Jack-Tisch gar nicht wirklich beachtet, sondern seine Jetons platziert, ohne mich aus den Augen zu lassen. Offenbar ist ihm auch egal, dass sie kurz darauf von der Croupière eingezogen werden, die dabei ein entschuldigendes Lächeln aufsetzt.

Jonah bricht den Bann, als er meine Hand antippt. Schnell widme ich mich wieder voll und ganz ihm. »An Bord ist der Zugang zu Casinos ab achtzehn Jahren erlaubt. Es ist also vollkommen legal, falls du dir diesbezüglich Sorgen machst.« Er lächelt mich an. »Und die Gewinne darf übrigens jeder behalten. Wir können ja mit etwas ganz Einfachem starten.« Er sieht sich um. »Da hinten gibt es *Mini Dice.*«

»Mini was? Davon habe ich noch nie gehört«, sage ich ehrlich. Offenbar reicht mein Serien- und Filmwissen nicht über Black Jack oder Roulette hinaus.

»Das ist das wohl einfachste Spiel der Welt«, erklärt er. »Gerade auf Schiffen oder in Schiffscasinos hat es eine sehr lange Tradition. Man würfelt mit drei Würfeln und setzt auf eine Zahl zwischen eins und sechs. Wenn ein Würfel die gesetzte Augenzahl zeigt, erhältst du nicht nur deinen Einsatz zurück, sondern den Betrag noch zusätzlich als Gewinn obendrauf. Bei zwei Würfeln mit der richtigen Augenzahl verdoppelt sich der Gewinn, bei drei Treffern gewinnst du das Zwölffache deines Einsatzes. Lass mich deine Glücksfee sein«, sagt er strahlend und bietet mir den Arm an. »Außerdem wäre es doch schade, wenn dein Guthaben verfällt, oder?« Er tippt auf meinen Personal Guide. »Du riskierst rein gar nichts, wir haben einfach Spaß.«

Ich atme tief durch, lasse mich vom Barhocker gleiten und hake mich bei ihm unter. Wir gehen an dem großen Brunnen entlang zu einem beinahe verborgenen Tisch in der Nähe der Automaten, als müsste man sich für das Spiel schämen. Die Croupière freut sich, dass sich endlich jemand hierher verirrt hat, und fragt mich, ob ich mit den Regeln vertraut bin. Ich will gerade bejahen, sehe dann aber das zusätzliche Feld mit einer nicht logischen Reihe aus Ziffern. Ich deute auf die Zahlen, doch bevor die Croupière etwas sagen kann, ergreift Jonah das Wort.

»Hier kannst du darauf wetten, dass die Summe aller Würfel 5, 6, 7, 8, 13, 14, 15 oder 16 ist. Falls ja, erhältst du ebenfalls deinen Einsatz als Gewinn. Bereit?« Er sieht mich mit so viel Begeisterung an, dass ich nicke.

Die Croupière bietet mir an, das gespeicherte Guthaben auf meinen Personal Guide gegen Jetons einzutauschen. Kurz nachdem sie mein Armband mit einem kleinen Tablet gescannt hat, starre ich auf die zehntausend Dollar, die als bunter Haufen vor mir liegen. Ich kann kaum fassen, dass ich mit *zehntausend Dollar* spielen soll. Fragend sehe ich Jonah an, der nur mit den Schultern zuckt.

»Jeder erhält dieselbe Summe. Du kannst nicht ins Minus rutschen, aber alles, was am Ende der Jungfernfahrt über die Zehntausend auf deinem Personal Guide hinausgeht, mit nach Hause nehmen.« Nach einem kurzen Blick auf meine gerunzelte Stirn fügt er hinzu: »Oder alternativ einer wohltätigen Organisationen spenden.« Dass er mich offenbar so gut kennt, zaubert mir ein weiteres Lächeln ins Gesicht und ich wage mein allererstes Spiel in einem Casino.

Während Jonah unfassbare fünftausend Dollar in Jetons auf das Bonusfeld setzt und flüstert, dass die Sieben seine Glückszahl sei, bin ich weit vorsichtiger. Ich wähle einen Hundert-Dollar-Jeton und schiebe ihn auf die Sechs.

»Wirf du«, sagt Jonah und ich greife nach den drei Würfeln. Während ich die Lider schließe, drücke ich die Würfel fest in meine Faust und stelle mir wie schon früher beim Mensch-Ärgere-Dich-Nicht-Spielen vor, dass sich sechs Augen zeigen. Dann werfe ich und verfolge, wie die Würfel nahezu lautlos über das Vlies kullern.

Zwei Sechsen, eine Fünf. Ich bin kurz davor, vor Freude auf und ab zu springen, bis mir einfällt, dass Jonah seinen Einsatz verloren hat. Doch anstatt traurig auszusehen, leuchten seine Augen, als ich zu ihm sehe. Offenbar ist meine Freude ansteckend. Die Croupière lächelt mich freundlich an und zieht Jonahs verlorene Jetons zu sich, ehe sie mir meinen Gewinn aus ihrem Bestand zuschiebt.

»Noch eine Runde?«, fragt sie.

Jonah sieht mich an. Ich nicke und werde mutiger, setze meinen Gewinn – zweihundert Dollar – direkt weiter, lege meinen ursprünglichen Einsatz wieder auf den Stapel. Ich möchte nicht ins Minus geraten.

Als ich nach den Würfeln greife, flüstert Jonah mir zu, dass ich sie auch stärker werfen dürfe, schließlich gäbe es deshalb die kleine Bande rund um den Tisch. Ich höre auf seinen Rat – niemand muss wie früher beim Spielen mit Christian und Violet aufspringen und davonkullernde Würfel einfangen – und habe richtig Spaß an dem Spiel. Ich gewinne öfter, als ich verliere, und das Kribbeln, das mich bei jedem weiteren Jeton auf meinem Stapel packt, lässt mich nachvollziehen, wieso so viele Menschen der Spielsucht verfallen.

Nebenbei versuche ich, etwas mehr über Scott und Lucas herauszufinden. Wenn Scott irgendeinen Streit mit Lucas hat, sollte das Jonah doch egal sein, es sei denn, er hasst Scott einfach aus Prinzip mit. Oder ist es andersherum und das von Hunter angedeutete Mädchen war mit Jonah zusammen, was aus Familienloyalität einen Bruch zwischen den besten Freunden verursacht hat? Ich sehe mich nach Lucas um und entdecke ihn zu meiner Verwunderung an einem der klimpernden Automaten nicht weit von uns entfernt.

»Ich will nicht über Scott sprechen. Es ist schlimm genug, dass ausgerechnet er das Spendenticket gekauft hat – oder dass unsere Eltern immer noch der Meinung sind, die beiden wären allerbeste Freunde, weshalb sie ihn auch zur Geburtstagsparty der Zwillinge eingeladen haben. Er hat Lucas den Abend versaut.«

Jonah wendet den Blick ab und setzt einen weiteren tausend Dollar Jeton, womit er mir unmissverständlich klarmacht, dass alles zu dem Thema gesagt ist. Mit geschürzten Lippen sehe ich zu Lucas, der gerade Chips in den Automaten steckt, als ausgerechnet Amber zu ihm tritt. Schnell widme ich mich wieder den Würfeln.

Jonah macht seinen Job als Glücksfee ausgesprochen gut, haucht mir einmal nach einem Wurf sogar einen Kuss auf die Würfel in meiner Hand. Irgendwann nach Mitternacht stößt Lola zu uns und die Würfel sind plötzlich wie gezinkt. Sie verhilft mir zu einem Gewinn nach dem anderen, weshalb ich waghalsig werde und in der allerletzten Runde den gesamten bisherigen Gewinn einsetze. Als die Würfel fallen, verfluche ich mich dafür und schließe die Augen. Auf Lolas Jubelschrei folgt eine Umarmung, während ich blinzelnd die Lider hebe. Die Sechs hat mir erneut Glück gebracht – oder Lola? – und mein Einsatz hat sich verdoppelt. Diesmal lasse ich die Jetons jedoch von der Croupière gegen das virtuelle Geld auf meinem Personal Guide tauschen.

Endorphine und Serotonin jagen sich immer noch gegenseitig in meinem Körper und putschen mich auf, was auch Lola auf dem Weg zurück in die Kabine auffällt.

»Du bist vollkommen überdreht.« Sie lächelt mich an, ihre Augen glänzen und ich spüre, wie glücklich es sie macht, wie sehr sie sich mit mir freut. Das Gefühl überflutet meinen Körper mit weiteren Glückshormonen und ich habe nicht nur im Fahrstuhl dieses Schwebeempfinden.

Candice hat ihr Versprechen, nicht oft in unserer Suite zu schlafen, erfüllt, denn laut Lola ist sie schon ziemlich früh mit »Basketball-Liam«, wie sie ihn nennt, aus dem Casino verschwunden. »Natürlich erst nach ein paar heißen Küssen, für die alle anderen sogar ausnahmsweise ihre Kameraperspektive gewechselt haben«, fügt Lola mit einem Lachen hinzu, als wir den Lift auf unserem Deck verlassen.

DIENSTAG

11

Wach geküsst von der aufgehenden Sonne, erfüllt mich am ganzen Körper ein nervöses Kribbeln. Ich muss nicht erst auf die Uhr sehen, um zu wissen, dass es für Lola noch viel zu früh ist. Daher schlüpfe ich direkt in meine Trainingsklamotten, fahre hinunter zu Deck 5 und drehe meine Runden – begleitet vom Klang der Wellen, die gegen die *Siren* schlagen. Ich bleibe an der Reling stehen und kneife fest die Augen zusammen, weil ich mir fast sicher bin, hinter den Wellenbergen Land zu sehen. Laut Reiseroute passiert die *Siren* heute Jamaika und ich sehne mich nach mehr als Wasser. Bei der regulären Fahrt der *Siren* wäre heute ein Landgang in Falmouth geplant und auf dem Tablet habe ich jede Menge Infos zum Strand, zur historischen Altstadt und weiteren Ausflugsmöglichkeiten auf Jamaika gefunden, die man direkt via Personal Guide auswählen und buchen könnte. Doch bei unserer Fahrt führt uns die Route weit entfernt von jeglichen Funktürmen an der Insel vorbei.

Heute ist der Wind etwas stärker, zerrt an meinen Haaren, weshalb ich ständig einzelne Strähnen einfange und versuche, sie wieder in meinen Pferdeschwanz zu stecken. Hin und wieder durchbricht die *Siren* eine höhere Welle und ein paar feine Tröpfchen schaffen es bis zu mir hinauf. Die Stabilisatoren haben definitiv mehr zu tun, denn ich nehme die Vibration sogar durch meine Turnschuhe wahr.

Auch mein Magen scheint die Wogen zu spüren, denn als ich langsamer werde und den restlichen Weg zum Außeneingang des Fitnessstudios gehe, verspüre ich immer wieder kurz dieses kribbelnde Gefühl von Schwerelosigkeit wie bei einer Talfahrt in der Achterbahn. Ich weiß, wie dämlich es ist, dennoch fällt mein erster Blick auf die Hantelbank und gleitet dann weiter über die zahlreichen anderen Trainingsgeräte, während sich Enttäuschung in mir breitmacht. Lucas, nach dem ich ganz offensichtlich Ausschau gehalten habe, ist nicht da.

Diese Tatsache verpasst meiner Motivation einen gehörigen Dämpfer, trotzdem gehe ich auf den Trainingszirkel zu, scanne meinen Personal Guide, um die Einstellungen vom Vortag zu übernehmen, und beginne mit dem Training. Ich bin am vierten Gerät angekommen – es sind also gerade einmal vier Minuten vergangen –, da gleitet an der Seitenwand eine unscheinbare Tür auf. Mein Herz macht einen Satz, keine Ahnung ob vor Freude oder vor Schreck. Lucas kommt durch die Tür, ein Handtuch um den Nacken gelegt, mit dem er sich nun auch den Schweiß von der Stirn wischt. Als er mich sieht, lächelt er, was ich instinktiv erwidere, bevor ich die Stirn runzele.

»Bist du heute ausnahmsweise mit den richtigen Fuß aufgestanden?«, frage ich.

Er blinzelt mich irritiert an, das Lächeln verpufft. Weil er mir noch immer nicht ins Gesicht gesagt hat, was er von mir hält, gebe ich ihm einen Schubs in diese Richtung.

»Du musst mich nicht anlächeln, nur weil du dich dazu verpflichtet fühlst … oder so ähnlich«, helfe ich ihm auf die Sprünge. »Es ist eindeutig, dass du mich nicht leiden kannst.« Klare Verhältnisse schaffen. Ein Rat von Lolas Therapeutin an mich.

»Wie kommst du darauf?«

»Ernsthaft? Du hältst mich doch für einen Parasiten.« Weil sich Lucas' Augenbrauen immer weiter zusammenziehen, schiebe ich nach: »Ich habe dich mit Lola gehört. Kurz nach dem Einzug in die Suite.«

Jetzt endlich sehe ich Verständnis in seinen Augen aufleuchten, gefolgt von … Reue? Sein sonst so strahlendes, beinahe überhebliches Selbstbewusstsein fließt aus ihm heraus, als hätte er ein Leck. Er sieht überall hin, nur nicht mehr zu mir, stammelt dabei kaum mehr verständlich vor sich hin. »Ich … Es tut mir leid. Ich habe das nicht so gemeint.« Mit jedem Satz klingt er weniger unsicher. »Ich wollte nur … Lola ist der wichtigste Mensch in meinem Leben und ich will nicht, dass sie verletzt wird. Dich wollte ich aber auch nicht verletzen. Ich habe dich falsch eingeschätzt. Tut mir leid.« Er lässt den Atem in einem langen Zug entweichen und saugt mit der neuen Luft offenbar sein Ego wieder ein, denn als er sich dabei aufrichtet, duelliert sich sein Blick mit meinem.

Ich suche nach einer Lüge, finde jedoch nichts als Aufrichtigkeit. Ich … glaube ihm. Er hat sich mir gerade – auch wenn es nur ein klitzekleiner Moment war – ganz anders gezeigt als der Öffentlichkeit. Eine Seite, die seine Verletzbarkeit deutlich macht. Das respektiere ich vermutlich mehr als jeder andere Mensch.

»Was ist in dem Raum?«, frage ich neugierig, während ich langsam meine Beine ausstrecke, um meinen Sitz nach hinten zu schieben. Ich bin froh, ihn auf sein vorschnelles Urteil angesprochen zu haben. Ich fühle mich anders. Freier. Muss nicht mehr damit zurechtkommen, dass er schlecht von mir denkt.

Sein Grinsen wird breiter. »Das Training der Zukunft«, sagt er in einem Tonfall, der zwischen Werbeslogan und echter Begeisterung schwankt. Ich sehe ihn fragend an, doch er erklärt nichts weiter, sondern macht nur eine einladende Geste. Also lasse ich meinen Sitz nach vorn gleiten und stehe von der Beinpresse auf. Lucas verfolgt jeden meiner Schritte und dreht sich mit mir, als ich an ihm vorbeigehe. Gleich hinter der aufgeschobenen Tür bleibe ich stehen und komme mir plötzlich vor, als wäre ich in einem Science-Fiction-Film gelandet. Vor mir befindet sich ein Kreis aus acht seltsamen Metallgebilden in grell leuchtenden Farben, die nur durch Schwarzlicht erhellt werden, genau wie die Wandbemalung – die unendliche Weite des Weltraums.

»Ist das …«, beginne ich.

»Ja, das ist es. Das neueste Modell der Icaros, das Trainingsgerät der Zukunft.«

»Ich habe davon in einer Fitnesszeitschrift gelesen«, spreche ich meine Gedanken laut aus und trete fasziniert näher. »Alibi-Fitness für Sportmuffel, Gamer und Couch-Potatoes.«

Lucas ist mir gefolgt und hebt herausfordernd die Braue. »Dann sollte es ja kein Problem sein, mit mir eine Runde zu *spielen.*« Das letzte Wort betont er extra.

Mein Kampfgeist ist geweckt. Ich gehe zielstrebig auf das in Neonblau leuchtende Gerät zu und mustere es auf der Suche nach dem Einstieg. Ich spüre Lucas' Hitze an meiner Seite. Er ist lautlos an mich herangeschlichen wie ein Ninja. Meine Haut reagiert auf seine Gegenwart, alle Härchen an meinem Arm richten sich auf. Vermutlich dauert es weniger als eine Sekunde, bis Lucas spricht, aber die Zeit scheint sich zu dehnen, sich um uns herum im Weltall auszubreiten, während seine Hand an mir vorbeigleitet und mich dabei streift.

»Hier musst du dich draufstellen«, sagt er. Seine Stimme klingt anders, irgendwie rauer. Vielleicht liegt es an der besonderen Atmosphäre, an diesem seltsamen Halbdunkel inmitten des Science-Fiction-Settings. Die Tür ist inzwischen wieder zugeglitten, rund um uns gibt es nichts als unendlich viele Sterne. Nach kurzem Zögern folge ich seiner Anweisung und stelle mich auf die Fußstützen.

»Und jetzt die Unterarme hier hin.«

Ich zucke zusammen, mein Herz setzt einen Schlag aus, weil er nach meinem Ellbogen greift und ihn zur Unterarmstütze führt. Seine Finger gleiten meinen Unterarm entlang, legen sich über meine Hand um den Haltegriff, umschließen ihn zusammen mit mir.

Als er leise auflacht, traue ich mich, den Kopf zu ihm zu drehen. Er ist verdammt nah, sein Atem streift mich, und ich sehe schnell wieder nach vorn. Mit fahrigen Bewegungen lege ich auch meinen linken Arm auf die Ablage und umfasse den Haltegriff. Die Wärme an meiner Seite verschwindet, dann taucht Lucas vor mir auf. Er zeigt mir ganz kurz eine Virtual-Reality-Brille, wartet mein Okay ab und setzt sie mir auf. Die kurze Berührung, als er eine der vom Joggen gelösten Haarsträhnen aus der Brille befreit und hinter mein Ohr schiebt, hätte einen Flächenbrand verursachen können. Dank VR-Brille sehe ich rein gar nichts. Mein Atem geht so gepresst, dass es mir peinlich sein sollte. Aber das ist es nicht, genau wie gestern. In Lucas' Gegenwart fühle ich mich anders, auch nach der Aussprache. Doch länger kann ich nicht darüber nachdenken, weil mich ein sanfter Luftzug streift, als er mich offenbar umrundet. Dann kippt meine Welt. Wortwörtlich. Ich stürze in die Dunkelheit.

Mein schrilles »Hey!«, während ich versuche, die Position zu halten, mich nicht bei jeder kleinsten Bewegung nach rechts und links zu drehen oder nach vorn zu fallen, geht in seinem Lachen unter.

»In fester Position können wir ja wohl kaum spielen.« In jeder einzelnen verdammten Silbe schwingt sein Lachen mit, vibriert in mir weiter, beschleunigt meinen Puls, sodass ich nicht mehr eingeschnappt oder sauer reagieren kann, sondern nur weiter um mein Gleichgewicht ringe. Mit der Brille kann ich nach wie vor nichts sehen, doch meine anderen Sinne sind geschärft. Ich höre, wie Lucas sich an dem Gerät neben mir zu schaffen macht. Ein sanftes Rascheln erklingt, als er in die Icaros steigt.

»Bereit?«, fragt er.

»Und ob ich das bin.«

»Na dann zeig mal, was du draufhast.« Seine Stimme schreit nach purer Herausforderung, was mich lächeln lässt.

Die Schwärze vor mir weicht einem ... Kontrollraum, so würde ich es am ehesten beschreiben. Lucas gibt offenbar unsere Daten ein. Dann sehe ich ein weitläufiges Gebirge, in der Ferne schneebedeckte Gipfel und über allem schwebt ein Countdown.

»Du musst durch die leuchtenden Ringe fliegen«, weist mich Lucas an.

Drei ... zwei ... eins ... Start.

Ich fliege los. Die Landschaft um mich herum verändert sich permanent, während ich über sie hinweggleite. Ich drehe mich zur Seite, verändere damit die Richtung, auf die ich zuhalte. Direkt vor mir erscheint nun ein brennender Reif. Ich versuche, darauf zuzusteuern, als etwas meinen Avatar streift. *Mich* streift und zur Seite drängt.

Lucas' Lachen dringt an meine Ohren. »Du bist zu langsam, Dawson.«

Sein Avatar zischt an mir vorbei, steuert direkt auf den Ring zu, während ich noch immer versuche, mit meinem Gleichgewicht eine gerade Bahn zu halten. Irgendwie schaffe ich es durch den Reif und stelle fest, dass Lucas dahinter auf mich wartet.

»Du musst dich mehr nach vorn beugen, dann nimmst du Geschwindigkeit auf«, höre ich ihn von der Seite. Um es zu demonstrieren, gleitet sein Avatar durch den Ring und rast davon. Es dauert nicht lange, bis ich meinen Körper besser unter Kontrolle habe. Ich steuere gezielt nach rechts und links und spüre, wie mir der Schweiß die Schläfen hinabrinnt. Anfangs war mir kaum bewusst, dass ich mich mehr oder weniger die ganze Zeit in einer Plank-Position halte, während durch das Steuern und Drehen zusätzliche Muskelpartien angeregt werden. Und das, obwohl ich die Anstrengung kaum bemerke. Ich gleite weiter, will Lucas einholen, doch er ist eindeutig geübter an diesem Gerät. Aber das stört mich nicht. Es macht einfach Spaß, selbst mit seiner nervtötend herausfordernden Stimme, die mich immer wieder neckt. So wie jetzt.

»War das etwa schon alles, Dawson?« Er klingt kein bisschen angestrengt, was mich ehrlich beeindruckt.

Ich überlege, ob ich es überhaupt schaffe, zu antworten, und japse dann: »Es ist mein erstes Mal, Price. Sei gnädig mit mir.«

Sein Avatar, ein kleiner Punkt irgendwo weit vor mir am Horizont über dem verschneiten Gebirge, hält inne. Ich höre Lucas' zischenden Atemzug – glaube ich zumindest. Vielleicht ist das auch nur mein donnernder Puls, der das harte Training begleitet.

Dann verschwindet sein Avatar, löst sich in nichts auf. Ich höre sanftes Rascheln, während ich weiter durch einen leuchtenden Ring nach dem anderen gleite.

»Du solltest aufpassen, was du sagst.« Das raue Flüstern an meinem Ohr gleicht einem Stromstoß. Ich erstarre, mein Avatar rast auf den Boden zu, während mein Herz wild in meiner Brust trommelt.

»Mache ich dich etwa nervös?« Ich höre das unverschämte Grinsen in seiner Stimme. Es dringt tief in mich ein, jagt einen Schauer nach dem anderen durch meinen Körper.

»Das ist die Anstrengung«, presse ich hervor.

»Natürlich«, sagt er gedehnt. »Die Anstrengung bei deinem *ersten Mal.*«

Wie kann eine Stimme so eine Wirkung auf mich haben? Röte schießt in meine Wangen. Mein ganzer Körper glüht, dennoch versuche ich weiterhin, durch die Ringe zu fliegen. Doch ich streife sie mehr, als elegant hindurchzugleiten.

»Gibst du auf?«, fragt er, weil ich mich leicht aufrichte, um langsamer zu werden.

»Für heute«, antworte ich. Hinter dem nächsten Ring sehe ich nämlich in leuchtenden Buchstaben das Wort »Ziel«. Ich gleite darauf zu und lande in der Kommandozentrale.

»Das heißt, wir wiederholen das?« Dieser Tonfall! Es klingt absolut nicht nach einem Gespräch über Fitnesstraining.

Ich schlucke, bevor ich antworten kann. »Das sollten wir wohl.« Mit einem Mal ist meine Bewegungsfreiheit eingeschränkt, ich muss nicht länger die Balance halten, werde stattdessen in eine aufrechte Position gebracht. Dann höre ich, wie die Halterung einrastet. Ich lasse die Handgriffe los und nehme die Brille vom Kopf. Lucas steht direkt vor mir, eigentlich hätte mich sein Atem streifen müssen. Doch offenbar hat er die Luft angehalten, die er nun entweichen lässt. Ich schaudere, als der Luftzug auf meine schweißnasse Haut trifft.

Für ein Moment starren wir uns nur an. Das Schwarzlicht lässt die schnell wechselnde Mimik seines Gesichts beinahe verschwimmen, entsetzlich viele winzige Zuckungen deuten eine Vielzahl an Emotionen an, als führten sie ein Eigenleben. Verwirrung tritt dabei wohl am deutlichsten hervor.

Dann weicht er urplötzlich einen großen Schritt zurück. »In dem Fall … sehen wir uns wohl morgen zum Training?« Er sieht mich so eindringlich an, als hoffe er auf eine positive Antwort.

Ich nicke, von diesem Gefühlschaos so berauscht, dass ich meiner Stimme nicht traue. Meine Hormone sind ganz offenbar miese Verräter und haben meinen Körper in Geiselhaft. Anders kann ich mir nicht erklären, was Lucas' Nähe mit mir macht.

Ein echtes Lächeln zupft an seinem Mundwinkel. Selbst in dem schwachen Blau des Schwarzlichts sehe ich, wie seine Augen dabei aufleuchten. Mein Körper reagiert mit demselben Gefühl, mit dem ich vorhin ins Nichts gestürzt bin.

»Bis morgen früh, Dawson. Falls dich der Muskelkater nicht umbringt«, schiebt er lachend hinterher.

»So schnell kriegst du mich nicht klein, Price«, bringe ich atemlos hervor. »Wir sehen uns morgen früh.«

Mit einem von den nackten Wänden widerhallenden Lachen wendet er sich ab, aktiviert die Tür und verschwindet aus dem Raum. Durch das normale Licht von draußen kehre ich in die Realität zurück. Auf etwas wackeligen Beinen steige ich vom Gerät, strecke mich und spüre, wie die Icaros meine Bauchmuskulatur beansprucht hat.

Ich dehne mich rund zwanzig Minuten und nehme mir vor, nachher beim Frühstück auf Milchprodukte und Obst zu setzen. Ich werde Lucas die Genugtuung nicht gönnen, morgen wegen eines Muskelkaters abzusagen. Niemals.

12

Deck 4, das Tropendeck, macht seinem Namen alle Ehre. Schon vom gläsernen Lift aus sehen Lola und ich auf das unendliche Grün hinab. Kaum haben wir den Lift verlassen, legt sich die Feuchtigkeit auf meine Haut, fremde Gerüche dringen in meine Nase und unbekannte Vogellaute vom Band an mein Ohr. Vor uns liegt ein hölzerner Steg, der zwischen den deckenhohen Bäumen, Farnen und fremdartigen Pflanzen hindurchführt und weit vor uns eine Biegung macht, sodass ich nicht erkennen kann, was uns am Ende erwartet.

»Und wir dürfen wirklich hier sein?«, frage ich noch einmal und sehe mich um. Das Deck soll erst heute Abend nach der Liveshow eröffnet werden – zur großen *Caribbean Night* – und bislang war es unmöglich, hier auszusteigen. Doch Lola hat den Concierge davon überzeugt, für uns beide eine Ausnahme zu machen, damit wir uns in die künstliche Sonne legen und baden können. Ich habe ein schlechtes Gewissen. Nur meinetwegen müssen ein paar Crewmitglieder schon jetzt hier irgendwo herumwirbeln. Weil ich es oben auf dem Pooldeck – trotz der vermeintlich festen Entschlossenheit – nicht geschafft habe, mein Strandkleid, das ich über meinem Badeanzug trage, vor allen anderen auszuziehen. Ich habe es versucht, wollte es Lola und

Candice gleichtun, einfach den Saum packen, den leichten Stoff über den Kopf ziehen und die Sonne genießen. Doch ich konnte es nicht. Sowie mein Blick nach dem Mittagessen auf die anderen Passagiere zwischen den Pools fiel – auch wenn niemand Notiz von mir nahm –, sah ich nur noch Ambers damalige Story vor mir. Das Bild mit den roten Markierungen auf jedem meiner »Makel« hat sich in mein Hirn gebrannt und macht es mir immer noch unmöglich, mich Fremden zu zeigen. Ich bin doch noch nicht so weit, wie ich dachte.

Lola ist daraufhin verschwunden und hat mit einem Kellner gesprochen, der sofort davongerannt ist und wenig später mit einem Zettel auf einem funkelnden Tablett zurückkehrte – dem Zugangscode zu Deck 4. Anschließend hat sie mich von der Liege gezogen und mehrmals Candice und Liam angestupst, bis die beiden endlich voneinander ablassen konnten. Für Candice war es in Ordnung, dass wir gehen wollten, wir hätten sie »ja sowieso nur ständig bei ihrem heutigen Vorhaben gestört, ihren neuen Liebsten zu kosten«.

»Natürlich geht es klar, dass wir das Deck für uns nutzen«, sagt Lola wie schon unzählige Male zuvor. »Es muss doch auch Vorteile haben, die Tochter des Reeders zu sein.« Mit einem strahlenden Lächeln hakt sie sich bei mir ein und zieht mich mit sich.

Die hölzernen Bohlen knarren leise unter unseren Sandalen, als wir uns durch den tropischen Regenwald bewegen. Rechts von uns beginnt es auf einmal zu tropfen, dann schüttet es praktisch wie aus Eimern von der Decke und die Luft wird noch drückender, geschwängert von weiteren unbekannten Gerüchen.

»Das ist übrigens auch das gefilterte Wasser der Abgasanlage«, erklärt Lola. »Es sickert unterhalb der Pflanzen in spezielle Rohre und wird mehrmals für den künstlichen Regen wiederverwendet.«

Einzelne Tropfen prallen von den großen Blättern des Regenwaldes ab und treffen auf meinen rechten Arm. Der Regen kühlt die Luft nun ein wenig und das Atmen fällt leichter.

Kurz hinter der Biegung des Stegs wird mir bewusst, wie hoch wir tatsächlich sind, denn vor uns führen mehrere Stufen hinab zu einem … weißen Sandstrand mit Palmen. Hier, tief im Bauch der *Siren*, gibt es den malerischen Sandstrand, den ich auf einer Karibikkreuzfahrt erwartet habe und heute beim Joggen gern gesehen hätte. Kleine Wellen rollen von der himmelblau bemalten Außenwand auf den Strand zu und laufen sanft auf dem Sand aus. Die Lichter an der Decke sind sonnenhell, sodass ich nach dem schattigen Urwald tatsächlich blinzeln muss, bevor ich die einzelnen Scheinwerfer über uns ausmachen kann.

Zu beiden Seiten der Treppe gibt es zahlreiche natürlich aussehende Steinbecken, die türkisblau beleuchtet sind und von denen das Wasser etagenweise nach unten fließt. In das oberste Becken stürzt sich sogar ein kleiner Wasserfall von einem künstlichen Fels, der über einen deutlich sichtbaren Pfad direkt vom Steg aus erreichbar ist. Die Kulisse vor mir könnte eins der Ausflugsziele beim Landgang auf Jamaika sein, die ich auf dem Tablet gefunden habe. Hinter dem Vorhang aus Wasser glaube ich, eine Höhle zu erkennen, werde dann aber von Lola weitergezogen, die auf der untersten Stufe die Sandalen von den Füßen kickt und in den Sand rennt. Noch auf dem Weg zum künstlichen Wellenbad zieht sie das Strandkleid über den Kopf und stürzt sich ins Wasser.

Sie verschwindet unter einer Welle und als sie wieder auftaucht, brüllt sie: »Wir haben das ganze Meer für uns! Komm!«

Lachend ziehe ich ebenfalls meine Schuhe aus und genieße den Sand unter den Füßen. Meine Finger verkrampfen sich kurz um den Stoff meines Kleids, ich grabe die Zehen fest in den Sand und hole tief

Luft. *Es ist nur Lola*, rede ich mir gut zu. Lola, mit der ich schon öfter in der Sauna gewesen bin, die meinen Körper kennt und ihn niemals verurteilen würde. Beim Ausatmen reiße ich mir das Kleid über den Kopf und fühle mich befreit. Ja, sogar stolz. Auch wenn es jedes verdammte Mal Kraft und Überwindung kostet, bin ich stolz.

Die Erleichterung dringt als lautes Lachen aus mir heraus, ich überquere den Sand mit schnellen Schritten und halte erst inne, als die warmen Wellen meine Knöchel umspielen. Ich sehe an der künstlichen Bucht entlang, die sich offenbar parallel zum Steg zieht, der jenseits der üppigen Vegetation verläuft. Das Ende des Strands sieht natürlich aus, etliche Palmen neigen sich rechts von mir so tief vor dem gemalten Himmel, dass ich mir leicht einreden kann, dahinter ginge es weiter. Dasselbe gilt für die andere Seite. Hier entdecke ich zwischen mehreren Palmen eine kleine Strandbar, Liegestühle und Metallkörbe, in denen sicher heute Abend Fake-Feuer für eine echte Caribbean-Night-Stimmung sorgen werden. Am Ende des Decks schiebt sich ein Fels wie oben neben dem Steg ins Meer und wirkt dabei so natürlich wie eine Klippe. Es ist schwer vorstellbar, dass ich mich im Bauch eines Schiffs befinde und nicht irgendwo an einem der traumhaften tropischen Strände, die nicht nur Touristen anlocken, sondern auch für Kalender abgelichtet werden oder auf denen sich Models in Bademode räkeln. Wenn ich mich darauf konzentriere, spüre ich hin und wieder das leichte Ruckeln der Stabilisatoren, aber wie Jonah beim Auslaufen vorhergesagt hat, habe ich mich schnell daran gewöhnt.

Schritt für Schritt gehe ich weiter ins Wasser hinein und auf Lola zu, die auf den flachen Wellen auf der Stelle schaukelt, obwohl sie locker stehen könnte. Dann fährt sie erschrocken hoch, stellt sich mit schräg gelegtem Kopf und herausfordernder Körperhaltung hin und starrt auf einen Punkt hinter mir.

»Was willst du denn hier?«

Ich werde zu einem Eisklotz, den auch das warme Wasser nicht schmelzen kann. Mir geht nur ein Gedanke durch den Kopf: Wer auch immer jetzt hinter mir steht, sieht meine nackten Oberschenkel.

»Die Ruhe genießen, bevor hier der Trubel losgeht«, antwortet eine inzwischen vertraute Stimme. Ich will mich gerade langsam zu Lucas umdrehen, suche noch nach der Kraft dafür, da spritzt Wasser auf meinen Rücken, dann an meine Seite, weil Lucas wie ein Irrer an mir vorbeirennt und mit einem grazilen Sprung in die nächste Welle taucht. Lola kreischt, obwohl sie schon nass war, und Lucas taucht lachend ein Stück hinter ihr wieder auf.

»Was macht dein Muskelkater, Dawson?«, brüllt er mir über Lola hinweg zu, die sich daraufhin sofort zu mir umdreht.

»Absolut gar nichts, *Price*«, rufe ich zurück, dabei merke ich das beginnende Ziepen bereits. »Schließlich weiß ich, wie ich mich ernähren muss«, schiebe ich mit sicherer Stimme hinterher.

»Hab ich etwas verpasst?«, fragt Lola mit einer erhobenen nassen Augenbraue, während sie zu mir watet.

»Lucas hat mich heute Morgen im Fitnessstudio zu einer Runde Icaros überredet.«

»So?« Nur Lola kann mehrere Aussagen in zwei Buchstaben legen – was eigentlich unmöglich sein sollte. Sie beißt sich kurz auf die Unterlippe, dann sagt sie: »Pass auf dich auf Tara. Lucas ist … nicht einfach.«

Ich sehe ihr an, dass sie einiges mehr zu sagen hätte, wäre er nicht ihr Zwillingsbruder, aber ich dränge nicht darauf, dass sie es auch ausspricht.

»Lass uns etwas trinken gehen«, lenke ich sie ab, ziehe sie mit einer schnellen Bewegung zu mir und bringe uns damit aus dem Gleichgewicht. Prustend tauchen wir wieder aus den Wellen auf und verweigern Lucas' Hilfe, der uns die Hände entgegenstreckt, um uns aufzuhelfen.

Ich rappele mich auf und sehe absichtlich nicht auf seinen nackten Oberkörper. Zumindest versuche ich es. Sein Schulterzucken bringt jeden einzelnen Muskel in Bewegung und ich bin fast erleichtert, als er sich abwendet und wieder in die Wellen taucht.

Erst als wir an der Strandbar ankommen und uns dort auf zwei der Liegen setzen, fällt mir auf, dass ich einfach so aus dem Wasser gehen konnte und kein einziges Mal daran gedacht habe, dass Lucas mich *so* sieht.

»Was hat dieses Lächeln zu bedeuten?«, fragt Lola, nachdem sie an ihrem Drink genippt hat – eine Virgin Piña Colada wie meine, um dem Muskelkater weiter mit Milchprodukten den Kampf anzusagen – mit jedem Mittel.

Ich beschließe, ihr die Wahrheit zu sagen, schließlich kennt sie meine Vergangenheit. Ich versuche, genau das auszudrücken, was ich fühle. Dabei gleitet mein Blick wie von selbst zum Wasser, in dem Lucas herumtobt, als hätte er noch nie das Meer gesehen.

»Ich danke dir«, sprudeln meine Gedanken aus mir heraus.

»Wofür?«, fragt Lola irritiert über den vermeintlichen Themenwechsel.

»Dafür, dass du dich um mich sorgst, dass du mich hierher gebracht hast, wo wir für uns sein können«, erkläre ich nun und spiele mit dem Deko-Schirmchen im Glas.

Lola blickt kurz zu Lucas, dann wieder zu mir. Ich sehe die Frage in ihren Augen und komme ihr zuvor.

»Es ist okay«, versichere ich ihr. »Mit ihm ist es okay. Ich weiß nicht warum, aber bei ihm fühle ich mich genauso ungezwungen wie bei dir. Bei ihm kann ich einfach ich selbst sein, ohne mich zu fragen, was er von mir denkt.« Ich ringe nach den richtigen Worten. »Ich fühle mich … froh, glücklich.«

Lola strahlt mich an, als hätte ich sie mit meinem Glück angesteckt. Sie sieht noch einmal zu ihrem Zwillingsbruder, beobachtet ihn eine ganze Weile schweigend, dann öffnet sie den Mund. »Ich glaube fast, ihm geht es genauso. Ich habe ihn schon lange nicht mehr so gesehen. Total durchgeknallt – wie früher.« Sie schüttelt lachend den Kopf, richtet ihre Aufmerksamkeit dann jedoch auf den Kellner, der uns fragt, ob wir noch etwas benötigen. Zu meiner Verwunderung bittet Lola um einen Volleyball.

Meines Wissens nach hat Lola wirklich gar nichts mit Sport am Hut, daher genügt es, fragend eine Braue zu heben.

»Ich liebe Beach-Volleyball«, erklärt sie mir, und kaum hat der Kellner den Ball gebracht, springt sie auf und brüllt: »Lust auf ein Spiel?«

Lucas hält inne, und ich glaube, einen schockierten Ausdruck auf seinem Gesicht zu sehen.

»Ihr beide gegen mich. Los!«, drängt Lola weiter.

Ich weiß noch immer nicht, was ich von der spontanen Wesensveränderung meiner besten Freundin halten soll, daher folge ich ihr eher mechanisch zum Strand, wo gerade tatsächlich eifrige Crewmitglieder einen kleinen Beach-Volleyball-Court aufbauen. Die Vorrichtungen für die Halterungen des Netzes müssen irgendwo unter dem Sand versteckt gewesen sein. Binnen Sekunden ist der Platz abgesteckt. Lucas kommt alles andere als begeistert aus dem Wasser und stellt sich schon fast wie ein bockiges Kind neben mich, während Lola unerwartete Kunststücke mit dem Ball vollführt, die wortwörtlich meine Kinnlade aufklappen lassen.

»Sie hat dir wohl nicht erzählt, dass sie früher wie eine Besessene gespielt hat?«, grummelt Lucas neben mir.

Ich fahre schockiert zu ihm herum. »Ernsthaft?«

Er verzieht den Mund. »Sie ist unschlagbar.«

»Wir sind zu zweit«, sage ich.

»Das ist egal. Sie hat die Spiele für ihr Team an der St. Mitchell quasi im Alleingang gewonnen.« So wie er dasteht, noch immer tropfend und das Kinn trotzig nach vorn geschoben, ist eindeutig klar, dass er es nicht gewohnt ist, zu verlieren. Und auch keine Lust darauf hat, es überhaupt kennenzulernen.

»Wir besiegen sie«, verspreche ich. »Zumindest werden wir unser Bestes geben. Gewinnen ist nicht alles«, sage ich, woraufhin Lucas nur schnaubt. »Bitte«, schiebe ich hinterher.

Er stößt ein Seufzen aus. »Meinetwegen«, grummelt er. »Aber wirf mir nachher nicht vor, ich hätte dich nicht gewarnt.«

Die Warnung war absolut gerechtfertigt. Ich kann es immer noch nicht glauben. Ich habe mich bisher für eine recht gute Volleyballspielerin gehalten, Lucas' durchtrainierter Körper tut sein Übriges, und ich war mir so sicher, dass wir trotz seines Versprechens gewinnen würden. Aber wir haben nicht die geringste Chance. Lola, meine Mitbewohnerin und inzwischen beste Freundin, ist wie ausgewechselt. In unglaublicher Geschwindigkeit nimmt sie unsere Bälle an, kontert mit zielgerichteten, schon fast Millimeter genau platzierten Schmetterbällen, die unerreichbar sind, ganz gleich, wie oft wir uns in den Sand werfen. Das erste Spiel ist praktisch schon vorbei, bevor ich mich warm gespielt habe. Es ist unfassbar. Aber zu sehen, wie Lola völlig in dem Spiel aufgeht, lässt mich etwas ganz anderes fühlen als die Niederlage. Im Gegensatz zu Lucas, dessen Mundwinkel sich im zweiten Spiel sogar noch mürrischer nach unten ziehen.

Ich boxe ihm spielerisch in die Seite und versuche, ihn zu motivieren. »Los, den nächsten Ball kriegst du.«

Er sieht mich nur genervt an und kneift die Augen zusammen. Aber ich glaube auch, ein schwaches Lächeln auf seinen Lippen zu erahnen, als er Lola so absolut glücklich sieht.

Zur Abkühlung – und um den Sand von Körperstellen zu bekommen, an denen man ihn nicht haben möchte – stürzen wir uns wenig später in die Wellen. Ich frage Lola fast vorwurfsvoll, warum sie mir nie von ihrer Begeisterung für Beach-Volleyball erzählt hat, während wir zurück zu unseren Liegen gehen.

Sie zuckt zuerst mit den Schultern, setzt dann aber ein schon fast dämonisches Grinsen auf: »Um dich in einem Moment wie diesem knallhart zu besiegen!«

Ich lache, weil das typisch *Lola* ist, auch wenn es mit Sport zu tun hat. Dann wird sie plötzlich ernst. Ihr Gesicht verdüstert sich, als würden sich Wolken vor die Sonne schieben. Ich versteife mich innerlich und warte ab, ob sie etwas sagt, ohne dass ich sie darauf ansprechen muss. Sie scheint mit sich zu ringen, dann öffnet sie endlich den Mund. Um sie nicht zu drängen, schnappe ich mir einen der Fruchtspieße, die nach unserer Rückkehr vom Spiel auf einem kleinen Beistelltisch standen.

»Ich habe nicht mehr gespielt, seit …«, sie macht eine lange Pause, und ich wage es nicht weiterzukauen, »seit der Sache mit Scott.« Sie sieht über meine Liege hinweg, beugt sich nach vorn und schnappt sich ebenfalls einen Fruchtspieß.

Ich höre ein leichtes Knirschen im Sand und als ich mich umdrehe, lässt sich Lucas gerade auf eine der Liegen neben mir fallen. Eindeutig in Hörweite, sodass ich mir sicher bin, dass ich nicht mehr erfahren werde. Ich wende mich wieder Lola zu, die inzwischen scheinbar entspannt auf dem Polster liegt, wie um zu beweisen, dass ich richtig gedacht habe.

Während des restlichen Nachmittags habe ich keine Chance, Lola noch einmal darauf anzusprechen. Lucas weicht uns nicht von der Seite. Aber hin und wieder necken sich die zwei, wie ich es nur von Jonah und Lola kenne, was mich auf jeden Fall für die beiden freut, schließlich war Lola beim Einzug in die Suite alles andere als begeistert darüber, dass Lucas bei uns wohnt. Die Stimmung zwischen den beiden ist nicht länger erdrückend, aber noch gehen sie nicht völlig unbeschwert miteinander um. Dafür dösen wir schließlich entspannt auf unseren Liegen vor uns hin, lauschen den regelmäßigen Wellen, genießen Cocktails und Snacks, bis es um uns herum geschäftig wird.

»Wir sollten besser gehen«, sage ich, weil es ganz offensichtlich ist, dass die Crew die letzten Vorbereitungen für die *Caribbean Night* trifft. Weitere Metallkörbe werden am Strand positioniert und kleine und große Kugeln überall im Sand verteilt. Unentwegt schleppen Kellner weitere abgedeckte Tabletts herbei, die irgendwo unter dem Regenwald in einer erstaunlich großen Küche verschwinden, die man nur sehen kann, wenn die gut getarnte Tür inmitten der Palmen hinter der Bar offen steht – was dann aussieht wie ein Portal zwischen Urwald und Hightech-Welt.

Lucas antwortet noch vor Lola. »Ich denke auch, dass wir nur stören. Eigentlich sollten wir gar nicht hier sein.« Ich schaue zu ihm hinüber und sehe die Furchen auf seiner Stirn. »Warum genau seid ihr überhaupt hergekommen?«

Mein Magen krampft sich das erste Mal an diesem wundervollen Nachmittag unangenehm zusammen und ich schlucke, überlege fieberhaft, was ich darauf antworten könnte. Doch Lola ist schneller. Sie schwingt die Beine von der Liege und springt auf. Mit einem garantiert nur für Geschwister reservierten Grinsen sagt sie: »Das geht kleine Brüder nichts an.«

Lucas reagiert nicht auf die Stichelei, sondern lacht nur kopfschüttelnd auf und grummelt etwas vor sich hin. Aber die kritische Situation ist vorbei, wir packen unsere wenigen Dinge, werfen die Klamotten über und laufen barfuß über den Steg bis zum Aufzug. Erst dort ziehen wir unsere Schuhe an. Eine nicht identifizierbare Anspannung liegt in der gläsernen Kabine, während wir uns aus dem Grün des Urwalds erheben, sie verzieht sich auch nicht, als wir schweigend durch den Flur zu unserer Suite gehen. Ich wüsste nur allzu gern, was mit Scott und den Price-Geschwistern passiert ist, denn nur die Erwähnung lässt schon Schatten aufziehen, die nicht von selbst verschwinden. Doch Lola gibt mir nicht die geringste Chance, es herauszufinden. Sie weiß genau, welche Frage in meinem Kopf nur auf die richtige Gelegenheit wartet, herauszuspringen. Daher verschwindet sie noch schneller in ihrem Zimmer als Lucas in seinem Durchgang. Ein paar Minuten genieße ich den Ausblick aus dem Panoramafenster und nehme mir vor, nach dem Duschen endlich einmal auf den Balkon unserer Suite zu gehen.

Unter der zum heutigen Tag passenden Regenwalddusche wird mir noch einmal klar, wie sehr ich diesen Nachmittag genossen habe, wie entspannt ich mich gefühlt habe, weil ganz offensichtlich die richtigen Menschen an meiner Seite waren. Ich hatte kein einziges Mal ein Problem damit, meine Meinung zu äußern, habe nicht den geringsten Gedanken daran verschwendet, wie die beiden eventuell darauf reagieren könnten. Und ich habe kein einziges Mal an Jonah gedacht, stelle ich irritiert über mich selbst fest. Dabei hatte ich doch geplant, ihn besser kennenzulernen, Zeit mit ihm zu verbringen. Ich blinzele das an mir hinabrinnende warme Wasser aus den Augen, versuche, mir die gemeinsame Zeit im Casino in Erinnerung zu rufen – doch mein Kopf schiebt mir nur die kurzen Momente ins Gedächtnis, in denen ich zu den Spielautomaten – zu Lucas – gesehen habe, und überflutet mich danach mit Eindrücken von heute, von diesem alles überziehenden Wohlgefühl, einfach nur ich selbst sein zu können, ohne darüber nachdenken zu müssen, wie ich auf andere wirken würde. Deck 4 war wie eine sichere Blase für mich, die mich fest umschlossen hat und mich nun dazu motiviert, heute ebenso mit den anderen Passagieren umzugehen. Zumindest nehme ich mir das vor. Die *Siren* ist kein anonymes Internet. Ich kann jeden Passagier direkt konfrontieren, klare Verhältnisse schaffen, mit Vorurteilen aufräumen – wie bei Lucas heute Morgen. Es gibt nur eine überschaubare Anzahl an Menschen, die ich hoffentlich einschätzen kann. Echte Personen, die mir gegenüberstehen, und – so hoffe ich doch – nicht urteilen, ehe sie mich kennengelernt haben.

Doch was ist mit den Videos, die jemand im Geheimen aufnimmt und hochlädt? Das Wasser der Tropendusche wird gefühlt mehrere Grad kälter. Was ist, wenn jemand *mich* filmt? In Momenten, die einen vollkommen falschen Eindruck erwecken wie bei Jonah. Ich zittere, obwohl der Wasserdampf mich noch immer einhüllt. Meine Entschlossenheit gerät ins Wanken und ich versuche, mich an dem Gefühl festzuhalten, das ich heute durchweg empfunden habe, doch es verschwindet mit dem Wasser im Abfluss. Ich will nicht zur Liveshow, will weiter in meiner Wohlfühlblase innerhalb der Suite bleiben.

Von purer Entschlossenheit erfüllt, verlasse ich die Dusche, schlinge das wolkenweiche Handtuch um meinen Körper und trete auf die Galerie vor meinem Zimmer, wo Lola und Candice bereits warten. Abrupt bleibe ich stehen.

Candice sieht aus, als wäre ihr Haustier gestorben. Ihre Mascara ist verschmiert, getrocknete Tränen zeichnen sich weiß auf ihrer Haut ab, und Lolas Worten entnehme ich, dass es um Liam geht. Was auch immer zwischen den beiden war, ist heute Nachmittag zu Ende gegangen. Candice schnieft gerade, ihre Schultern beben noch und doch löst Lola ihre Umarmung und tritt einen kleinen Schritt zurück.

»Und jetzt gehst du in dein Zimmer, springst unter die Dusche und brichst für mich den Rekord im Stylen, okay?« Lola sieht ihr fest in die Augen, und zu meiner Verwunderung holt Candice einmal bebend Luft, nickt und trottet in ihr Zimmer. Ich kann Lola nur anstarren, aber Candice' Liebeskummer bietet mir einen guten Vorwand, heute Abend nicht mehr auszugehen.

»Sollte sie denn allein sein? Wollen wir die Liveübertragung und die Party besser sausen lassen und hierbleiben?«, frage ich, die Finger um den Handlauf des Galeriegeländers gekrallt, weil Candice, die sonst pure positive Energie verkörpert, ein Häufchen Elend ist, was ich nie erwartet hätte. Für mich ist sie der Inbegriff eines glücklichen Menschen, zu dem Unglück oder Trauer unmöglich durchdringen können.

»Was?«, Lola wirkt ehrlich schockiert. Dann sehe ich praktisch, wie sie den Grund für meine Frage in Gedanken durchgeht. »Wegen Candice?«, fragt sie mit zusammengekniffenen Augen, die meine Stimmung scannen.

Ich nicke schnell, sehe uns bereits auf der Couch Eiscreme löffeln und irgendwelche schnulzigen Filme gegen Liebeskummer anschauen. Doch Lola hat offenbar andere Bilder im Kopf.

»Es ist immer so mit ihr. Candice ist überemotional. Sie durchlebt die Gefühle, die andere binnen Wochen und Monaten entwickeln, quasi an einem Tag. Ich habe schon sehr viele solcher Dramen mitgemacht, Candice wird sich wieder aufrappeln, heute wieder flirten und dann geht alles von vorne los. Ich liebe sie sehr, aber daran musste ich mich wirklich erst gewöhnen. Es ist schlimm, sie so zu sehen.«

Dem kann ich nur zustimmen. Es ist furchtbar – und doch zeigt es mir, dass auch eine überpositive Candice nicht immer glücklich sein kann. Auch wenn es schrecklich ist, beruhigt mich die Tatsache doch ein wenig und lässt mich wieder an meine Menschenkenntnis glauben.

Lola erzählt mir von der »ersten großen Liebe«, die sie bei Candice in ihrer gemeinsamen Zeit an der St. Mitchell miterlebt hat – ein Austauschschüler aus Kanada namens Justin. Candice hat ihn gesehen und war sofort hin und weg. Lola schwört, dass sie Candice schon während ihres ersten Gesprächs ansehen konnte, wie ihre Gefühle Justin gegenüber immer stärker wurden. Ihre Worte malen mir Bilder in den Kopf, ich sehe Candice und diesen unbekannten Jungen, stelle mir vor, wie Candice' Augen immer mehr leuchten, sie tiefer in seinen Blick eintaucht – und am Ende total verliebt aussieht.

»Justin hatte keinerlei Interesse an ihr, er war nur höflich«, fährt Lola fort. »Am Ende des Gesprächs hat er sie natürlich stehen lassen – und Candice ist in Tränen ausgebrochen, als hätte er Schluss gemacht. Ich war im ersten Moment völlig überfordert.«

»Das würde mir nicht anders gehen«, murmele ich.

»Glücklicherweise hat am Abend bereits jemand anderes Candice' Interesse geweckt.« Lola grinst, verzieht dann jedoch die Lippen und stößt ein Seufzen aus. »Der Beginn eines neuen Dramas.«

Hinter uns gleitet die Tür zu Candice' Zimmer auf, und während sie noch vor wenigen Minuten total zerstört darin verschwunden ist, tritt sie nun leuchtend wie immer auf die Galerie zu uns. »Können wir los?« Dann entdeckt sie das Handtuch, das ich noch immer um mich geschlungen habe. »Ich war schneller als du?«, feixt sie wie eh und je.

Mir fehlen die Worte und Lola wirft mir einen vielsagenden Blick zu. Okay, damit ist meine Wohlfühlblase wohl geplatzt. Ich will Candice nicht hängen lassen und stelle mithilfe der beiden meinen persönlichen Rekord in Sachen Styling auf. Kurz darauf steige ich auf silberfarbenen High Heels und in einen luftigen Traum aus fliederfarbenem Chiffon gehüllt die Treppe der Galerie hinab. Mein Magen zwickt noch immer, aber meine Freundinnen haben das ungute Gefühl gelindert.

Wie am Abend zuvor verlassen wir unsere Suite und machen uns auf den Weg zur Liveübertragung im Amphitheater.

NEWS 6

Wir betreten das Amphitheater etwas zu spät. Auf der Leinwand sind bereits Helena und ihr Co-Moderator Simon zu sehen. Daher huschen wir schnell auf die erstbesten Plätze neben dem Eingang zu – als plötzlich mein Name genannt wird. Erschrocken lasse ich mich auf den Sitz fallen.

»Bis sie an Bord der *Siren* ging, kannte niemand Tara Dawson.« Während ich erstarre, holt sich Helena einen bestätigenden Blick von ihrem Co-Moderator Simon, dann fährt sie fort. »Ich habe gleich nach dem Auslaufen der *Siren* auf Instagram nach ihr gesucht, um mehr über sie herauszufinden.« Sie zückt ihr Handy und wedelt damit in der Luft herum. Im Hintergrund wird mein Account eingeblendet. Mein Brustkorb schnürt sich zusammen, das Atmen fällt mir immer schwerer. »Tara Dawson hat nur knapp eintausend Follower und seit über einem Jahr nichts mehr gepostet. Trotzdem ist sie am Arm von Lola Price über die gläserne Gangway geschritten. Das hat mich natürlich besonders neugierig gemacht. Weshalb ich die Redaktion gebeten habe, beim Durchsehen der hochgeladenen Videos insbesondere auf sie zu achten. Und das Ergebnis möchte ich Ihnen heute präsentieren.«

Mein Puls rast, mir wird immer kälter, obwohl ich Schweißperlen auf der Stirn fühle. Ich kralle meine Nägel in das Polster der Armstützen, bis die Fingerspitzen von dem Druck schmerzen. Ich muss mich selbst dabei beobachten, wie ich am Abend zuvor – genau hier im Theater, nur wenige Meter von meinem jetzigen Sitzplatz entfernt – Jonah in den Arm genommen habe, um ihn aufzumuntern. Natürlich war irgendeine der vielen Handykameras auf ihn gerichtet. Die Umgebung verändert sich, nach ein paar zusammengeschnittenen Eindrücken aus dem Casino sieht man Jonah und mich an der Bar lachen. Danach zeigt ein verwackeltes Video, das offenbar im Schutz einer Pflanze aufgenommen wurde, Jonah und mich eng beieinandersitzend beim Mini Dice. Jonah, der nun meine Hand mit den Würfeln nimmt und darauf küsst, um mir Glück zu bringen. Aus der Kameraperspektive sieht es jedoch aus wie ein intimer Kuss auf die Handfläche. Ich bekomme immer schwerer Luft, als mir bewusst wird, dass die Liveshow überall ausgestrahlt wird und sich jetzt potenziell Millionen fremde Menschen ein Urteil über mich bilden. Ich zittere, Lola greift nach meiner Hand und drückt sie.

Helena taucht wieder auf der Leinwand auf und sagt mit verschwörerischer Stimme: »Tara Dawson gibt sich aber ganz offenbar nicht mit einem der Price-Brüder zufrieden.«

Candice neben mir stöhnt genervt auf. »Was für eine Theatralik. Lass sie reden, Tara. Morgen schießt sie sich auf jemand anderen ein.«

Das mag sein. Rein objektiv betrachtet. Doch genau das kann ich eben nicht. Ich kann das nicht einfach ausblenden, sondern denke an all die vollkommen falschen, vermutlich total absurden Meinungen, die in diesen Sekunden über mich gebildet werden.

Ambers strahlendes Gesicht erscheint auf der Leinwand, im Hintergrund ist die kleine Bar an der Außenpromenade von Deck 6 zu sehen. Amber will gerade etwas sagen, da werden ihre Augen größer, sie richtet sich auf und sieht über die Kamera hinweg. Das Aufnahmegerät wird geschwenkt, bis Candice, Lola und ich im Bild sind. Ambers Stimme begrüßt uns hyperfreundlich, dann erfolgt ein Schnitt. Ohne irgendeine Antwort drehen wir drei uns um und gehen. Wäre ich nicht dabei gewesen, hätte ich mich jetzt für ein arrogantes Miststück gehalten. Ich habe das Gefühl, mich jeden Moment übergeben zu müssen, schlucke schwer gegen die Säure an, die meine Kehle emporklettert. Lolas Beruhigungsversuche wirken nun eher krampfhaft.

Die Kamera schwenkt zurück zu Amber, die uns enttäuscht hinterhersieht.

»Wer war das?«, fragt eine männliche Stimme, der Typ hinter der Kamera vermutlich.

Amber antwortet, ohne in die Kamera zu sehen: »Lola Price, Candice Vale und keine Ahnung, wer das Mädchen ist. Die drei wohnen anscheinend mit Lucas Price zusammen in der Royal-Suite.«

Es folgen weitere Zusammenschnitte von irgendwelchen Kameras, die wir im Laufe des Vortags passiert haben. Irgendjemand hat im Casino aufgenommen, wie Lucas mich mit einem fast entrückten Blick anstarrt, während ich neben Jonah am Würfeltisch sitze. Die Kamera fährt mehrmals zwischen ihm und mir hin und her. Vermutlich wechselte die Perspektive nur einmal, wurde dann aber so geschnitten, dass es einem Starrwettbewerb gleicht. Dann endlich höre ich wieder Helenas Stimme.

»Ich würde zu gern in dieser Suite Mäuschen spielen. Was sich wohl hinter den verschlossenen Türen zwischen unserem Shootingstar Tara und dem millionenschweren Model und Reeder-Sohn Lucas Price abspielt?«

Candice neben mir stößt ein merkwürdiges Schnauben und Würgen aus, was mich so irritiert, dass zumindest meine Übelkeit verpufft.

»Wenn das so weitergeht, fährt bald eine ›Tara‹ unter der Flagge von Price Corp.«, sagt Candice so laut, dass ich mich nicht mehr auf Helena Johnson konzentrieren kann.

»Ist zwar keine ›Candice‹, aber auch okay«, fährt Candice trocken fort.

Ihre Gedankengänge sind in dieser Situation so absurd, dass ich auflachen muss. Mein Blick verschwimmt. Ich habe die Tränen nicht bemerkt und blinzele sie schnell weg.

Da geht auch schon das Licht wieder an und in den Reihen vor der Bühne drehen sich alle suchend um. Ich rutsche in meinem Sitz so weit nach unten wie möglich, aber leider kann ich mich nicht unsichtbar machen. Lola schiebt mich zur Seite und deutet an, schnell zu verschwinden, doch es ist zu spät. Ich höre meinen Namen, wende mich automatisch um und blicke in einen Pulk hochgehaltener Kameras. Candice' unheilverkündendes »Oh-oh« verklingt zwischen weiteren »Tara!«-Rufen. Ich habe keine Ahnung, von wem sie ausgehen, denn es winken mehrere Hände, die dazugehörigen Gesichter lächeln, als wären wir alte Freunde. Noch ehe Lola mich aus dem Theater schieben kann, sind die Ersten bei mir, pressen sich an meine Seite und richten ihre Face-Cam auf uns. Mir werden belanglose Fragen gestellt, ich bin kaum in der Lage zu antworten, kann an nichts anderes denken als an die Aufnahme, die gerade von meinen panisch aufgerissenen Augen und dem bleichen Gesicht gemacht wird. Die Situation überfordert mich komplett und ich reagiere roboterhaft, antworte stockend und mechanisch.

Ein Strom fremder Menschen reißt mich mit sich. Mit dieser Woge, die sich nach weit mehr als vierzig Passagieren anfühlt und in mir eher Paparazzi-Assoziationen weckt, obwohl ich alles andere als ein Star bin, werde ich zum Lift und auf Deck 4 geschwemmt. Ich sehe mich immer wieder nach Lola und Candice um, doch sie schaffen es nicht, sich durch die willensstarke Meute durchzudrängeln, die sich unbedingt mit mir fotografieren oder filmen will. Es ist wie verhext. Jedes Mal, wenn Lola mir ganz nah ist, ich schon fast filmreif die Hand nach ihr ausstrecken könnte, steht an ihrer Stelle plötzlich jemand anderes. So lande ich, umrundet von Menschen, die vermutlich nie vorhatten, etwas mit mir zu tun zu haben oder mich kennenzulernen, auf dem Steg, der hinab zum Sandstrand führt, anstatt mich in meinem Zimmer in unserer Suite einzuschließen. Auf jedem der unterwegs entstandenen spontanen Selfies und Videos sehe ich vermutlich aus wie ein verschrecktes Reh.

Der Strand hat sich verändert. Das grelle Licht, das am Nachmittag die hochstehende Karibiksonne nachempfunden hat, ist verschwunden. Stattdessen sehe ich die weiße Sonnenscheibe an der Außenwand der *Siren*. Der »Himmel« ist nicht mehr strahlend blau, sondern durchwirkt von zartrosa Schlieren. Was ich für die bemalte Schiffswand gehalten habe, ist offenbar eine gigantische Leinwand! Nicht nur ich halte inne und lasse die Kulisse auf mich wirken. Die anderen haben das Tropendeck schließlich noch nie gesehen und so zeigen die Handys endlich nicht mehr auf mich, sondern gleiten über den Karibikstrand vor uns. Ehrfürchtige Stille breitet sich aus, die nur vom Geräusch der Wellen durchbrochen wird. Ich schleiche mich davon, setze vorsichtig einen Fuß vor den anderen und halte Ausschau nach Candice und Lola – doch genau in dem Moment tritt ausgerechnet Amber zu mir und begrüßt mich mit einer so aufgesetzten guten Stimmung, dass sich mir fast der Magen umdreht. Sie erkennt mich immer noch nicht, kein bisschen, und ihre falsche Freundlichkeit raubt mir den Atem.

»Wir wurden einander noch gar nicht vorgestellt«, sagt sie und klimpert mit ihren künstlich verlängerten Wimpern. »Du siehst unglaublich gut aus in dem Kleid. Es betont deine Figur perfekt.«

Natürlich wird jedes einzelne Wort von einer Kamera eingefangen und natürlich verliert auch die Szenerie des Tropendecks ihre Anziehung und die allgemeine Aufmerksamkeit richtet sich wieder auf mich. Ich höre, wie toll meine Haare aussehen, wie gut das Kleid zu meinen Augen passt, wie fantastisch mein Teint aussieht. Es ist mein persönlicher Albtraum. Überall Blicke, die urteilend auf mich gerichtet sind. Ich suche nach einem Fluchtweg, nach Lola und Candice, kann sie aber nicht entdecken. Zu viele Handys versperren mir die Sicht. Es ist grausam. Ich drehe mich hin und her, im Kopf nur den Gedanken, welches dieser Videos wohl ausgestrahlt wird, wie ich darin dargestellt werde, was die Leute vor den Fernsehern dann von mir denken könnten.

Dann fange ich einen nachdenklichen Blick aus dunkelblauen Augen ein. Wie ein Ruhepol inmitten des Stimmengewirrs, das auf mich einprasselt. Lucas.

Eine männliche Stimme unterbricht Ambers Gequatsche. »Ich denke, jetzt bin ich dran, Amber.«

Ich fahre herum und stehe fast Brust an Brust mit Scott, der mir ein schiefes Lächeln schenkt. »Hi, Tara. Hast du Lust, dir gemeinsam mit mir den Sonnenuntergang anzusehen?«

Er klingt charmant, doch meine Alarmglocken schrillen. Ich suche nach seinem Handy, aber es ist nirgendwo zu sehen. Mein Kopf ist damit beschäftigt, mir all die Gespräche über Scott in Erinnerung zu rufen, doch er wartet nicht einmal auf eine Antwort, hakt sich bei mir unter und zieht mich mit sich durch den Sand. Ein paar Meter entfernt stürzt die Meute nun auf Lucas zu, der wie aus dem Nichts aufgetaucht ist und sich bis auf den Abend im Casino nie unter die anderen Passagiere gemischt hat. Dabei hat er insbesondere unter den weiblichen Gästen echte Fans. Kurz vor den sanft auslaufenden Wellen lässt Scott meine Hand los.

Ich stehe da, als wäre ich zu keiner Bewegung fähig, und komme mir absolut dämlich vor. Und schäbig. Jeder dieser Menschen eben hat mich benutzt, war nur an meiner neu gewonnenen Publicity interessiert. Ich sehe kurz zurück zu Lucas, an dem jetzt Lyanna und Amber kleben. Fühlt er sich immer so? Läuft bei ihm jedes Aufeinandertreffen mit anderen auf diese Weise ab? Dann ist es wirklich kein Wunder, dass er mir zu Beginn so feindselig gegenüberstand – und dass er sich kaum blicken lässt, ursprünglich ja nicht einmal mitfahren wollte.

»Was läuft zwischen dir und Price?«, lenkt Scott meine Aufmerksamkeit wieder auf sich. Seine Stirn ist von zahlreichen Denkfalten durchzogen, aber seine Augen verraten echtes Interesse. Meine Alarmglocken werden lauter. Hunter zufolge hat ein Mädchen die Freundschaft zwischen Lucas und Scott zerstört, erinnere ich mich. Ganz gleich, ob Jonah oder Lucas Interesse an ihr hatten, Scott muss sich dazwischengedrängt und so für das Ende der Freundschaft gesorgt haben.

Das Rauschen der Wellen wird lauter, staunende Rufe durchbrechen das Geräusch und das Licht verändert sich. Ich folge dem anvisierten Ziel all der hochgehaltenen Handys. Das Schauspiel ist wirklich atemberaubend. Die künstliche Sonne sinkt und verschwindet im Zeitraffer im Wasser. Der gesamte Strand wird erst in orangerotes Licht getaucht, es dämmert immer mehr, bis der falsche Himmel einem Meer aus Flammen gleicht und Tausende Lichtpunkte an der Decke und in den Wellen glitzern. Auf einer kleinen Woge, die im Sand ausläuft, sehe ich zwei winzige Kugeln. Leuchtkugeln, die von der Crew heute Nachmittag auch in Großformat an den Strand geschafft wurden. Überall im Wasser funkeln sie, machen aus jeder Welle einen Lichtertraum. Ich bin vollkommen fasziniert, sodass ich erst wieder an Scott neben mir denke, als er sich mehrmals räuspert und seine Frage wiederholt.

»Was läuft da zwischen Price und dir?«

Hier ist es viel zu schön für negative Gedanken und ich höre mich sagen: »Das geht dich nichts an.«

Scott schenkt mir ein wissendes Lächeln, das ihn wirklich atemberaubend attraktiv macht, und versenkt die Hände in den Taschen seiner luftigen Leinenhose. Er will sich bereits abwenden, doch dann hebt er noch einmal den Blick und sieht mich eindringlich an. »Du solltest auf dich achtgeben, Tara«, sagt er betont langsam. »Price ist nicht der, für den du ihn hältst.«

Halt dich bitte von Jonah Price fern. Er ist nicht der, für den du ihn hältst. Violets letzte Nachricht geistert durch meinen Kopf und die Frage ist schneller aus meinem Mund, als ich sie zurückhalten kann. »Was weißt du darüber?«

Scott sieht mich vollkommen irritiert an. »Wir haben eine lange Geschichte.« Mehr sagt er nicht, dreht sich um und schlendert davon.

Als die anderen bemerken, dass ich wieder frei bin, kommen die Ersten schon wieder langsam auf mich zu. Ich muss hier weg. Hastig suche ich nach einem Ausweg, als ich Lola und Candice winken sehe und rufen höre, dass ich auf sie warten soll.

»Ich glaube, ich rette dich jetzt«, flüstert es an meinem Ohr.

Ohne mich zu ihm umzudrehen, erwidere ich: »Konntest du dich von deinen Fans losreißen?« Ich starre weiterhin auf das Meer, auf die letzten Reste des glühenden Balls, der sich in die künstlichen Fluten senkt.

»Es war nicht ganz leicht, aber das tägliche Training muss sich doch irgendwie bemerkbar machen, oder?«

Ich höre den herausfordernden Unterton in seiner Stimme und meine Lippen verziehen sich zu einem Lächeln.

»Lass uns von hier verschwinden, in Ordnung?«

»Wie bitte?« Hunderte Szenarien prallen auf mich ein, die meisten davon alles andere als jugendfrei. Meine Atmung geht schneller, meine Handflächen werden feucht, während mein Puls davonrast und ganz kurz in meinem Kopf der Gedanke aufblitzt, dass ich mich in Jonahs Nähe nicht so fühle. Lucas setzt die Luft zwischen uns unter Spannung und jagt eine Hitze durch meinen Körper, die ich kaum beschreiben kann. Ich bin froh, dass die Sonne nun untergegangen ist. So kann Lucas hoffentlich die Röte auf meinen Wangen nicht sehen.

Er stupst sanft mit dem Ellbogen gegen meinen Arm. »Kann es sein, dass deine schmutzigen Gedanken gerade in meine Richtung brüllen?« Er lacht leise und ich hoffe, dass er keine Antwort darauf haben möchte. »Ich hatte eigentlich ganz harmlose Pläne, würde mich aber natürlich auch anbieten –«

»Nein«, unterbreche ich ihn schnell und fahre zu ihm herum, damit meine Fantasie nicht noch mehr mit mir durchgehen kann.

»Dann beeil dich. Jeden Moment sollten die Strandlichter angehen.«

Er greift nach meiner Hand und ich folge ihm zum Steg. Kaum haben wir die Stufen erreicht, beginnen die Feuerschalen und die am Strand verteilten Kugeln zu leuchten. Ich drehe mich noch einmal um. Nun, da ich über die Köpfe der Anwesenden hinwegsehen kann, versuche ich, Lola und Candice zu entdecken, doch sie wurden von der Menge verschluckt. Mir bleibt kaum Zeit für eine Entscheidung, denn Lucas zieht mich mit sich – und ich wehre mich nicht, weil sich schon wieder alle suchend umdrehen. Wir verschwinden über den Steg, doch an der Biegung zieht mich Lucas nach links, statt dem Weg rechts zu den Fahrstühlen zu folgen. Wir betreten den Trampelpfad, der nur von der türkisfarbenen Beleuchtung der Wasserbecken erhellt wird und zum Wasserfall führt.

Ich sehe mich um. »Dürfen wir hier sein?« Meine Fingerspitzen kribbeln und ich fühle mich, als würde ich etwas Verbotenes tun.

Lucas zuckt mit den Schultern und zieht mich weiter mit sich. »Einen Moment«, sagt er kurz darauf, lässt mich los und macht sich irgendwie an dem künstlichen Fels zu schaffen. Dann verstummt das prasselnde Geräusch, der Wasserzufluss versiegt und der Wasserfall ist verschwunden. Dahinter befindet sich eine Höhle. Nein, keine Höhle, sondern ein Technikraum, wie ich nach Betreten der von außen so echt wirkenden Grotte erkenne. Der hintere Teil ist mit dunklen Monitoren und Steuerpulten zugepflastert, mit denen vermutlich der Himmel und der Sonnenuntergang bei Bedarf von Hand gesteuert werden können, vielleicht auch die Schauer im künstlichen Regenwald. Eine schwache blaue Lampe beleuchtet den Raum, damit das Licht von außen nicht auffällt.

Nur wenige Sekunden nachdem Lucas hinter mir die Höhle betreten hat, plätschert das Wasser wieder ins Auffangbecken und trennt uns vom Rest der Welt. In unregelmäßigen Abständen öffnet sich der Vorhang kurz und ich kann nach draußen sehen, wo Passagiere, die etwas verspätet eingetroffen sein müssen, gerade den Strand bestaunen. Ihre aufrichtige Begeisterung freut mich.

Lucas setzt sich in den Sand auf dem Höhlenboden und lehnt sich an den kahlen Fels. Dann klopft er neben sich und sieht mich mit einem bettelnden Dackelblick an, der mich zum Lachen bringt.

Entrüstet kneift er die Augen zusammen. »Als Dank für deine Rettung lachst du mich aus?« Sein Lächeln zeigt, dass er es nicht ernst meint.

Ich überlege kurz, an der gegenüberliegenden Seite der Höhle Platz zu nehmen, trete dann aber aus einem Impuls heraus näher zu ihm und setze mich im Schneidersitz ihm gegenüber, sodass ich ihn ansehen kann. Seine rechte Gesichtshälfte ist in Schatten getaucht, während das blasse blaue Licht seine hohen Wangenknochen auf der linken Seite wie gemeißelt wirken lässt, weshalb er mehr denn je umwerfend und unnahbar aussieht.

»Hast du mich genug angestarrt?« Er lacht zwar, aber ein genervtes Seufzen schwingt mit. Er sieht mich nicht länger an, sondern zieht ein Bein an sich, lehnt sich mit dem Ellbogen darauf und fährt mit dem Zeigefinger der anderen Hand durch den Sand vor sich.

»Das bist du doch gewohnt, oder?«

Er stößt ein freudloses Lachen aus und sieht mir in die Augen. »Dass ich etwas gewohnt bin, heißt nicht, dass es mir auch gefällt.«

Die Aussage schwebt eine ganze Weile zwischen uns, breitet sich in der Höhle aus und macht mich nachdenklich. Sie passt zu meiner Vermutung von vorhin – dass Lucas sich vielleicht immer so fühlt und sich deshalb von den Passagieren fernhält. Ich versuche gerade, aus all diesen Gedanken einen vollständigen Satz zu formulieren, da ergreift Lucas das Wort.

»Was ist da vorhin passiert? Bei der Liveübertragung, meine ich. Ich war hinter der Bühne und habe dich beobachtet. Du hast ausgesehen, wie … ich mich immer fühle.«

Ich erwidere seinen intensiven Blick, überlege, ob ich ihm tatsächlich die Wahrheit sagen kann. Ich schlucke. Etwas in mir hält die Worte zurück.

»Wie meinst du das? Wie fühlst du dich, wenn sich die Öffentlichkeit ein Bild von dir macht, das nicht der Wahrheit entspricht?«

»Beschissen«, antwortet er knapp. »Aber ich bin damit aufgewachsen. Mit der Öffentlichkeit, meine ich«, fügt er hinzu. Seit Beginn unseres Gesprächs hat er zwischen uns einen kleinen Sandhügel angehäuft, in den er nun mit dem Finger stochert und einen Vulkan daraus formt.

»Aber du hast dich dennoch bewusst dazu entschieden, zu modeln und damit noch mehr in der Öffentlichkeit zu stehen.« Ich versuche noch immer, ein Bild des echten Lucas zu bekommen. Er ist wie eine dieser russischen Matrjoschka-Puppen. Unter jeder Hülle steckt eine weitere.

Er schiebt mehrmals den Unterkiefer hin und her, bevor er antwortet. »Ich modele, um finanziell unabhängig zu sein, sonst müsste ich mir alles von meinen Eltern vorschreiben lassen. Solange ich noch an meinem Master arbeite, habe ich kaum andere Möglichkeiten.«

Ich habe keine Ahnung, womit ich gerechnet habe, aber sicher nicht mit dieser entwaffnenden Ehrlichkeit – und dieser Antwort.

Er schenkt mir ein schwaches Lächeln. »Jetzt kennst du meine Wahrheit, also erzähl mir deine.«

Und genau das tue ich. Seine Offenheit hat dafür gesorgt, dass ich ohne Sorgen darüber sprechen kann. Es befreit mich, ihm zu sagen, dass ich Angst vor der Meinung anderer habe. Von dem Bild, das sie vielleicht von mir haben könnten.

»Ich schätze, ich möchte gemocht werden«, schließe ich meine Beichte.

»Man muss nicht von jedem gemocht werden. Ich mag Menschen lieber, die nicht von jedem gemocht werden.«

Sofort kommt mir eine Person in den Sinn, auf die das ganz und gar nicht zutrifft. »Und Candice«, fällt mir der Gedanke aus dem Mund.

»Candice wird nicht von jedem gemocht«, antwortet er leise. »Die meisten haben Angst vor ihr, fühlen sich eingeschüchtert, weil sie tut und sagt, was sie will. Damit kommen viele nicht zurecht, lächeln dann einfach nur und tun so, als würden sie Candice mögen, damit sie ihnen nicht auch die Wahrheit mitten ins Gesicht sagt. Jeder geht mit der Öffentlichkeit anders um.«

Wir starren eine ganze Weile schweigend auf den Sandvulkan zwischen uns. Nur das Plätschern des Wasserfalls erfüllt die Luft. Wenn sich das Wasser in regelmäßigen Abständen teilt, werfen wir einen kurzen Blick nach draußen. Es ist ein angenehmes Schweigen, bis Lucas mit einem Mal angespannt wirkt, den Vulkan zerstört und die Hand zur Faust ballt.

»Was läuft da zwischen dir und Jonah?«, presst er hervor, als würde es ihm Schmerzen bereiten.

»Wir … verstehen uns«, erwidere ich völlig perplex.

»Wie gut denn?«

Ich sehe, wie sich sein Kehlkopf hebt und senkt und die kleinen Muskeln seiner Stirn zucken. Meine Augen haben sich inzwischen an das Dämmerlicht gewöhnt und ich kann immer mehr Details ausmachen.

»Ich war vorgestern, als er mich von der Piazza zurück zur Suite begleitet hat, das erste Mal mit ihm allein«, ziele ich auf die unausgesprochene Frage ab, die deutlich in seinen Worten mitschwang.

»Gut«, stößt er beinahe erleichtert aus.

»Warum?«, frage ich. »Machst du dir etwa Sorgen um meine *Tugend*?«

Ich lege den neckenden Unterton auf, den Lola so gut draufhat, wenn sie mit Jonah telefoniert. Doch anstatt die Stimmung zu lockern, drückt mich der Wortlaut nieder. Habe ich nicht genau das auch Violet unterstellt?

Er grinst verschmitzt, doch im nächsten Moment wird das Lächeln von seinen Lippen gewischt, als ich die Frage zurückgebe.

»Was läuft denn zwischen *dir* und Jonah?«

Sein Gesicht verdüstert sich weiter, seine Finger ballen sich um eine Handvoll Sand. Es sieht aus, als ringe er mit sich selbst und ich warte ab, welcher Teil von ihm gewinnt.

Es stößt ein langes Seufzen aus und lässt den Sand aus seiner Hand rinnen. »Jonah ist nicht der Sunnyboy, für den ihn alle halten. Ich kenne eine ganz andere Seite von ihm.« Er klingt verbittert, in jeder Silbe schwingt pure Enttäuschung mit.

Wieder sehe ich Violets letzte Nachricht Wort für Wort vor mir. *Er ist nicht der, für den du ihn hältst.* Und nun behauptet Lucas dasselbe? Es ist eine Sache, wenn meine überbesorgte Schwester solche Dinge behauptet, aber Lucas? Weshalb sorgt er sich um mich – oder geht es hier um etwas ganz anderes? Vorhin Scott, nun Lucas. Beide warnen mich – wie meine Schwester – vor Jonah.

»Was ist zwischen euch vorgefallen? Meine Schwester Vi–« Ich kann den Satz nicht beenden, denn eine mir nur allzu vertraute Stimme drängt sich zu uns in die Höhle.

»Awwww! Sind sie nicht süß?«, ruft Candice mit übertriebener Begeisterung.

Lucas dreht den Kopf, beugt sich näher zum Wasserfall und späht hindurch. Der Wasserstrom teilt sich gerade und Candice' leuchtende Gestalt ist zu sehen.

»Manchmal glaube ich, man kann Candice heraufbeschwören,

wenn man von ihr spricht«, sagt Lucas kopfschüttelnd und laut genug, dass Candice darauf reagiert.

»Eins meiner vielen Talente.« Sie lacht, sieht mich dann eindringlich an und wird ernst. »Ist bei dir alles okay? Ist der böse Zwilling lieb zu dir?«

Ich nicke lächelnd und sie erwidert es mit einem zufriedenen Gesichtsausdruck, bevor sich der Wasservorhang wieder komplett schließt und ich Candice nur noch als roten Schemen wahrnehmen kann.

»Dort ist besetzt«, sagt sie und ich versuche, die Person auszumachen, mit der sie spricht. »Wir müssen uns wohl einen anderen Platz suchen. Aber deine Idee war gut. Gibt es noch weitere geheime Plätze auf dem Schiff?«

Eine männliche Stimme antwortet, ich kann sie über das Rauschen hinweg jedoch nicht verstehen. Der Mann muss weiter hinten auf dem Pfad zurückgeblieben sein. Wenig später ist es wieder still. Als sich das Wasser erneut teilt, beuge ich mich vor und erhasche noch einen kurzen Blick auf Candice in ihrem rückenfreien feuerroten Kleid und auf einen dunkelhaarigen Mann in der weißen Kleidung der Crew. Zumindest eins schafft Candice immer: eine angespannte Stimmung komplett aufzulösen. All meine grübelnden Gedanken sind verpufft. Ich richte mich auf, starre hinüber zu den Monitoren und überlege, was ich nun sagen könnte.

»Es ist wieder ruhig«, kommt Lucas mir zuvor. »Wir sollten in die Suite zurück, bevor sich auch die anderen auf den Weg machen.« Er steht schnell auf, klopft sich den Sand von der Hose und reicht mir die Hand, um mir aufzuhelfen. Ich nehme sie an, weil ich … ihm gern nah bin, gestehe ich mir ein. Selbst diese alltägliche Berührung löst ein Flattern in meinem Magen aus. Als wir dicht voreinander stehen, pocht mein Herz so schnell, als wollte es ihm entgegenspringen. Ich sehe auf unsere verschränkten Hände hinunter. Lucas folgt meinem Blick und unsere gebeugten Köpfe stoßen beinahe aneinander. Als hätte er sich verbrannt, lässt er meine Hand fallen, wendet sich der Felswand zu und deaktiviert den Wasserfall. Noch vor mir verlässt er die Höhle.

Kurz hinter dem Trampelpfad höre ich Stimmen. Nicht weit entfernt in Richtung Strand steht Lola mit unserem persönlichen Butler auf dem Steg und redet auf ihn ein. Ethan hält ein Tablet in der Hand und sieht sich um, während er erklärt: »Miss Dawsons Personal Guide ist laut Ortung ganz in der Nähe, sehen Sie?«

Lola starrt auf den Bildschirm und im Licht des Displays erkenne ich die deutlichen Sorgenfalten auf ihrer Stirn. Ich rufe ihren Namen. Als Lola aufschaut und mich entdeckt, zeigt sich pure Erleichterung auf ihrem Gesicht. Sie kommt in meine Richtung, ich laufe ihr entgegen und werde in eine stürmische Umarmung gerissen. Lola presst mich so fest an sich, dass ich kaum Luft bekomme.

»Gott, Tara! Ich habe mir Sorgen um dich gemacht. Du bist einfach verschwunden. Nach dem Drama wollte ich dich nicht allein lassen, aber dann wurde es dunkel und ich habe dich aus den Augen verloren, genau wie Candice. Geht es dir gut?« Die Worte poltern aus ihrem Mund, ohne dass sie auch nur einmal Luft holt.

Ihre Fürsorge wärmt mich. »Ich war nicht allein«, sage ich.

Lola schiebt mich etwas von sich, damit sie mich mit ihrem Scannerblick mustern kann. »Jonah war unten am Strand«, sagt sie dann und ich kann ihre Gedankengänge nachvollziehen.

»Lucas hat mich *gerettet*«, sage ich und drehe mich um. Doch an der Stelle, an der er eben noch gestanden hat, ist niemand mehr.

»O-kay«, sagt Lola gedehnt, was alles Mögliche bedeuten könnte.

»Wir haben übrigens Candice gesehen«, sage ich schnell, um Lola von ihrer seltsamen Stimmung abzulenken. »Sie ist mit einem Crewmitglied unterwegs.«

Ihr Gesicht erhellt sich. »Habe ich es dir nicht gesagt? Bei Candice geht das ganz schnell.«

Ich nicke, weil ich nicht weiß, was ich dazu sagen soll.

»Willst du noch mal zum Strand zurück oder lieber hoch in die Suite?«

Eigentlich brauche ich gar nicht zu antworten, denn Lola legt schon eine Hand an meinen Rücken und dreht mich in Richtung Tropenwald. Sie kennt mich eindeutig sehr gut.

Weil wir noch nichts zu Abend gegessen haben, lassen wir uns ein paar Köstlichkeiten in die Kabine liefern, schalten den Kaminbildschirm an und wählen eine Liebesschnulze aus dem Bordprogramm, die wir jedoch kaum beachten. Wir sprechen auch nicht über die Ereignisse des Abends, worüber ich sehr froh bin. Noch beim Einschlafen hoffe ich, dass Candice recht hat und sich morgen alle auf jemand anderen einschießen. Dennoch graut mir vor der Liveübertragung und all den Eindrücken, die die Welt von mir zu sehen bekommen könnte.

MITTWOCH

13

Der nächste Tag beginnt alles andere als gut. Ich wache mit Kopfschmerzen auf, die Sonne steht schon hoch am Himmel und obwohl ich mich beeile, mir nur schnell meine Sportklamotten überwerfe und ohne einen kurzen Besuch auf dem Joggingtrack ins Fitnessstudio gehe, bin ich zu spät. Lucas ist weder an den Trainingsgeräten hier draußen noch im Weltraum bei den Icaros-Geräten zu finden. Ich entscheide mich für ein kurzes Cardio-Programm, um meinen Kreislauf in Schwung zu bringen, wähle eins der Fahrräder und setze mir die dazugehörige VR-Brille auf. Viel zu schnell fahre ich durch enge Gässchen einer mediterranen Kleinstadt mit schnuckeligen Gebäuden. Hin und wieder erhasche ich einen Blick auf azurblaues Meer, beende das Training jedoch, ohne den Strand zu erreichen. Meine Gedanken hängen an Lucas. Ich hätte ihn gern gefragt, warum er gestern so schnell verschwunden ist. Auch in der Suite habe ich ihn den ganzen Abend nicht mehr gesehen.

Im Fahrstuhl nach oben begegnen mir Lyanna und Tommy. Sie lachen und scherzen miteinander und ich bin froh, dass sie mit sich selbst beschäftigt sind und mich nicht beachten. Tommy hat ganz offensichtlich seine Seekrankheit überwunden.

Nach einer schnellen Dusche und dem Wecken einer noch lethargischen Lola genießen wir unser Frühstück auf dem Sonnendeck, direkt an der gläsernen Reling, die uns freien Blick auf die glitzernden Wellen bietet. Lola hat mich davon überzeugt, dass es schade wäre, meine Fortschritte – die ich definitiv gemacht habe, da konnte ich ihr nicht widersprechen – über Bord zu werfen und mich in der Suite zu verstecken. Als Kompromiss war sie mit einem etwas abseits stehenden Tisch am Rand des Decks einverstanden. Immer wieder streifen mich neugierige bis verurteilende Blicke, daher sehe ich mich kaum noch um, sondern lausche mit gesenktem Blick Terrence' Stimme, der eben die Aufgabe des Tages verkündet.

»Haben Sie schon einen ersten Eindruck von der *Oasis* bekommen, unserem Spa-Bereich auf Deck 7, wo Sie sich in der antiken Atmosphäre verwöhnen lassen können wie einst Kleopatra?« Er macht eine künstliche Pause, und aus dem Augenwinkel sehe ich, wie sein Blick über die Passagiere wandert, wahrscheinlich auf der Suche nach Bestätigung. Er trägt heute eine weiße Toga mit purpurfarbener Bordüre und im Haar einen vergoldeten Lorbeerkranz. Sogar seine Füße stecken in antiken Sandalen mit hoher Schnürung. Er weiß sich wirklich in Szene zu setzen. Aber auch wenn ständig Kameras auf ihn gerichtet sind, war er noch kein einziges Mal in der Live-Show zu sehen. Mir geht die Frage durch den Kopf, ob all die Menschen dort draußen überhaupt wissen, dass es an Bord der *Siren* einen Showrunner gibt, der die Gemüter anheizt – oder ob sie denken, dass all die fiesen Videos, die über andere in Umlauf gebracht werden, nur aus Gehässigkeit hochgeladen werden, um sich selbst in ein besseres Licht zu rücken, indem man die angeblichen Schattenseiten anderer aufzeigt.

»Ihren Eindruck vom Spa sollten Sie natürlich auch all den Zuschauern dort draußen gönnen«, fährt er fort. »Zeigen Sie die wundervolle Kulisse, das wohltuende Badehaus, die modernen Behandlungsmethoden und Therapien, die selbst Luxuskliniken wie Heilhäuser aus dem Mittelalter wirken lassen.«

Vereinzelte Lacher schweben über das Deck und ich verdrehe die Augen. Da tritt Jonah mit einem strahlenden Lächeln an unseren Tisch und begrüßt uns. Seine Hände stützen sich auf die Lehne des Stuhls, den wir für Candice reserviert haben.

»Geht es dir gut, Tara?«, fragt er.

Ich nicke nur.

»Ich habe gestern nicht verstanden, dass du …« Sein Blick huscht zu Lola, er wirkt verunsichert. Wie viel hat Lola ihm erzählt?

»Es ist okay«, sage ich mechanisch, weil ich nicht möchte, dass er den Eindruck bekommt, ich sei überfordert oder … keine Ahnung was. Jonah wirkt schon fast erleichtert und lächelt sein Tausend-Watt-Lächeln.

»Ich habe euch eine Privatbehandlung reserviert, wie du wolltest«, sagt er zu Lola.

»Gut«, erwidert sie, anstatt sich zu bedanken. »Du musst schließlich deinen Titel als bester Bruder der Welt verteidigen. Lucas läuft dir sonst noch den Rang ab.« Es ist derselbe neckende Tonfall wie immer, aber Jonah reagiert nicht darauf, sondern sieht kurz zu mir. Ganz offensichtlich haben sie über mich gesprochen. Weiß er von meiner Befangenheit? Weiß er, weshalb Lola und ich den Tag am Tropenstrand verbracht haben? Warum kann ich mich in Jonahs Gegenwart nicht so frei fühlen wie bei Lola und Lucas?

Ich sinke immer mehr in mich zusammen und empfinde erneut pure Dankbarkeit, als Candice mit zerzausten Haaren und verwischtem Panda-Augen-Style hinter ihm auftaucht.

»Lange Nacht gehabt, Candice?« Jonah schmunzelt über das Leuchten, das in ihren Augen erscheint.

»Und ob ich die hatte. Die Kabinen auf Deck 3 sind übrigens echt toll. Ich hatte schon befürchtet, dass sie den Schuhkartons auf der Titanic gleichen und man mehrere Personen hineinquetschen muss, wie Leo es erlebt hat.« Offenbar war auch Candice von Lola gezwungen worden, sich den Film immer wieder anzuschauen, was mir ein Lächeln entlockt. »Das wäre für *Mister Deck drei* und mich sehr ungünstig gewesen. Eigentlich wollte ich ihn ja mit zu mir nehmen, aber er sagt, er dürfe Deck 20 nicht einmal in meiner Begleitung betreten. Ist das zu fassen?« Sie rümpft die Nase, grinst dann jedoch wieder, während ich an dem nicht gerade freundlichen Kosenamen für ihren vermeintlichen Lover hängen bleibe. Auch Jonah ist kurz irritiert, fängt sich jedoch schnell.

»Nur das Beste für unsere Passagiere – selbst wenn sie sich auf das Deck der Crew verirren.« Jonah deutet eine kurze Verbeugung an und ignoriert ihre Beschwerde, dass sie ihren Freund nicht mit in die Suite nehmen darf. Dabei sieht er aus, als würde er gleich davonlaufen wollen. »Heute dürft ihr dann aber eine ganz besondere Behandlung im Spa-Bereich genießen, ich habe Tara und Lola eben davon erzählt. Für dich habe ich natürlich auch einen Platz reserviert.«

»O ja, so etwas habe ich dringend nötig«, sagt Candice schnell, während sie sich auf den freien Stuhl fallen lässt, den er für sie zurückgezogen hat. Sie greift direkt nach einem Croissant, ein mehrdeutiges Schmunzeln liegt auf ihren Lippen. »Ich habe kaum geschlafen und einige Dinge ausprobiert, vor denen man besser Dehnübungen machen sollte.«

Ich weiß nicht, ob ich rot werden oder sie erneut für ihre offene Art bewundern soll. Jonah geht es offensichtlich ähnlich, sein Blick wandert fast verlegen hin und her. Candice beißt währenddessen genüsslich in das Croissant und Lola tarnt ihr Lachen mit einem Hüsteln.

»Gott, hab ich einen Hunger! Unten bei der Crew gibt es nur bis acht Uhr Frühstück! Acht Uhr!« Sie schaudert und ich sehe zu Lola hinüber, bei der es ebenfalls keine Zeit vor acht Uhr morgens gibt. Und natürlich hakt sie sofort ein.

»Das solltest du ändern, großer Bruder, wenn dir das Wohl deiner Passagiere am Herzen liegt.«

Jonah nickt nicht sehr überzeugt und nutzt die Gelegenheit zur Flucht, als Hunter am Früchtebüfett vorbeigeht.

»Gut, du hast ihn vergrault«, lacht Lola und sieht Candice an. »Worüber willst du denn sprechen?«

Ich verstehe den Gedankensprung nicht und sehe die beiden fragend an.

»Jonah kann mit meiner offenen Art nicht umgehen«, erklärt Candice. »Man muss nur irgendetwas in Richtung Sex andeuten, dann verschwindet er wie auf Kommando.«

Ich lache, während sie erzählt, mit welchen Begriffen oder Bemerkungen sie es früher immer geschafft haben, ihre Aufpasser – Jonah und Lucas – loszuwerden. »Leider hat er bis heute nicht verstanden, dass meine Andeutungen direkt aus dem Kamasutra stammten. Er ist jedes Mal mit hochrotem Kopf davongerauscht und Lucas gleich hinterher.« Die beiden stecken mich mit ihrem Lachen und ihren Anekdoten an und unser Frühstück wird zu einem ausgiebigen Brunch auf dem sich langsam leerenden Sonnendeck. Wir erfahren auch mehr Details über die vergangene Nacht, als mir lieb ist. Vermutlich wirklich alles, bis auf eine Sache.

»Willst du uns nicht endlich den Namen deines geheimen Lovers verraten?«, frage ich und beobachte dabei, wie die träge Flüssigkeit des eben servierten Smoothies im Glas hin und her gleitet.

»Deck drei«, erwidert Candice.

»Das ist total … abfällig«, rutscht es mir heraus, bevor ich den Vorwurf etwas freundlicher formulieren kann.

Candice winkt schnell ab. »*Er* hat damit angefangen. Ich habe mit ihm geflirtet und er hat mich zuerst genervt Deck zwanzig genannt, wie das wohl alle aus der Crew machen, wenn sie über uns sprechen.« Sie verdreht die Augen. »Woraufhin ich ihn mit Deck drei angesprochen habe. Es hat etwas ganz Intimes, Eigenes.« Sie seufzt verträumt. »Kosenamen nur für uns. Wie ein geheimer Code.«

Ich sehe das etwas anders, auch Lola hebt skeptisch die Augenbraue.

»Aber du kennst seinen echten Namen, oder?«, fragt sie.

Candice grinst nur verschwörerisch. »Natürlich kenne ich ihn. Es war ein wenig Recherche nötigt, aber ich schaffe es immer, zu bekommen, was ich will.« Sie lehnt sich mit zufriedenem Gesicht auf ihrem Stuhl zurück. »Ich verrate ihn euch nur nicht! Sonst ist er entmythisiert.«

»Gibt es dieses Wort überhaupt?« Ich lache. Candice denkt einfach anders – und genau das macht sie so besonders und liebenswert.

Sie zuckt mit den Schultern. »Okay, ich habe einen Buchstaben für euch. Wenn es etwas ernster wird, gibt es vielleicht mehr.« Sie sieht erst Lola, dann mich verschwörerisch an. »Sein Name beginnt mit einem M.«

»Können wir ihn dann wenigstens *M* nennen, bis es mehr Buchstaben gibt?«

Lola nickt mir zustimmend zu.

»Wenn es sein muss.« Candice zieht einen Schmollmund, der mich zum Lächeln bringt. Dann schwärmt sie weiter. »Ich hätte echt nie gedacht, dass mir einige Beschreibungen, die ich damals auswendig gelernt habe, um Jonah und Lucas zu vergraulen, irgendwann nützlich sein könnten.« Sie berichtet von einer sehr expliziten Stellung, die mir schon bei dem Gedanken daran Gelenkschmerzen bereitet. Jetzt kann ich den an Jonah gerichteten Spruch, sie hätte Entspannung dringend nötig, absolut nachvollziehen.

Je öfter Lolas Brüder erwähnt werden und Candice sowie Lola mir versichern, dass Jonah von Lucas angehimmelt wurde und er einfach alles dafür getan hat, seinem großen Bruder nachzueifern oder zumindest seine Aufmerksamkeit zu bekommen, desto drängender wird die Frage, was zwischen den beiden Brüdern passiert ist. Leider hat auch Lola keine Antwort für mich.

Kellner räumen um uns herum die Tische ab und spannen ein Sonnensegel, damit uns die karibische Sonne nicht verbrennt. Eine leichte Kursänderung später, die nur von einem sanften Vibrieren der Stabilisatoren begleitet wird, kann ich weit in der Ferne Land entdecken, ganz ohne Zweifel und Augen-Zusammenkneifen. Es ist ein unbeschreibliches Gefühl, nach all dem funkelnden Wasser um uns herum den grünen Fleck auftauchen zu sehen, und ich warte darauf, dass jemand »Land in Sicht« ruft. Doch es bleibt still.

»Das müsste Haiti sein«, sagt Lola, die meinem Blick folgt. »Bei den regulären Fahrten ist das der zweite Tagesstopp, nach Jamaika.«

»Das habe ich auf dem Tablet in der Suite gesehen«, erwidere ich und habe die wunderschönen Orte der angebotenen Touren wieder vor Augen, den weißen Sandstrand, die Wasserfälle im Dschungel. Sie lassen meine Stimme schwer werden. »Ich wäre so gern in Falmouth an Land gegangen.«

»Wir können nicht nah genug ranfahren, damit die Handys nicht ungewollt Empfang bekommen und Jonahs Werberummelpläne über den Haufen schmeißen«, wirft Tara ein und reagiert mit einem traurigen Lächeln auf die Sehnsucht in meiner Stimme.

»Aber wenn du so weitermachst, hast du ja bald eine eigene Suite auf der ›Tara‹ und kannst den Anblick genießen, wann immer du willst. Sogar mit Landgang!« Candice sagt das ohne einen Funken Neid, als ginge es hier um eine Tüte Cracker, und sie strahlt mich dabei an, sodass jegliche Melancholie im Umkreis verpufft. »Ich war zweimal mit meinem Dad auf Haiti, aber als Drehort kam es nie infrage. Keine Ahnung, warum, aber andere Karibikinseln bieten offenbar bessere Voraussetzungen.«

Weil ich den Zusammenhang nicht verstehe, erklärt Lola, dass Candice' Dad Chef einer Filmproduktionsfirma ist, der hin und wieder die Locationscouts besucht, wenn Uneinigkeit über einen Drehort herrscht. Auf diese Kurztrips hat er früher auch Candice manchmal mitgenommen. Ich versuche, mir ein solches Leben vorzustellen, aber es ist so fern meiner eigenen Kindheit, dass es mir nicht gelingt. Dennoch hatten Violet und ich eine wundervolle Zeit, als wir klein waren.

Stunden später liegen wir wie Mumien verschnürt und von aromatischem Dampf eingehüllt in dem mit Paravents und länglichen Bambuspflanztöpfen eindeutig asiatisch dekoriertem Relaxraum und werden von entspannenden Tönen der Klangschalen beschallt. Candice schwärmt unentwegt von *ihrem* Crewmitglied *M*, was Lolas Aussage beweist, dass Candice ganze Lovestorys binnen kürzester Zeit durchlebt. Die *seidenweichen Locken unter ihren Fingern*, sein *Humor* und die *strahlend blauen Augen* haben es ihr am meisten angetan, und nachdem Lola damit begonnen hat, schwärme auch ich mit verstellter Stimme von »seidigem Haar«, den »schönsten Augen der Welt« und dazu noch einer »Stimme, die bei jedem Wort Gänsehaut auslöst«.

Dabei schiebt sich immer wieder Lucas' Gesicht vor mein inneres Auge und eine unbestimmte Nervosität macht sich in mir breit, weil ich heute noch nicht mit ihm reden konnte. Was ich im Anschluss an unsere Spa-Behandlung unbedingt nachholen will.

Nach dem abschließenden Styling der Kosmetikerinnen im Spa kehren wir in unsere Suite zurück. Rasch werfe ich mir ein Sommerkleid über und gehe die Treppe nach unten in den Wohnbereich. Im Flur zu Lucas' Zimmer verlässt mich mein Mut, aber ich zwinge mich, weiterzugehen, und klopfe kurz darauf an seine Tür, doch niemand antwortet.

NEWS 6

Wie am Vorabend sehe ich Lucas auch später im Amphitheater nicht. Gestern muss er mich aber dennoch dort beobachtet haben. Wo versteckt er sich bloß? Ich wappne mich – Candice und Lola halten meine Hände –, doch diesmal präsentiert Helena Johnson keine Aufnahmen von mir, sondern von Tommy und Lyanna, die einander offenbar sehr zugetan sind. Würde man ihr Turteln zu einem Comic machen, müssten eine Menge Herzchen zwischen ihnen herumfliegen.

Helena kommentiert alles mit übertriebener Begeisterung, während sie ihrem Co-Moderator eine Hand auf den Oberschenkel gelegt hat. »Natürlich ist das nicht die einzige Lovestory an Bord.« Helena lächelt mit verheißungsvollem Blick direkt in die Kamera. »Bleiben Sie dran, um das Highlight des Tages zu sehen. Davor gibt es jedoch noch brandheiße News, die garantiert für Furore sorgen werden, so steht es jedenfalls auf meinem Moderationskärtchen.« Helena hebt eine der schmalen Augenbrauen und sieht zu Simon, der nur eine fragende Geste macht. »Dann Film ab.«

Ich gehe vom Schlimmsten aus, doch die Kamera zeigt nicht mich, sondern nähert sich zwei Frauen, die zueinandergebeugt auf zwei gepolsterten Liegen sitzen und ganz offensichtlich nicht mitbekommen, dass sie gefilmt werden. Im Hintergrund sehe ich die glitzernde Poollandschaft von Deck 15, aufgrund des Kamerawinkels vermute ich, dass das Handy auf Hüfthöhe gehalten wird. Eine ungewöhnliche Einstellung. Die beiden Frauen, Melody Foreman und Cristina Oliveira, die den Hashtag *#richkidlifestyle* praktisch erfunden haben, sind vollkommen in ihr Gespräch vertieft. Leider kann man ihre Worte nicht verstehen, weil sie herangezoomt wurden. Wackelig nähert sich die Kamera, bis auch etwas zu hören ist. Das Gespräch dreht sich offenbar um Lyanna und Tommy.

»Hat seine Verlobte nicht mit ihm Schluss gemacht, weil er etwas mit Lyanna hatte?«, fragt Cristina.

»Ich dachte, er hätte etwas mit seiner Ex-Kollegin, dieser … wie hieß sie noch … die Cassandra aus ›Loud Silence‹? Gab es da nicht dieses rührende Wiedersehen, als eine Fortsetzung der Show im Gespräch war?«

Cristina zuckt mit den Schultern und nippt an ihrem Cocktail, der gerade serviert wurde. Auf dem kleinen Tablett liegt eine Nachricht, die aus der Kameraperspektive nicht lesbar ist.

»Machst du nachher bei Ambers Workout am Pool mit?« Melody wedelt mit dem Zettel, sieht zur Seite, die Kamera zoomt heraus und zeigt die Poollandschaft, während Cristina schnaubt.

»Als würde das etwas bringen. Ich habe mich mit meiner Figur arrangiert. Da hilft auch kein Training mehr.« Ihr Lachen klingt bitter.

»Amber arbeitet echt hart für ihr Aussehen«, behauptet Melody. »Diese Disziplin hätte ich gar nicht.«

»Na klar, wer's glaubt!«, stößt Cristina aus. »Deshalb war sie vor Kurzem auch in der St. Matthews Klinik.«

»Sie war was?« Melodys Stimme überschlägt sich beinahe. »*Die* St. Matthews Klinik?«

Selbst ich kenne den Namen der vermutlich teuersten Schönheitsklinik der Welt, vor der unentwegt Paparazzi lauern, um eventuell einen Blick auf die prominenten Patienten zu erhaschen – die jedoch über die Tiefgarage hinein- und hinausgeschmuggelt werden.

»Ganz sicher. Eine Freundin von mir war gerade dort, um sich die Oberlider richten zu lassen. Sie schwört, dass Amber zur Fettabsaugung und Hautstraffung dort war. Eine Schande, dass sie öffentlich behauptet, alles an ihr sei natürlich. Dabei hilft sie mit Operationen nach.« Ihr gehässiger Blick ist selbst im verschwommenen Bild der verwackelten Aufnahme zu erkennen.

»Und du bist dir ganz sicher?« Melody kann es offenbar ebenso wenig glauben wie ich. »Sie trainiert so knallhart, ernährt sich ausschließlich gesund, geht nie auf Partys. Sie lebt wie eine Nonne. Ich folge ihr seit Jahren und mache immer ihre Live-Workouts mit.«

Cristina mustert Melody etliche Sekunden lang und bemerkt dann mit vielsagendem Blick: »Offenbar wirkt ihr Training nicht.«

»Na, vielen Dank«, erwidert Melody pikiert. »Ich lebe aber auch nicht wie eine Nonne.« Ihr Grinsen wird breiter.

»Glaub mir, ich habe recht, Melody. Du kannst trainieren, so viel du willst, du wirst nie aussehen wie Amber.« Sie kippt den Rest ihres Cocktails hinunter und hebt die Hand, um den Kellner heranzuwinken. Das Video endet.

Nicht nur ich bin wie erstarrt – und das nicht ausschließlich, weil ich mir sicher bin, dass Amber alles für ihren bewundernswerten Körper tut und garantiert keine Schönheitsoperation hatte. Helena Johnson spiegelt mein schockiertes Gesicht. Sie schweigt, bis ihr Co-Moderator sie anstupst und das Wort ergreift.

»Was unsere Zuschauer jetzt natürlich wissen wollen: Ist es wahr? War deine Tochter in der berühmtesten Schönheitsklinik der Welt?«

Offenbar war ich nicht die Einzige, die keine Ahnung hatte, dass Amber West die Tochter des Ex-Models Helena Johnson ist. Ich höre die erstaunten Ausrufe im Amphitheater von allen Seiten. Im nächsten Moment ist jedes Handy auf Amber gerichtet. Ich sehe ihr bleiches Gesicht auf den einzelnen Displays. Ich weiß nicht, was mit diesen Leuten los ist, aber offenbar verspüren sie eine tiefe Genugtuung angesichts Ambers Demütigung. Selbst auf dem Bildschirm von Melody, die drei Reihen unter uns sitzt, sehe ich die Tränen in Ambers Augen glitzern. Doch bevor sie vor all den Kameras weint, springt sie auf und rennt zum Ausgang. Wie ein Feld voller Sonnenblumen, die sich der Sonne zuwenden, folgen alle Handys Ambers Flucht. Kaum ist sie aus dem Theater verschwunden, erhebt sich überall ein leises Flüstern wie das Zischeln von Schlangen.

»... dass meine Tochter garantiert keine Schönheitsoperation hatte«, behauptet Helena in diesem Moment.

Simon, der bisher immer so passiv war, nur auf Kommando gelächelt hat und mir eher wie ein hübsches Beiwerk vorkam, wirkt nun wie ausgewechselt. Mit einem verschmitzten Grinsen, das mich an Terrence erinnert, fragt er in die Kamera, statt an Helena gerichtet: »Und weshalb war sie dann in der Klinik?«

»Der Besuch war eine Privatangelegenheit«, erwidert Helena mit einem angestrengten Lächeln. »Aber lassen Sie uns doch zur Lovestory des Tages kommen«, wechselt sie dann schnell das Thema, während die Kamera Simons fast schon dämonisches Grinsen einfängt. Hat er nur auf den Moment gewartet, in dem er sich gegenüber Helena profilieren kann? Stellt er sie deshalb gemeinsam mit ihrer Tochter bloß? Ich habe keine Ahnung, was ich davon halten soll.

»Sind Sie alle ebenso neugierig wie ich?«, erklingt in diesem Moment Helenas angespannte Stimme, obwohl nur Simon im Bild ist. Ich wüsste jetzt zu gern, was während des Einspielers im Studio passiert ist. Doch der Gedanke ist wie weggefegt, als ich einen mir nur allzu bekannten Ort sehe. Sanfte Gitarrenklänge untermalen das Bild. Türkisblau erleuchtete Wasserbecken, ein Wasserfall, der sich gerade teilt und den Blick auf Lucas und mich freigibt. Aus dem Blickwinkel der Kamera sieht es aus, als würden wir uns zueinander beugen, um uns jeden Moment zu küssen. Jetzt erkenne ich auch den Song, der im Hintergrund läuft. *Kiss me* von *Sixpense Non The Richer*. Die Stimme setzt genau passend ein. Wäre ich nicht dabei gewesen, hätte ich selbst auf den Kuss hinter dem romantischen Wasserfall gewartet.

Am liebsten würde ich jetzt durch die weichen Polster und den Boden auf das Deck unter uns sinken, mich in Luft auflösen, weil ich aus dem Augenwinkel erkenne, wie sich die Displays drehen und die Kameras auf mich zielen.

Helena erscheint in Nahaufnahme wieder auf der Leinwand. Ihre Haut wirkt erhitzt, ihr sonst so perfekter Teint glänzt, direkt an ihrem Haaransatz sind deutlich Schweißperlen zu sehen. Ihr Lächeln ist weiterhin angestrengt, ihre Stimme klingt gepresst.

»Da hat uns die Regie doch nicht zu viel versprochen, oder? Gestern noch in einer nahezu identischen Position mit Jonah Price, heute mit seinem jüngeren Bruder Lucas in einer einsamen Höhle. Das könnte sich kein Drehbuchautor besser ausdenken!« Die Kamera schwenkt endlich etwas von ihr weg, zeigt die *Siren* im Hintergrund, Helena in ihrem Sessel davor – und einen verwaisten Platz neben ihr.

»Wir werden auf jeden Fall dranbleiben. Vergessen Sie nicht, morgen wieder einzuschalten.« Das Bild bleibt weiter an ihr hängen, als erwarte die Regie noch irgendeinen Kommentar von ihr. Helena starrt direkt in die Kamera, ihre Augen funkeln bedrohlich und sie deutet ein schwaches Kopfschütteln an. Endlich wird das Logo von News 6 eingeblendet.

Lola lehnt sich über mich und flüstert: »Die Hyänen werden gleich kommen. Wir sollten gehen.«

Sie hat recht. Niemandem hat es etwas gebracht, sich bei mir einzuschleimen. Die mir aufgezwungene Freundlichkeit, die Selfies und Videos waren völlig umsonst gewesen. Keiner von ihnen hatte auch nur eine einzige Sekunde Screentime. Selbst Candice ist kreidebleich geworden und blinzelt noch immer in Richtung Leinwand.

Wäre Lolas Aufforderung, uns zu beeilen, nicht so besorgniserregend, hätte ich mich vielleicht darüber gefreut, dass die ganzen gestellten Videos nicht für authentisch genug gehalten wurden, um ausgestrahlt zu werden. Aber in Wahrheit erfüllt mich eine dumpfe Angst, weil ich mir denken kann, wie die anderen reagieren, wenn ihre erste Taktik nicht funktioniert hat, während Melody und Cristina mit ihrem Tratsch heute beinahe die gesamte Screentime bekommen haben.

Alle werden ihnen nacheifern.

14

»Und vergiss nicht: Egal, was sie sagen, lass es von deinem imaginären Schutzschild abprallen.« Candice fuchtelt vor mir herum, als würde sie meinen Schutzschild abtasten.

Wir stehen vor der Spiegelwand im Flur zu Lucas' Kabine und ich zwinge mich, tief Luft zu holen.

»Candice hat recht. Es ist die beste Methode, das Leben trotz Hater zu genießen«, sagt Lola, während sie an meinem Kleid herumzupft. Der beigefarbene Seidenstoff sah auf meinem Bett aus wie ein Rechteck mit Ausschnitt für den Kopf und ich war wenig überzeugt. Nun fällt das Kleid wie ein Wasserfall an mir hinunter und wird an meiner Taille von einer goldenen Kordel gehalten.

Ohne die beiden wäre ich heute garantiert nicht mehr aus meinem Zimmer gekommen, vermutlich sogar erst wieder, wenn die *Siren* in Port Miami einläuft. Aber Lola hat die Stimme der Angst in mir übertönt und haut mir auch jetzt noch einen motivierenden Spruch nach dem anderen um die Ohren, die allesamt einen Post wert wären.

»Wenn sie schon die schlechteste Meinung von dir haben, kann es nur besser werden«, sagt sie jetzt.

Der Wortlaut ist meinen Gedanken über Lucas so ähnlich, dass ich mich bereit erklärt habe, mit ihnen die Oasis-Gala im Vitality-Restaurant des Spa-Decks zu besuchen, was ich hoffentlich ohne Panikattacke hinter mich bringen werde.

»Schließlich sitzen wir nur da und essen«, hat Candice mir versichert.

Doch es ist viel schlimmer, als ich es mir hätte vorstellen können. Der Lift öffnet sich vor uns und verkündet, dass wir auf Deck 7 angekommen sind. Im Gegensatz zu heute Nachmittag sind die vielen Strahler zwischen den Ornamenten an der Decke aus, nur ein beleuchteter Pfad aus kleinen Fake-Fackeln schält sich aus der Dunkelheit. Wir folgen ihm und erreichen das von weiteren Fackeln und Kerzen auf den Tischen erhellte Vitality-Restaurant. Das Speiselokal des Spa-Decks könnte der moderne Thronsaal von Cleopatra sein. Die Wände sind mit beigefarbenem Sandstein verkleidet, hier und da sind Hieroglyphen eingeritzt, Goldadern funkeln im tanzenden Licht des Feuers. Am Ende des Raums gibt es eine Bühne, auf der später vermutlich eine Show die exklusiven Passagiere beim Essen unterhalten wird. Ein Vorhang aus Tausenden goldenen Ketten verdeckt glitzernd, was dahinter ist. Zahlreiche Plätze sind bereits besetzt. Lola steuert einen der freien Tische mit gutem Blick auf die Bühne an, doch ein Kellner tritt uns in den Weg.

»Verzeihen Sie«, sagt er mit freundlichem Lächeln. »Darf ich Ihnen jeweils Ihre Plätze nennen? Hierfür benötige ich nur Ihre Namen oder Ihren Personal Guide.« Er hebt ein Tablet an und wartet, dass wir ihm das Handgelenk entgegenstrecken oder die Namen verraten, doch ich denke an etwas ganz anderes.

»Wir haben keine freie Platzwahl?« Mit einem erstickten Auflachen reagiere ich auf meine sarkastische innere Stimme, die mir einflüstert, dass diese Jungfernfahrt anstelle des »Urlaubs meines Lebens« zu einer andauernden Konfrontationstherapie wird.

Der Kellner wirkt für einen Moment irritiert, bevor er mit bedauerndem Kopfschütteln sagt: »Tut mir leid, nein. Am heutigen Abend gibt es eine feste Sitzordnung.«

»Sie wissen, wer ich bin, oder?«, spielt Lola die Tochter-des-Chefs-Karte aus.

Unser Gegenüber nickt. »Und ich habe die Anweisung, keine Ausnahmen zu machen.«

»Von wem?« Ich habe Candice noch nie mit so einem Gesicht gesehen. Ihre Augen sind zu Schlitzen zusammengekniffen, was den Kellner offensichtlich einschüchtert. Ich sehe, wie er nervös das Gleichgewicht von einem Bein auf das andere verlagert, während sein Blick hin und her zuckt. Ein Fluchtreflex, den ich nur allzu gut kenne. Er tut mir wahnsinnig leid, schließlich macht er nur seinen Job. Ich sammele mit einem tiefen Atemzug meinen ganzen Mut zusammen und strecke ihm den linken Arm entgegen.

Pure Dankbarkeit huscht über sein Gesicht und mit einem ehrlichen Lächeln scannt er meinen Personal Guide. »Miss Dawson, Sie sitzen am Tisch von Colton James und Cristina Oliveira.«

Wenigstens kann sich Cristina heute nicht über zu wenig Screentime beschweren und mir das vorhalten, denke ich und nicke schwach. Der Name Colton James sagt mir rein gar nichts, aber Candice klärt mich sofort auf.

»Er ist einer der erfolgreichsten DJs aus Europa. Ob beim Tomorrowland in Belgien, dem EXIT Festival in Serbien oder dem Awakenings in den Niederlanden – überall, wo Party gemacht wird, ist CJ dabei.«

Bei der Erwähnung seiner Initialen macht es endlich auch in meinem Kopf Klick und ich suche die Tische nach Cristina Oliveira ab, weil ich kein Bild von CJ vor Augen habe. Cristina gegenüber sitzt ein Typ mit Baseballkappe, die so gar nicht zu seinem Anzug passen will. Ein Kellner schenkt ihm gerade einen Energydrink ein. Die beiden scheinen sich normal zu unterhalten und schauen sich nicht ständig um, als würden sie lästern, daher legt sich meine Anspannung. Zwei Tische neben den beiden, nah an einer Tür neben der Bühne, die vermutlich zum Backstagebereich führt, sitzen Jonah und Terrence. Ihr Gespräch ist den aufgebrachten Gesten nach zu urteilen nicht annähernd so locker, der dritte Stuhl an ihrer Seite ist noch frei.

»Ist das wirklich okay für dich?«, fragt Lola, bevor mich ein weiterer Kellner zu Cristina und Colton begleiten kann.

Zu meiner eigenen Verwunderung entspricht mein Nicken der Wahrheit. Auch als ich über den weichen Teppich auf den mir zugewiesenen Tisch zugehe und noch tiefer in mich hineinhorche, nehme ich lediglich einen Hauch Unwohlsein wahr. Offenbar ist zu viel passiert, sodass mein Inneres schockgefrostet wurde und meine übliche Sorge nicht nach draußen kann. Ich passiere den Tisch mit Melody Foreman, Hunter und dem Model Mali, die mir keine Beachtung schenken, befolge dann Candice' Rat und lasse die Missgunst der Passagiere von mir abprallen, die auf unserem Weg zu Cristina und Colton an mein Ohr dringen, doch es ist nicht einfach.

»Wem sie sich heute an den Hals wirft?«

»Sie tut echt alles dafür, zu gewinnen.«

»Vielleicht sollte ich auch mit den Price-Geschwistern ins Bett.«

Ich straffe mit sämtlicher Willensstärke meine Schultern und arbeite gegen den Instinkt an, mich klein zu machen – oder davonzurennen.

»Als hätten wir bei dieser Vetternwirtschaft eine Chance auf den Gewinn.«

»Sieh sie dir nur an!«

Die Reduzierung auf mein Äußeres schlägt ein Loch in meinen Panzer und ich zucke zusammen. Hastig blinzele ich die Erinnerungen an damals weg und ziehe meinen Bauch ein.

Der Kellner huscht an mir vorbei, rückt meinen Stuhl zurecht und stellt mich meinen Tischpartnern vor.

Cristina lächelt mich an. »Das könnte ja ein interessanter Abend werden.« Kein Vorwurf, kein Neid, sondern ehrliche Neugier.

Ich erwidere das Lächeln, setze mich und bestelle eine Cola.

»Endlich mal jemand, der nicht dem Diätwahn verfallen ist und Zucker zu schätzen weiß.« Colton prostet mir mit seinem Energydrink zu.

»Wir haben alle unsere Schwächen«, erwidere ich.

»Deine heißt offenbar Price. Erzähl uns alles!«, verlangt Cristina und hebt die Augenbrauen, während sie sich nach vorn beugt. Sie hat kein Handy in der Hand, auch Coltons Gerät liegt unbeachtet zwischen uns auf dem Tisch. Colton folgt meinem Blick.

»Aus berechtigten Gründen hat Cristina Angst davor, heimlich gefilmt zu werden, also hat sie …«, Colton zuckt vor Schmerz zusammen, als er wenig unauffällig unter dem Tisch getreten wird, »*haben wir* beschlossen, dass wir heute nichts aufnehmen werden. Also her mit deinem Handy.«

»Dann wusstest du wirklich nicht, dass ihr gefilmt wurdet?«, frage ich.

Cristina presst die Lippen zusammen. »Es gibt nichts Schlimmeres als Lauscher. Also bitte, dein Handy, weil ich dich sonst verdächtigen muss, dass du hinter den Aufnahmen steckst, die uns hier gezielt fertigmachen.«

Ich erkläre, dass mein Handy seit Sonntag in meinem Nachttisch in der Kabine liegt, und biete ihr sogar an, die kleine Clutch zu durchsuchen, die ich nur mitgenommen habe, um mich irgendwo festhalten zu können. Mehr als Zahnseide und Kaugummi wird sie darin nicht finden. Sie glaubt mir ohne Beweise, was mich zu meiner eigentlichen Frage bringt.

»Du denkst, jemand macht diese Aufnahmen mit Absicht?« Mein Unglaube ist echt.

Colton zieht sein Basecap vom Kopf, fährt sich durch die für sein junges Alter sehr schütteren Haare, und setzt sie wieder auf.

»Die Auswahl der Passagiere ist schon eine explosive Mischung, die Zuteilung der Zimmer ist die Lunte.« Er massiert sich mit der rechten Hand die Schläfe.

»Treffender Vergleich«, lobt Cristina. »Diese Aufnahmen, die anscheinend keiner gemacht haben will, und die nichts mit den Marketingvideos zu tun haben, die man von uns verlangt hat, dann diese Gerüchte, die im Umlauf sind …«

»Welche Gerüchte?«, frage ich und ignoriere das Rumoren in meinem Bauch, dass es dabei um mich gehen könnte.

»Na das über Amber zum Beispiel«, erwidert sie.

Während uns drei Kellner zeitgleich Teller mit den Worten »Gemüsechips als Appetizer« vor die Nase setzen, habe ich genügend Zeit, mir zu überlegen, was ich darauf erwidere. Außerdem beäugt Colton die roten Chips und den servierten Dip so misstrauisch, dass ich lachen muss und ihm die Vorteile des vor ihm liegenden Gemüses erläutere, auch wenn ich selbst kein großer Fan davon bin.

»Rote Bete ist eine tolle Quelle für Vitamin B9, Eisen und Vitamin C. Außerdem sagt man ihr eine fast magische Wirkung auf Blutfluss und Blutdruck nach. Es ist also logisch, dass sie bei einem Vitality-Menü verwendet wird.«

Colton schiebt die Chips wenig überzeugt auf dem Teller herum, testet dann aber zumindest einen davon und findet Geschmack daran, weshalb ich mich wieder Cristina zuwenden und nachhaken kann.

»Erst als vorhin so ein Hype um Ambers Besuch in der Klinik entstanden ist, habe ich mir Gedanken über die Gerüchte gemacht«, gibt sie kleinlaut zu, während sie ebenfalls von den Gemüsechips probiert – aber garantiert mehr Dip als Rote Bete schmeckt, denn ihre Chips ertrinken fast darin. Ich koste auch und die Gewürzkombination überzeugt selbst mich. Kauend höre ich Cristina zu.

»Celeste, meine Freundin, trägt jeden Gossip weiter wie Wüstenwind den Sand. Ich kann nicht einmal mehr mit Sicherheit sagen, ob sie Amber selbst in der Klinik gesehen hat oder ob sie es nur von irgendjemandem aufgeschnappt hat.« Cristina wirkt jetzt schon fast geknickt, obwohl sie im Video so überzeugt davon war, dass Amber bei ihrer Figur nachgeholfen hat.

»Aber warum erzählst du es dann weiter?« Ich kann einfach nicht verstehen, wie es sein kann, nicht an die Konsequenzen solcher Äußerungen zu denken.

»Erstens, weil ich dachte, unser Gespräch sei privat«, gesteht Cristina kaum hörbar. Dabei tippt sie sich an den ausgestreckten Zeigefinger, sieht sich kurz um und tippt sich dann an den Mittelfinger. »Zweitens kennt jeder meine Haltung zum Fitnesswahn und weiß, wie viel ich an mir habe machen lassen, weil mich die *ach so tollen* Erfolgsdiäten einiger Berühmtheiten kaputt gemacht haben. Ich verabscheue nicht die Behandlungen, aber ich hasse die Geheimnistuerei, die darum betrieben wird, weil das einfach nur scheinheilig und verlogen ist.« Sie setzt ihre Zählung aus und beugt sich weiter über den Tisch. Ihre Stimme nimmt ein verschwörerisches Flüstern an. »Ist es nicht äußerst passend, dass dieser handgeschriebene Flyer für Amber Wests Live-Workout genau dann bei Melody und mir auf dem Tisch gelandet ist, als wir heimlich gefilmt wurden?« Sie sieht erst mir und anschließend Colton lange in die Augen, während meine Gedanken regelrecht explodieren.

»Willst du damit sagen, diese Eskalation war … geplant?« Ich bin kein Fan von Verschwörungstheorien und das hier klingt schwer danach.

»Schhhhh!« Cristina sieht sich erneut um und automatisch tue ich es ihr nach. »Und nicht nur diese.«

Ein Kribbeln wandert von meinem Nacken bis in die Fingerspitzen. Colton ist dagegen die Ruhe selbst und kaut gemächlich vor sich hin. Entweder ist sein Hunger zu groß oder er hat Gefallen an gesundem Essen gefunden, während ich immer noch Gründe suche, die gegen Cristinas Theorie sprechen.

»Irgendjemand versucht, die Jungfernfahrt zu sabotieren«, legt sie nach, bevor sie sich ruckartig aufrichtet und zurücklehnt, damit die Kellner den zweiten Gang servieren können.

Ich platze beinahe vor Neugier, wen sie im Verdacht hat und welches Motiv dahinterstecken könnte – doch ich erhalte keine Antwort mehr, denn noch ehe der Oberkellner den anderen das Signal zum Abstellen der Teller geben kann, zischt es vom Tisch hinter mir: »Ich hoffe, du erstickst daran.«

Gänsehaut rauscht mir über den Rücken, meine gesamte Nackenpartie verkrampft sich. Langsam drehe ich mich um und sehe Lyanna am Nachbartisch, die sonst so fröhlich blitzenden Augen zu schmalen Schlitzen verengt. An ihrem Tisch sitzt außerdem Courtney Fox, eine Schauspielerin, deren erfolgreich gestartete Serie im vergangenen Jahr nach der ersten Staffel überraschend eingestellt wurde – und damit auch ihr großer Durchbruch. Seither ist es außerhalb von TikTok und Instagram ruhig um sie geworden, was auch für den Sänger Jackson Larsson gilt, der wie Lyanna nur einen Hit hatte und danach musiktechnisch in der Versenkung verschwunden ist.

»Da haben wir ja ein tolles Trio«, sagt Cristina. »Ein ganzer Tisch vergangenen Ruhms.« Ihre Stimme klingt mit einem Mal so gehässig, dass ich sie nicht wiedererkenne. Lyanna hält uns ihr Smartphone entgegen.

»Ganz offenbar hat sich unser neuer Publikumsmagnet an den Gossip-Tisch gesetzt.«

Ich fühle mich wie im Kreuzfeuer, bin Cristina aber irgendwie dankbar, dass sie Partei für mich ergreift – wenn auch mit Mitteln, zu denen ich nie greifen würde.

»Ich denke, ihr solltet euch beruhigen.« Plötzlich steht Lola neben mir, dabei habe ich nicht einmal mitbekommen, an welchem Tisch sie saß. Sie baut sich zwischen mir und Lyanna auf, aber ich nehme ihre Hand, bis sie zu mir sieht. Wut funkelt in ihren Augen, die mit einem Blick auf mich jedoch von tiefer Sorge erstickt wird.

»Ich kann mich selbst verteidigen«, sage ich, klinge dabei aber wenig enthusiastisch. Daher versuche ich es ein weiteres Mal und sehe Lyanna tief in die Augen.

»Ich habe weder dir noch sonst irgendjemandem etwas weggenommen. Ihr alle seid hier, um an dieser wundervollen Reise teilzunehmen – und doch geht ihr aufeinander und auf mich los, anstatt die Fahrt zu genießen.« Zu meiner Verwunderung lässt Lyanna ihr

Handy nicht sinken, sondern hält es weiterhin auf mich und meine spontane Rede gerichtet, die anscheinend überzeugend genug klingt, obwohl ich nicht so empfinde. Cristinas Verdacht hallt in mir nach. Aber sollte es wirklich jemanden geben, der die anderen gezielt gegeneinander aufhetzt, müssten doch alle hier erst recht zusammenhalten, anstatt sich gegenseitig die Augen auszukratzen.

»Was ist hier los?« Jonah tritt neben seine Schwester und sieht uns nacheinander fragend an. Zuletzt ruht sein sorgenvoller Blick auf mir.

Er ist nicht der, für den du ihn hältst.

Ich schlucke, schiebe den Gedanken von mir und räuspere mich. »Es ist alles in Ordnung.« Ich zwinge mir ein Lächeln auf die Lippen. »Das Essen ist ganz wundervoll. Nicht wahr Colton? Cristina?«

Die beiden nicken eifrig. Cristina taucht sogar demonstrativ einen weiteren Gemüsechip in den Dip und steckt ihn sich in den Mund. Die Kellner stehen noch immer mit dem nächsten Gang um uns herum und ich sehe, wie unwohl sie sich in ihrer Haut fühlen.

»Können wir uns kurz unterhalten?«, bittet mich Jonah.

Lola runzelt die Stirn und fragt an meiner Stelle: »Warum?«

»Dass kleine Schwestern immer so neugierig sein müssen!« Jonah schnalzt mit der Zunge und schüttelt den Kopf, aber dieser Schlagabtausch ist nur ein hohles Echo seiner sonst so herausfordernden Stimme.

Ich nicke, stehe auf und begleite ihn zu einer Schiebetür, die nur für das Personal reserviert ist. Dahinter öffnet sich ein schier endloser Gang, von dem allerhand Türen abgehen, was mich unwillkürlich an die langen beleuchteten Flure in Horrorfilmen erinnert. Wenn jetzt das Licht zu flackern beginnt, bin ich weg. Wir entfernen uns ein paar Schritte vom Personaleingang, dann bleibt Jonah vor einem Wartungsraum stehen, das verrät zumindest die Beschilderung. Ein

Brummen dröhnt aus dem Raum, vielleicht sind dort irgendwelche Generatoren am Werk.

»Ich … ich habe eben mit Terrence gesprochen«, beginnt Jonah. Sofort geistern alle möglichen Ideen über die Konsequenzen dieses Gesprächs durch meinen Kopf, eine absurder als die andere. Wirft auch er mir Manipulation vor?

Noch bevor er fortfahren kann, gleitet die Tür hinter uns erneut auf und wir drehen uns automatisch um. Lucas betritt mit einem beinahe erleichterten Blick den Flur. Ich habe ihn seit gestern Abend nicht gesehen, nicht einmal hier beim Abendessen, obwohl ich nach ihm Ausschau gehalten habe.

»Ich muss etwas mit Tara besprechen«, sagt Jonah mit scharfer Stimme. Seine gesamte Haltung drückt Ablehnung aus.

Doch davon lässt Lucas sich nicht einschüchtern. Er verschränkt die Arme vor der Brust und lehnt sich seitlich gegen die kahle Wand. »Ich kann warten.« Demonstrativ hebt er das Kinn. »Und anschließend begleite ich Tara gern zu ihrem Tisch oder zu unserer Suite.«

Das ist offenbar zu viel für Jonah. »Damit du weitere Videos drehen und dich inszenieren kannst, um dem Image der Familie zu schaden?«

Ich habe Jonah noch nie wütend erlebt, aber es ist beängstigend, wie ruhig er bleibt, während bei jedem der leise gesprochenen Worte sengender Zorn mitschwingt. Bedrohlicher noch, als wenn er Lucas angebrüllt hätte. Den Inhalt des Vorwurfs erfasse ich erst zeitverzögert, vielleicht, weil mein Hirn ihn nicht begreifen will.

»Ist das wahr? Hast *du* das Video von der Höhle hochgeladen?«, frage ich.

Lucas' Zähne mahlen aufeinander, dann stößt er lautstark den Atem aus, schüttelt den Kopf und sagt: »Glaub doch, was du willst.«

Er aktiviert bereits den Türöffner, dann dreht er sich noch einmal zu uns um. Seine dunkelblauen Augen sind auf mich gerichtet und er öffnet den Mund, um etwas zu sagen, hält die Worte dann jedoch zurück. Seine Hand ballt sich zur Faust. Binnen eines Wimpernschlags ist er verschwunden.

Jonah atmet tief durch und seine Anspannung lässt nach, als sich die Tür hinter Lucas schließt.

»Ist es wahr?«, will ich nun von ihm wissen, suche in seinem Gesicht nach einer Lüge, einer Übertreibung, die von dem mysteriösen Streit der beiden herrührt – doch ich kann nichts dergleichen entdecken.

»Es tut mir leid«, flüstert Jonah mit gesenktem Kopf. »Dad hätte nicht drauf bestehen sollen, ihn mit an Bord zu nehmen. Wenn Lucas etwas gegen seinen Willen tun muss, zahlt immer jemand anderes den Preis dafür.«

Ich erinnere mich an Lolas Worte, als sie ihren gemeinsamen Kampf gegen den versnobten Croupier erwähnt hat. Dann jedoch denke ich an die Momente im Fitnessstudio, an seine ehrlichen Worte in der Höhle hinter dem Wasserfall. Ich will dem Teil von mir glauben, der darauf beharrt, dass Lucas unter seiner Schale anders ist, dass er einen weichen Kern hat. Doch offensichtlich war auch diese Version von ihm nur eine Maske, eine Show für die Welt dort draußen. Wer weiß, was er noch alles aufgezeichnet hat. Ich denke an das Video in unserer Kabine, den abfälligen Ton in seiner Stimme, als er sich über die verschwenderische Ausstattung ausgelassen hat – oder daran, wie er versucht hat, Lola davon zu überzeugen, dass ich sie nur wegen ihres Reichtums ausnutze.

Mein Magen scheint plötzlich gegen die Gemüsechips aufzubegehren. Ich blinzele unentwegt das Brennen in meinen Augen weg und genieße die warme Umarmung, in die mich Jonah zieht. Er streicht mir beruhigend über den Rücken, was mich wieder ein wenig freier atmen lässt, obwohl in meinem Inneren noch immer ein wahrer Gefühlssturm tobt.

»Terrence hat mir eben beim Essen seinen Verdacht erläutert, dass Lucas weiterhin Videos hochlädt, die uns diskreditieren sollen und dass bei News 6 vielleicht eins davon durchgerutscht ist«, sagt Jonah irgendwann in die Stille hinein. »Er denkt jedoch, dass uns seine Eskapaden nicht schaden, sondern für großartige Publicity sorgen.« Ich spüre sein Schnauben als kühlen Lufthauch in meinem Nacken.

»Was ist los zwischen dir und Lucas? Du bist dir nicht sicher, dass er das Video von ihm und mir hochgeladen hat, glaubst Terrence aber sofort?«, frage ich ungläubig. Ich würde immer eher Violet glauben als einem Typen, der mir zwielichtig genug dafür erscheint, eigene Ziele zu verfolgen – worin auch immer die bestehen mögen.

»Es ist nicht so leicht, nachzuverfolgen, woher die Videos kommen. Du musst es dir vorstellen wie an diesen Foto-Points in Drogerien oder Supermärkten, in denen man seine Bilder hochladen und dann nicht nur direkt ausdrucken, sondern sich auch nach Hause schicken lassen kann.« Er wartet mein Nicken ab, ehe er fortfährt. »Sämtliche Bilder und Videos landen in einem einzigen Ordner auf einer zentralen Festplatte, auf die der Sender Zugriff hat. Ich habe mir alles vor dem Auslaufen von einem unserer Techniker zeigen lassen. Die IP-Adresse des Absenders herauszufinden ist nicht sehr schwer, aber bislang konnte ich nur wenige davon überhaupt den Besitzern der Handys zuordnen. Es ist wie ein Puzzle, auf das ich unseren einzigen IT-Spezialisten an Bord angesetzt habe, der sich nun durch Hunderte Bilder und Videos klickt – weil das immer noch einfacher ist, als herauszufinden, von welchem Terminal aus die Videos auf der

Festplatte gespeichert wurden, um dann auf die Überwachungskamera zuzugreifen.« Jonah verzieht das Gesicht, seine Stimme klingt geschlagen. »Ohne eine Armee an Menschen, die alles sichten, wie sie vermutlich News 6 zur Verfügung steht, können wir nur abwarten.«

Ich merke Jonah an, wie unzufrieden er damit ist.

»Ist das dann alles gewollt?«, äußere ich Cristinas Verdacht und schiebe mich etwas von Jonah weg, damit ich seine Mimik bei der Antwort sehen kann.

»Was meinst du?«, erwidert er ehrlich verwirrt.

»Der Stress unter den Passagieren«, sage ich und überlege, ihm von dem Gespräch beim Essen zu erzählen.

»Ganz sicher nicht.« Jonah lacht freudlos auf. »Der Plan war, jede Menge toller Bilder der *Siren* zu bekommen, nicht zum Skandalformat degradiert zu werden. Wir haben dieses Ziel zu Beginn unserer Arbeit an der Marketingkampagne festgesteckt.«

Ich glaube ihm. Zumindest bin ich mir sicher, dass Jonah nicht in irgendwelche Intrigen involviert ist. Aber mir gehen Cristinas Worte über die explosive Mischung der Gäste und ihr Verdacht der gezielten Inszenierung von Skandalen nicht aus dem Kopf. Könnte es tatsächlich sein, dass jemand die Jungfernfahrt sabotiert?

Ich modele, um finanziell unabhängig zu sein, gleiten mir Lucas' Worte durch den Kopf und ich weiß nicht mehr, was ich denken soll.

»Soll ich dich zurück in die Suite begleiten?«, holt mich Jonah aus meinen finsteren Gedanken.

Ich schüttele den Kopf. Mir ist zwar der Appetit vergangen, aber ich bin auch neugierig darauf, was Cristina vielleicht noch zu erzählen hat.

Jonah bringt mich zurück zu meinem Tisch, rückt mir den Stuhl zurecht und verabschiedet sich mit einem »Bis später«.

Ich ignoriere Cristinas und Coltons fragende Blicke, die sich in mich bohren, als würden sie mich mit Gabeln piken, und nehme die Haube von meinem Essen. Ein intensiv fruchtiger Duft begleitet den Grillgeruch des Lachses, der in winzigen Würfeln auf einem Gemüsebett liegt.

»Es schmeckt fantastisch!«, meldet sich Colton zu Wort. »Ach, das hier soll ich dir von Lucas Price geben.« Er greift in sein Jackett und zieht einen zerknüllten Zettel heraus, auf dem in geschwungener Handschrift steht: *Bitte halt dich von Jonah fern.*

»Uuuuh! Streiten sich die Brüder etwa um dich?« Cristina hat sich zu mir gebeugt und mitgelesen. Hat Lucas das geahnt? Hat er die Aussage deshalb nicht begründet? Ich sehe mich im Raum um, suche nach ihm – und auch nach Jonah – finde jedoch keinen von beiden.

»Sie streiten, ja – aber nicht um mich.« Die Antwort fließt ungefiltert aus mir heraus und ertrinkt in Gefühlen, auf die Cristina sofort anspringt.

»Du bist verknallt!«, brüllt sie durch den Saal und schlägt dann die Hände vor den Mund. Doch natürlich hat es einfach jeder mitbekommen. Mit gesenkter Stimme fährt sie fort, ohne darauf zu achten, dass ich keinerlei Blut mehr im Körper habe, weil alles in meine Wangen gepumpt wurde. »Und welcher der beiden ist es?« Sie lächelt mich auffordernd an, ganz hibbelig vor Aufregung.

»Ich weiß selbst nicht, was ich fühle. Es ist … mir ist das alles zu viel«, sage ich ehrlich.

Cristina und Colton nicken synchron und voller Verständnis. Ich bin dankbar, dass sie nicht weiter nachbohren und versuche, meinen zweiten Gang irgendwie zu genießen. Laut Coltons schwärmerischen Worten handelt es sich um gegrillten Lachs mit Avocado-Grapefruit-Salsa. Ich habe meinen Teller gerade geleert, da stehen die Kellner schon mit dem nächsten Gang bereit.

»Was ist das jetzt wieder?«, fragt Colton und starrt die halbe Avocado nieder, die mit Thunfisch und weiteren Zutaten gefüllt ist.

»Thunfischsalat in Avocadoschiffchen«, raunt ihm der Kellner dezent zu.

Colton macht so ein entsetztes Gesicht, dass ich meine Anspannung vergesse und beinahe loslache. Cristina tut es.

»Ist bestimmt *ganz* gesund.« Das vorletzte Wort zieht sie in die Länge und zwinkert mir dabei zu.

»Das ist es. Thunfisch und Avocado sind eine perfekte Kombination für Vitamine, Mineralien und gesättigte Fettsäuren.«

»Da hast du es.« Cristina macht eine präsentierende Geste und bringt mich damit wirklich zum Lachen.

»Woher weißt du das denn alles?«, fragt sie dann direkt und ich erzähle von meinem Studium, zu dem auch Kurse in Ernährungswissenschaften gehören.

»Find ich cool«, kommentiert Colton und wagt sich an die Avocado.

Eine »leichte Suppe für zwischendurch« später platze ich fast, sodass ich mein Dessert ablehne, das Colton direkt für sich beansprucht. Die Zeit rennt dahin, auf der Bühne unterhalten inzwischen Feuerspeier und Artisten mit brennenden Poi das Publikum, die Gewänder der Bauchtänzerinnen mit den etlichen Goldapplikationen funkeln bei jedem Feuerstoß auf. Ich schaue mich ständig nach Jonah um, weil ich unser Gespräch noch mal durchgegangen bin und festgestellt habe, dass er mir die Antwort auf meine Frage, was zwischen ihm und Lucas vorgefallen ist, schuldig geblieben ist. Ich sehe ihn jedoch für den Rest des Abends nicht mehr, auch von Lucas bleibt mir nur die kryptische Nachricht.

»Dürfen wir sie euch entführen?«, fragt Lola etwas später und tritt gemeinsam mit Candice an unseren Tisch.

Ich verabschiede mich von meinen Tischpartnern, bedanke mich für den wirklich netten Abend und hake mich bei den beiden unter. Auf dem Weg zu einem »streng geheimen Ort«, zu dem wir unbedingt müssen, fragen mir die zwei Löcher in den Bauch. Candice ist schnell davon überzeugt, dass ich mit dem von ihr empfohlenen Schutzpanzer wie ein Naturtalent umgegangen bin. Sie lobt mich quasi zwischen jedem dritten Satz und es fühlt sich gut an, als hätte ich tatsächlich Erfolg gehabt. Von Cristinas Verdacht erzähle ich ihnen nichts, versuche jedoch, nebenbei etwas herauszufinden.

»Weißt du inzwischen, warum Jonah und Lucas so verkracht sind?«

Lola schüttelt den Kopf. »Abgesehen von vorhin an eurem Tisch habe ich Jonah kaum gesehen.« Sie runzelt die Stirn. »Und Lucas habe ich ...«, sie überlegt angestrengt, »nur bei unserer Ankunft in der Suite getroffen und an unserem Tag auf dem Tropendeck.«

»Die beiden haben doch nur Angst vor unserer Frauenpower«, wirft Candice trocken ein.

Wir betreten gerade den Aufzug und Candice verdeckt das Display, während sie das Deck auswählt. Es ist offenbar wirklich ein geheimer Ort.

»Wir sind übrigens stolz auf Candice, stimmt's, Tara?«, spricht sie für mich mit. »Sie trifft sich den *zweiten Abend* in Folge mit ihrem mysteriösen Lover.« Lola zuckt verheißungsvoll mit den Brauen.

Ich überlege, was ich darauf erwidern soll, und rufe mir in Erinnerung, was Lola mir über Candice erzählt hat. »Das ist großartig!«, sage ich ehrlich. »Und wir lernen ihn gleich kennen? Ist das der dunkelhaarige Typ, mit dem du gestern am Wasserfall warst?«

Mit einem Mal druckst Candice herum. Sie kaut auf ihrer Unterlippe und stößt erleichtert den Atem aus, als sich der Fahrstuhl öffnet und verkündet, dass wir uns auf Deck 15 befinden, dem Pooldeck.

Keine Ahnung, was ich erwartet habe, aber nicht ein Deck, das wir bereits erkundet haben. Wir treten ins Freie. Unter dem weiten Sternenhimmel wirkt alles ganz anders. Der Wind streift lauwarm über unsere Haut, während hinter den Pools Nebel aufsteigt. Erst beim Näherkommen erkenne ich, dass jenseits der gigantischen Poollandschaft etliche Whirlpools nur darauf warten, sich in ihnen zu entspannen. Candice sieht sich suchend um.

»Und, wo ist dein mysteriöser Lover?« Lola hält wie ich nach einer Bewegung Ausschau, nach einer Person. Doch an der schwach beleuchteten Bar stehen nur zwei Kellner und unterhalten sich mit der Barkeeperin.

»Vielleicht hat er nicht freibekommen? Dabei wollte ich ihn euch unbedingt kurz vorstellen.« Candice klingt so furchtbar enttäuscht, dass ich sie automatisch an mich ziehe, woraufhin sie schnieft. Ein paar Sekunden verharrt sie in der Umarmung, dann richtet sie sich auf und schiebt sich von mir weg.

»Dann warte ich eben unten auf Deck 3, bis er Feierabend hat. Die Leute dort sind echt okay.« Ihre Trauer ist verflogen und auf dem Weg zurück zum Lift bewundere ich sie wieder einmal für ihre Art.

Während wir auf den Lift warten, wird sie von einer wahren Welle der Begeisterung überspült. Sie reißt die Augen auf, sieht mich an und wedelt ungeduldig mit den Händen, weil die Worte nicht schnell genug aus ihrem Mund poltern. »Du könntest mitkommen!«

Lola und ich fragen zeitgleich: »Warum?«

»Weil es da unten keine Lästereien gibt, kein Geflüster, keine Intrigen. Dort macht es einfach nur Spaß.«

Unser Gespräch wird unterbrochen, als der Lift auf dem Weg

nach unten bei uns anhält. Jenseits der gläsernen Fahrstuhltür stehen Lyanna und Tommy. Lyanna hat noch immer den giftigen Blick von vorhin aufgelegt, Tommy lächelt mich beinahe entschuldigend an. Er will bereits zur Seite treten, um uns Platz zu machen, doch Lyanna hält ihn zurück und flüstert ihm etwas zu. Ein bitterer Geschmack steigt in meiner Kehle auf, ich atme gepresst. Erst Candice' Hand in meinem Rücken hilft mir, das demütigende Gefühl loszuwerden.

Die Glastür gleitet vor uns wieder zu und kaum, dass Tommy und Lyanna außer Sicht sind, drückt Candice den Rufknopf erneut.

»Mein Angebot steht«, sagt Candice nah an meinem Ohr.

Ich überlege, ob es wirklich das Beste wäre, mich bei der Crew zu verschanzen. Vielleicht gehöre ich einfach nicht in eine Suite auf dem obersten Deck, zu all den Reichen und Berühmten. Dann jedoch denke ich, dass niemand außer mir zu bestimmen hat, wohin ich gehöre.

Du entscheidest, wer du bist.

Diesen Post habe ich vor Monaten verfasst und nicht veröffentlicht, natürlich nicht. Lola hatte mich gerade auf die *Siren* eingeladen, und ich habe mir eine imaginäre Liste erstellt, ob ich es wirklich schaffe, meine Ängste soweit zu kontrollieren, dass ich mich auf eine Reise mit so vielen mir unbekannten Menschen begeben kann, die sich ein Urteil über mich bilden könnten. Hauptargument für die Zusage war dann, dass ich mit Lola und Violet Zeit abseits des Colleges verbringen wollte – und »über mich hinauswachsen kann«, wie Lola argumentiert und somit der Liste hinzugefügt hat. »Die können alle über dich denken und sagen, was sie wollen. Du entscheidest, wer du bist.« Der Post passt auch heute. Ich wende mich an Candice und lehne ihr Angebot erneut ab.

»Na dann«, sagt sie mit einem theatralischen Schmollmund, der so gar nicht zu ihrem Schulterzucken passt, während der Fahrstuhl wieder auf unserem Deck hält und sie einsteigt. »Aber mein Angebot gilt für immer und ewig.«

Wir verabschieden uns von Candice, die so glücklich und verliebt wirkt, dass sie beinahe vor Gefühlen überschäumt. Wir winken ihr zu, bis der Aufzug wieder anfährt und sie zwischen den Decks verschwindet.

»Willst du vielleicht in irgendeine ruhige Bar oder wollen wir uns in der Suite noch einen Film schauen?«, fragt Lola, während wir auf die Rückkehr des Lifts warten.

Ich sehe Lola an, dass sie sich gern noch unter die Leute mischen würde, daher gähne ich demonstrativ. »Ich will morgen früh unbedingt wieder ins Fitnessstudio und ich schaffe es nicht, rechtzeitig aufzustehen, wenn ich mich jetzt nicht hinlege.«

Beim Betreten des Lifts mustert mich Lola nach wie vor skeptisch und ich setze ein Lächeln auf, das ihre Stirn noch mehr in Falten legt. »Ich bleibe gern bei dir, du kannst es ruhig sagen. Du bist mir wichtiger als alle anderen, das weißt du.« Sie drückt den Knopf für Deck 20 und hält ihren Personal Guide vor den Scanner.

Jetzt wird mein Lächeln echt. Ich weiß, dass sie es ernst meint, doch sie soll auch wissen, dass sie für mich nichts aufgeben muss.

»Das weiß ich«, sage ich, durchströmt vom warmen Gefühl unserer Freundschaft. »Aber ich bin wirklich müde und ich habe noch nicht annähernd alle Trainingsgeräte ausprobiert. Vielleicht bekomme ich die Gelegenheit nie wieder.«

»Streberin!« Lola lacht, meine Argumentation ist aber schlüssig. Sie kennt mich. »Na dann«, sie umarmt mich kurz, als sich die Türen öffnen, und sie versichert sich ein letztes Mal, dass es mir ernst ist, ehe sie mich auf Deck 20 aussteigen lässt. »Soll ich dich noch zur Suite begleiten?«

Ich lache. »Das schaffe ich allein. Hab ganz viel Spaß.«

Sie nickt mit einem verheißungsvollen Lächeln, ehe sie auf den Knopf für Deck 6 drückt. »Und falls ich einen meiner Brüder zu Gesicht bekomme, werde ich ihn so lange festhalten, bis ich endlich weiß, was zwischen den beiden vorgefallen ist.«

Ich lache und wünsche mir von ganzem Herzen, dass sie Erfolg hat, was ich ihr auch sage, bevor sich die Türen wieder schließen und Lola Handküsse werfend nach unten sinkt.

Schon vom Lift aus höre ich Stimmen.

»Verdammt, Scott, was willst du von mir?«

Es ist eindeutig Lucas' Stimme, auch wenn sie durch die Entfernung, wo auch immer sich die beiden befinden, verzerrt ist.

Ich verharre leise und versuche herauszufinden, aus welchem der beiden seitlichen Flure die Stimmen kommen. Ich weiß, dass ich nicht lauschen sollte, aber vielleicht erfahre ich etwas, worüber sonst offenbar niemand sprechen will.

»Riechst du das?« Das muss Scott sein. Lucas hat gar keine Zeit zu reagieren, denn Scott fährt direkt fort: »Das ist der Gestank des Verrats, der sich im Price-Paradies ausbreitet.«

»Was weißt du schon?«, erwidert Lucas mit trotziger Stimme.

»Offenbar mehr, als du denkst. Sonst hätte ich damals auch nicht mitbekommen, was zwischen dir und Suzanna läuft. Dass du mich hintergangen hast.«

Lucas antwortet zunächst nicht, sondern stößt einen fast gequälten Laut aus. Mit gefährlich ruhiger Stimme, die ich erst höre, nachdem ich vorsichtig bis kurz vor die Ecke geschlichen bin, sagt Lucas: »Hast du dich nicht schon genug an meiner Familie gerächt?«

»Es wird nie genug sein«, erwidert Scott, die Verbitterung trieft aus jeder Silbe.

»Verschwinde«, verlangt Lucas. »Ich weiß nicht, was du überhaupt hier an Bord zu suchen hast.«

»Vielleicht will ich nur Zeuge eures Untergangs sein.«

Die sich entfernenden Schritte werden schnell vom dicken Teppich verschluckt. Ich wende mich schon dem anderen Flur zu, da ruft Scott so laut, dass ich zusammenfahre: »Wenigstens weiß ich inzwischen, wer meine wahren Freunde sind. Die Familie Price hat offenbar ein Problem damit.«

Lucas antwortet nicht mehr. Ich warte ein paar Augenblicke ab, versuche, in meinem Kopf zu sortieren, was ich da eben gehört habe, dann gehe ich rasch den anderen Flur zu unserer Suite hinunter. Ich beschwöre die Tür in Gedanken, dass sie mir nach dem Aufgleiten nicht Lucas präsentiert, der mich beim Lauschen ertappt hat. Ich muss mir erst Gedanken darüber machen, wie ich das Gespräch zwischen den beiden einordnen soll. Suzanna muss das Mädchen sein, das Hunter erwähnt hat, aber da ist noch mehr, das sich mir nicht erschließt. Außerdem konnte ich mich selbst noch nicht abschließend davon überzeugen, ob ich an Lucas' Unschuld glaube oder er – wie Jonah behauptet – das Video von uns in der Höhle hochgeladen und mich damit wissentlich dem Mob ausgeliefert hat. All die Lästereien und das Getuschel der anderen toben in meinem Kopf herum. Und das nur, weil er sich … ja, was eigentlich? An seiner Familie rächen will, weil er mit an Bord musste? Ich habe das Gefühl, all die Fäden, die hier seit Jahren gesponnen wurden, noch nicht zu begreifen, ja nicht einmal entwirren zu können. Wie auch, wenn niemand mich aufklärt?

Ich habe Glück und Lucas ist nirgends zu sehen. Wie eine Einbrecherin schleiche ich in mein Zimmer und kaum ist meine Tür zu, aktiviere ich den Schließmechanismus, damit niemand überraschend hereinkommen kann. Doch das ist nicht nötig. Jenseits der Tür sind keine Geräusche zu hören. Selbst als ich aus dem Badezimmer komme und mich in mein bequemes Bett werfe, mich ganz auf die vermeintliche Wellenbewegung konzentriere, tut sich draußen auf der Galerie nichts. Vom ausdauernden Lauschen und den eingebildeten Wellen müde geschaukelt, sinke ich in einen traumlosen Schlaf.

DONNERSTAG

15

Ich bin früh genug wach, gehe jedoch nicht ins Fitnessstudio. Die Enttäuschung über Lucas – oder über mich selbst, weil ich offenbar die mieseste Menschenkenntnis überhaupt habe – sitzt noch zu tief. Ich beobachte, wie die Sonne über dem golden glitzernden Meer aufgeht und glaube sogar, weit am Horizont noch immer Haiti zu sehen. Ich wäre gern an Land gegangen, um meinen Kopf freizubekommen. Das versuche ich nun mit einer ausgiebigen Dusche und föhne anschließend praktisch jedes Haar einzeln, damit ich etwas zu tun habe. Dann laufe ich eine Weile unruhig in meinem Zimmer umher, setze mich schließlich in den Sessel und verfolge die Zahlen auf der Digitaluhr. Als ich in Gedanken die Sekunden zähle und die Minutenanzeige erst bei achtzig umspringt, bin ich mir sicher, dass die Zeit zu langsam läuft.

Irgendwann halte ich es nicht mehr aus, ziehe meine Sportschuhe an und laufe ein paar Runden auf dem Joggingtrack. Die Bewegung an der frischen Luft tut mir gut, mit jedem Tropfen Schweiß wird mein Gedankenkarussell langsamer und auf dem Rückweg bin ich entschlossen, den Tag zu überstehen, ohne durchzudrehen.

Ich wische mir beim Betreten der Suite gerade mit meinem Handtuch die verschwitzte Stirn ab, als ich Lucas sagen höre: »Du bist heute spät dran.«

Das Handtuch rutscht durch meine erstarrten Hände. Erst im letzten Moment packe ich es und kralle meine Finger in das flauschige Frottee. Lucas lungert wie am ersten Tag mit dem Handy in der Hand auf der gigantischen Couch herum. Es ist das reinste Déjà-vu und mir fällt auf, dass ich wieder an genau diesem Punkt angekommen bin – dass meine Meinung über ihn wieder dieselbe ist wie an jenem Tag. Lucas ist tatsächlich der arrogante, egoistische Typ, für den ich ihn zuerst gehalten habe.

»Ich wollte beim Training allein sein«, erwidere ich so kalt, dass ich selbst erschrocken darüber bin. Ich verfolge Lucas' Reaktion. Er schluckt, seine Kiefermuskulatur arbeitet und verändert die Form seines hübschen Gesichts, macht es kantiger. Dann nickt er mit gesenktem Blick.

Ich warte, ob er noch irgendetwas hinzufügen will, sich verdammt noch mal für sein Verhalten entschuldigt, aber nichts dergleichen passiert. Die Enttäuschung folgt mir die Treppe hinauf und schlüpft als freudloses Lachen aus meiner Kehle. Ich schüttele den Kopf. Ob über mich selbst oder über ihn, kann ich nicht sagen.

Den ganzen Tag lang schirmt mich Lolas und Candice' bloße Anwesenheit gegen die Lästereien der anderen Passagiere ab. Candice hat über ihren *Lover* auf Deck 3 das Gerücht in Umlauf bringen lassen, dass Lola ab sofort Einfluss auf die Auswahl der Videos hat – und es scheint zu funktionieren. Alle sind uns gegenüber stinkfreundlich, wo ich auch hinsehe, taucht ein falsches Lächeln auf und ich bin einfach nur froh, zwei normale Menschen, echte Menschen, an meiner Seite zu haben.

Wir verbringen den Vormittag in verschiedenen Cafés auf der

Piazza delle Sirene, ohne dass mich auch nur ein Passagier schief ansieht. Später genießen wir ein leichtes Mittagessen und einen Cocktail am Strand auf Deck 4, bummeln durch die Einkaufspassage auf Deck 5 und kehren am späten Nachmittag mit einem Haufen Taschen zurück, die Candice unmöglich hätte allein tragen können. Ich habe wahnsinnig viel Spaß mit den beiden, auch wenn Lola nichts Neues über den Streit ihrer Brüder in Erfahrung bringen konnte – und ich zu aufgedreht war, um überhaupt darüber nachzudenken. Ich hatte ihr nur kurz unter vier Augen von dem Gespräch zwischen Scott und Lucas erzählt, doch Candice hat mich mit ihrer typischen Art immer wieder so abgelenkt, dass mir erst jetzt unter der Dusche klar wird, dass ich keine wirkliche Antwort auf meine Frage bekommen habe, was zwischen den beiden und dieser Suzanna vorgefallen ist.

Frisch geduscht schlüpfe ich in das Kleid, zu dem Candice mich bei unserer Shoppingtour überredet hat. Das Guthaben meines Casino-Gewinns ist nach wie vor auf meinem Personal Guide gespeichert und ich konnte dem glitzernden Traum einfach nicht widerstehen. Nachdem Candice mir den Ort der heutigen Party und das dazugehörige Motto genannt hat, kam es mir wie Schicksal vor.

Und so sind wir drei in funkelnde Kleider gehüllt, mit Glitzerpuder eingestäubt und reflektierendem Lidschatten für »dramatische Augenaufschläge« gewappnet auf dem Weg ins Theater, bevor im Diamond Club auf Deck 8 die *Diamond Night* startet.

Wir sind offenbar die Ersten im Amphitheater, was bis jetzt noch nie vorgekommen ist. Mich überkommt ein seltsames Gefühl, die Leere ist irgendwie … unheilverkündend. Um die erdrückende Stille zu füllen, dirigiert Candice uns immer wieder an verschiedene Plätze, während sie mit dem Handy vom Stehpult auf der Bühne aus Fotos von uns macht. Sie plant, die Bilder zu einer Diashow zusammenzustellen, bei der wir dann im ganzen Theater umherspringen. Zumindest haben wir etwas zu tun, bis endlich die ersten Passagiere eintreffen und sich pflichtschuldig in die vordersten beiden Reihen setzen, die kurz darauf auch wieder live auf die Leinwand übertragen werden.

Terrence liefert seine Begrüßungsshow ab, wirkt im Vergleich zu den letzten Tagen jedoch verkrampft. Er muss sich richtig bemühen, witzig zu sein. Kurz darauf gibt er uns eine Erklärung.

»Meine teuren Gäste, wissen Sie, welcher Tag heute ist?« In bester Pantomime-Manier verzieht er das Gesicht zu purer Trauer. »Wir haben die Hälfte unserer gemeinsamen Zeit bereits hinter uns.« Er schnieft theatralisch und tupft sich mit einem blauen Einstecktuch nicht vorhandene Tränen aus dem Gesicht. »Wir haben bereits so viel gemeinsam erlebt und einige kleine Zwists überstanden.«

Ich bin kurz davor, aufzulachen. Kleine Zwists? Wohl eher eine bösartige Hetzjagd.

»Zeit, Ihnen allen ein Zwischenergebnis zu liefern.« Er klatscht sich selbst Beifall, tritt zur Seite und aktiviert mittels Fernbedienung eine Präsentation auf der Leinwand, auf der erst alle Namen und dann die jeweiligen Screentimes aufgelistet werden. Ein Raunen geht durch die Reihen und ich versuche, eine Erklärung für diese absurden Zeiten zu finden – und warum trotz allem mein Name dort oben steht.

Selbst Colton hatte anscheinend über fünf Minuten Screentime, obwohl er in keiner Liveshow aufgetaucht ist. Scott hat sogar über zehn Minuten! Die Verwunderung ist groß. An oberster Stelle steht jedoch Lucas, aber auch seine Zeit kann nicht stimmen, es sei denn, er hätte jede Liveshow von vorn bis hinten allein gefüllt. Ich habe nur rund die Hälfte seiner Screentime und bin damit an zweiter Stelle. Auch

Jonah an seinem Platz neben der Bühne unterbricht sein Gespräch mit Hunter und starrt mit halb geöffnetem Mund auf die Auflistung.

»Ich sehe, es gibt Redebedarf«, unterbricht Terrence das teils empörte Gemurmel. »Ich erinnere Sie kurz daran, dass die erste Liveshow am Sonntagabend stattfand, als Sie sich der Welt präsentiert haben und an Bord gegangen sind. Das Auslaufen der *Siren* wurde so lange live übertragen, bis Sie alle nur noch *so* klein waren.« Er hält Daumen und Zeigefinger mit ein paar Millimetern Abstand voneinander in die Höhe.

Die ersten Beschwerden werden laut, aber Terrence wischt sie mit einer Handbewegung beiseite. »Sie haben doch noch einige Tage Zeit, das Ergebnis zu Ihren Gunsten zu ändern. Und nun wollen wir wissen, wer der Star der heutigen Liveshow ist.« Er applaudiert laut.

Vereinzeltes Klatschen stimmt mit ein, während die Hymne der *Siren* erklingt und das Logo von News 6 auf der Leinwand erscheint.

NEWS 6

»Herzlich willkommen«, begrüßt Helena Johnson ihr Publikum, das Lächeln auf den rosafarbenen Lippen strahlt beinahe über die gesamte Leinwand. Dann fährt die Kamera in die Totale, aber vermutlich achtet niemand auf Helenas hübsches Kleid, dessen Wasserfallausschnitt ihr Dekolleté umschmeichelt, oder auf ihre langen Beine, die sie übereinandergelegt vor sich ausstreckt. Alle starren nur auf die leere Stelle, an der bis gestern noch Simon Walker gesessen hat. Der fehlende Moderationssessel hinterlässt eine klaffende Lücke.

»Wie Sie alle sehen«, Helena beugt sich nach vorn, als würde sie den Zuschauern ein Geheimnis verraten, »hat es hier im Studio personelle Veränderungen gegeben.« Sie sieht kurz zur Seite und fixiert dann wieder die Kamera. »Außerdem habe ich mich dafür eingesetzt, dass alle für die Ausstrahlung gedachten Videos vorab von mir freigegeben werden müssen. Natürlich sind wir alle für Gossip zu haben, aber vor allem wollen wir die *Siren* in all ihrer Pracht kennenlernen. Wem es nicht so geht, der kann gern abschalten.« Sie greift sich ans Ohr und ich bin mir ganz sicher, dass die Regie alles andere als begeistert von ihren Worten ist.

Helena sieht ernst in die Kamera. Ohne ihr Dauerlächeln wirkt sie ganz anders. Viel authentischer. News 6 läuft den ganzen Tag auf den Bildschirmen im Herbert Wellness Center, aber so wie jetzt habe ich Helena noch nie gesehen. Liegt es daran, dass die Show mit den Gerüchten über Amber privat wurde? Dann fällt mir ein, dass Helena selbst hart für ihren Ruf arbeiten musste, nachdem sie das Modeln aufgegeben hatte, mit dem sie nur ihr Journalismusstudium finanzieren wollte. Vermutlich war sie deshalb gestern so empört, als das Video gezeigt wurde, in dem es um ihre Tochter ging. Ich versuche, von unserem Blickwinkel aus Amber zu erkennen, sehe sie jedoch nur im Profil, weil wir seitlich und etwas erhöht von ihr sitzen.

»Die gestrige Liveshow hat etwas gezeigt, was ich verabscheue«, betont Helena noch einmal. »Verstehen Sie mich nicht falsch. Auch ich liebe Tratschgeschichten! Aber Aussagen auszustrahlen, die nur auf Hörensagen beruhen, ohne jegliche überprüfbare Quelle, ist für mich ein absolutes No-Go. Ich hoffe, Ihnen allen da draußen geht es ähnlich. Oder wüssten Sie nicht auch gern – sollten Gerüchte über Sie im Umlauf sein – wer diese in die Welt gesetzt hat?«

Sie sieht ohne jegliches Blinzeln in die Kamera. Mehrere Herzschläge vergehen. Dann erklingt tatsächlich schallender Applaus im Publikum. Dass nur rund vierzig Menschen so einen Radau machen können, wäre mir nie in den Sinn gekommen. Alle Handys liegen auf dem Schoß oder müssen als Klatschauflage herhalten. Die Akustik des Amphitheaters bauscht die Begeisterung weiter auf. Ich sehe zu Terrence, der alles andere als zufrieden zur Leinwand starrt. Die breiten Augenbrauen sind zu einem einzigen Balken über seinen zusammengekniffenen Augen geworden. Candice neben mir nimmt mit ihrem Handy jedes Detail auf.

»Oh, glauben Sie mir, ich weiß, wovon ich spreche. Ich kenne Tausende wild gestreute Gerüchte über mich, eins schneidet tiefer ins

Fleisch als das andere. Von der Besetzungscouch hier im Sender bis hin zu den Vorwürfen, mir meine Scheine im Studium als Stripperin verdient zu haben.« Helena lacht zwar auf, presst anschließend jedoch für einen Moment die Lippen fest zusammen. »Am allerschlimmsten sind diejenigen, die in bereits offenen Wunden herumstochern. Das wird es bei mir nicht geben. Sensationslust ist das eine, provokative Sensations*gier* etwas ganz anderes.« Sie macht eine kurze Pause, dann beugt sie sich näher zur Kamera. »Insbesondere einem Menschen möchte ich von diesem Platz aus noch etwas sagen: Amber, glaub mir, hätte ich gewusst, was auf diesem Video zu sehen ist, hätte ich mich geweigert, die Moderation zu übernehmen. Halte durch, mein Schatz.«

Alle wenden sich Amber zu, die gerade versucht, ihre Tränen wegzublinzeln. Ihre Schultern beben. Cristina sitzt neben ihr und zögert nicht lange, sie in eine vorsichtige Umarmung zu ziehen. Sie hat sich ganz offensichtlich mit Amber ausgesprochen.

Helena sieht zufrieden aus. »Nun bekommen Sie aber endlich die versprochenen Bilder und Videos des Luxusliners. Genießen Sie die Zeit auf der *Siren.*«

Es folgen tatsächlich perfekt inszenierte, absolut werbespottaugliche Aufnahmen. Einige davon zeigen Amber im besten Licht, die makellose Verkörperung einer bildhübschen *Siren*e, die ihre Zeit an Bord genießt. Wir sehen auch das Oberdeck, wo Lyanna und Jackson eine spontane Jamsession veranstalten und einen Mix aus ihren beiden Hits zum Besten geben. Zusammenschnitte des großartig inszenierten Abendessens vom Vortag folgen auf entspannte Massagestunden und einen schlanken Rücken, auf dem Hot Stones liegen.

Genau so hatte Jonah sich die Aktion vermutlich vorgestellt. Ich brauche gar nicht lange nach ihm Ausschau zu halten, denn er steht wieder unten zwischen Bühne und Ausgang. Vom Fackelschein erhellt erkenne ich sein zufriedenes Lächeln. Als hätte er meinen Blick auf sich gespürt, schaut er plötzlich zu mir auf. Sein Lächeln wird noch strahlender und eine Woge der Wärme durchflutet meinen Körper. Ich freue mich für ihn, freue mich *mit ihm.* Doch dann erscheint Helena mit ernstem Gesicht wieder auf der Leinwand und seine Miene verfinstert sich.

»Natürlich ist dennoch nicht alles eitler Sonnenschein, Sie kennen das. Sie haben die Videos gesehen, die zuletzt in dieser Sendung ausgestrahlt wurden und die einige Passagiere in einem schlechten Licht dargestellt haben. Aber wer hat diese Videos aufgenommen? Haben Sie sich das auch gefragt?«

Zustimmendes Nicken im Publikum. Selbst ich ertappe mich dabei und starre ebenso zur Leinwand wie alle anderen. Mein Blick huscht nur kurz zu Cristina, die mindestens genauso angespannt wirkt. Ob sich ihr Sabotageverdacht bestätigen wird?

Scott taucht auf der Leinwand auf. Er filmt sich selbst und dreht sich mit seinem Handy um die eigene Achse. Hinter dem hell erleuchteten Gesicht sind ein paar der Feenlichter zu erahnen.

»Liebe Zuschauer von News 6«, spricht er in die Kamera. »Willkommen an Bord der *Siren.* Ich weiß nicht, ob es Ihnen ähnlich geht, aber die letzten Liveshows habe ich als ausgesprochen explosiv empfunden. Vom ersten Abend an wollte ich herausfinden, wer diese geschmacklosen Videos hochlädt.« Er senkt theatralisch den Blick und holt tief Luft, bevor er mit verschwörerischer Stimme weiterspricht. »Gleich dort hinten befindet sich eins der Terminals, an denen die Passagiere ihre Bilder und Videos hochladen können. Seit mehreren Tagen folge ich einer Person, die lieber im Verborgenen bleibt, so tut, als beschäftige sie sich mit irgendwelchen Spielchen am Handy, obwohl sie gar keine geladen hat. Diese Person verschmilzt mit den Schatten ihrer Umgebung, niemand beachtet sie – aber sie ist immer in der Nähe, um peinliche Momente einzufangen. Sie alle dürfen mich nun begleiten, wie ich diese verdächtige Person beim Hochladen ihrer neuesten Aufnahmen stelle.«

Während der letzten Worte setzt Scott sich in Bewegung. Die Lichter über ihm verschwimmen zu verwackelten Linien. Er legt sich die Finger an die Lippen und alle im Theater halten die Luft an. Nicht das leiseste Flüstern ist zu hören. Die Spannung ist greifbar.

Umso lauter wirkt das erstickte Aufkeuchen, als Scott aus dem Säulengang auf die Piazza delle Sirene tritt. Die Kameraperspektive wechselt und eine Person ist zu sehen, die sich gerade über das Terminal beugt. Auf Scotts Räuspern hin fährt sie herum. Scott zoomt näher, fängt den besorgten Blick ein, der *auf frischer Tat ertappt* brüllt.

Scotts Stimme ist voller Hohn. »Sag Hallo, Lucas!«

Ich kann den Laut, der mir aus der Kehle steigt, nicht einmal mit meinen Händen ersticken, die letzten Zweifel, oder besser gesagt die letzte Hoffnung, dass er nicht das Video von uns beiden hochgeladen hat, verpufft. Wieso hat Lucas das getan? Alle im Theater fragen sich offenbar dasselbe. Ich schaue hinüber zu Jonah, der voller Entsetzen den Kopf schüttelt. Seine Augen sind geschlossen, die Hände an beiden Seiten zu Fäusten geballt, seine Unterlippe bebt.

»Er mag ja der böse Zwilling sein, aber er ist niemals für diese Videos verantwortlich«, sagt Candice voller Überzeugung. »Niemals.«

Für mich passt es leider perfekt ins Bild, nachdem, was ich gestern Abend belauscht habe. Lucas wusste, wohin er mich »entführen« will, hat sein Handy vor der Höhle drapiert und aufgenommen, wie wir darin verschwinden. Ganz dem Image des Verführers entsprechend. Der Sender hat dann nur den Teil für die Show ausgewählt, der nach einem romantischen Kuss aussieht. Davon ausgehend haben sie sämtliche Videos durchforstet, auf denen wir beide zu sehen sind und aus vermutlich unzähligen Videominuten der Gäste im Casino genau die Sekunden herausgeschnitten, in denen wir Blickkontakt hatten. Scott hat Lucas beim Hochladen ertappt, ist dann vermutlich nach oben gefahren und Lucas ist ihm gefolgt. Leider ist davon nichts zu sehen. Meine Gedanken schreien so laut, dass sie sogar die Rufe der anderen übertönen, die sich nun zwischen Bühne und Rängen versammeln. Wären wir im Mittelalter, würden sie jetzt zu ihren Heugabeln greifen. Die künstlichen Feuerschalen wären die perfekte Kulisse.

»Weißt du, wo Lucas steckt?« Lolas Sorge ist echt – und berechtigt. Lucas ist ihr Zwillingsbruder und sie will garantiert nicht, dass der wütende Haufen dort unten Lucas lyncht oder ihn … über Bord wirft. Ein Piratenschiff taucht vor meinem inneren Auge auf. Eine Horde Meuterer und ein gefesselter Lucas, der im Designerhemd und mit seiner Sonnenbrille aus der Werbekampagne über die Planke geschickt wird. Ich bin mir nicht mal sicher, ob diese Bilder so realitätsfern sind, denn ich habe keine Ahnung, was die anderen mit ihm anstellen werden.

Aber ich habe mich auch des Öfteren gefragt, wo er den ganzen Tag steckt. Abgesehen vom Fitnessstudio habe ich ihn wirklich kaum gesehen. Er hat sich nie unter die Leute gemischt, ist immer wie aus dem Nichts aufgetaucht …

Ja, er hat mich an jenem Abend *gerettet*, aber lediglich, um sich selbst zu inszenieren, oder nicht? Alles fügt sich wie ein Puzzle zu einem großen Ganzen zusammen – und doch habe ich es nicht für möglich gehalten. Ein Teil von mir hat offenbar bis zur letzten Sekunde auf ein Missverständnis gesetzt.

»Ich hoffe, dass Lucas in unserer Suite ist.« Die Worte platzen aus meinem Mund, bevor ich genauer darüber nachdenken kann. Aber sie entsprechen der Wahrheit. Ich will auf keinen Fall, dass ihm etwas zustößt. »Wir sollten sicherheitshalber nachsehen«, füge ich hinzu und noch während sich das Grauen auf dem Parkett weiter zusammenbraut, schlüpfen wir aus dem Theater.

Jonah und Hunter sind wie von der See verschluckt und auch Lucas begegnet uns weder auf dem Weg nach oben noch in der Suite. Die Sorge um ihn frisst sich durch meine Eingeweide.

Lola lässt unseren Butler kommen, der ihr bereits bei der Suche nach mir geholfen hat, doch laut Ethan ist Lucas' Personal Guide nicht aktiv. Er verspricht uns, das Sicherheitspersonal einzuschalten, während wir das Warten irgendwann aufgeben und beschließen, wenigstens ein bisschen zu schlafen. Auf dem Couchtisch liegt inzwischen ein Meer aus kleinen Notizzettelchen zu einer großen Botschaft an Lucas zusammengelegt:

Weck mich sofort auf, sobald du das hier liest. Lola

Fast hätte ich daraus ein »uns« gemacht und meinen Namen ebenfalls daruntergesetzt, aber das käme mir falsch vor, weil ich Lucas eigentlich gar nicht kenne. Meine Gefühlsskala, deren Zeiger sich nicht zwischen Enttäuschung und Wut entscheiden kann – auf mich und meine Naivität, auf Lucas für die Täuschung und das miese Spiel mit mir –, pendelt sich letztendlich bei Sorge ein. Ganz gleich, was zwischen mir und Lucas vorgefallen ist, ich würde das gern selbst klären und kann nicht verantworten, dass ihm etwas passiert.

Candice verabschiedet sich weit nach Mitternacht, um die »größte Liebe ihres Lebens« zu treffen und vielleicht von der Crew zu erfahren, ob jemand Lucas gesehen hat – natürlich erst, nachdem ihr Lola mindestens fünfhundertmal versichert hat, dass wir im Moment sowieso nichts ausrichten können.

»Gib mir bitte sofort Bescheid, wenn er dich weckt, okay?«, sage ich oben auf der Galerie zu Lola. Sie nickt abwesend und ich biete ihr ein weiteres Mal an, bei ihr zu bleiben, was sie wie die Male zuvor ablehnt. Sie wünscht mir noch eine gute Nacht und wendet sich ab. Erst als ihre Tür hinter ihr zugeglitten ist, betrete ich mein Zimmer.

16

An Schlaf ist natürlich nicht zu denken. Wie könnte ich auch! Verdammt, ich mache mir wirklich mehr Sorgen um Lucas, als ich es angesichts seines egoistischen Verhaltens sollte. Was ist nur los mit mir? Ich liege in diesem weichen wundervollen Bett, höre das leise Sirren der Klimaanlage und spüre hin und wieder die Vibration der Stabilisationsmotoren. Jenseits des Panoramafensters liegt das Meer wie schwarzer Samt unter dem Sternenhimmel, der Vollmond tanzt auf den Wellen. Aber es ist kein beruhigender, sondern ein unruhiger Tanz. Ich schließe die Augen, drehe mich zur Seite, versuche, mich irgendwie zum Schlafen zu zwingen, doch ich scheitere jedes Mal, weil sich immer wieder Erinnerungen in meinen Kopf schieben – Gänsehaut erzeugende Berührungen in der unendlichen Weite des Weltalls; eine Hand, die sich auf meine legt; spannungsgeladene Luft über einem Vulkan aus Sand; *Sixpense Non The Richer* als Soundtrack. Ich werfe mich hin und her, kann den Bildern jedoch nicht entkommen, egal wie oft ich an die heutige Liveübertragung zurückdenke. Wie oft ich Scott folge, als er Lucas auf frischer Tat ertappt. Am Strand, als er mich von den anderen weggezogen hat, hat mich Scott vor »Price« gewarnt. Erst jetzt wird mir bewusst, dass er nicht gesagt hat, vor welchem der beiden Price-Brüder oder warum. Nur weil er ähnliche Worte benutzt hat wie Violet in ihrer Nachricht, bin ich davon ausgegangen, dass er von Jonah spricht. Aber er hat Lucas gemeint. Lucas, mit dem er sich wegen eines Mädchens namens Suzanna verkracht hat.

Ich schlage die Seidendecke zur Seite, schiebe die Beine aus dem Bett und trete an das Panoramafenster. Die Scheibe beschlägt, vernebelt meinen Blick auf den vollen Mond. Laut Wanduhr sind es noch ein paar Stunden bis Sonnenaufgang, trotzdem gebe ich den Gedanken an Schlaf auf und beschließe, nach unten zu gehen und mir eine Cola zu gönnen. Die Lichter im Wohnzimmer gehen an, als mich der Bewegungsmelder auf der Galerie erfasst. Ich hole eine eiskalte Cola aus der gut ausgestatteten Minibar und überlege, ob ich von der Couch aus auf den Sonnenaufgang warten soll. Mein Blick fällt auf den Tisch und die Stühle jenseits der gläsernen Außenwand, die perfekte Gelegenheit, mir den Balkon endlich anzusehen. Ich drücke den Knopf neben der Außentür, die nahezu lautlos zur Seite gleitet. Das Geräusch sanfter Wellen begrüßt mich und zu meiner Verwunderung ist es beinahe windstill, als ich mit nackten Füßen die polierten Holzbohlen entlanggehe. Der Balkon ragt nur ein Stück über den Rumpf der *Siren* hinaus. Der Großteil liegt eher wie eine überbaute Dachterrasse im windgeschützten Inneren des Schiffs. Selbst bei Regen würde man vermutlich trocken bleiben.

Es gibt hier keinen Bewegungsmelder, der die wundervolle Stimmung mit grellem Licht zerstören würde. Im Mondlicht kann ich alles gut genug erkennen und muss auch nicht nach einem Lichtschalter suchen. Mit einer von der Cola völlig unterkühlten Hand tapse ich zu dem kleinen Tisch und setze mich auf einen der Stühle. Ich schließe die Augen und atme tief durch. Die Wellen schlagen in gleichmäßigem Takt gegen den Rumpf der *Siren* und selbst das Zischen beim Öffnen der Colaflasche hat eine seltsam beruhigende Wirkung. Als die eiskalte Flüssigkeit in meinen Mund rinnt, stoße ich ein wohliges Seufzen aus. Wenn Cola doch nur die Fähigkeit hätte, unliebsame Gedanken und Erinnerungen auszulöschen.

»Ich habe noch nie jemanden gesehen, der eine Cola mit so viel Genuss trinkt. Du solltest Werbung dafür machen.«

Mein Herzschlag gerät ins Stolpern, mein Puls nähert sich garantiert schon der anaeroben Zone – und dennoch will mir das flatternde Gefühl im Bauch weismachen, dass keine Gefahr droht. Ich drehe mich zur Seite und sehe in die Schatten vor der seitlichen Begrenzung des Balkons, hinter dem der Außenbereich der nächsten Suite liegen muss. Nahe der Reling erkenne ich den Fußteil zweier Sonnenliegen, deren Rest ich jedoch nur erahnen kann. Erst als ich lange genug in die Dunkelheit gestarrt habe, sehe ich Lucas auf der hinteren von ihnen sitzen. Er hat den Kopf gegen die hochgestellte Rückenlehne gelegt und sieht mich mit ernstem Blick an. Sein dunkles Haar hebt sich stark von dem weißen Polster ab. Er trägt eine schwarze Anzughose, aber seine Füße sind nackt. Nackt wie der breite Streifen Haut, der unter seinem aufgeknöpften Hemd zum Vorschein kommt. Unwillkürlich muss ich gegen aufblitzende Bilder ankämpfen, die hier absolut nichts zu suchen haben.

»Hast du dich die ganze Zeit auf dem Balkon versteckt?« Meine Stimme klingt so falsch, dass ich mich erst einmal räuspere.

»Ich habe diese Videos von den anderen nicht gemacht oder hochgeladen«, sagt Lucas, ohne auf meine Frage einzugehen.

Ein Teil von mir will ihm glauben, will wieder den Lucas der letzten Tage erleben, Funken zwischen uns herumspringen sehen, Gänsehaut am ganzen Körper spüren … Prompt übernimmt dieser Teil das Ruder und sorgt dafür, dass ich aufstehe, durch die Dunkelheit auf Lucas zugehe und mich auf die Liege neben ihm setze. Ich spüre seinen Blick auf mir, obwohl ich mich von ihm abwende und angestrengt auf das Meer hinaussehe.

»Ich … glaube dir«, höre ich mich sagen, noch immer von jenem irrationalen Teil in mir geführt, den man nicht mit Logik erklären kann. Warum sollte er herumschleichen und das Getratsche anderer aufnehmen?

»Tatsächlich?«, fragt er ungläubig.

Ich presse mein rechtes Ohr gegen das Polster der Liege, um ihn anzusehen. Dann flüstere ich: »Ja.«

Diese zwei Buchstaben schenken ihm offenbar neue Energie, als hätten sie ihn in Brand gesteckt. Ich habe zuvor nicht bemerkt, dass seine Lider vor Trauer halb gesenkt waren, seine Haltung nur oberflächlich cool, dass er eigentlich vollkommen in sich zusammengesackt war. Doch dieses Feuer stärkt ihn nun. Er zieht ein Bein an, stützt den Kopf mit dem rechten Arm darauf ab. Wir sehen einander nur an. Zehn Sekunden vergehen. Zwanzig. Der Moment scheint sich endlos zu dehnen. Dann schluckt er und richtet sich auf.

»Ich war das nicht mit den Videos«, wiederholt er, als müsste er mich immer noch überzeugen.

»Ich weiß. Aber warum hat Scott …«

»Weil Scott ein verbohrter Idiot ist, der glaubt, was er glauben will. Man kann ihn nicht einmal mit Beweisen von seiner Meinung abbringen.« Er ballt kurz die Finger zusammen, löst sie jedoch wieder, als er es bemerkt.

»Und was hat er davon, dich zu denunzieren?« Ich erzähle ihm nicht, dass ich bereits weiß, dass ihre Freundschaft wegen eines Mädchens zerbrochen ist.

»Es wäre die größte Genugtuung für ihn, wenn wir das zweite Schiff nach ihm benennen müssten. So hätte er für immer gewonnen.«

Die Begründung klingt so dämlich und absolut oberflächlich, dass ich auflache. »Aber warum?«

Lucas fährt sich verzweifelt durch die Haare. »Scott denkt noch immer, dass ich im Senior Year etwas mit seiner Freundin Suzanna hatte.«

»Er *denkt* es?«, hake ich nach.

Lucas nickt. »Aber wie gesagt: Scott Porter kann nicht mit Argumenten überzeugt werden. Ich habe Suzanna damals auf einer Party vor aufdringlichen Typen gerettet, indem ich behauptet habe, sie sei meine Freundin. Ich habe sie zu mir umgedreht und wir haben so getan, als würden wir uns küssen. Irgendjemand hat das fotografiert …« Er fährt sich mit der Hand über das Gesicht. »Natürlich im perfekten Moment. Wäre ich nicht dabei gewesen, hätte ich auch gedacht, wir hätten etwas miteinander. Aber egal, wie oft Suzie und ich es Scott erklärt haben, er hat uns nicht geglaubt. Das hat noch nie funktioniert. Wenn seine Meinung feststeht, weicht er keinen Millimeter davon ab. Sag nicht, dass er dich auch schon mit seinem Charme eingelullt hat.« Seine dunklen Brauen wandern nach oben.

»Er hat mir geholfen«, sage ich und denke an den Abend auf Deck 4 zurück.

»Habe ich das denn nicht auch?«

Leise Gitarrenklänge schweben durch meinen Kopf … *Kiss me.* Ich reiße mir den Ohrwurm mit aller Gewalt aus dem Hirn und die angestaute Wut bahnt sich einen Weg nach draußen.

»Aber du hast deine Hilfsaktion gefilmt und hochgeladen!« Meine Stimme ist laut, peitscht ihm entgegen und scheint ihn tatsächlich schmerzhaft zu treffen.

»Wovon zur Hölle sprichst du?«

»Ist das dein Ernst?« Ich schüttele fassungslos den Kopf. »Du hast mich in diese kleine Höhle gelockt, um die hübschen Aufnahmen als romantische Zeit hochzuladen. Du bist genau wie die anderen, die sich mir an jenem Abend angebiedert haben und um Fotos und Videos gebettelt haben. Und das alles nur, um … keine Ahnung, warum. Für Screentime? Um deinen Bruder zu ärgern, deinen Vater?« Ich hole tief Luft, weil ich ohne jegliche Unterbrechung all meine Wut aus mir herausgebrüllt habe. »Ich habe keine Lust, in euren Familienstreit hineingezogen zu werden!«

»Moment!« Er hebt die Hand. »Das hat Jonah dir eingeredet oder?« Seine Füße gleiten von der Liege und klatschen auf das Holz unter uns. Dann beugt sich Lucas näher zu mir und die Luft zwischen uns beginnt zu vibrieren. Weil er sich nicht mehr rührt und weiterhin auf eine Antwort wartet, nicke ich. Lucas lässt sich wieder zurück auf das Polster fallen und reibt sich mit den Händen über die Augen. »War ja klar.«

»Wieso klar? Mir ist gar nichts klar. Warum streitet ihr beiden ständig? Du wolltest nicht mit ihm in der Suite wohnen, irgendetwas ist da, das ich nicht greifen kann. Erkläre es mir. Es ist …« Ich stoße ein hilfloses Schnauben aus. »Es macht mich verrückt, weißt du? Ich hatte das Gefühl, dass ich dir vertrauen kann, dass du wie deine Zwillingsschwester bist. Oder wie Jonah. Aber du …« Argh! Ich gestikuliere hilflos mit den Händen, finde einfach nicht die richtigen Worte.

Schnell wie eine Schlange schießt Lucas' Hand nach vorn und greift nach meiner, fängt sie im Flug ein.

»Schhhhh«, stößt er aus und mein Körper gehorcht, wird tatsächlich ruhiger. Er sieht mir tief in die Augen, während ich mich nur auf die Stromstöße konzentrieren kann, die seine Berührung auslöst.

»Ich habe dieses Video von uns nicht aufgenommen. Ich schwöre es dir.«

Er sieht von meinem Gesicht auf das offene Meer hinaus, den auf den Wellen tanzenden Mond. Ich sehe, wie sich sein Kehlkopf hebt und senkt. Dabei malt er gedankenlos Kreise auf meinen Handrücken und bemerkt nicht, dass sie Paukenschlägen gleichen, die meinen Körper zum Beben bringen. Ich kann das nicht. Daher entziehe ich ihm die Hand, Kälte ersetzt seine warmen Finger.

Er kaut auf seiner Unterlippe. »Es tut mir leid, dass ich anfangs so ein Idiot war.«

Ich lache auf. Das ist das Letzte, was ich erwartet habe. Abermals sorgt er für eine Überraschung.

Endlich schaut er mich wieder an. Ein unergründlicher Schmerz steht in seinem Gesicht. »Ich bin nur mit an Bord gekommen, um Lola zu beschützen«, sagt er dann.

»Wieso beschützen? Vor wem denn?«

Er wiegt langsam den Kopf hin und her, als überlegte er, was genau er mir erzählen kann. »Vor Menschen wie dir.«

Ich ziehe scharf die Luft ein, will schon empört etwas sagen, da fährt er fort: »Zumindest vor Menschen, zu denen ich dich – fälschlicherweise – gezählt habe.«

»Und was wären das für Menschen?« Eigentlich weiß ich es, er hat es klar und deutlich gesagt. Mädchen, die sich durch Lola eigene Publicity erhoffen, ihr damit wehtun. Miese Menschen, die nur gemeinsame Fotos wollen, um Aufmerksamkeit zu bekommen. Leider kenne ich dieses Gefühl seit Dienstag ebenfalls.

Er bestätigt meinen Verdacht. »Sie hatte ihr Leben lang so viele falsche Freunde, dass sie beinahe daran zugrunde gegangen ist«, fügt er hinzu. »Außer Candice hat sie niemanden mehr an sich herangelassen, seit ihre Gutmütigkeit, ihre Freundschaft, sogar ihre Liebe ausgenutzt wurde.« Seine linke Hand, die neben ihm auf dem Polster liegt, spannt sich an, ballt sich zur Faust. »Und ich … Es tut mir auf jeden Fall leid, dass ich dich am Anfang für eine solche falsche Freundin gehalten habe.«

»Vergeben und vergessen«, sage ich und meine es ehrlich. Ich will Lola ebenso beschützen. »Zumindest so lange bis …« Ich warte ab, Lucas beugt sich neugierig näher, sieht mich abwartend an. Meine Kehle schnürt sich zu. Er ist viel zu nah. Ich glaube, ich zittere. Aber garantiert nicht, weil mir kalt ist.

»Bis was?« Seine Stimme gleitet so rau über meine Haut wie Fingernägel und hinterlässt eine Gänsehaut. Sein warmer Atem streift mich mit dem Geruch des Energydrinks, der in der Halterung seiner Liege steckt.

Ich schlucke. Zweimal, weil ich meiner Stimme nicht traue. »Bis du wieder zu diesem arroganten Idioten wirst«, hauche ich und zaubere damit ein schiefes Grinsen auf seine vollen Lippen. Dieses Lächeln treibt mein Herz zu Höchstleistungen an, Glückshormone jagen durch meinen Körper, brüllen mich an, mich zu ihm zu beugen, und ich schließe die Augen. Der Lufthauch seines Atems kommt näher. Ich rühre mich keinen Millimeter, warte ab, genieße den Moment voll prickelnder Erwartung … bis grelles Licht hinter meinen Lidern aufflammt. Ich reiße erschrocken die Augen auf und weiche zurück. Die Spots in der holzverkleideten Decke blenden mich und ich blinzele gegen den Schmerz an.

Lucas schaut über die Lehne hinweg ins Wohnzimmer. Ich folge seinem Blick und sehe Jonah hinter der Glasscheibe, der mit zusammengekniffenen Augen auf dem Balkon nach etwas sucht. Oder nach jemandem.

Ich rutsche auf meiner Liege zurück und setze mich stocksteif auf, während Lucas sich wieder nach hinten fallen lässt. Dann entdeckt uns Jonah. Seine Augen werden groß und ich glaube, tiefe Erleichterung darin zu erkennen. Mit drei schnellen Schritten ist er an der Tür, öffnet sie und kommt nach draußen.

Lucas springt sofort auf.

»Verdammt, Lucas«, sagt Jonah beim Näherkommen und spricht den Namen dabei wie ein Schimpfwort aus.

Lucas fährt sofort seine Schutzmauern hoch und macht dicht. Seine zusammengekniffenen Augen, die voller Abscheu verzogenen Lippen, seine angespannte Haltung drücken eine abgrundtiefe Ablehnung gegenüber Jonah aus.

Ich wollte eigentlich wissen, was zwischen den beiden vorgefallen ist, aber nun denke ich, sie sollten das erst einmal unter sich klären. Ich will auf keinen Fall in ihren Streit hineingezogen werden. Langsam stehe ich auf, während die beiden sich über meine Liege hinweg wie im Ringkampf taxieren. Offenbar unbemerkt nehme ich meine Cola vom Tisch, klammere mich an der Flasche fest und verlasse wortlos den Balkon.

Erst als die Glastür hinter mir zugleitet, hole ich wieder Luft. Die Stimmen der beiden dringen leise zu mir herein, obwohl sie sich wild gestikulierend anbrüllen. Es wirkt vollkommen falsch. Als hätte man die nervenzerreißende Szene eines spannenden Films mit Kinderliedern untermalt statt mit dramatischen Klängen, die mit immer schnelleren Beats an einen Herzschlag erinnern.

»Was zur Hölle hast du für ein Problem, Lucas? Sag es mir. Vielleicht kann ich dir helfen.« Auch wenn das Angebot freundlich klingt, trieft Jonahs Stimme vor Sarkasmus.

»Von dir will ich garantiert keine Hilfe.« Obwohl Lucas ebenso brüllt – sonst könnte ich nichts hören –, ist seinem Gesicht inzwischen keinerlei Emotion mehr zu entnehmen. Diese Teilnahmslosigkeit finde ich fast schlimmer als die deutliche Abscheu vorher.

»Dann hör verdammt noch mal auf, die Familie zu sabotieren«, zetert Jonah weiter. »Ich habe dein *Begrüßungsvideo* gesehen und danach verboten, dass irgendetwas von deinem Gerät ausgestrahlt wird.«

Also hat Lucas tatsächlich nicht gelogen. Er hat weder die Sabotagevideos noch uns beide hinter dem Wasserfall aufgenommen.

»Ich höre damit auf, wenn du verdammt noch mal aufhörst, allen deinen Willen aufzuzwingen.« Lucas sagt noch etwas, doch diesmal ist es zu leise, um es durch die Glaswand zu hören. Sein Hemd ist nach wie vor aufgeknöpft und an den immer wiederkehrenden Kontraktionen seiner Brustmuskulatur sehe ich, dass er kurz davor ist, auf Jonah loszugehen. Instinktiv beschließe ich, die beiden doch nicht allein zu lassen.

Ich drücke den Schalter für die Tür, sie gleitet auf und ich kann das Gespräch wieder verfolgen.

»… Frauen wie Violet«, sagt Lucas gerade mit beunruhigend beherrschter Stimme. Dann bemerkt er mich, seine Nasenflügel beben, während er mit fest zusammengepressten Lippen tief einatmet. »Nimm dich vor ihm in Acht«, zischt er mir entgegen, geht an mir vorbei und verschwindet in der Suite.

»Es tut mir leid, Tara. Dass Lucas so durchdreht, war …«

Ich schüttele den Kopf. Was auch immer hier läuft – bei *mir* muss sich Jonah sicher nicht entschuldigen. Er öffnet den Mund, doch die Worte bleiben ungesagt, als ein lautes Krachen erklingt, gefolgt von vielfachem Klirren. Jonah sieht durch die Scheibe in die Suite, dann wieder zu mir. Ich mache ihm mit einer Geste deutlich, dass es okay ist, wenn er jetzt geht, und schon ist Jonah weg.

Kurz darauf kehre auch ich ins Wohnzimmer zurück. Jonah hämmert immer wieder an Lucas' Tür, und ich zucke bei jedem Schlag zusammen, als würde er mich treffen. Schnell verziehe ich mich in mein Zimmer.

Erst auf meinem Bett kann ich wieder tief durchatmen und begreife, was Lucas da eben gesagt hat. »*Frauen wie Violet.*«

Ist er der Grund, warum Vi mir geschrieben hat, ich solle mich von Jonah fernhalten? Hat sie bei der Geburtstagsparty irgendetwas über ihn erfahren, das ich wissen sollte? Ich schwöre mir, dass ich Lucas beim nächsten Treffen nicht eher gehen lasse, bis ich eine Antwort habe.

Jonah gibt eine ganze Weile nicht auf und ich frage mich, ob Lola tatsächlich so tief schläft, dass sie dieses Drama nicht mitbekommt, oder ob sie sich lieber heraushalten will. Plötzlich klopft es an meiner Tür und ich bekomme beinahe einen Herzinfarkt – gefolgt von einem überquellenden Brausepulvergefühl im Magen.

»Tara?«, höre ich Jonahs Stimme und die Brausebläschen fallen in sich zusammen.

»Ja?«, frage ich und ziehe die Beine an meinen Oberkörper.

»Darf ich reinkommen?«

Ich lächele, weil es so typisch Jonah ist und meinen Eindruck von ihm – nach all dem Gebrüll und Türentrommeln – wieder ins rechte Licht rückt.

»Es ist offen«, sage ich. Ausgerechnet heute, wo die Testosteronwerte in der Suite in neue Höhen schießen, wollte ich ganz offensichtlich *nicht* allein sein, mich nicht verkriechen und einschließen.

Mit einem leisen Zischen geht die Tür auf und ein Lichtklecks kriecht bis zu meinem Bett, zusammen mit Jonahs Schatten.

17

»Warum sitzt du hier im Dunkeln?«, fragt Jonah und aktiviert den Türschließer hinter sich. Er kommt näher und ich kann sein Gesicht etwas genauer erkennen. Mein Brustkorb schnürt sich zusammen. Er sieht so … gequält aus, irgendwie zerrissen, sodass ich vom Bett aufspringe und zu ihm gehe. Ohne ein Wort schlingt er seine Arme um mich und krallt sich in meinem T-Shirt fest. Als ich die Umarmung erwidere, mich von ihm gegen seine Brust pressen lasse, spüre ich, wie seine Schultern beben. Seine Verletzlichkeit bringt mich beinahe selbst zum Heulen.

»Worüber habt ihr euch gestritten?«

»Lucas … er will einfach nicht verstehen, dass er …« Während er spricht, weicht er einen Schritt zurück, ringt verzweifelt um Beherrschung, findet sie aber nirgendwo.

In Ermangelung weiterer Sitzmöglichkeiten in meinem Schlafzimmer gehe ich rückwärts zum Bett und setze mich auf die Kante. Anschließend klopfe ich auf den Platz neben mir. »Erzähl es mir.«

Jonah wirkt hin- und hergerissen, als hätte er Angst, mir noch tiefere Einblicke in diese verletzliche Seite zu geben.

»Du kannst mir vertrauen, Jonah. Das weißt du, oder?«

Er nickt, ich weiß aber nicht, ob es die Antwort auf meine Frage ist oder sich die Geste auf seinen inneren Zwiespalt bezieht. Letztendlich kommt er mit hängenden Schultern zu mir und lässt sich auf das Bett fallen. Die Matratze gibt unter ihm nach und ich rutsche ein Stück auf ihn zu, berühre beinahe seine linke Hand, die sich neben seinem Oberschenkel in die Kante der Matratze gekrallt hat. Ich will ihn nicht mit Worten drängen, daher lege ich zur Beruhigung meine Hand auf seine und gebe ihm alle Zeit, die er braucht. Seine Atmung wird gleichmäßiger, dann wendet er sich mir zu.

»Ich schaffe es nicht mehr«, sagt er, seine Stimme bricht. »Ich kann diese ganze Verantwortung nicht mehr tragen. Nicht, wenn so vieles schiefläuft und meine eigene Familie mir in den Rücken fällt.« Tränen schimmern in seinen hellblauen Augen.

Ich greife fester nach Jonahs Hand, verflechte meine Finger mit seinen. »Du musst nicht alles im Griff haben«, sage ich. »Es ist kein Weltuntergang, wenn bei einer Jungfernfahrt nicht alles läuft wie geplant.« Bilder der Titanic huschen durch meinen Kopf und ich verdränge sie mit einem Kopfschütteln.

Jonah schluckt hörbar, stößt dann die Luft in einem langen Seufzen aus. Sein warmer Atem streift mich, vermischt mit dem Geruch nach Whisky. »Leider kann ich das nicht so locker nehmen«, sagt er zwischen stockenden Atemzügen. »Es ist vielleicht kein *Welt*untergang, aber der Untergang der Familie Price.«

Ich halte die Luft an und bete – egal zu wem –, dass er übertreibt, dass er betrunken ist oder –

»Dad hat sich mit diesem Projekt furchtbar übernommen. Wenn die Jungfernfahrt kein voller Erfolg wird, sind wir bankrott.« Jonah schlägt die Lider nieder und schiebt damit die Tränen aus seinen Augen, die nun auf seinen Wangen glitzern.

Ich widerstehe dem Drang, sie aufzufangen. Ich will ihn trösten, aber ich habe keine Ahnung, was ich sagen soll. Ist das denn überhaupt möglich? Ich denke an die milliardenschwere Familie. Es scheint mir unmöglich, dass die *Siren* sie in den Ruin stürzen könnte, wenn es vorab sogar hieß, dass die Aktienkurse enorm gestiegen seien.

»Es läuft seit Längerem nicht gut, ein paar Fehleinschätzungen bei Investitionen, ein paar schlechte Kalkulationen, Ausgleichsforderungen und ein aktuell rückläufiger Kreuzfahrttourismus.« Jonah seufzt. »Es kommt einfach einiges zusammen. Und nun liegt alle Hoffnung auf dieser Jungfernfahrt. Wenn wir mit der *Siren* scheitern, ist das unser Untergang.«

Jonah wirkt so verzweifelt, gebrochen und voller Ängste, dass ich erschrocken aufkeuche. Oder reagiere ich damit nur auf die Erinnerung, die sich eben in meinen Kopf drängt?

»*Vielleicht will ich nur euren Untergang sehen.*« Scotts Stimme. Weiß er etwa Bescheid?

»Lola und Lucas wissen nichts davon, oder?«, frage ich.

Jonah antwortet mit einem Kopfschütteln, dann lacht er freudlos auf. »Insbesondere Lucas hält mich immer noch für den Idioten, der nur ans Geschäft denkt. Du hast ihn ja erlebt. Und Lola … Sie ist der liebste, gutmütigste Mensch der Welt, ich kann es ihr nicht sagen.« Sein Blick wird eindringlich. »Und du darfst es auch nicht. Versprich es mir, bitte.«

Ich blinzele meine Tränen weg und nicke. Selbst wenn ich nicht davon überzeugt bin, dass er seinen Geschwistern so etwas verschweigen sollte. Sie haben ein Recht darauf, es zu wissen, oder?

»Die Marketingaktion muss einfach durchschlagen. Nur deshalb habe ich im Vorfeld einem Showrunner zugestimmt. Ich dachte, dass eine Art Moderation und ein kleiner Anreiz durch den Wettbewerb die Reichweite erhöhen würde. Selbst an Terrence' Auswahl des ›besten Mix der Passagiere‹ habe ich mich beteiligt, um die potenziell kundenstärkste Mischung zu finden.«

Adrenalin rauscht durch meine Adern. Jonah hat eben Cristinas Verdacht bestätigt, dass die Passagiere auf ihre Explosionskraft hin ausgewählt wurden! Mir wird eiskalt.

»Was ich jedoch vom ersten Moment an abgelehnt habe, war der *Maulwurf*. Terrence wollte jemanden einschleusen, der die anderen gegeneinander aufhetzt. Das war zu viel für mich und ich habe abgelehnt. Aber wie mir scheint, hat Dad die Sache doch noch genehmigt. Ich habe keine Ahnung, wer es ist … Erinnerst du dich noch an den Streit, der ausgestrahlt wurde?«, wechselt er das Thema und ich nicke verwirrt. Der Beitrag hat Jonah beim ersten Livestream in ein schlechtes Licht gerückt. Sein Gesprächspartner war nicht zu sehen.

»Das muss Terrence eingefädelt haben. *Er* stand mir gegenüber. Sein Maulwurf hat sich absichtlich so hingestellt, dass nur ich zu sehen war … während ich ausraste.« Er fährt sich mit der rechten Hand durch die Haare. Seine Linke halte ich noch immer fest. »Mir tut die Eskalation leid. Du musst mir glauben, Tara. Ich habe das nie gewollt.«

»Aber du hast mir gesagt, dass Lucas hinter dem Video von uns beiden steckt.«

Jonah zieht die Brauen zusammen, sucht in seiner Erinnerung offenbar nach dem Gespräch im Personalflur. »Das hat Terrence mir gesagt. Er kann so gut mit Worten umgehen, hat Lucas' Drang zur Selbstinszenierung schlüssig eingebaut und behauptet, der Sender wäre über mein Ausstrahlungsverbot hinweggegangen. Ich war so ein verdammter Idiot!«

Ich glaube ihm, beuge mich näher zu ihm und lege den Kopf an seine Schulter. Sofort lehnt er seinen Kopf an meinen. So sitzen wir eine ganze Weile da und Jonah scheint sich zu beruhigen. Es fühlt sich unglaublich gut an, dass meine bloße Anwesenheit eine solche Wirkung auf ihn hat. Es macht mich … zufrieden, auch wenn der Anlass nicht gerade der angenehmste ist. Ein warmes Glücksgefühl durchströmt mich und hinterlässt ein kribbelndes Gefühl auf meiner Haut.

Meine Finger sind noch immer mit Jonahs verschränkt, was ich jedoch erst bemerke, als mich eine Berührung an meinem kleinen Finger erstarren lässt. Eingekeilt zwischen Jonahs Schulter und seinem Kopf kann ich nur vermuten, dass es sein Daumen ist, der sanft über meine Haut streicht. Ich versuche, das Chaos an Gefühlen, all die Emotionen, die in mir laut um Aufmerksamkeit buhlen, von der reinen körperlichen Reaktion zu unterscheiden. Ein Teil von mir schreit auf, rät mir, davonzulaufen, ein anderer jedoch ruft mir zu, dass es doch genau das ist, was ich wollte. Ich habe gehofft, Jonah während der Reise näherzukommen, ihn besser kennenzulernen. Jetzt weiß ich sogar mehr über ihn als seine Geschwister. Warum also …

Jonahs Atemrhythmus verändert sich. Meine Atmung setzt aus, mein Herz trommelt wild gegen die Rippen. Langsam bewegt Jonah den Kopf – bis ich einen Lufthauch an meiner Schläfe fühle. Er drückt meine Finger fester, verzweifelter und tupft einen Kuss auf meine Haare. Sein Atem löst ein Schaudern aus. Ich bekomme kaum noch Luft, atme viel zu gepresst. Jonahs Oberkörper dreht sich ganz langsam zu mir.

Warum habe ich das Gefühl, dass mein Puls eher aus Angst rast und nicht aus Begierde oder dem Verlangen nach mehr?

Ich sehe seinen Arm nur aus dem Augenwinkel, spüre eine sanfte

Berührung an der Schulter, Finger, die mich auf ihrem Weg an meinen Hals entlang positiv erschauern lassen sollten, oder?

Hastig weiche ich zurück, entziehe Jonah meine Hand und presse sie fest an den Bauch. Es ist nicht echt. Was auch immer hier gerade Seltsames geschieht, es ist nicht echt. Ich versuche noch, Worte zu finden, Worte der Entschuldigung, der Erklärung, als Jonah ebenfalls mit einem Blinzeln in die Realität zurückkehrt.

»Es … tut mir leid. Ich wollte nicht …« Auch er sucht nach den fehlenden Worten. Sein Gesicht scheint blutleer.

Langsam entwirrt sich das Chaos in mir und ich gestehe mir selbst endlich ein, dass hier neben mir der falsche Price-Bruder sitzt. Der Bruder, der zwar eine wohlige Wärme in mir auslöst, mir ein Gefühl der Geborgenheit gibt, aber mein Herz nicht zum Rasen bringt oder meinen Magen zum Davonfliegen veranlasst. Ich habe stets nach Lucas Ausschau gehalten, kaum an Jonah gedacht, wird mir jetzt endlich klar.

»Es ist okay, Jonah«, sage ich, ohne ihm erklären zu müssen, dass ich ganz offenbar Gefühle für Lucas entwickelt habe. »Wir wissen beide, dass das zwischen uns eher … geschwisterlich ist, oder?«

Pure Erleichterung zeichnet sich auf seinem Gesicht ab und ich glaube, mich exakt in ihm wiederzufinden. Was mich den Kopf zur Seite neigen lässt, damit ich ihn genauer mustern kann.

»Da ist jemand anderes, oder?« Ich spüre nicht den geringsten Stich von Eifersucht, als er nickt und sich ein sanftes Lächeln auf seine Lippen schleicht, während sein Blick in die Ferne gleitet.

»Ich wünsche dir alles Glück der Welt«, sage ich ehrlich.

Er steht auf und reicht mir die Hand. »Ich … ich bin froh, dich kennengelernt zu haben, Tara Dawson. Auch wenn mir zwei nervige kleine Geschwister eigentlich schon reichen.« Seine Mundwinkel verziehen sich zu einem verschmitzten Grinsen, das sonst eigentlich für Lola reserviert ist.

Ich schlage ihm gegen die Brust.

Er lacht leise auf und weicht mit einer entschuldigenden Geste rückwärts zur Tür. Ich mache einen Satz hinterher, bemühe mich um einen empörten Gesichtsausdruck. Dann fällt mir ein, dass jetzt die perfekte Gelegenheit wäre, Jonah nach Violet zu fragen und was Lucas' Bemerkung zu bedeuten hatte, bevor er wieder verschwindet.

Da klopft es an meiner Tür. Reine Panik erfüllt mich, als wäre ich in flagranti bei etwas Verbotenem erwischt worden. Ich sehe zu Jonah.

»Ist vermutlich nur Lucas«, murmelt er.

Lucas, der … zu mir will, während ich mit seinem Bruder in einem dunklen Zimmer sitze. Panik überkommt mich.

»Tara, bist du noch wach?«, dringt auch schon seine Stimme in den Raum.

»Wenn er so weiterbrüllt, ist bald jeder auf der *Siren* wach«, grummelt Jonah und ich halte ihm den Mund zu.

Vermutlich denkt er, dass ich aus Angst vor neuen Gerüchten nicht mit ihm in einem Zimmer erwischt werden will, aber er hält zumindest die Klappe, ohne dass ich ihn darum bitten muss.

»Ich wollte dich fragen, ob du wieder mit nach draußen kommst. Wir … könnten uns zusammen den Sonnenaufgang ansehen.«

Ich stelle mir vor, wie Lucas hinter der Tür steht und die Hand auf das kühle weiße Holz presst. Intuitiv lege ich meine von innen dagegen. Vermutlich habe ich zu viele kitschige Filme gesehen und nehme sie schnell wieder herunter. Es ist jedoch zu spät. Jonah hat mich beobachtet und neigt den Kopf zur Seite. Er runzelt erst die Stirn, dann werden seine Augen schmal. Kaum sind die Zahnrädchen eingerastet, reißt er sie wieder auf – genau wie seinen Mund. Ich presse meine

Hand erneut auf seine Lippen, während er zur geschlossenen Tür und anschließend zurück zu mir sieht.

Er nimmt meine Hand von seinem Mund und flüstert: »Du und … Lucas?«

Nun mache ich eine entschuldigende Geste und versuche mich an einem Lächeln.

Ich glaube, Lucas' Schritte zu hören, aber die Schallisolierung ist so gut, dass es kaum möglich ist, sicherzugehen, falls Lucas nicht jeden Moment die Treppe hinuntertrampelt. Daher bitte ich Jonah leise, noch etwas zu warten. Er nickt, zieht die Augenbrauen zusammen und schüttelt dann verständnislos den Kopf.

»Du kannst dich ruhig schlafen legen. Ich bleibe noch eine Weile und verschwinde, sobald die Luft wirklich rein ist, okay?«

Ich nicke und es kommt mir vollkommen normal und kein bisschen anstößig, verrucht oder … was auch immer vor, dass ich zum Bett gehe, mich in die Kissen kuschele, während Jonah sich zu mir setzt und mich zudeckt. Ich schließe die Augen und lausche seinen gleichmäßigen Atemzügen.

»Ich bin froh, dich nicht geküsst zu haben«, spreche ich den Gedanken aus, der mir gerade durch den Kopf huscht, und ich spüre Jonahs Auflachen in der Matratze vibrieren.

»Das hat noch niemand zu mir gesagt.«

»Dann gern geschehen.«

Er lacht erneut und ich dämmere langsam weg. Vielleicht nicke ich auch nur kurz ein, denn als ich das nächste Mal lausche, höre ich weder das Rascheln noch die regelmäßigen Atemzüge, die mich in den Schlaf begleitet haben.

FREITAG

18

»Warum seid ihr schon wach?«, frage ich und reibe mir die Augen, weil ich mir nicht ganz sicher bin, ob Lola und Candice vor der aufgehenden Sonne jenseits der Panoramascheibe nur eine Einbildung sind. Ich brauche definitiv einen Besuch auf dem Joggingtrack und viel Kaffee, um mein Gehirn nach der kurzen Nacht richtig aufzuwecken.

Doch die beiden sitzen auch nach mehrmaligem Blinzeln unten auf der Couch und schauen langsam zur Galerie hoch. Candice gleicht schon wieder einem Häufchen Elend und schnäuzt sich gerade in ein Taschentuch. Schnell husche ich die Treppe hinab und setze mich neben sie. Noch bevor ich fertig durchdacht habe, ob ich sie umarmen kann oder das seltsam wäre, drückt sie sich an mich.

»Was ist los?«, frage ich und sehe über Candice' Kopf, der auf meiner Schulter liegt, zu Lola, die ihre Lippen fest zusammenpresst.

»Candice hat die Nacht hier verbracht. Und sie war nicht allein«, sagt sie dann.

Candice zieht schluchzend die Nase hoch und Lola reicht ihr ein weiteres Taschentuch, während ich meinem Gehirn zu entlocken versuche, warum das ein Problem sein soll. Da fällt mir ein, dass nur

Gäste der Suiten Zugang zu Deck 20 haben. Wenn sie also hier übernachtet hat und nicht allein war …

»Mit … Jonah?« Wilde Gedanken huschen durch meinen Kopf. Jonah hat gesagt, es gäbe da jemanden – aber an Candice hätte ich nie gedacht. Sie kennen sich wie Geschwister. »Oder Lucas?«, füge ich krächzend hinzu, denn allein die Vorstellung fühlt sich an wie ein Schlag in die Magengrube.

»Urgh! Nein!« Jetzt ist Candice' Stimme wieder fest, sie schiebt sich von mir und macht ein angewidertes Gesicht.

»Candice hatte was mit Scott.« Lola kann ihren Tonfall eindeutig nicht neutral halten.

»Was ist mit *M* passiert?«, frage ich, darum bemüht, mich in Candice' Lovestory-Schnelldurchlauf zurechtzufinden. »Ist es aus?«

Candice heult nun so laut los und presst sich wieder an mich, dass es mir fast das Herz zerreißt. Beruhigend streiche ich ihr über die Haare.

Lola reicht ihr ein weiteres Taschentuch und erklärt: »Es kam wohl eins zum anderen. Sie hat mit Scott und ein paar weiteren Gästen unten gefeiert, dann ist es passiert. Es ist ja nichts Verwerfliches daran. Wir sind nicht hier, um uns wie Nonnen zu verhalten.« Sie zuckt lässig mit den Schultern, aber ich sehe Lola eindeutig an, dass ihr etwas Sorgen macht.

»Aber sie … bereut es?« Ich arbeite weiterhin an einem Gesamteindruck der Situation.

»Ich glaube, Candice hat sich zum ersten Mal *wirklich* verliebt. Dieser … *M* von der Crew geistert noch immer in ihrem Kopf herum. Das war bisher nie so.«

»Es ist scheiße!«, schluchzt Candice. »Dabei weiß ich nicht einmal, wie das passieren konnte. Wir haben gerade noch Billard gespielt, weil ich die Zeit überbrücken musste, bis ich zu Mich ... bis ich runter auf Deck 3 konnte, dann bin ich hier neben Scott aufgewacht. Und ich habe keine Ahnung, wo mein Personal Guide steckt.« Sie stößt erneut einen Laut aus, der so verzweifelt – oder vielleicht auch schuldbewusst – klingt, dass mir Tränen in die Augen steigen, während ich den neuen Namen – *Michael?* – abspeichere.

Lola wird unruhig. Ich sehe, dass da etwas Unausgesprochenes zwischen den beiden hängt. Lola ist Candice gegenüber wesentlich distanzierter als sonst. Nimmt sie es ihr übel, dass Candice ausgerechnet Scott mit hierhergebracht hat?

»Es hat sich noch nie so schrecklich angefühlt. Ich meine, M und ich haben nichts vereinbart oder uns etwas versprochen, aber ...«

»Du bist verliebt. Das freut mich für dich«, sage ich ehrlich.

»Aber was soll ich jetzt tun?« Sie sieht mich verzweifelt an, fleht um Hilfe, die ich ihr nicht geben kann.

»Ich fürchte, da bin ich nicht die richtige Ansprechpartnerin«, sage ich ehrlich. »Aber ich bin immer für Aussprachen. Wenn nicht mehr ist zwischen euch, hast du deinen Schlussstrich. Sollte sich aber etwas Tieferes entwickeln, könnte dich das Geheimnis so lange fertigmachen, bis es zu spät ist, die Wahrheit zu sagen.«

Candice starrt mich lange mit geröteten Augen an. Abgesehen davon sieht man ihr das Weinen kein Stück an. Dann nickt sie irgendwann. »Du bist weiser als Soda«, murmelt sie. Wahrscheinlich sehe ich entsprechend verwirrt aus, denn sie fügt hinzu: »Als ich klein war, konnte ich Yoda nicht aussprechen und weil Jonah zu der Zeit voll im Fanmodus war und immer wieder gesagt hat, wie weise Yoda doch sei, haben wir das übernommen.« Sie sieht kurz zu Lola. »Weise wie Soda.« Plötzlich lacht sie los und als ich mitlache, leuchten ihre Augen.

»Ich bin mir sicher, dass du das aufklären kannst«, spreche ich ihr noch einmal Mut zu.

»Und was machen wir jetzt?«, fragt Lola und gähnt.

Candice mustert mich und mein Trainingsoutfit, dann weiten sich ihre Augen und sie dreht sich zu Lola um. »Wir begleiten Tara zum Sport.«

Bei Lolas entsetztem Gesichtsausdruck pruste ich los. »Du musst nicht mitkommen«, sage ich schnell.

»O doch, das muss sie. Freundinnen-Codex«, erwidert Candice, steht vom Sofa auf und zerrt Lola hoch. »Los, umziehen. In fünf Minuten treffen wir uns wieder hier. Wer zuerst fertig ist, muss nur eine Runde Sport mitmachen.«

Ich will gerade einwenden, dass das nicht effektiv wäre, und ihnen einen Vortrag über Aufwärmübungen und Kondition halten, doch die beiden zischen davon wie am ersten Tag, als es um die Zimmerverteilung ging. Ich lasse mich gegen die Rückenlehne der Couch fallen und sehe zu, wie sie um die Wette die Stufen hochjagen und dann in ihren Zimmern verschwinden. Nur einen Augenblick später stürmt Candice in Leggins, bauchfreiem Top und Turnschuhen die Treppe hinunter und wirft sich auf die andere Seite der Couch, sodass ich die Erschütterung sogar an meinem Ende noch spüre. Als Lola auf die Galerie tritt, tut Candice so, als säße sie schon ewig hier.

»Wie zur Hölle hast du das gemacht?« Ich würde sogar zum Ausziehen länger brauchen als sie für Aus- und Anziehen.

»Das ist eine meiner Superheldinnenkräfte!«, raunt sie mir hinter vorgehaltener Hand zu, mit der sie ihr gespieltes Gähnen betont.

»Du bist unverbesserlich«, schimpft Lola pikiert. »Aber du hast trotzdem verloren. Deine Schnürsenkel sind offen.« Mit siegessicherem Lächeln kommt Lola zu uns.

Candice stöhnt nach einem Blick auf ihre Schuhe. »Können wir dann lieber hierbleiben?«, fragt sie mit waschechtem Dackelblick, doch Lola, die laut ihrer Abmachung nur eine Runde mitmachen muss – wovon auch immer –, schüttelt mit boshaftem Grinsen den Kopf.

»Nur so lange, bis Ethan hier ist und dir einen neuen Personal Guide bringt. Den brauchst du schließlich für das Training.« Mit diesen Worten drückt sie auf die Wunderlampe an ihrem Armband.

Wenig später zerren wir Candice samt neuem Personal Guide zum Fahrstuhl, der uns zu Deck 5 bringt. Ich schlage vor, zum Aufwärmen eine gemütliche Runde auf dem Joggingtrack zu drehen, aber Candice' Entsetzen und Lolas zu eifriges Nicken lassen mich meinen Vorschlag sofort zurückziehen. Wir gehen also direkt ins Fitnessstudio und ich weise sie in das elektronische Zirkeltraining ein. Eigentlich sollte man den Zirkel zweimal durchlaufen, aber Lola setzt sich natürlich nach der ersten Runde in den Massagesessel und ruft Candice unentwegt Sticheleien zu. Doch davon lässt sich Candice nicht stören. Durchaus motiviert zieht sie das Training durch.

»Ich denke, Candice ist jetzt aufgewärmt und kann mit dem richtigen Training loslegen, oder Tara?«, feixt Lola, während Candice auf dem letzten Cardiogerät im Zirkel gerade einfach alles gibt und durch Lolas Bemerkung aus dem Takt gerät.

»Meint sie das etwa ernst?« Candice ist völlig aus der Puste, wollte Lola jedoch beweisen, dass sie durchhält, und hat wahrscheinlich deshalb bis jetzt den Mund gehalten. Die Aussicht auf noch mehr Sport ist aber offensichtlich zu viel für sie.

»Zwei Runden reichen vollkommen«, sage ich, woraufhin sie ein Dankesgebet in meine Richtung sendet. »Das Zirkeltraining ist effektiv genug – aber ich würde vorschlagen, wir machen noch ein paar Dehnübungen, damit du morgen nicht vor Muskelkater stirbst.«

Das Signal für den Gerätewechsel ertönt. Candice stolpert vom Crosstrainer, taumelt theatralisch und lässt sich wie ein Sack auf den Boden fallen.

Lola bekommt einen Lachanfall, weil ich sofort panisch zu Candice renne und mich über sie beuge. Ihre zu einem hohen Pferdeschwanz zusammengebundenen Haare breiten sich um ihr knallrotes Gesicht aus. Ich suche nach Anzeichen für eine Überlastung, aber sie ist gleichmäßig gerötet, es ist keine helle Stelle über der Oberlippe zu sehen, die auf Probleme hindeuten könnte. Dann fängt sie an zu kichern, während sie die Bewegungen für einen Schneeengel macht. Ich lasse mich erleichtert auf den Hintern plumpsen, was endgültig für einen Lachanfall sorgt.

»Was geht bei euch ab?«, dringt Lucas' Stimme an mein Ohr und ich könnte schwören, dass sie meine Pulsfrequenz mehr erhöht als das Training.

»Lucas?«, fragt Lola entgeistert und richtet sich auf. »Was tust du hier?«

»Warum zur Hölle fragt mich das jeder?« Lucas wirft mir einen vielsagenden Blick zu, bevor er zu seiner Schwester sieht. »Ich mache Sport wie ihr«, sein Blick huscht kurz zu Candice, die sich immerhin auf die Unterarme gehievt hat, »nur regelmäßiger.«

»Heute ist Lola der fiese Geschwisterteil. Sie hat mich genötigt, mit Tara zu trainieren.« Candice wirft Lola einen gespielt finsteren Blick zu und schaut dann mit Robbenbabykulleraugen zu Lucas auf. »Rette mich!«

Lucas lacht los, während Lola sich verteidigt.

»Wir hatten eine Abmachung! Und das war nicht meine Idee! Aber ernsthaft, Lucas, was tust du hier? Wenn dich jemand sieht, bist du dran.«

»Sehe ich aus, als hätte ich Angst?«

Ich mustere ihn genauer, beobachte, wie seine Kiefermuskeln arbeiten, finde aber tatsächlich keinerlei besorgte Regung.

»Ich habe nichts gemacht und das sollten alle verstehen. Jonah hat *verboten*, dass meine Videos gezeigt werden.« Das Wort »verboten« spuckt er praktisch aus, dann verdreht er die Augen.

»Ich fürchte, das ist den anderen egal.« Candice zieht einen Schmollmund. »War aber schön, dich gekannt zu haben, böser Zwilling, auch wenn deine Schwester heute noch böser ist. Können wir jetzt gehen? Ich sterbe vor Hunger.«

»Wir wollten doch noch ein paar Dehnübungen machen«, werfe ich ein, während ich aufstehe und ihr die Hand reiche. Ihr schockierter Blick ist mir aber Antwort genug.

»Du solltest auf Tara hören, Candice«, sagt Lucas völlig unerwartet. »Sie weiß, wovon sie spricht.«

Lola lehnt sich nach vorn und sieht von Lucas zu mir und wieder zurück, während Candice ihre Hand wieder fallen lässt, die mit klatschendem Geräusch auf dem Boden landet. Doch Lucas beachtet die beiden nicht. Sein intensiver Blick ruht auf mir, bis mein Kopf alles ausblendet – außer ihm. In meinem Bauch flattern Schmetterlinge und versuchen ebenso zu entkommen wie mein Herz, das wild gegen meine Brust hämmert.

Candice schnippt mit den Fingern und lenkt meine Aufmerksamkeit wieder zu ihr. Sie streckt mir erneut die Hand entgegen und ich helfe ihr mechanisch auf, während ich immer noch Lucas' Blick auf mir spüre.

»Hör auf, zu grinsen, als wärst du irre«, flüstert Candice mir zu, lächelt dabei aber selbst so breit, dass sie sich erst sammeln muss, bevor sie laut vorschlägt: »Ich denke, wir sollten alle ins Spa gehen und uns massieren lassen.« Bei »alle« sieht sie eigentlich nur Lucas an und schenkt mir anschließend ihr süßestes Lächeln – das unter den zuckenden Augenbrauen fast dämonisch wirkt.

»Wenigstens werden dann deine Muskeln gelockert«, gebe ich nach, während ein Teil von mir hofft, dass Lucas zusagt. Doch natürlich wird diese Hoffnung enttäuscht.

»Ich verzichte«, sagt er ganz cool. Er wartet ab, bis Candice zu Lola gegangen ist, dann fragt er: »Können wir später reden? Ich muss ... wegen gestern, du musst ...« Er sieht aus, als würde er lieber davonrennen wollen.

Säure steigt meine Kehle hinauf. Habe ich ... etwas falsch gedeutet, seine Signale falsch verstanden? Ich schaffe es nicht, etwas zu erwidern, sondern schlucke permanent gegen die Säure an, die sämtliche Schmetterlinge in meinem Bauch abtötet. Deshalb nicke ich nur.

Lucas schenkt mir ein Lächeln, das ich nicht interpretieren kann. Vielleicht auch, weil ich das Gefühl habe, dass der Boden unter mir schwankt. Nachdem er gegangen ist, fangen Candice und Lola mich auf und wollen im Lift auf dem Weg zum Spa-Deck natürlich wissen, weshalb Lucas weiß, dass ich mich in meinem Job gut auskenne. Also muss ich wohl oder übel zugeben, dass ich ihn bereits *zweimal* beim Training getroffen habe. Ich erzähle, wie ich ihn verbessern wollte, und für Candice wiederhole ich seine Einweisung in das Icaros-Gerät. Mit jeder Erinnerung daran werden die toten Schmetterlinge in meinem Bauch schwerer.

Um die beiden von mir abzulenken, frage ich sie geradeheraus, warum sie sich heute immer wieder so abschätzende Blicke zuwerfen. Lola bleibt abrupt stehen und Candice sieht fast wieder so aus, als würde sie gleich losheulen, was mir wirklich Sorgen macht.

»Erzählt mir, was los ist«, bitte ich erneut.

Statt einer Antwort sieht sich Lola um und deutet zu einer Nische mit dicken Sitzpolstern und orientalischen Ornamenten am Rand des weitläufigen Empfangsbereichs des Oasis-Spa. Sie geht zielstrebig darauf zu – ignoriert den Samowar und die reichhaltige Auswahl an Tees und gekühlten Getränken – und lässt sich auf die bestickten Polster fallen. Candice folgt ihr mit hängenden Schultern und gesenktem Kopf.

Ich setze mich im Schneidersitz zu den beiden und warte darauf, dass sie bereit sind, mich einzuweihen. Es dauert mehrere Minuten, bis Candice das Schweigen bricht – und dabei Lola ansieht.

»Ich hätte nie etwas mit Scott anfangen dürfen. Es tut mir so leid.«

Mein Blick huscht hin und her, versucht, ihre Entschuldigung einzuordnen oder zu verstehen. Sie darf schließlich die Nacht verbringen, mit wem sie will. Aber Candice' Schlucken, das leichte Beben ihres Unterkiefers und das häufige Blinzeln, um die Tränen loszuwerden, sagen mir etwas ganz anderes.

»Du … willst etwas von Scott?« Ich denke an die Ankunft auf der *Siren* zurück, wie Lola über ihn gesprochen hat, wie sich jedes Mal ihr Gesicht verdüstert hat, wenn die Sprache auf ihn kam …

»O nein, das ist lange vorbei«, sagt sie dann schnell – zu schnell? »Scott hat …« Sie sucht nach Worten, sieht Candice flehend an.

Nach einem kurzen wortlosen Austausch fährt Candice fort: »Scott hat sich damals für die Sache zwischen Lucas und Suzanna … gerächt.«

Ich ahne bereits das Schlimmste, rücke näher an Lola und greife nach ihrer Hand, als Candice weiterspricht.

»Wir kannten uns alle von klein auf, Jonah, Hunter, Lucas, Lola, Scott und ich. Wir waren schon zusammen, da mussten uns die

Nannys noch den Hintern abwischen.« Ihr Blick wird glasig und versinkt mit einem Lächeln in ihren Erinnerungen.

Auch Lola driftet in die Vergangenheit ab und seufzt. Dann schnappt sie sich eins der Dekokissen, presst es auf ihren Schoß und vergräbt die Hände darin. »Irgendwann auf der St. Mitchell kam Scott aus den Sommerferien zurück und sah plötzlich ... gut aus.« Sie lacht abgehackt. »Sehr gut sogar. Und alle Mädchen beachteten ihn plötzlich, sahen in ihm mehr als Lucas' besten Freund.«

»Was er auf jeden Fall ausgenutzt hat«, wirft Candice ein. Auf Lolas bösen Blick hin zuckt sie mit den Schultern und murmelt: »Ist doch wahr!«

»Zu Beginn unseres Abschlussjahres war er mit Suzanna zusammen. Zumindest so lange, bis ... Lucas dazwischenkam.« Sie senkt den Blick auf ihre Finger, die inzwischen an den Bommeln des Kissens nesteln.

»So kam es zum Bruch zwischen den beiden, stimmt's?«, lasse ich mir bestätigen, was ich bereits von Lucas weiß, und sehe von Lola zu Candice, die ein Nicken andeutet.

»Wir haben alle nur durch ein Foto mitbekommen, dass er mit Suzanna herumgeknutscht hat«, sagt Candice leise. »Es ging in der ganzen Schule herum.« Sie schüttelt betroffen den Kopf.

»Scott ist ausgerastet.« Lola zieht die Lippen zwischen die Zähne. »Aber ich glaube nicht wegen Suzanna, sondern wegen Lucas. Er hat es echt versaut.«

Ich will einwerfen, dass Lucas mir erzählt hat, er sei nur mit an Bord gekommen, um Lola vor falscher Gesellschaft zu beschützen, die Scott sicher einschließt, aber es klingt selbst in meinem Kopf nach einer lahmen Entschuldigung.

»Du brauchst deinen bösen Zwilling jetzt nicht in Schutz zu nehmen.« Candice rückt etwas näher zu Lola, die es tatsächlich schafft, zu lächeln. Ich fühle mich ausgeschlossen, bin aber gleichzeitig froh, dass es zwischen den beiden wieder harmonischer ist.

»Im *Up!* – einem angesagten Club in New York, der den Eltern eines Mitschülers gehört – kam Scott auf der Party nach einem erneuten Sieg unseres Volleyballteams zu mir«, fährt Lola fort. »Er hat mir gratuliert, meine Konter gelobt und geschwärmt, wie heiß ihm bei meinem Anblick jedes Mal geworden wäre.« Sie wedelt abfällig mit der Hand, die Verbitterung in ihrer Stimme zeigt aber, dass ihr seine Worte alles andere als egal waren. »›Ich hatte sowieso vor, mit Suzanna Schluss zu machen‹, hat er behauptet, immer weiter mit mir geflirtet und … mich irgendwann geküsst.« Sie stößt ein tiefes Seufzen aus. »Lange geküsst. Ich musste mir eingestehen, dass ich schon seit einiger Zeit mehr für ihn empfinde als Freundschaft und habe gedacht, dass es ihm genauso geht. Wir sind nach oben gegangen, in das Hotel, zu dem der Club gehört und …« Ihr Gesicht macht deutlich, dass dann mehr geschehen ist als küssen. Entkräftet lässt sie sich nach hinten gegen die Wand sinken. »Lucas kam irgendwann in das Hotelzimmer gestürmt, rasend vor Zorn. Ich wollte den Idioten loswerden, weil er unentwegt gebrüllt hat, aber dann ist mir Scotts zufriedenes Gesicht aufgefallen. Lucas hat mir sein Handy vor die Nase gehalten und eine Nachricht von Scott gezeigt: *Rache schmeckt nach Lola.*« Lolas Stimme ist inzwischen nur noch ein heiseres Flüstern, Tränen rinnen unentwegt über ihre Wangen. Während ich ebenfalls näher zu ihr rutsche und wir uns in eine dicke Gruppenumarmung ziehen, fügen sich die Puzzleteile ineinander. Lucas' Hass auf Scott wirkt nun völlig logisch und natürlich. Selbst Jonahs Abneigung ist jetzt verständlicher. Er gibt Lucas eine Teilschuld, weil er die Rache seiner Meinung nach herausgefordert hat, ganz gleich, wie dieses Knutschfoto entstanden ist. Mir wird übel, wenn ich daran denke, wie kaltblütig Scott sein muss, wenn er Lola für seine Rache so wehgetan hat.

»Deshalb hast du nie von Lucas erzählt und wolltest ihn auch nicht bei uns in der Suite haben, oder?«, hake ich nach. Lola muss ihren Zwillingsbruder immer mit ihrem verletzten Herz in Verbindung bringen.

Lola nickt und fügt dann etwas verzögert hinzu: »Ich habe ihn seit unserem Abschluss nicht mehr gesprochen. Er ist nach England gezogen, ich hatte mich an der UM eingeschrieben.« Sie holt bebend Luft.

Nun verstehe ich auch, warum sie mich unbedingt dabeihaben wollte, nahezu darum gebettelt hat, dass ich mitfahre. Sie wusste, dass sie auf der Jungfernfahrt mit Lucas und der Vergangenheit konfrontiert werden würde, für die er steht. Dass es aber sogar noch schlimmer werden könnte, weil sich auch noch ausgerechnet Scott das Spendenticket gesichert hatte, muss sie total fertiggemacht haben.

Ich weiß einfach nicht, was ich sagen soll, schniefe in Lolas Haare und drücke sie ganz fest, bis der Grund für diese Aussprache wieder in meinen Kopf sickert. Scott war heute Morgen bei Candice.

»Will Scott … sich immer noch rächen? Muss dafür jetzt Candice herhalten, weil sie deine beste Freundin ist?« Was ist mit dem Typen nur los? Hat er eine Unsumme für das einzige Spendenticket gezahlt, nur um weiter Streit zu säen? Ich bin einfach nur sprachlos.

»Ich habe keine Ahnung, was in Scott Porters Kopf vorgeht.« Lola zuckt mit den Schultern.

»Und du weißt nicht mehr genau, wie weit ihr gegangen seid?«, frage ich.

Candice zuckt mit den Schultern. »Besonders beeindruckend kann es jedenfalls nicht gewesen sein, sonst könnte ich mich erinnern, oder?«

Ich lache auf, hoffe, dass auch Lola mitzieht, doch sie ist in Gedanken offenbar ganz woanders. Ich werde das Gefühl nicht los, dass Scott bei ihr definitiv Eindruck hinterlassen hat. Sie blinzelt und kehrt zu uns zurück. »Wir sollten Scott vergessen und nie wieder darüber sprechen, okay?«

Candice verschließt mit einer Geste ihre Lippen, während ich nicke.

»Ich bin froh, dass ihr es mir erzählt habt«, sage ich. »Danke.« Dann fällt mir etwas ein. »Spielst du deshalb nicht mehr Volleyball?«

Lola wägt ihre Antwort ab. »Ich wollte unseren Gegnerinnen einfach auch mal eine Chance lassen.« Sie setzt ein Lächeln auf, das nach meinem Augenverdrehen sogar ihre Augen erreicht.

In diesem Moment tritt eine dunkelhaarige Frau zu uns. Sie bietet uns etwas zu trinken an und empfiehlt uns die heutigen exklusiven Anwendungen. Wenig später führt sie uns in getrennte Kabinen, wo ich ein entspannendes Heilbad nehme, während ich leckere Smoothies serviert bekomme. Eine Kabine weiter werde ich von Kopf bis Fuß durchgeknetet, bis ich das Gefühl habe, wirklich total entspannt zu sein. Zumindest überall außer in meinem Kopf. Darin dreht sich – nach der Ablenkung durch Lolas Geschichte – wieder alles um Lucas' Verhalten und seine Bitte, mit mir allein zu reden, woraufhin die Entspannung sofort wieder aus meiner Bauchgegend weicht, weil sich meine finsteren Gedanken dort zu einem schweren Klumpen zusammenpressen.

Leider sehe ich Lucas den ganzen Tag nicht. Auch nicht in unserer Suite, wo wir uns für die Liveübertragung und die anschließende Eislaufshow auf Deck 8 zurechtmachen. Ich klopfe an Lucas' Tür, schaue auf dem Balkon nach – gehe sogar um die Ecke, um zu prüfen, ob es vielleicht noch eine halb versteckte Liege gibt –, doch Lucas hat sich wie so oft in Luft aufgelöst. Mir bleibt nichts anderes übrig, als abzuwarten und zu hoffen, dass der Klumpen in meinem Magen nicht noch schwerer wird, weil ich sonst zu versinken drohe.

Umso überraschter bin ich, dass er während Terrence' einleitender Worte im Amphitheater die Treppe herunterkommt und sich neben mich setzt. Lola und Candice starren ihn über mich hinweg an und ich frage mich, wie er so lässig bleiben kann, obwohl vor rund vierundzwanzig Stunden alle anderen Anwesenden noch seinen Kopf gefordert haben.

Er lehnt sich entspannt zurück, als wären wir im Kino, während Helena Johnsons Lächeln auf der Leinwand erscheint.

NEWS 6

»Sehr verehrtes Publikum«, begrüßt uns Helena mit überschäumendem Lächeln. An Simons ehemaligem Platz steht eine hübsche Pflanze. »Aufgrund des gestrigen Beitrags ist es auf der *Siren* zu einigen kritischen Aktionen gekommen, die natürlich in Bildern festgehalten wurden.«

Ich ahne Böses und sehe zu Lucas, der noch immer vollkommen lässig dasitzt. An seiner Stelle hätte ich mich nicht hierhergetraut – und falls man mich gezwungen hätte, wäre ich ganz tief im Sitz versunken. Doch anstatt sich zu verstecken, setzt er sich sogar aufrecht hin, damit ihn auch jeder gleich sehen kann, der sich nur halb zu uns umdreht.

»Wie angekündigt, habe ich die Vorschläge der Regie gesichtet und dadurch von *Absprachen* gehört, die ohne mein Wissen getroffen wurden.« Ihr Ärger darüber wallt erneut auf, ich sehe, wie ihre Nasenflügel leicht beben, als sie Luft holt. »Eine dieser Absprachen betrifft den gestern beschuldigten Lucas Price.«

Ich starre Lucas an, und obwohl er in den vergangenen Tagen nie anwesend war, sehen sich die Gäste in den vorderen Reihen suchend nach ihm um. Ich spüre die Wut von gestern in Wellen über die Sitze zu uns hinaufschwappen, als sie ihn entdecken. Doch er bleibt gelassen, greift sogar nach meiner Hand, als müsste *er mich* beruhigen. Ich genieße das wohlige Schauern, das unsere Berührung auslöst, bevor ich mich frage, ob unsere bevorstehende Aussprache doch keine negativen Folgen haben könnte. Vielleicht habe ich nur zu viel in seine Bitte hineininterpretiert. Ich entspanne mich ein wenig und richte meine Aufmerksamkeit wieder auf Helena.

»Unser Sender wurde offenbar angewiesen, die hochgeladenen Videos des jüngsten Price-Sprosses zu ignorieren, was bislang strikt befolgt wurde.«

Meine Augen weiten sich, als mein Gehirn endlich die Konsequenzen daraus zieht. Lucas ist damit offiziell freigesprochen. Ich drücke seine Hand und ein schwaches, aber triumphierendes Lächeln zupft an seinen Mundwinkeln.

Helena spricht meine Schlussfolgerung aus. »Das bedeutet, dass die Quelle der Videos, die wir bislang keinem Passagier zuordnen konnten, *nicht* Lucas Price ist. Da er aber von Anfang an seine Eindrücke aufgenommen hat, wollen wir Ihnen diese Beiträge natürlich nicht vorenthalten. Passen Sie gut auf.«

Lautes Gekreische ertönt aus den Lautsprechern. Lucas dreht gerade die Kamera von seinem lächelnden Gesicht zu den jubelnden Fans im Hafen von Miami. Ich kann mehr denn je verstehen, warum er die Sonnenbrille trägt. Sein Kameralächeln wirkt authentisch, nicht verkrampft. Erst an seinen Augen kann ich inzwischen erkennen, ob es echt ist oder nur ein falscher Abklatsch, den er aus Imagegründen aufsetzt.

Er präsentiert sich erneut den Presseleuten, ein Blitzlichtgewitter geht auf ihn nieder, dann hält er auf die Gangway zu. Untermalt von der *Siren*-Hymne folgen wir ihm im Schnelldurchlauf zu den Fahrstühlen und hinauf zu Deck 5, den Flur entlang zum Amphitheater. Er schwenkt die Kamera kurz durch den Saal, bevor er die Treppe hochgeht und nach draußen tritt. In normaler Geschwindigkeit nähert er sich der Reling und beugt sich darüber, woraufhin erneuter Jubel ertönt. Er zoomt die Schaulustigen heran, dann lässt er die Kamera über die Leinwände am Pier gleiten.

Es folgt ein harter Schnitt. Nun befinden wir uns eindeutig in unserer Suite, Lucas spricht gerade von der Couch aus in die Kamera. Der echte Lucas neben mir stößt einen zischenden Laut aus, und ich drücke automatisch seine Hand fester, weil ich weiß, was gleich folgt. Lucas lästert aus nächster Nähe über die verschwenderische Ausstattung der Suite, dann dreht sich das Bild und Lola und ich sind zu sehen. Die Angst, die ich in jenem Moment gespürt habe, die Sorge, wie ich auf die Zuschauer vor den Bildschirmen wirken könnte, ergreift wieder Besitz von mir, wenn auch nicht so stark wie vor ein paar Tagen. Es liegt eher an der Panik in meinem Blick und an dem starren Lächeln, das niemand für echt halten kann.

Meine Finger krampfen sich um Lucas' Hand. Er beschwert sich nicht, sondern drückt mich auch fester. Dann erscheint Helena wieder im Bild.

»Natürlich zeige ich Ihnen diesen Moment nicht, weil es mir eine Freude bereitet, ein gezwungenes Lächeln zu präsentieren … Nein, ich möchte gemeinsam mit Ihnen das Mysterium Tara Dawson etwas mehr ergründen.«

Ich habe so sehr gehofft, dass es vorbei ist, ich nicht weiter im Zentrum der Aufmerksamkeit stehe – aber natürlich habe ich mich getäuscht.

»Wie Sie bereits wissen, haben wir uns schon länger gefragt, was zwischen unserem Kameraliebling Lucas Price und unserem Shooting

Star Tara Dawson läuft. Taras Bekanntheitsgrad ist seit Auslaufen der *Siren* in die Höhe geschossen, ihre Followerzahl nahezu explodiert.«

Hinter Helena wird mein Instagram-Profil eingeblendet. Neben dem kreisrunden Profilbild, das inzwischen etwa zwei Jahre alt ist, prangt die vollkommen absurde Zahl von *1,5 Millionen Abonnenten.* Candice neben Lola quietscht begeistert auf und klatscht, während Lola nach meiner anderen Hand greift. Sie weiß, was diese Zahl wirklich bedeutet: mehr Follower – mehr Hater.

»Wir wollten natürlich wissen, ob die Publicity nur auf ihre Anwesenheit auf der *Siren* und der Präsenz in unserer Sendung zurückzuführen ist, oder ob ihr Profil einen echten Mehrwert hat.« Helena macht eine Kunstpause. »Deshalb habe ich mir persönlich jeden einzelnen Post dieser beeindruckenden jungen Frau selbst angesehen, um mir ein Bild von ihr zu machen und mich nicht auf die Eindrücke zu verlassen, die ich in der Sendung sammeln konnte.«

Im Splitscreen folgen ein paar meiner Bilder, unten am Rand laufen die dazugehörigen Captions über den Bildschirm. Helena liest einzelne Zitate daraus vor.

»Ich muss mehr leisten. Ich muss besser aussehen. Ich muss mehr lächeln. Ich muss es allen recht machen. Ich muss erfolgreich sein.« In Helenas Stimme schwingt so viel meiner damaligen Gefühle mit, als hätte sie, die perfekte und erfolgreiche Helena Johnson, das alles auch erlebt.

»Ich muss … mich kaputt machen?« Sie macht eine kurze Pause und sieht direkt in die Kamera, bevor sie ohne abzulesen fortfährt. »Niemand von uns kann alles schaffen. Niemand *muss* alles schaffen. Für jedes unerreichbare Ziel, das du dir setzt, wird dein Selbstvertrauen kleiner. Du musst nicht mehr sein, als du schon bist.«

Im Kolosseum ist es totenstill, als die Kamera das Glitzern in Helenas Augenwinkel einfängt. Ein seltsam zufriedenes Gefühl überkommt mich, weil ich, weil *meine Worte* es geschafft haben, Helena Johnson zu berühren.

Doch dann erscheint mein letzter Post, der etwa anderthalb Jahre alt ist. Das Glücksgefühl verpufft, die seit damals reparierten Teile gehen erneut zu Bruch. In den vergangenen Tagen ist die Wunde mehr und mehr geheilt. Ich habe mich nach der ersten Konfrontation mit Amber stärker gefühlt – aber ich war wohl nur zu abgelenkt, um zu erkennen, dass die tiefe Wunde sich nur oberflächlich geschlossen hat. Ich wünsche mir, dass ich damals Violets letztem Rat gefolgt wäre, mein Profil privat zu stellen, anstatt die Nachrichten und Kommentare einfach zu ignorieren. Denn nun sieht gefühlt die ganze Welt das Foto, das mein Leben verändert hat. Während Helena die Caption vorliest und den Worten zustimmt, ergänzt mein Kopf die roten Markierungen von Amber. Es ist wie ein Schlag ins Gesicht. Ich will aufspringen, davonrennen, doch Lucas und Lola halten mich fest, flüstern irgendwo weit entfernt unverständliche Beruhigungen. Auch Helena spricht weiter, ich kann sie aber ebenso wenig verstehen wie Lucas und Lola, in meinen Ohren rauscht es, die Umgebung verschwimmt.

Erst als das Bild auf der Leinwand dunkel wird, versuche ich blinzelnd aus dem Loch zu kriechen, in das mich meine Angst zurückgestoßen hat. Aber der Beamer ist nicht aus, ich sehe ein schwaches Leuchten. Als sich die Linse auf das wenige Licht eingestellt hat, erkenne ich ihn. Lucas. Er sitzt auf der Liege vom Vorabend und spricht in die Kamera. Ich muss mich konzentrieren, damit ich über das Rauschen hinweg wieder etwas hören kann. Mit aller Willenskraft atme ich tief durch, um mich zu beruhigen und meinen Puls nicht erneut in die Höhe schnellen zu lassen, weil Lucas sanft meine Hand streichelt.

»… nicht gewusst, was mich auf dieser Reise erwarten wird. Ja, ich habe mich dagegen gewehrt. Ich hatte keine Lust, als Maskottchen herzuhalten. Zum Glück wurde ich … überzeugt.« Lucas erhebt sich von der Liege, das Bild wackelt etwas, als er zur Reling geht und sich dagegenlehnt. Im Hintergrund ist ein schwacher roter Streifen zu sehen. Meine Brust schnürt sich zu.

Wir … könnten zusammen den Sonnenaufgang anschauen.

Ich hätte dort neben ihm stehen können.

»Wie gesagt, ich wollte nicht auf dieses Schiff. Und genauso wenig wollte ich … mich verlieben.« Der Rest seines Satzes geht in erstickτem Keuchen und theatralischem Seufzen unter. Ich kann nicht mit Sicherheit sagen, ob es nicht sogar von mir kommt. Der Moment ist zu unwirklich. Wie in Zeitlupe drehe ich mich von der Aufnahme weg, in der Lucas unentwegt weiterspricht, als hätte er nicht gerade eine Bombe platzen lassen.

»Eigentlich sollte hier neben mir jetzt Tara stehen. Ich wollte ihr das alles direkt sagen – doch leider ist mein Plan nicht aufgegangen.« Er lacht auf und einem Echo gleich folgen einzelne Lacher aus den unteren Reihen. Lucas' Augen reflektieren die Spiegelung der aufgehenden Sonne und es sieht aus, als würden sie spitzbübisch funkeln.

Während ich es schaffe, mich endlich von der Leinwand abzuwenden, den echten Lucas anzusehen, versuche ich noch immer, zu begreifen, was er da eben gesagt hat. Lucas neben mir kaut auf seiner Unterlippe, seine Stimme dringt von allen Seiten aus den Lautsprechern auf mich ein.

»Tara«, er fährt sich beinahe verzweifelt durch die Haare, »ich weiß, dass unser Start alles andere als optimal war, dass ich dich falsch eingeschätzt habe, aber es gibt so viele Kleinigkeiten, die mich eines Besseren belehrt haben. Es war kein Witz, dass ich noch nie einen

Menschen gesehen habe, der beim Trinken von Cola mehr Leidenschaft versprüht als jeder Werbespot.«

Lucas neben mir sieht unter halb gesenkten Lidern zu mir auf, sein Kehlkopf hüpft unentwegt auf und ab. Er scheint nervös zu sein und ich versuche noch immer, mit dem Gesagten klarzukommen.

»Ich liebe es, wie stark du für andere bist, wie du in allen das Beste sehen willst, und für sie über deinen eigenen Schatten springst. Egal, wie lange ich dich beobachtet habe, ich habe immer bewundert, wie *echt* du bist, ganz gleich, ob du dich freust, dich aufregst oder deine Ängste zulässt. Ich bin froh, dass ich dich kennenlernen durfte, und ich möchte, dass die ganze Welt weiß, dass wir zusammen sind.«

Während ich wie erstarrt bin, höre ich aus den unteren Rängen scharfes Luftholen und leises Wispern, das in immer lautere Diskussionen übergeht.

Lucas beugt sich näher zu mir und seine geflüsterten Worte streifen meinen Hals. »Ich meine es ernst.«

Währenddessen verkündet Lucas auf der Leinwand: »Verdammt, ich rede hier mit einer Handykamera. Ich habe mich noch nie so zu einem anderen Menschen hingezogen gefühlt. Ich sollte bei dir sein, Tara, denn dieses Gefühl möchte ich jede Sekunde auskosten.«

Den letzten Satz spricht Lucas neben mir mit. Sein Blick ruht erwartungsvoll auf mir. Ich weiß nicht, ob ich davonrennen, ihn für die Worte küssen oder ihm eine runterhauen soll, weil er es wagt, hier öffentlich zu erklären, dass wir zusammen sind, ohne überhaupt mit mir darüber gesprochen zu haben! Offenbar entscheidet mein Körper für mich, reagiert auf Lucas' Gesicht, das nun immer näher kommt, während der Melodie nach auf der Leinwand noch einmal unser Treffen hinter dem Wasserfall läuft. Plötzlich klingt das »Kiss me« nach einem Befehl, dem offenbar jede einzelne Zelle in mir nachkommen will. Lucas' Atem streift bereits über meine Lippen, wird immer wärmer und mein Herz fühlt sich an, als leide ich an Herzrhythmusstörungen. Der Klumpen in meinem Bauch verwandelt sich wieder zurück in Schmetterlinge, verleiht mir beim Schließen meiner Augen das Gefühl zu schweben.

Doch anstatt der erwarteten Berührung unserer Lippen reißt mich Lola zurück. »Du verfluchter Idiot!«, zischt sie Lucas an. »Musstest du mit Tara dasselbe durchziehen wie mit Suzanna? Damals musstest du dich unbedingt zwischen sie und Scott drängen und dieses Mal zwischen Jonah und Tara? Warum? Um ihn zu ärgern? Oder die Freundschaft zwischen Tara und mir zu zerstören wie damals die zu Suzanna? Kannst du es etwa nicht ertragen, wenn andere um dich herum glücklich sind?«

Ich öffne die schweren Lider, sehe Lucas an. Der unergründliche, schon fast zufriedene Blick in seinen Augen, das Ausbleiben irgendeiner Rechtfertigung, beschwören eine Erkenntnis herauf, die mich zerstört.

Ich springe auf, stolpere an Lola und Candice vorbei nach oben. Helenas Stimme folgt mir und lässt mich innehalten. »Ich habe mir etliche Stunden an Filmmaterial vom ersten Abend angeschaut. Dabei ist mir aufgefallen, dass Tara auf keinem Video zu sehen ist. Auf *keinem einzigen Video* des anonymen Uploaders, wohlgemerkt.« Sie macht eine Pause und ich sehe in all die auf mich gerichteten Kameras, die garantiert jeden einzelnen Moment zwischen Lucas und mir gefilmt haben. Tränen verschleiern mir die Sicht, ich wende mich rasch wieder um und renne weiter die Treppen hinauf.

Helena fährt fort: »Tara war jedoch hin und wieder im Hintergrund von anderen Videos zu sehen. Beispielsweise war sie Zeugin, wie sich Tommy Lewis übergeben hat. Sie war auch dabei, als meine Tochter ihren Spot gedreht hat. Ist unsere Miss Dawson etwa die geheime Quelle? Hat sie sich für ihre – durchaus gute Sache – mehr Popularität erhofft, wenn sie den schönen Schein der Glitzerwelt enttarnt und die immer größere Blase aus falschem Glanz zum Platzen bringt, was – wie ich finde – für ihre Authentizität spricht? Ich verspreche Ihnen, ich werde es herausfinden.«

Ich höre Schritte hinter mir, befürchte, dass die Meute sich jetzt jeden Moment auf mich stürzen will. Doch ich sehe nur heftige Diskussionen. Offenbar haben sich zwei Lager gebildet: Da sind die einen, die wieder blind auf das reagieren, was ihnen vorgesetzt wird, und die anderen, zu denen Cristina und zu meiner Überraschung auch Amber gehören, die sich der durchgedrehten Meute in den Weg stellen, sodass ich Zeit habe, zu verschwinden. Ich bin bereits am oberen Ausgang des Theaters angelangt und die Tür zur Außenpromenade öffnet sich, als Lola und Candice mich einholen – zusammen mit Lucas.

»Hau ab!«, brüllt Lola ihrem Zwillingsbruder entgegen.

Lucas bleibt tatsächlich stehen. Sein Bild brennt sich in meine Netzhaut: seine hängenden Schultern, die geröteten Augen, seine Hand, die sich mir entgegenstreckt, obwohl ich schon zu weit entfernt bin.

Den restlichen Weg zur Suite hallen Lolas letzte Worte an ihn in mir nach: »Wie konntest du mir das antun? Wieder!«

19

Heute Abend bin *ich* das Häufchen Elend. Vielleicht ist die Suite verflucht und es muss mindestens einmal täglich eine von uns treffen. Ich falle – inzwischen tränenleer und vollgestopft mit endorphinversprechenden Kalorien – in meinem Zimmer aufs Bett, nachdem ich Lola und Candice endlich davon überzeugt habe, mich allein zu lassen. Ich brauche Zeit, um nachzudenken. Die beiden wollen nun gemeinsam mit Jonah, der vor rund einer Stunde ebenfalls hier aufgekreuzt ist, die Wogen unter den Passagieren glätten und herausfinden, von wessen Handy die Uploads tatsächlich stammen. Irgendwie über IP-Adressen und Überwachungskameras an den Terminals.

Inzwischen ist es stockfinster in meinem Zimmer. Ein Wolkenschleier verhindert die Sicht auf die Sterne und der Mond hat sich heute noch nicht auf unserer Seite des Schiffs gezeigt. Weit entfernt am Horizont hinter dem dicken Glas kann ich einen schmalen Lichterstreifen erkennen. Die Bahamas waren die letzte Station der *Siren*, aufgrund des fehlenden Landgangs haben wir sie aber so weit umrundet, dass wir nicht eine Palme davon gesehen haben. Nun sind wir auf dem Weg zurück nach Port Miami, wo das Elend endlich ein

Ende haben wird. Falls eine digitale Schlammschlacht folgt, kann ich selbst bestimmen, wann ich mich den Nachrichten und Kommentaren stelle – oder ob ich das überhaupt will.

Ich lehne mich gegen das Kopfteil meines Betts und starre zum Panoramafenster hinaus. Das Glitzern der Bordbeleuchtung auf dem Wasser hat eine beruhigende Wirkung und ich nehme mir fest vor, die kommenden beiden Tage in diesem Bett zu verbringen und diese verfluchte »Reise meines Lebens« nach unserer Rückkehr so schnell wie möglich aus meiner Erinnerung zu streichen. Ebenso wie diesen absurden Moment, in dem ich Lucas' Worten in seinem Video tatsächlich geglaubt habe! Wie dämlich kann man sein?

Offenbar kann mein Körper doch noch Flüssigkeit entbehren, denn schon wieder spüre ich Tränen aus meinen Augen kullern. Ich wische sie beiseite und schlage neben mir auf die Matratze. Gleichzeitig muss die Tür aufgeglitten sein, denn mit einem Mal blendet mich das Licht der Galerie und ein Schatten steht im Türrahmen.

»Wo ist dein Handy?«, fragt mich Lucas.

Ich springe vom Bett auf und will einfach nur, dass er verschwindet. Er weicht vor mir zurück und ich dränge ihn aus meinem Zimmer, ohne ihn zu berühren. Erst da fällt mir auf, dass er sein Handy hochhält und meine Demütigung ganz offenbar auch noch filmt. Jegliche Gefühle von Enttäuschung oder Angst sind für heute verbraucht, aber es ist ausreichend Wut übrig, die ich nun geballt auf Lucas loslasse.

»Hast du etwa gewartet, bis die anderen gegangen sind? Was zur Hölle tust du hier?« Ich mache einen Schritt nach vorn, Lucas weicht erneut zurück und stößt dabei an das Geländer der Galerie. »Willst du mich noch weiter demütigen?« Mit einer unüberlegt heftigen Bewegung schlage ich ihm das Handy aus der Hand. Es rutscht beinahe unter der Glasabtrennung hindurch, doch Lucas bückt sich nicht einmal danach.

»Verschwinde!«, brülle ich ihn an.

Er zuckt zusammen. »Tara, bitte hör mir zu.«

Ich schüttele den Kopf, ringe nach Luft. »Dieses Privileg hast du in dem Moment verloren, als du mich bloßgestellt hast, weil du eifersüchtig auf jedes bisschen Glück um dich herum bist«, gebe ich Lolas Worte wieder. Meine Wut treibt mir Tränen der Verzweiflung in die Augen. »Was stimmt nur nicht mit dir?«

Nun wird er auch lauter. »Mit mir? Das fragst du dich ernsthaft? Ich versuche gerade, dich zu beschützen.«

Ich lache auf. »Wie denn? In dem du mich lächerlich machst? Oder mir das Herz aus der Brust reißt? Wie kommst du auf die bescheuerte Idee zu glauben, es würde mich beschützen, wenn du der Welt erzählst, dass wir zusammen sind? Du tickst doch nicht richtig!«

Er will nach meiner Hand greifen, mit der ich die ganze Zeit wild in der Gegend herumgestikuliere, aber ich reiße sie bei der ersten Berührung zurück.

»Zuallererst will ich beweisen, dass die IP-Adresse des anonymen Uploaders nicht die IP-Adresse von deinem Handy ist, verdammt! Die anderen checken gerade die Handys der Gäste. Cristina hat alle soweit davon überzeugt, dass niemand mehr wirklich daran glaubt, dass du diese Videos gemacht hast, aber einen Beweis fordern sie natürlich trotzdem.« Er verdreht die Augen. »Und dann will ich …«, er atmet schwer ein und in einem langen Zug wieder aus. Offenbar kämpft er um Selbstbeherrschung. »Und dann will ich nicht, dass dir dasselbe passiert wie deiner Schwester Violet.«

Violets Name holt mich aus meiner Rage. Als hätte mich ein Schlag getroffen, taumele ich rückwärts in die Dunkelheit des Zimmers zurück. Ist das nicht die Gelegenheit, auf die ich gewartet habe? Lucas macht einen Schritt nach vorn, hält jedoch im Türrahmen inne.

»Was hat das alles mit Vi zu tun?«

Lucas steht da, vom hereinfallenden Licht umrahmt, beide Hände zu Fäusten geballt.

»Rede mit mir!«, befehle ich, überlege es mir aber gleich wieder anders, weil vermutlich doch nichts anderes als Lügen aus ihm herauskommen werden. »Ach vergiss es. Hau einfach ab!«

»Ich habe gestern … nein, heute Morgen gesehen, wie Jonah aus deinem Zimmer gekommen ist.«

Ich kneife misstrauisch die Augen zusammen. Lucas hat jegliches Recht auf die Wahrheit verloren, dass zwischen seinem Bruder und mir nichts läuft, weil mein verfluchtes Herz sich einredet, sich in Lucas verliebt zu haben, und dass ich Jonah deshalb bei mir versteckt habe, damit er keine falschen Schlüsse zieht. »Das ist nicht die Antwort auf meine Frage. Was hat das mit Violet zu tun?«

Ich höre, wie er schluckt. Dann spricht er die Worte so schnell aus, als hätte er Angst vor ihnen und müsste sie loswerden. »Ich glaube, dass Jonah deiner Schwester etwas ins Getränk gekippt hat.«

»Wie bitte? Bist du jetzt komplett durchgeknallt?« Die Bilder kommen von selbst – aus Fernsehserien und Videos auf Instagram, von Frauen, die den Mut haben, in Aufklärungskampagnen ihre Geschichte zu erzählen und andere zu warnen. Die schildern, wie sie mit Freundinnen feiern, sorglos an ihrem Getränk nippen und erst zu spät bemerken, dass etwas nicht stimmt, sie ihren Körper nicht länger im Griff haben. Zu spät, um nach Hilfe zu suchen. Zu spät, um sich gegen die übergriffigen Täter zu wehren. Ein bitterer Geschmack legt sich auf meine Zunge.

Halt dich bitte von Jonah Price fern. Er ist nicht der, für den du ihn hältst.

Violets letzte Nachricht erscheint als Neonreklame in meinem Kopf.

»Hat er …« Lucas tritt näher, verdeckt nun fast das ganze Licht, das von der Galerie in mein Zimmer fällt. »Hat er dir etwas getan?« In seinem Gesicht steht echte Sorge und diesmal lasse ich es zu, dass er nach meiner Hand greift, sie in seine Handfläche bettet und den Daumen darüberlegt.

»Tara, du kannst es mir erzählen. Er ist vielleicht mein Bruder, aber offensichtlich auch ein absolutes Arschloch gegenüber Frauen.«

»Nein«, ich schüttele den Kopf, »das glaube ich nicht. Du musst da etwas missverstanden haben.«

Halt dich bitte von Jonah Price fern.

»Das habe ich garantiert *nicht.*« Lucas' Stimme ist voller Schmerz.

Mir fällt wieder ein, was Lola erzählt hat, dass Lucas Jonah stets nachgeeifert hat. Wenn er wirklich glaubt, was er gerade behauptet hat, muss ihn diese Erkenntnis zerstört haben.

Ich schüttele dennoch den Kopf, weil ich es nicht glauben kann, nicht glauben *will.* »Jonah ist …«, beginne ich, beende den Satz aber nur in Gedanken: Jonah ist einer der freundlichsten, charmantesten Menschen, die ich kenne.

Die perfekte Tarnung, meldet sich eine Stimme in mir.

»Jonah ist was?« Eine kurze Pause. »Tara, sprich mit mir. Du musst nicht alles mit dir selbst ausmachen.« Er drückt meine Hand, kommt aber nicht näher. Wir stehen noch immer eine Armlänge voneinander entfernt.

»Ich … Die Nachrichten von Violet müssen beim Auslaufen der *Siren* angekommen sein, ich hab sie aber erst viel später gesehen.«

»Welche Nachrichten? Hat sie dir gesagt, was Jonah ihr angetan hat?«

Ich sehe ihn total entgeistert an. »Glaubst du ernsthaft, ich würde mit Jonah *ausgehen*, wenn meine Schwester mir etwas Derartiges erzählt hätte? Ich habe … sie ist seit dem Vorfall mit Amber …« Ich breche den Satz ab und sehe Lucas direkt in die Augen. »Du weißt davon, oder?« Ich entreiße ihm die Hand, drehe mich um und starre aus dem Fenster. Durch die Spiegelung sehe ich Lucas' Silhouette näher kommen.

»Amber hat es mir gesagt.«

Ich fahre zu ihm herum. »Amber? Die hat mich nicht einmal erkannt, als ich ihr direkt gegenüberstand.«

»Wofür sie sich auch tierisch schämt. Der Post bei der Liveübertragung vorhin … Sie hat das Bild wiedererkannt und wusste dann sofort, wer du bist. Cristina und sie haben die anderen beruhigt, sie davon überzeugt, dass du solche Hetzvideos nie machen würdest. Und ich habe sie gefragt warum.«

Misstrauen schlägt erneut die Krallen in meine Eingeweide und ich schlinge die Arme um meinen Körper. »Und sie hat dir brühwarm erzählt, wie sie mich fertiggemacht hat?«

Lucas wiegt den Kopf. »Nein, sie hat mir von ihrer ersten Reaktion erzählt.«

Meine Kiefermuskulatur verkrampft sich bereits, so fest presse ich die Zähne zusammen.

»Hast du ihre ursprüngliche Story gesehen? Sie hat dein Bild mit dem Hashtag *#FürMehrRealitätAufInstagram* geteilt.«

Ich schüttele den Kopf.

»Nach den beleidigenden Reaktionen darauf hat sie den Beitrag sofort gelöscht – und den Forderungen ihrer perfektionistischen Fangemeinde nachgegeben, diesen fiesen Post zu veröffentlichen. Sie hat mehrmals versucht, den Shitstorm, den sie angeregt hat, zu stoppen, sie hat den zweiten Beitrag auch gelöscht, aber …«

»Das hat ja wunderbar geklappt«, unterbreche ich ihn.

»Wenn der Stein einmal ins Rollen gebracht ist, macht das Internet, was es will. Das soll keine Entschuldigung sein, nur eine Erklärung.«

Ich ringe innerlich mit mir, dann spreche ich es aus. »Und du glaubst ihr? Sie kann dir doch sonst was erzählen!«

»Ich hätte ihr nicht geglaubt, hätte sie dich nicht vor den anderen verteidigt und beschrieben, wie du wirklich bist. Wie auch ich dich sehe«, schiebt er nuschelnd hinterher, sodass ich fast glaube, mich verhört zu haben. »Und genau deshalb«, fährt er wieder deutlicher fort, »bin ich mir sicher, dass du nichts von Jonahs dunkler Seite weißt.« Sein freudloses Lachen hallt durch mein Zimmer.

»Nein, es muss ein Missverständnis sein«, behaupte ich erneut. »Violet warnt mich vor allem und jedem, sie würde mich immer beschützen. Sie hätte mich niemals mitfahren lassen, wenn ein …« Ich kann das Wort Vergewaltiger nicht aussprechen. »Sie hätte mich niemals allein mitfahren lassen.«

»Vielleicht ist es ihr zu spät klar geworden?«

»Das, was du deinem Bruder unterstellst, wird einem doch nicht zu spät klar!« Ich gehe mit wackeligen Beinen zu meinem Bett und setze mich auf die Kante. Lucas rührt sich nicht, bleibt weiter auf Distanz, worüber ich ihm dankbar bin.

»Oder sie hatte … ein schlechtes Gewissen?«

»Was zur Hölle? Violet hätte nie darüber geschwiegen«, sage ich, aber meine Stimme klingt mit jeder Silbe weniger überzeugt. Wie oft habe ich gelesen, dass sich Frauen – die Opfer! – die Schuld dafür geben, sich dafür schämen und diese verabscheuungswürdigen Taten deshalb nicht zur Anzeige bringen. Könnte es tatsächlich sein, dass Vi … Aber sie hätte mich gewarnt, oder? Sie hätte nicht gewollt, dass ich mit Jonah … Ein Kloß von der Größe eines Golfballs entsteht in meinem Hals und ich versuche, ihn herunterzuwürgen.

»Violet würde sich nicht dafür schämen, dass man ihr etwas angetan hat«, bringe ich mit bebender Stimme hervor.

»Das kann ich nicht einschätzen«, gesteht Lucas leise. »Aber ich dachte auch nicht daran, dass sie sich für das schämt, was ihr passiert ist, sondern …« Er fischt die Worte aus der Luft. »Ich konnte mir auch erst in den letzten Tagen mehr zusammenreimen, als ich dich genauer kennengelernt und erfahren habe, dass du schon länger … Interesse an Jonah hattest.« Er macht eine kurze Pause, in der ich zumindest wieder Luft holen kann, während in meinem Kopf die scheußlichsten Bilder umherjagen.

»Lola hat auch nichts gesagt, oder?«, fragt er dann vorsichtig.

»Wieso Lola?«

»Sie muss es auch gesehen haben. Oder zumindest gehört.«

»Was gesehen haben?« Der Golfball in meinem Hals wächst weiter.

»Wie sich Jonah und Violet geküsst haben.«

Die letzte Kraft, die mich noch irgendwie aufrecht gehalten hat, entweicht aus meinem Körper. Vi hat Jonah geküsst? Und das, obwohl sie wusste, dass ich gehofft habe, ihn auf der Jungfernfahrt näher kennenzulernen? Wenn es gegen ihr Einverständnis gewesen wäre, hätte sie mir das geschrieben, oder? Lucas muss falschliegen, aber das macht das Ganze nicht besser. Violet hat immer Witze gemacht, wie dämlich ich in mein Handy grinse, wenn ich mit Jonah schreibe. Sie wusste, dass ich mich für ihn interessiere, wie konnte sie …?

»Hey.« Lucas kommt einen vorsichtigen Schritt näher, achtet dabei auf jede meiner Reaktionen, aber ich weiche nicht länger vor ihm zurück, halte ihn nicht auf, sondern sehe nur vom Bett aus zu ihm hoch. Offenbar ist er der Einzige, der mir die Wahrheit sagt. Und ich dachte, das Gegenteil wäre der Fall. Selbst meine *beste Freundin* hat mir nichts erzählt. War die Stimmung zwischen ihr und Jonah deshalb etwas angespannt? Weiß sie ebenfalls, was Lucas von ihm denkt? Dann ploppt die nächste finstere Erkenntnis in meinem Kopf auf.

»Du glaubst, dass sich *dein* Bruder an *meiner* Schwester vergriffen hat, und gehst nicht zur Polizei, sondern auf Kreuzfahrt?« Meine Stimme überschlägt sich.

»Ich habe …« Er atmet lautstark aus und lässt sich neben mir aufs Bett fallen.

Wir starren weiter geradeaus. Jenseits der offenen Tür geht gerade das Licht aus, weil der Bewegungsmelder niemanden mehr erfasst. Dunkelheit hüllt uns ein, bis Lucas' Worte Bilder in das Schwarz zeichnen.

»Lola hat mir Violet vorgestellt, sie hat uns gratuliert und noch einmal versichert, wie traurig du wärst, nicht mitfeiern zu können.«

Ich nicke, was er in der Dunkelheit natürlich nicht erkennen kann. Dabei sehe ich die ganzen Instagram-Storys von der Party wieder vor mir: die Diskothek auf Deck 9, die man exklusiv für den Geburtstag der Zwillinge vorab geöffnet hat, all der Glitzer und Glamour, während ich mit einer Magenverstimmung zu Hause auf der Couch saß, wo Christian unentwegt abfällige Kommentare zum Besten gab. Sie ähnelten denen, die Lucas am ersten Tag aufgenommen hatte und die vorhin auf News 6 gezeigt wurden.

»Anfangs ist sie mit Lola herumgezogen, die Violet dann auch Jonah vorgestellt hat. Die beiden haben sich unterhalten. Einmal stand ich neben ihnen an der Bar und habe mitbekommen, wie sie Jonah quasi verhört hat.«

Ich lächele schwach, denn genau das würde zu ihr passen. Sie musste natürlich prüfen, ob mein potenzieller Lover ... Ich schüttele den Kopf und höre wieder Lucas zu, denn offenbar hat das Gespräch der beiden irgendwann eine ganz andere Richtung eingeschlagen. Am liebsten würde ich nach meiner Wasserflasche greifen, um den bitteren Geschmack im Mund loszuwerden, der meine Gedanken begleitet.

»Ich bin mir ziemlich sicher, dass Violet höchstens einen Cocktail getrunken hat, die meiste Zeit habe ich sie mit einer Cola gesehen.« Es raschelt leicht, als sein Haar über den Kragen seines Hemds streift. Er hat den Kopf zu mir gedreht, wie um zu sagen, dass er da noch jemanden kennt.

»Ich musste ein paar alte Freunde begrüßen und als ich mir an der Bar wieder etwas zu trinken holen wollte, habe ich gesehen, wie sich die beiden küssten.« Er lacht trocken auf. »Wobei *küssen* nicht wirklich zutrifft. *Wild herumgeknutscht* passt wohl eher.«

Ich dränge die Bilder von Violet und Jonah, die *wild herumknutschen,* vehement aus meinem Kopf.

»Als ich mich das nächste Mal umgedreht habe – in der Hoffnung, sie hätten endlich gecheckt, dass die Party der falsche Ort für ein Vorspiel ist –, waren die beiden verschwunden. Also bin ich raus, habe mich an den Securityleuten vorbeigeschoben, die das Deck abschotten sollten, und bin nach oben in unsere Suite.«

Mir wird übel. Ich würde gern schreien, mich übergeben oder mir die Ohren zuhalten, weil ich nicht hören will, was dann passiert ist.

»Hey«, versucht er mich zu beruhigen, seine Stimme ist so sanft, dass ich mich zumindest ein wenig entspanne. »Es kommen keine Details. Ich habe Violet gefunden, sie lag völlig weggetreten in Jonahs Zimmer – in diesem Zimmer hier, nur auf der Backbordseite. Ich habe ein paar Minuten gewartet, aber Jonah kam nicht wieder. Keine

Ahnung, was in der Zeit, in der ich nach den beiden gesucht hatte, alles passiert ist. Es ist …« Sein ganzer Körper bebt. Ich spüre es, obwohl er mindestens einen halben Meter von mir entfernt auf der Matratze sitzt.

Das alles ist nicht nur für mich schlimm, daher taste ich nach seiner Hand und drücke sie. Er erwidert die Geste, holt dann wieder Luft. »Ich habe sie mit Jonahs Jackett bedeckt, das er neben ihr liegen lassen hat, und sie in mein Zimmer getragen. Dann bin ich wieder zur Party und habe Jonah nach Violet gefragt, wollte ihn zur Rede stellen.« Der feste Druck um meine Finger gibt seine Anspannung an mich weiter.

»Er war zu … arrogant, es zuzugeben, hat nur davon gesprochen, dass wir alles später klären und uns nicht in der Öffentlichkeit streiten sollen. Den Schein wahren, wie es Dad immer predigt.« Lucas reißt meinen Arm mit nach oben, weil er sich mit den Fingern durch die Haare fahren will. Er bemerkt den Fehler und drückt stattdessen wieder meine Hand.

»Nach der Konfrontation mit Jonah hatte ich mich kaum von der Bar entfernt, da ging ein Video auf meinem Handy ein. Via AirDrop, das ich immer eingeschaltet habe, wenn ich unter Fans … egal. Der Absender musste also ganz in der Nähe gewesen sein und gewusst haben, wie mein iPhone heißt.«

»Was für ein Video?«, hake ich nach, obwohl ich die Antwort gar nicht wissen will.

Er richtet den Blick zum Flur, wo irgendwo in der Dunkelheit sein Handy liegen muss, steht aber auch jetzt nicht auf, um es zu holen.

»Jonah hat mich auf der Galerie gefilmt, als ich Violet, die immer noch total weggetreten war, in mein Zimmer getragen habe und … es sieht verdammt noch mal so aus, als hätte ich eine total betrunkene

Frau abgeschleppt!« Lucas springt vom Bett auf, die Matratze federt nach und meine Hand landet auf dem Laken, während Lucas zum Panoramafenster stürzt und mit der Faust kurz darauf einschlägt, bevor er seine Stirn dagegenpresst.

»Auf ... auf dem Video sieht es also aus, als würdest du ...«

»Ja, verdammt.« Aus ihm spricht die reinste Qual. »Direkt danach kam ein Screenshot des Videos mit dem Text, dass ›mein Film‹ zur Polizei geht, wenn ich nicht den Mund halte. Zusammen mit einer Blutuntersuchung bei Violet, bei der bestimmte verdächtige Substanzen nachgewiesen werden könnten ...« Er wendet sich langsam um, lehnt sich gegen die Scheibe und lässt sich Richtung Boden sinken. Vor den tanzenden Lichtern im Hintergrund kann ich sehen, wie er den Kopf in seine Hände legt, die Arme ruhen auf seinen angewinkelten Beinen.

Ich bin vollkommen überfordert, weiß nicht, was ich tun soll, was ich glauben soll. Aber seine Verzweiflung ist echt, da bin ich mir sicher. Lucas nimmt die Hände herunter und hebt den Kopf.

»Verstehst du jetzt, warum ich nicht mit an Bord wollte? Warum ich nicht mit diesem *Verbrecher* in einer Suite wohnen wollte?«

Ich nicke, was Lucas natürlich nicht sehen kann, daher stoße ich ein schwaches »Ja« aus. Dennoch kann ich es nicht glauben. »Aber Jonah würde keiner Frau so etwas antun«, sage ich vollkommen überzeugt, vor meinem inneren Auge laufen all die höflichen, schon fast übertriebenen Gesten von Jonah ab. Er ist immer zurückhaltend, bittet, anstatt zu nehmen. Es passt nicht zu ihm. »Niemals.«

Lucas stößt ein bitteres Lachen aus. »Jeder hat Geheimnisse. Bei manchen sind sie dunkler als bei anderen. Und Jonah verbirgt sie gut, ganz nach dem Familienmotto, nach außen hin den Schein zu wahren.«

Verdammt. Lucas spürt vermutlich, dass Jonah ihm etwas verheimlicht. Ja, Jonah belügt seine Geschwister, das ist schlimm, aber er wäre dennoch nicht imstande … Nein. Meine Meinung festigt sich immer weiter. Leider würde es Jonah selbst dann nicht von Lucas' Vorwurf reinwaschen, wenn ich ihm die Wahrheit über die Finanzen seiner Familie verraten würde, den Grund, warum Jonah vermutlich einen öffentlichen Streit vermeiden wollte. Daher schweige ich darüber.

»Ich wollte dich beschützen«, beginnt Lucas erneut. »Ich habe gehofft, dass Jonah dich in Ruhe lässt, wenn ich mit dir zusammen wäre. Ich habe so sehr gehofft, dass es noch nicht zu spät ist. Nicht wie bei Violet.«

Ich kann seinen Schmerz, seine Selbstvorwürfe mit beiden Händen greifen, fühle sie, als wären es meine eigenen. Langsam stehe ich auf, taste im Dunkeln nach meinem Handy und schalte es an. Das Display leuchtet kurz grell auf. Während es hochfährt, gehe ich zu Lucas und setze mich neben ihn.

»Das sind die Nachrichten, die Violet mir geschickt hat«, sage ich und halte ihm das Handy entgegen. »Wäre wirklich etwas passiert, hätte sie mir das gesagt, davon bin ich überzeugt. Jonah kann das nicht getan haben. Ich glaube an seine Unschuld«, schiebe ich nach.

Lucas starrt ewig auf den Bildschirm, prägt sich offenbar jedes Wort ein. Immer wieder regt sich seine Miene, sodass ich praktisch zusehen kann, was in seinem Inneren vorgeht.

»Die Nachrichten beweisen nichts«, sagt er dann und reicht mir mein Handy.

»Genau. Sie beweisen nichts. Auch nicht, dass Jonah ihr etwas getan hat.« Ich spreche es nicht aus, kann es aber kaum erwarten, Violet zu fragen, warum sie ihn anders einschätzt als ich, sobald wir wieder Empfang haben. Meine Anspannung löst sich langsam und die Gewissheit, dass Jonah so etwas nie tun würde, steht über allem anderen. Irgendwann überrollt mich die Müdigkeit und ich gähne in die Dunkelheit.

»Du solltest schlafen gehen«, sagt Lucas und stupst mich freundschaftlich mit dem Ellbogen an, woraufhin mein Display wieder angeht und uns anleuchtet. Ich sehe zu ihm, das Ohr und die Wange nun an die kalte Scheibe gepresst, und bemerke erst jetzt, dass er mich anstarrt.

»Ich glaube nicht, dass ich schlafen kann«, sage ich, begleitet vom nächsten Gähnen.

Er wirft mir einen vielsagenden Blick zu. »Du musst nur abschalten, aber dein Körper schreit offensichtlich nach Schlaf.«

Ich will ihm widersprechen, doch vermutlich hat er recht. Ich war zwar aufgewühlt, aber nachdem ich mich selbst davon überzeugt habe, dass Jonah einer der Guten ist, zerrt die Müdigkeit mit jedem Blinzeln schwerer an meinen Lidern. Schnell reiße ich die Augen wieder auf. »Ich sollte vermutlich wirklich schlafen gehen.«

»Macht es dir etwas aus, wenn ich hier sitzen bleibe?«

»Du willst hier auf dem Boden herumsitzen, während ich schlafe?«

»Lass mich einfach auf dich aufpassen, Tara«, stößt er nahezu verzweifelt aus. »Hätte ich besser auf Violet geachtet …«

Nun bin ich es, die ein »Schsch!« ausstößt und langsam den Kopf wiegt. »Wir gehen nicht mehr vom Schlimmsten aus, versprich mir das. Übermorgen sind wir wieder in Miami und können alles klären, okay? Vielleicht war es gar nicht Jonah, der dir dieses Video per AirDrop geschickt hat«, spreche ich meinen letzten Gedankenblitz laut aus. »Auf der Party waren schließlich massenhaft Leute.«

»Nein, das kann nicht sein. Erstens kam das Video direkt nachdem ich Jonah mit Violet konfrontiert hatte und danach hat er mir nicht einmal die Chance gegeben, ihn darauf anzusprechen. Also habe ich, sobald ich im Hotel war, den ganzen Samstagvormittag versucht, Dad zu überzeugen, dass es besser wäre, wenn ich nicht mitfahre.« Sein schon fast gequältes Aufstöhnen unterstreicht die erfolglosen Bemühungen. »Ich wollte Zeit haben, mir über die Konsequenzen klar zu werden, wenn ich … Ich hatte vor, Jonah anzuzeigen, auch wenn ich mich damit selbst belastet hätte. Doch dazu hatte ich dank Dad keine Gelegenheit.« Sein hartes Schlucken schwebt zwischen uns. »Zweitens kam direkt nach dem Auslaufen der *Siren* eine weitere *Warnung*, mich ja ›bedeckt zu halten, um die Familie zu schützen‹. Von wem sollte der Spruch denn kommen, wenn nicht von ihm?«

»Trotzdem beweist das nichts. Übermorgen können wir alles aufklären, okay?«

Er nickt schwach, was durch ein Gähnen unterbrochen wird.

»Du solltest in dein Zimmer gehen«, sage ich. »Ich verspreche auch, hinter dir abzuschließen.«

»Was, wenn ich hierbleiben will?« Es sieht mir tief in die Augen, im nächsten Moment geht das Display aus und wir stecken in der Dunkelheit fest. »Alles, was ich in dem Video gesagt habe, ist wahr. Ich bin gern in deiner Nähe, Tara. Ich bleibe hier sitzen, ich werde …«

Ich lege ihm meinen Finger auf den Mund, nachdem ich unbeholfen danach getastet habe, weil ich verflucht noch mal nicht weiß, wie ich reagieren soll. In mir tobt das reinste Chaos. Es ist … der Abend war einfach zu viel.

»Okay«, höre ich mich sagen, dann springe ich auf, um vor der Welle an Emotionen davonzulaufen, die über mir zusammenzubrechen droht. Mein Handy leuchtet mir den Weg ins Badezimmer, wo ich mit einem Schlag auf den Sensor die Tür hinter mir schließe und das Licht angeht. Mit stockendem Atem stütze ich mich auf dem

Waschbecken ab und starre mein Spiegelbild an, das einen gehetzten Blick über zart geröteten Wangen zeigt. Wie kann es sein, dass Lucas mir solche Schauergeschichten über unsere Geschwister erzählt und das pure Glücksgefühl der wieder erwachenden Schmetterlinge alles einfach hinwegfegt, nur weil er behauptet, dass all die Worte über seine Gefühle und mich echt waren?

Es ist so falsch! Wie kann auch nur ein kleiner Teil von mir es wagen, daran zu denken, wie schön es wäre, ihn zu küssen, nachdem er mir so etwas erzählt hat? Das Schlimmste ist, dass ich mir selbst offenbar nicht mehr vertrauen kann. Ich glaube nach wie vor nicht daran, dass Jonah meiner Schwester etwas angetan hat, aber würde das dann nicht bedeuten, dass Lucas lügt – oder sich das alles aus mir unerklärlichen Gründen zusammengesponnen hat? Wie kann ich mir sicher sein, dass die blumigen Worte über seine Gefühle wirklich echt sind?

Doch ganz gleich, wie lange ich mein Gegenüber im Spiegel anstarre, es antwortet nicht. Da ist nur diese tiefe Gewissheit, dass ich sowohl Lucas als auch Jonah vertrauen kann. Entgegen aller Logik. Ich kippe mir eiskaltes Wasser ins Gesicht, schäle mich aus meinem Kleid und ziehe mein Schlafshirt über, das wie immer an einem Haken neben der Duschkabine hängt.

Erst als sich mein Puls und hoffentlich auch meine Hormone beruhigt haben, kehre ich in mein Zimmer zurück. Die kleine Diode neben der Tür leuchtet rot, Lucas hat das Zimmer also verschlossen. Aber er sitzt nicht mehr vor der Glasscheibe, sondern liegt mit einem meiner vielen Kissen auf dem Boden vor der Zimmertür.

»Ernsthaft?« Ich lache auf, weil das nicht gerade bequem aussieht. Und ohne nachzudenken, füge ich hinzu: »Du kannst auch im Bett schlafen, da passen bestimmt zehn Leute rein, wir sollten uns also nicht in die Quere kommen.«

Das Lächeln in seinem vom Badezimmerlicht erhellten Gesicht ist nicht annähernd so breit wie sonst, aber ein Anfang. Er muss aufhören, Jonah zu verdächtigen.

»Du hast ja keine Ahnung, wie viel Platz ich brauche.«

Ich bin froh über den unverfänglichen Ton und steige darauf ein. »Ach, stimmt ja! Dein gigantisches Ego. Aber wenn wir das zwischen uns legen, sollten wir beide in Sicherheit sein.«

Er prustet los, springt mitsamt dem Kissen auf, schiebt sich die Schuhe von den Füßen und lässt sich in mein Bett fallen.

»Das kannst du vergessen«, sage ich.

Er schreckt zusammen. »Du hast doch eben gesagt, dass ich …«

»*Das* ist meine Seite«, sage ich im besten Befehlston.

Lucas rollt sich zur anderen Seite des Betts und ich klettere unter die Decke.

»Schlaf gut, Dawson«, flüstert er leise.

»Ich wünsche dir und deinem Ego ebenfalls eine gute Nacht, Price«, erwidere ich und starre dabei nach oben.

Seine gleichmäßigen Atemzüge sorgen dafür, dass sich die wilden Wogen meiner Gedanken langsam glätten und ich trotz des schrecklichsten Abends meines Lebens einschlafe.

SAMSTAG

20

Sonnenlicht streichelt mein Gesicht, während warme Luft über meine Stirn streift. Ich spüre schon im ersten Moment dieses Auftauchens aus dem Meer der Träume, dass etwas anders ist. Mit dem nächsten warmen Hauch an meiner Seite nehme ich die Reste eines süßlichen Parfüms wahr.

Erst jetzt spüre ich den leichten Druck an meinem Rücken und die warme Hand auf meiner Taille. Das regelmäßige Pochen, das mich langsam aus dem Schlaf geholt hat, ist Lucas' Herzschlag unter meinem Ohr. Ich reiße die Augen auf. Meine Hand liegt direkt neben meinem Gesicht, ruht sanft auf Lucas' nackter … Wann zur Hölle hat er sich ausgezogen? Ich gehe in mich, spüre mein Schlafshirt, meinen Slip und … mein Bein, das sich fest um sein – ebenfalls nacktes! – linkes Bein geknotet hat.

Seine Atmung wird unregelmäßiger. Er wird gleich aufwachen! Ich muss sofort verschwinden. So vorsichtig – und vermutlich umständlich – wie möglich versuche ich, mich aus seiner Umarmung zu lösen, und erstarre, als seine Hand hinter mir auf die Matratze fällt. Ganz langsam hebe ich meinen Kopf an und mein Blick streift Lucas. Ich kann nicht anders, halte inne und lächele. Lucas sieht im Schlaf so unglaublich jung aus. Seine sonst so top gestylten Haare stehen in alle Richtungen ab, Reste von Haargel sprenkeln sein dunkles Haar. Ich betrachte sein Profil, seine entspannten Züge, die vollen Lippen und die beneidenswert langen Wimpern, die selbst in der aufgehenden Sonne Schatten werfen. Ich studiere jeden Zentimeter seines Gesichts, die ersten Anzeichen von Bartstoppeln, die ihn ein wenig realer wirken lassen.

Als ich es endlich schaffe, den Blick von ihm zu lösen, ist die Sonne ein gutes Stück weiter aus dem Meer geklettert. Ich habe ihn offensichtlich eine ganze Weile angestarrt wie eine irre Stalkerin, bis endlich auch meine vernünftige Seite aufwacht und ich mich wieder Stück für Stück von der Wärme seines Körpers wegschiebe.

»Bleib.«

Ich habe keine Ahnung, ob er überhaupt etwas gesagt hat, denn als ich meinen Kopf wieder zu ihm drehe, sieht er aus wie zuvor.

Gott, Tara, bist du bescheuert? Vielleicht hat mein Unterbewusstsein diese Bitte aus einem langen Atemzug gemacht, wollte mir einen Grund geben, mich weiter an ihn zu kuscheln, den Rest der Welt einfach zu vergessen. Ich wage einen neuen Versuch, dieses Mal lasse ich sein Gesicht keine Sekunde aus den Augen. Lucas' Lippen sind leicht geöffnet, während ich mich rückwärts schiebe. Warum ist dieses Bett so verdammt groß und warum liege ich auf *seiner* Seite? So ist der Weg bis zu meinem Ende der Matratze gefühlt länger als meine Joggingstrecke. Zentimeter für Zentimeter arbeite ich mich weiter, habe bereits die erste Hürde – Lucas' Arm – überwunden und kann mich nun weniger umständlich fortbewegen.

»Bitte bleib.« Seine Lippen haben sich kaum bewegt, seine Augen sind weiterhin geschlossen, die Lider zucken nicht einmal. Er sieht immer noch aus, als würde er schlafen.

»Du bist wach?« Ich gebe meine angespannte unbequeme Kriechhaltung auf, lasse mich fallen und lege mich seitlich auf meinen ausgestreckten Arm, nicht weit von seiner Hand entfernt. So ist zumindest etwas Abstand zwischen uns, auch wenn mir die Klimaanlage nun direkt in den Nacken pustet. Beobachten kann ich ihn aber gut.

Ein neckisches Grinsen erhellt sein Gesicht, bevor er die Augen aufschlägt.

»Wieso hast du nichts gesagt?«

»Ich habe gehofft, dass dich mein großes Ego weiter an mich drückt. War wohl eine dämliche Idee.« Er reibt sich schlaftrunken das Gesicht. Ich erwähne aber besser nicht, wie unglaublich süß er dabei aussieht. Süß und irgendwie heiß, was nicht nur an seinem nackten Oberkörper liegt.

»Wieso bist du nackt?« Das Krächzen, das die Worte umhüllt, ist schlichtweg peinlich.

»Bin ich nicht.« Er klimpert unschuldig mit den Wimpern. Ernsthaft?

»Du kannst gern nachsehen«, bietet er mir an. Seine Augen werden eine Nuance dunkler, als sich seine Pupillen weiten. In meinem medizinischen Begleitkurs haben wir die Ursachen erweiterter Pupillen durchgenommen: Schock, Medikamente, Drogen … und Begehren. Der Gedanke jagt Hitze in meinen Unterleib und lässt mich gleichzeitig erschauern, was er vollkommen falsch interpretiert.

»Dir ist kalt. Komm zurück unter die Decke.« Er hebt sie einladend hoch und präsentiert mir damit – vermutlich durchaus beabsichtigt – den Beweis, dass er nicht *ganz* nackt ist. Sein Schmunzeln, nachdem ich schnell wieder in sein Gesicht schaue, sollte verboten werden. Ich laufe garantiert knallrot an wie ein Teenagermädchen, was mir noch peinlicher ist, als ihn in engen Boxershorts zu sehen, für die er sogar schon als Model vor der Kamera stand.

Weil ich keine Anstalten mache, zurück unter die Decke zu kriechen, rutscht er näher. Ich beobachte die Kontraktionen seiner Bauchmuskulatur und die rhythmische Bewegung seiner Hüfte …

»Mein Gesicht ist hier oben.«

Ich sehe ihn ertappt an und nicke. »Und es ist ein hübsches Gesicht.«

»Hast du das gerade ernsthaft gesagt?« Er blinzelt mehrmals, hebt dann eine Augenbraue.

»Ich weiß, Lola wird mir die Hölle heißmachen, wenn ich dein Ego noch weiter aufblase.« Ich lasse mich auf den Rücken fallen und seufze theatralisch. Den Moment nutzt Lucas aus, um die letzte Distanz zwischen uns zu überbrücken und die dünne Decke über mich zu werfen.

»Du hast gerade nicht meine Schwester erwähnt, während wir nackt in einem Bett liegen.« Er schüttelt gespielt fassungslos den Kopf.

»Wir sind nicht nackt, wie du selbst eben noch betont hast.«

»Das sollten wir ändern.«

»Wie bitte?« Ich drehe ihm wieder das Gesicht zu.

»Die Geschichte klingt nicht so gut, wenn ich erzähle: Tara hat von meiner Schwester gesprochen, während wir *halb* nackt im Bett gelegen haben. Findest du nicht?« Sein Tonfall ist neckend, aber die Herausforderung schwingt deutlich mit.

»Du bist so bescheuert«, bringe ich angestrengt hervor, dabei werden seine Worte in meinem Kopf zu Bildern. Bilder seiner Hände auf meiner Haut, intensive Küsse, die Hitzewellen durch meine Adern jagen, schweißnasse Körper.

»Erzähl mir, woran du gerade gedacht hast.« Seine Stimme ist nun so dunkel, dass sie den Teil in mir in Schwingung versetzt, der bereits auf das Kopfkino reagiert hat. Sämtliche Hitze unterhalb der Seidenbettwäsche sammelt sich in meinem Unterleib. Lucas rutscht noch näher zu mir, ich glaube schon, ihn zu spüren, aber es sind lediglich unsichtbare Blitze, die zwischen unseren Körpern hin und her schießen. Dabei sieht er mir so tief in die Augen, dass ich mir nicht einmal die Frage stelle, ob es peinlich sein könnte, ihm meine Gedanken zu verraten.

»Vielleicht hast du mir gerade Bilder in den Kopf gesetzt, die nicht ganz jugendfrei waren.« Ich linse mit einem Auge durch meine Wimpern hindurch.

»Beschreib sie«, raunt er und lässt mich dabei keine Sekunde aus den Augen. Sein Tonfall sendet Wellen reinsten Feuers durch meinen Körper.

»Ich habe mir vorgestellt, wie …« Ich sehe von ihm zur Decke der Kabine hinauf. Ich kann das einfach nicht. Es ist verwirrenderweise aber nicht die Angst, etwas Falsches zu sagen, oder die Angst vor seiner Reaktion, die mich zurückhält. Mir ist es inzwischen wichtiger, dass Lucas ehrlich zu mir ist und ich ihn gut einschätzen kann.

»Ich weiß nicht. Ich mache mir eher Sorgen darüber, was wir hier tun, worauf es hinauslaufen könnte.« Mein Mund wird entsetzlich trocken.

»Schließ die Augen, lass die Sorgen los und erzähl es mir«, bittet er, als ich ihn wieder ansehen kann. Dabei regt er sich nicht einen Millimeter.

Meine Lider senken sich und ich spüre, wie er den Atem ausstößt, den er offenbar angehalten hat.

»Ich habe gesehen, wie deine Hände meinen Körper erkunden«, beginne ich und keuche auf, als die Gedanken Realität werden. Seine

Finger gleiten sanft über mein Shirt, streifen meine Taille und setzen ihren Weg über meinen Bauch fort. In diesem Moment bin ich mir tausendprozentig sicher, dass jede dieser Stellen in Flammen steht. Ich schaffe es nicht, auch nur ein weiteres Wort hervorzubringen, bis seine Finger am Ende wieder an meiner Taille zum Liegen kommen.

»Und weiter?«, haucht er mir entgegen, sodass ich die Aufforderung nicht nur hören, sondern auch spüren kann.

»Ich habe mir vorgestellt, wie du mich …«

Noch bevor ich es aussprechen kann, kitzeln mich seine Haare an der Schläfe und ein sanfter Kuss an meiner Halsbeuge macht es mir unmöglich, etwas zu sagen oder auch nur zu denken. Lucas zieht eine Bahn gehauchter Küsse meinen Hals und meinen Kiefer entlang und bei jeder kleinsten Berührung stockt mir der Atem. Er umkreist meinen Mund, kommt nicht näher als bis zum Mundwinkel. Diese Andeutung eines Kusses ist wie ein Versprechen. Ich warte ab, wünsche mir, dass er die Lippen endlich auf meine senkt, doch er quält mich eine halbe Ewigkeit, bringt jedes Stück Haut, das er berührt, zum Verbrennen. Diese eigentlich so unschuldigen Nicht-Küsse sind intensiver als alles, was ich bisher erlebt habe.

All meine Sinne sind auf ihn fokussiert. Ich lausche und spüre seinen Atem, der sich immer heißer anfühlt. »Das wollte ich schon beim Icaros-Training tun«, flüstert er mir ins Ohr, bevor die ersehnte Berührung seiner Lippen folgt.

Meine Hände liegen nicht länger leblos neben mir, sondern streichen über seine nackte Haut, was ihm ein sanftes Stöhnen entlockt, das in mir einen Schalter umlegt. Ich suche mit meinen Lippen nach seinen. Die erste Berührung unserer Zungen lässt mich aufkeuchen, ich spüre ihn überall, höre, wie er meinen Namen sagt, ohne dass er sich von mir löst.

»Tara!«, sagt er nun fordernder.

Ein Beben geht durch meinen Körper, seine Lippen verschwinden. Seine Finger streichen mir die Haare aus dem Gesicht. Ich will nicht, dass er aufhört, ich will …

»Küss mich weiter!« Ich komme ihm entgegen, spüre dann jedoch, wie er unter meiner nächsten Berührung erstarrt, wie hart und abweisend seine Lippen plötzlich sind.

Meine Finger kratzen über den Stoff seines Hemds – wieso hat er plötzlich ein Hemd an? – und ich spüre Lucas' Herz in einem schnellen Beat unter meiner Hand schlagen, obwohl ich nicht einmal weiß, wie sie an seine Brust gekommen ist. Lucas seufzt auf und ich öffne die Augen … was mich vollends aus meinem Traum in die Realität reißt. In eine Realität, in der ich gerade den Zwillingsbruder meiner besten Freundin betatsche, der träge in die bereits sehr hoch stehende Sonne blinzelt. Schnell nehme ich meine Hand zu mir und weiche erschrocken zurück. Sein Stöhnen, als er sich streckt, sorgt für einen neuen Rausch meiner total gestörten Hormone, die mich gefährlich nah an den Rand des Traums zurückbringen.

»Guten Morgen, Dawson«, sagt er mit rauer Stimme. »Willst du mir vielleicht erzählen, was du von mir geträumt hast?«

Ich verschlucke mich fast, weil der Spruch so verdammt nah an meinen Traum herankommt. Sein leises Lachen ist mehr zu spüren, als zu hören.

»Bilde dir bloß nichts darauf ein«, versuche ich zu kontern, kann ihm dabei aber nicht in die Augen sehen.

Lucas' linke Hand legt sich auf meine Wange und dreht mein Gesicht zu ihm. Sein Daumen streift sanft über meine Schläfe. »Es ist alles gut. Okay?« Er wartet, bis ich nicke, dann grinst er frech. »Das können wir morgen aber gern wiederholen.«

Ich stoße ihm gegen die Brust und mit einem Mal fallen die Mauerreste des Traums komplett in sich zusammen. Sofort realisiere ich wieder, warum er hier ist, in meinem Bett. Die Geständnisse des Vorabends senken sich zwischen uns und die Stille fühlt sich nicht länger angenehm an.

»Wir sollten aufstehen«, sage ich. »Heute sind wir im Frühstücksfernsehen.« Begeisterung klingt anders. Eigentlich wollte ich die Kabine bis Miami nicht mehr verlassen. Aber wenn Lucas recht hat und irgendjemand – definitiv nicht Jonah! – meiner Schwester etwas ins Getränk gekippt hat, nun auf diesem Schiff ist – was die eingegangene Warnung an Lucas nach dem Auslaufen der *Siren* bestätigt – und Frauen irgendwelche Drogen verabreicht, um sie gefügig zu machen … Im Vergleich dazu ist der Verdacht, ich hätte die anonymen Videos hochgeladen, geradezu lächerlich. Ich muss die anderen warnen. Aber nicht vor Jonah. Denn ich bin mir absolut sicher, dass er es nicht gewesen ist.

»Raus jetzt!«, sage ich strenger und Lucas stöhnt, weil ich versuche, ihn aus dem Bett zu schieben.

»Schlafend bist du wesentlich netter«, grummelt er. »Oder im Halbschlaf.« Sein Grinsen sorgt für Bauchkribbeln und literweise Blut in meinen Wangen. Dann hievt er sich endlich hoch und zieht seine Schuhe an. Bevor er die Tür entriegelt, wirft er mir noch einen mehrdeutigen Blick zu. »Du wirst aber nicht allein gehen, versprich es mir!«

Ich nicke, und kaum hat sich die Tür hinter ihm zugeschoben, falle ich zurück aufs Bett. Dabei frage ich mich, ob ich mich ernsthaft in einen Jungen verknallt habe, den ich erst seit fünf Tagen kenne – und den ich über die Hälfte der Zeit nicht einmal ausstehen konnte.

21

Das Kolosseum wirkt bei Tag vollkommen verändert. Die Glasscheibe, die uns abends vor den teils kühlen Windböen schützt, ist zur Seite gefahren, und hin und wieder glaube ich, dass die aufspritzende Gischt am Heck meine nackten Arme erreicht. Die Fackeln und Feuerschalen sind Pflanzkübeln gewichen, vor der Bühne ziehen sich etliche Tische mit dem Frühstücksbüfett entlang, Kellner eilen geschäftig zwischen den Bistrotischen herum, die vor der ersten Sitzreihe aufgebaut sind.

»Was ist denn in Lucas gefahren?«, raunt Candice nicht gerade leise in mein Ohr. »Er sieht aus, als wäre er von der Rolle des Geliebten in die des Bodyguards geschubst worden.« Sie dreht sich demonstrativ zu Lucas um, der mit seiner dunklen Sonnenbrille und dem ernsten Gesicht tatsächlich als Personenschützer durchgehen könnte. »Sollte es nicht eher umgekehrt sein?«

Ich bin vorhin gerade aus der Dusche gekommen, da hat er bereits an meine Tür geklopft. Es war offensichtlich, dass er mit mir reden wollte, bevor wir losmussten. Dank Lolas und Candice' Auftauchen konnte ich das Gespräch etwas verschieben, das sich garantiert um meine peinliche Übergriffigkeit im Halbschlaf drehen wird und wie falsch der Moment dafür doch war. Er konnte mich lediglich mit einem Flüstern bitten, nichts über die vergangene Nacht zu erzählen. Ob er damit unsere Gespräche oder meine Annäherung heute Morgen meint, konnte ich ihn nicht mehr fragen.

Zwischen Lola und Candice ist offenbar alles wieder gut, worüber ich mehr als froh bin. Pflichtschuldig sind wir noch vor dem Frühstück zum Empfang auf Deck 5 gefahren, wo die IP-Adresse meines Handys gecheckt wurde. Nun habe ich ein für alle Mal den Beweis, dass ich nicht hinter den anonymen Videos stecke. Und auch niemand der anderen Passagiere von Deck 20. Candice will sich direkt nach dem heutigen Vormittagsprogramm mit ihrem Liebsten treffen, dem sie noch gestern Abend alles gebeichtet hat und der versprochen hat, sich auf Deck 3 umzuhören. Im Gegensatz zu den vergangenen Tagen achtet nun jeder der Anwesenden auf die weiß gekleideten Crew-Mitglieder. Während wir überlegen, welchen Tisch wir nehmen sollen, sehe ich Cristinas kritische Blicke, die einem jungen Kellner folgen, der gerade eins dieser kleinen elektronischen Geräte für die Bestellungen aus der Tasche zieht. Die Dinger ähneln so sehr einem Handy, dass niemand auch nur entfernt darauf geachtet hat, ob nicht eins davon tatsächlich das Handy war, mit dem die brisanten Szenen heimlich gefilmt wurden. Doch anstatt sich nach der Erkenntnis, dass es nur ein Mitglied der Crew gewesen sein kann, einfach selbst zu bedienen, ziehen es offenbar alle vor, nur wachsamer zu sein und sich trotzdem weiterhin alles bringen zu lassen. Ich schüttele den Kopf und reagiere erst jetzt auf Candice' Fingerschnippen vor meinem Gesicht.

»Dort drüben oder gleich hier?«, fragt sie.

Weil ich nicht weiß, welche Tische sie damit meint, murmele ich nur ein »hier« und Candice schiebt sich selbstzufrieden den Stuhl neben sich zurecht, während ich mich nach Lucas umdrehe, der einen Tisch weiter bei Amber stehen geblieben ist. Schnell sehe ich weg, weil ich mir sonst vorkomme, als würde ich spionieren – auch wenn ich neugierig bin, was sie von ihm will. Er beugt sich gerade zu ihr hinunter und sie flüstert ihm etwas ins Ohr, woraufhin er nickt und ihr beim Aufrichten ein Lächeln schenkt, das meinen Magen kontrahieren lässt.

Ich umrunde den Tisch und setze mich Candice gegenüber, dabei suche ich das Theater nach Jonah ab. Ich weiß nicht, was ich mir erhoffe, vielleicht, dass ich allein bei seinem Anblick Gewissheit bekomme. Gewissheit, dass er so etwas nie tun würde. Auch mit Bedenkzeit glaube ich noch immer nicht, dass er irgendetwas mit Lucas' Vorwurf zu tun hat. Immer wieder denke ich an Violets Worte, versuche mir vorzustellen, was sie angetrieben hat, mir die Nachrichten zu schicken. Ich schiebe den übelkeitserregenden Gedanken, jemand könnte ihr tatsächlich etwas angetan haben, vehement zur Seite und sehne den Moment herbei, in dem wir endlich wieder reden können. Schnell lasse ich meinen Blick weiter über die Menge gleiten, suche weiter nach Jonah, kann ihn aber nirgendwo entdecken.

Stattdessen sehe ich Scott und Hunter, die das Amphitheater durch den oberen Eingang an der Außenpromenade betreten, von der aus wir der Skyline von Miami zum Abschied zugewunken haben. Seite an Seite steigen sie die Stufen hinunter. Hunter lacht offensichtlich über irgendeinen Witz, den Scott gemacht hat. Auch Lucas bekommt das mit, denn er ballt die Hände zu Fäusten, als er sich neben mir auf den Stuhl fallen lässt. Wie kann Hunter – Jonahs bester Freund, der ja offenbar in alles eingeweiht ist – mit Scott reden und Spaß haben, obwohl er genau weiß, was er Lola angetan hat?

Lola entdeckt die beiden und wendet sich demonstrativ ab, ihr

Kinn ist erhoben, aber ihre Unterlippe bebt. Mir davon zu erzählen, hat offenbar weggeschlossene Bilder zutage gefördert. Ich sehe zahlreiche Emotionen über ihr Gesicht huschen, Schmerz neben … Sehnsucht. Scott steht für einen Punkt in ihrem Leben, der fortan alles beeinflusst hat. Etwas, das mir sehr bekannt vorkommt. Was sie jedoch verpasst, weil sie sich so schnell weggedreht hat, ist die Enttäuschung in Scotts Gesicht. Er lässt Hunter einfach stehen und hält ohne einen Abschiedsgruß auf einen der freien Tische zu. Weshalb ist *er* enttäuscht? Das Recht dazu hat einzig und allein Lola!

In diesem Moment stürmt Terrence auf die Bühne. Jedoch nicht in seiner typisch übertriebenen Art, sondern wie nach einem Streit. Direkt hinter ihm sehe ich Jonah mit wutverzerrtem Gesicht. Ganz offenbar hat er versucht, Terrence aufzuhalten. Er ruft ihm noch etwas nach, das in der einsetzenden *Siren*-Hymne jedoch nicht zu hören ist. Terrence winkt dem Publikum nur kurz zu und macht eine präsentierende Geste in Richtung Leinwand, während sich Jonah wie geschlagen an seinen gewohnten Platz neben den Fackeln stellt und die Lider senkt. Hunter schlendert zu ihm. Als sich die Leinwand bunt färbt und das Logo von News 6 rotiert, bevor das Intro der Saturday-Morning-Show startet, gleitet Jonahs Blick suchend über die aufgebauten Tische auf dem Parkett. An unserem bleibt er hängen. Er sieht mich an und tiefstes Bedauern steht in seinem Gesicht. Mein Atem setzt aus, weil sich die Gewissheit, die ich zu finden gehofft hatte, in Rauch auflöst und zu purem Unglauben wird, als seine Lippen ein »Sorry« andeuten. Mein Magen verkrampft sich, selbst die stockend eingeatmete Luft schmeckt nicht länger nach Meer, sondern bitter wie Gift.

NEWS 6

Noch bevor Helena ihre Begrüßung in die Kamera spricht, sehe ich, dass heute etwas anders ist. Anstelle des typischen strahlenden Lächelns trägt sie ein fast schon todernstes Gesicht. Sie beginnt mit einem schweren Seufzen und einem bedauernden Kopfschütteln.

»Verehrte Zuschauerinnen und Zuschauer«, sie holt noch einmal tief Luft, »die vergangene Woche hatte einiges zu bieten: Intrigen, Schlammschlachten, die Jagd nach dieser einen Person, die nicht an Bord gehört und andere bloßstellt. Die perfekte Grundlage für jede Menge Gossip. Nicht wirklich neu, aber durchaus unterhaltsam.« Sie atmet erneut schwer und der Wind, der das Heck der *Siren* umspielt, wird mit jeder Minute kälter. »Was jedoch gestern hochgeladen wurde, geht weit über die Grenzen von Klatsch und Tratsch hinaus. Da wir aktuell im Frühstücksfernsehen ausstrahlen, bitte ich Sie nun, anwesende Kinder von den Bildschirmen fernzuhalten, denn die folgenden Bilder erfordern Erklärungsbedarf. Aber sehen Sie selbst.«

Meine Fingernägel bohren sich in die Handflächen. Natürlich hoffe ich, dass das Video nicht erneut mich zeigt und etwas Neues ausgräbt, das mich in ein schlechtes Licht rückt. Ähnliche Gedanken scheinen auch durch die Köpfe aller anderen im Theater zu gehen. Sie sind angespannt, nervös, sehen einander über die Tische hinweg an … jeder hier hat noch mehr zu verbergen und Angst, dass die dunklen Geheimnisse ans Licht kommen. Doch was nun folgt, hat wohl niemand erwartet.

Ich sehe wieder einmal unsere Suite – direkt vom Eingang aus gefilmt. Das Licht ist gedimmt, das Display des Fake-Kamins ist schwarz. Die Kamera sieht sich um, lässt den Blick über das Innere gleiten. Mir fällt auf, dass alles spiegelverkehrt ist, und Lucas neben mir spannt sich an. Ich sehe kurz zu ihm, will schon nachhaken, da zieht eine Bewegung meine Aufmerksamkeit zurück auf die Leinwand.

Die Kamera wird nun hoch auf die Galerie gelenkt, wo in diesem Moment jemand hinter dem gläsernen Geländer entlanggeht. Mir wird übel, als ich Lucas erkenne, der sich hastig umsieht. Beim Herauszoomen wird mir klar, was wir da zu sehen bekommen. Mein Magen ballt sich zusammen, mir wird übel, als der Kopf der Person auf Lucas' Arm nach hinten kippt und Violets fahles Gesicht von der Kamera eingefangen wird. Ihre langen Haare fallen bis zu Lucas' Knie, ihr Kopf baumelt bei jedem Schritt umher. Ihr Kleid ist so weit hochgerutscht, dass sie unter dem Jackett, das Lucas ihr übergezogen hat, fast nackt aussieht. Sie hängt wie tot in seinen Armen. Während sich Lucas auf der Leinwand immer wieder verstohlen umschaut, greife ich unter dem Tisch nach seiner Hand. Vollkommen entsetzt verfolgt auch er das Geschehen, von dem er mir gestern berichtet hat. Das Video, das man ihm geschickt hat, um zu verhindern, dass er zur Polizei geht, ist nun öffentlich! Die Person hinter der Kamera rührt sich nicht mehr. Wir sehen, wie Lucas mit der bewusstlosen Violet auf dem Arm im letzten Zimmer auf der Galerie verschwindet. Die Kamera hält so still, dass man den Eindruck gewinnt, es handele sich um ein Standbild. Dann geht das Licht aus, weil die Bewegungsmelder niemanden mehr erfassen.

Die Aufnahme endet und abgesehen vom konstanten Geräusch der Wellen ist es totenstill.

22

»Wir müssen gehen«, flüstere ich Lucas zu, doch er bewegt sich nicht. Seine Lippen sind fast blutleer, sein Gesicht bleich und die Augen, die noch immer auf die Leinwand starren, sind geweitet. Ich zerre an seiner Hand, als Helena sich mit ernstem Blick räuspert. Ich sehe, wie sie schluckt, rüttele an Lucas' Arm, doch er reagiert nicht.

Er hat mir erzählt, dass es auf dem Video aussehe, als würde er Violet in sein Zimmer schleppen – ohne diese Vorwarnung und die Geschichte dahinter hätte ich mich verhalten wie Helena und alle anderen, die um uns herumsitzen. Das Video lässt kaum einen Zweifel zu. Immer mehr Blicke richten sich auf uns. Wer nicht weiß, was vor diesem Video an jenem Abend geschehen ist, kann sich kein anderes Urteil über Lucas bilden als das, was zischelnden Lauten gleich bis an unseren Tisch kriecht.

»K.-o.-Tropfen.«

»Liquid X.«

»Betäubungsmittel.«

»Er hat sie gefügig gemacht.«

»Jetzt ist klar, warum Lucas Price ständig auf Partys abhängt.«

Selbst Candice raunt Lola ihren Verdacht zu und Lola flippt völlig aus. Während alle Handys auf uns gerichtet sind, brüllt sie ihren Bruder an, ob er so auch Suzanna herumgekriegt habe.

»Lucas, gib mir dein Handy!«, sage ich, erhalte jedoch keinerlei Reaktion. Ich taste seinen Schoß ab, aber ganz offensichtlich hat er sein Handy nicht in einer der Taschen. Verdammt, mit dem Bild, auf dem die Drohung steht, von der er mir erzählt hat, könnte ich vielleicht beweisen, dass er erpresst wurde!

»Dein Handy!«, versuche ich es erneut.

Lola und Candice starren mich an, als wäre ich vollkommen verrückt geworden. Spätestens jetzt weiß ich, dass ich Lucas allein hier herausbringen muss, weil in diesem Moment nicht einmal Lola hinter ihm steht. Ich kann ihr nur später in Ruhe alles erklären, sie von der Unschuld ihres Bruders überzeugen.

»Lucas, komm!« Ich werde lauter, stoße begleitet von einem kratzenden Geräusch meinen Stuhl nach hinten. Nun drehen sich auch die letzten, zuvor noch dicht zusammengesteckten Köpfe zu uns und immer mehr Handys werden hochgehalten. Ich zerre Lucas hoch. Er blinzelt benommen, sieht mich jedoch nicht an. Seine Hand ist eiskalt, auf seiner Stirn glitzern Schweißtropfen. Er folgt mir wie ein Roboter zwischen den beiden Tischen hindurch, die uns vom Eingang trennen. An Jonah vorbei, der ebenso in Schockstarre versetzt dasteht und vermutlich den Untergang der Familie vor Augen hat. Sein stummes »Sorry« zuvor galt nicht mir, sondern Lucas. Jetzt bin ich mir wieder ganz sicher, dass er dieses Video nicht aufgenommen und daher auch nichts mit den K.-o.-Tropfen zu tun hat. Doch das ist erst einmal nebensächlich.

Ich beschleunige meine Schritte, ziehe Lucas hinter mir her in den Lift, als die ersten Passagiere am Ende des Flurs aus dem Theater kommen. Zum Glück schließen sich die Türen, bevor sie uns erreicht haben. Ich wähle Deck 20, damit sich der verdammte Lift endlich in Bewegung setzt, doch es geschieht nichts, bis ich daran denke, meinen Personal Guide an den Scanner zu halten.

»Lucas, wo können wir hingehen?«, frage ich, meine Stimme klingt selbst für mich vollkommen falsch und weit entfernt, sodass ich Lucas nicht erreiche. »Sind wir in der Suite sicher?« Ich rüttele an seiner Schulter, doch er rührt sich nicht. Seine Lippen sind ausgetrocknet, die Pupillen noch immer stark geweitet.

Endlich setzt sich der Aufzug in Bewegung, jenseits des Glases sehe ich nun auch Candice und Lola, die uns mit stummen Rufen hinterherschauen.

Erst als wir das nächste Deck erreichen, kann ich wieder durchatmen. Ich falle gegen die gläserne Wand des Fahrstuhls und versuche, meinen rasenden Puls unter Kontrolle zu bekommen, bevor mir schwindelig wird. Lucas steht immer noch reglos da, starrt benommen zur anderen Tür des Lifts und blinzelt dabei kein einziges Mal. Er zittert inzwischen stärker und ich versuche fieberhaft, mir die Erste-Hilfe-Maßnahmen bei einem psychischen Schock aus dem Medizinkurs in Erinnerung zu rufen. Im Moment kann ich nur auf ihn aufpassen und hoffen, dass er schnell wieder zu sich kommt. Auf Deck 20 angekommen, ziehe ich ihn den linken Flur entlang hinter mir her, öffne die Suite mit seinem Personal Guide und schlage auf die Verriegelung, kaum, dass wir über der Türschwelle sind.

»Lucas, kann man die Suite irgendwie richtig abschließen?«, frage ich und rüttele an seiner Schulter, doch noch kehrt er nicht zu mir zurück. Im Kurs damals hieß es, dass die »akute Belastungsreaktion« nach einiger Zeit abklingt – von Stunden bis Tagen war die Rede, das ist ganz individuell. Ich kann nur beten, dass bis dahin niemand die Suite stürmt. Ich schiebe Lucas wie ein Möbelstück zur Couch und drücke ihn in das Polster. Er sitzt stocksteif da wie eine Puppe und starrt zum Fenster hinaus, als würde er gedankenlos die Wellen betrachten. Doch das tut er nicht, da bin ich mir sicher. Ich taste nach seinem Puls. Er ist so hoch, dass ich die einzelnen Schläge kaum zählen kann. Immer mehr Schweiß steht auf seiner Stirn, obwohl sie eiskalt ist.

Ich hole ein paar Servietten vom Getränkewagen und tupfe ihn damit ab, weiß einfach nicht, wie ich ihm sonst helfen soll.

»Lucas …« Ich stoße ihn erneut an. »Soll ich das medizinische Personal anfordern?« Ich hebe bereits meinen Personal Guide, um Ethan zu kontaktieren, aber Lucas würgt ein heiseres »Nein« hervor. Dann gleitet die Tür hinter mir auf und Rufe werden laut. Sie fordern, Lucas einzusperren.

Lola und Candice huschen herein und wie ich zuvor schlägt Candice auf den Sensor, damit sich die Tür schnellstmöglich schließt. Kaum ist sie zu, stemmt sie sich mit dem Rücken dagegen, als wäre es eine normale Tür und sie könnte auf diese Weise ein Eindringen von außen verhindern. Die beiden schauen zu mir – dann zu Lucas, der mit dem Rücken zu ihnen dasitzt und sich kein Stück bewegt.

»Verdammt, Lucas!«, brüllt Lola ihren Bruder an. »Sag mir sofort, dass du nicht getan hast, wonach es eben aussah.« Glühende Wut, aber auch Angst und Enttäuschung schwingen in jedem einzelnen Wort mit. Sie umrundet die Couch, ohne ihren Zwillingsbruder auch nur eine Sekunde aus den Augen zu lassen. Erst als sie in Lucas' Gesicht sehen kann, verwandelt sich ihre Wut in Sorge. Sie stürzt zu ihm und geht vor ihm in die Hocke.

»Lucas?« Sie rüttelt an seinem Oberschenkel, Lucas' Hand, die eben noch dort lag, rutscht schlaff auf das Sofa. Aber immerhin blinzelt er inzwischen. Er kommt zu sich.

»Was hat er?« Lolas Reaktion macht nun auch Candice panisch.

»Er hat einen Schock«, erkläre ich und setze meine Arbeit fort, Lucas' Stirn abzutupfen. Ich muss irgendetwas tun.

»Gib ihm etwas zu trinken«, schlägt Candice vor. Mit schnellen Schritten geht sie zum Servierwagen.

Ich schüttele den Kopf. »Er könnte sich daran verschlucken oder so. Wir … wir müssen abwarten und auf ihn aufpassen, bis er wieder zu sich kommt. Er wollte nicht, dass ich medizinische Hilfe rufe.«

Lola erhebt sich aus ihrer unbequemen Stellung, während Candice einen rechteckigen Kristalldekanter öffnet, drei Scotch-Gläser füllt und damit zu uns tritt. »*Wir* sollten aber etwas trinken. Sonst werde ich ihm so lange Ohrfeigen verpassen, bis er zu sich kommt, damit er uns diesen Film erklären kann.«

Sie reicht Lola eins der schweren Gläser und lässt sich mit den übrigen beiden neben mich fallen, sodass die hellbraune Flüssigkeit überschwappt und den charakteristischen Geruch von Whisky verbreitet. Lola setzt sich mit ihrem Glas neben Lucas und mustert ihn mit sorgenvollem Blick.

Wortlos nippen die beiden an ihren Getränken. Auch ich hebe mein Glas an den Mund, rümpfe dann die Nase, nehme aber trotzdem einen Schluck, der eine Feuerspur durch meine Kehle zieht.

Lola stupst Lucas an und schnippt vor seinem Gesicht herum. Er zuckt nur leicht. »Wir müssen wissen, was da passiert ist. Ich habe echt keinen Plan mehr, was mit meinen Brüdern los ist.« Seufzend lässt sie sich nach hinten fallen, das Glas in ihrer Hand zittert. »Oder warum sie eine schon fast magische Anziehung auf euch Dawson-Mädchen ausüben.« Nun sieht sie mich über Lucas hinweg an.

»Wie meinst du das?«, frage ich nach und wappne mich für das, was Lola über den unheilvollen Abend zu erzählen hat, von dem ich durch Lucas bereits so viel weiß. Vielleicht hat Lola ja einen Verdacht, wer Violet etwas ins Getränk gekippt haben könnte.

»Es muss eine schräge Anziehungskraft sein«, erklärt sie mit einem Kopfschütteln. »Ich habe von mehreren Gästen unserer Geburtstagsparty gehört, dass Violet anscheinend mit Jonah herumgeknutscht hat. Ich wollte nur kurz für mich sein, nachdem mir Scott eröffnet hat, dass er auf der Jungfernfahrt dabei sein wird.« Sie winkt mit der freien Hand ab und nimmt einen weiteren Schluck von dem Whisky.

Ich reagiere nicht, warte auf ihre Erklärung – und eine Entschuldigung – warum sie mir, ihrer besten Freundin, nichts davon erzählt hat. Das Gefühl des Verrats, den ich am Vorabend empfunden habe, nistet sich wieder in meinem Magen ein. Dieses Mal gemischt mit dem Brennen des Whiskys auf nüchternen Magen. Eine explosive Mischung.

»Ich habe das ganze Wochenende versucht, Violet zu erreichen, weil ich sie nicht … grundlos verraten wollte«, erklärt sie und starrt in ihr Glas, das sie gleichmäßig kreisen lässt. »Ich war Sonntag sogar noch bei ihr im Wohnheim. Aber Christian, ihr Mitbewohner«, erklärt sie in Candice' Richtung, die aufmerksam zuhört, »hat mich weggeschickt, weil Violet anscheinend irgendwie desorientiert war, vermutlich durch das Fieber.« Jetzt sieht sie vom Glas auf und erwidert meinen Blick. »Ich wollte dir nichts von diesem vermeintlichen Kuss erzählen, für den ich keinen Beweis hatte, bevor ich mit ihr gesprochen habe. Ich habe gehofft, auf der Jungfernfahrt offen mit ihr reden zu können, aber dann …«

»… ist sie nicht aufgetaucht«, beende ich den Satz.

Lola nickt schwach. »Und heute wurde dieses Video ausgestrahlt.« Sie schließt die langen Finger so fest um das Glas, dass ich froh bin, es nicht in tausend Scherben zerspringen zu sehen. Dann richtet sie sich wieder an Lucas und schlägt gegen seinen Oberarm.

»Wach auf, verdammt! Erklär mir, was bei unserer Party passiert ist! Sag mir, dass die Vorwürfe falsch sind.« Ihre Stimme bricht. Sie rüttelt weiter an ihm, bis sein Kopf leicht hin und her kippt.

»Ich kann es euch erzählen«, sage ich leise.

Augenblicklich lässt sie von Lucas ab. »Du weißt etwas darüber?«, fragt sie mich fassungslos.

»Er hat mir gestern alles erzählt.«

Jenseits der Eingangstür ist ein Poltern zu hören, als hätte jemand etwas dagegengeworfen, und ich schrecke zusammen.

Candice bleibt dagegen ganz ruhig. »Leute von der Bord-Security werden verhindern, dass jemand hier reinkommt. Jonah hat sie direkt hinzugezogen und den Fahrstuhl erst wieder aktiviert, als sie vor Ort waren. Niemand außer uns wurde durchgelassen.«

Ich bin mir nicht so sicher, ob ein paar Sicherheitsleute mit der aufgebrachten Meute zurechtkommen.

»Jonah und Hunter beruhigen sie weiter, und da du Lucas schnell weggebracht und dich für ihn eingesetzt hast, hat er offenbar auch Cristina, Colton und Amber auf seiner Seite«, sagt Lola. »Wir brauchen also keine Angst zu haben, dass hier gleich Anarchie ausbricht. Jetzt erzähl!«

Und das tue ich. Ich berichte von Lucas' Verdacht, wie er Violet vor Jonah *gerettet* und ihn anschließend auf der Party zur Rede gestellt hat. Im Zusammenhang mit den Ereignissen vor der Videoaufnahme wirft Lola nicht länger finstere, sondern sorgenvolle Blicke auf ihren Zwillingsbruder. Sie hat wie ich nicht den geringsten Zweifel an Jonahs Unschuld, auch Candice stimmt ihr ohne ein Zögern zu.

»Wie kann Lucas ernsthaft Jonah verdächtigen?« Candice geht wieder zum Servierwagen, schenkt sich ein weiteres Glas ein und sieht uns fragend an. Lola und ich schütteln nur den Kopf, was sie mit einem Schulterzucken quittiert. Sie schnappt sich den Dekanter, ohne den quadratischen Kristallverschluss wieder aufzusetzen, und kommt zu uns zurück. Als sie wieder Platz genommen hat – und der Whiskey vor uns auf dem Tisch steht –, beantworte ich ihre Frage. Dabei sehe ich Lucas an, der wie eine lebensgroße Ken-Puppe noch immer keinerlei Reaktionen zeigt.

»Lucas wollte ihn zur Rede stellen, aber Jonah hatte keine Lust auf einen Aufstand während eurer Party.« Ich schlucke. Ein Aufstand wäre im Vergleich zu dieser Situation so belanglos gewesen. Ich fühle erneut Lucas' Puls, der sich zumindest wieder einem normalen Rhythmus annähert.

»Typisch Jonah.« Lola wiegt langsam den Kopf. »Er hat Dads oberste Regel verinnerlicht, nach außen hin nie Schwäche zu zeigen und keinen Anlass für Skandale zu geben. Auch jetzt setzt er gerade alles dran, für Ruhe zu sorgen.« Mit bedrückter Miene rutscht sie näher zu Lucas und zieht ihn zu sich, während ihr die Tränen aus den Augen rollen, weil er nicht auf ihre Umarmung reagiert.

Nur kurz wäge ich meine Optionen ab, dann erkläre ich Lola, warum Jonah mehr denn je auf die Außenwirkung der Familie achtet und dass ganz offensichtlich entgegen seiner Anweisung jemand eingeschleust wurde, um bewusst diese Videos zu machen.

Lola reagiert, wie ich es vermutet habe. »Jonah hat die ganze Zeit allein mit sich ausgemacht, dass wir bankrott sind, wenn die Jungfernfahrt kein Erfolg wird?« Sie setzt sich wieder auf, greift nach dem Kristalldekanter und kippt sich einen Schwall Whisky in ihr Glas. »Wie kann er uns das verheimlichen? Wir gehören auch zur Familie!« Ihre Stimme wird lauter. »Wie kann er die Verantwortung ganz allein stemmen wollen, verdammt!« Sie leert ihr Getränk in einem Zug und stellt es so unsanft zurück auf den Tisch, dass mir das Knirschen von Glas auf Glas durch Mark und Bein geht.

Sie ist außer sich. Tränen glitzern in ihren Augen, weshalb ich über Lucas hinweg nach ihrer Hand greife. Candice umrundet derweil den Tisch und setzt sich auf Lolas andere Seite. Ein erstickter Atemzug erklingt an meinem Ohr.

»Ist …«, krächzt Lucas.

Vor Schreck lasse ich Lolas Hand fallen und richte mich wieder auf, um den Beweis zu bekommen, dass ich mir seine Stimme nicht nur eingebildet habe, dass es ihm wirklich besser geht. Unsere Gesichter sind nur wenige Zentimeter voneinander entfernt, als er sich räuspert und fragt: »Ist das … wahr?«

Die Sorge um seinen Schockzustand fällt wie ein schwerer Mantel von mir ab und von der Erleichterung vollkommen überwältigt, reiße ich Lucas an mich und umarme ihn so fest, bis ich auch seine Hände auf meinem Rücken spüren kann.

»Sag bloß, dass du dir Sorgen um mich gemacht hast, Dawson«, haucht er an meinem Ohr.

Anstatt frech zu kontern, kommt ein Laut zwischen Lachen und Aufheulen aus meinem Mund. Lucas schiebt sich ein Stück von mir, bis er seine Stirn gegen meine legen kann. Ich spüre, wie seine Hand langsam meinen Rücken hinauf und über meinen Nacken wandert, bis sein Daumen meine Schläfe streicheln kann. Sein »Danke« streift sanft über meine Lippen, kühlt die Tränenspur, die er sogleich wegwischt.

»Jetzt ist aber Schluss mit Turteln«, höre ich Lola sagen, bevor mir Lucas wortwörtlich aus den Händen gerissen wird. »Wo ist dein Handy, damit wir beweisen können, dass du erpresst wirst?«

»Ich habe keine Ahnung«, erwidert er. »Ich habe es gestern Abend zuletzt gesehen, als ich zu Tara gegangen bin.«

Sofort schaue ich hoch zur Galerie, zu meinem Zimmer, wo ich es Lucas ohne Absicht aus der Hand geschlagen habe. Es muss dort oben liegen.

»Ich habe schon danach gesucht«, sagt er, weil er meinen Gedanken erraten hat. »Es ist weg.«

»Und damit auch der Beweis, dass dir nur jemand etwas anhängen will«, schließe ich.

Verdammt.

Gedankenverloren reibt er sich mit Daumen und Zeigefinger über die Nasenwurzel, dann steht er auf und holt sich ebenfalls ein Glas. Er gießt viel zu viel Whisky ein, und ich weise ihn darauf hin, dass er nach einem Schock garantiert nicht auf nüchternen Magen Alkohol zu sich nehmen sollte. Erst sieht er mich eine gefühlte Ewigkeit an, dann steht er noch einmal auf und holt zwei Flaschen Cola aus der Minibar. Eine davon reicht er mir, und das kurze Lächeln, das dabei seine Augen erhellt, lässt mein Herz schneller schlagen und die Schmetterlinge in meinem Bauch Tango tanzen. Doch es ist nicht die Zeit für Flatterinsekten und ich konzentriere mich auf unser Problem.

»Jetzt müssen wir gleich zwei Leute und ein Handy finden«, murmelt Candice gedankenverloren. »Lucas' Handy, das seine Unschuld beweisen könnte, den Maulwurf, von dem Jonah dir erzählt hat, Tara, und die Person, die Lucas' mit Violet gefilmt und das Video hochgeladen hat. Dahinter steckt ganz sicher auch derjenige, der glaubt, sich alles nehmen zu können, was er will.« Candice' Gesicht rötet sich, weil sie sich immer mehr in Rage redet. »Es ist ja wohl das Widerwärtigste überhaupt, anderen seinen Willen aufzuzwingen. So einem

Mistkerl gehören gewisse Körperteile abgeschnitten!« Sie macht eine Scherenbewegung mit Mittel- und Zeigefinger.

Lucas sieht Candice entsetzt an und ich glaube, seine Hände wandern in Richtung seines Schritts, was mich in jeder anderen Situation zum Lachen gebracht hätte.

»Vielleicht sind die beiden auch ein und dieselbe Person«, sage ich.

»Dann kann es definitiv niemand von diesem Deck sein«, sagt Lola und schüttelt zur Antwort den Kopf. »Die wurden alle überprüft und was die Crew betrifft … Keine Ahnung, ob überhaupt jemand vom Personal auch auf unserer Geburtstagsparty für den Service zuständig war.«

»Aber hat auch jemand überprüft, ob eins der gestern kontrollierten Handys das Video von mir hochgeladen hat?« Lucas springt wieder von der Couch auf und strebt der Tür entgegen. Er will sich ernsthaft denen da draußen stellen?

»Erstens könnte auch jeder auf Deck 20 ein Ersatzgerät benutzen«, sage ich, »und zweitens kannst du nicht einfach da raus. Sofern du …«, ich sehe kurz zu Candice und wiederhole dann ihre Scherenbewegung, die Lucas zusammenzucken lässt, bevor ich weiterspreche. »Du brauchst zuerst Beweise, dass du erpresst wurdest. Wir versuchen herauszufinden, wer das Video von dir hochgeladen hat, und können dann auch gleich nachfragen, ob jemand vom Reinigungspersonal aus Versehen dein Handy mitgenommen hat, okay?«

Lucas zweifelt, nickt am Ende aber doch.

»*Du* kannst genauso wenig dort raus«, wirft Lola ein.

Ich horche, ob noch immer Tumult jenseits der Tür herrscht, doch es scheint alles ruhig zu sein. Was aber nicht bedeuten muss, dass sich auch wirklich alle beruhigt haben und nicht irgendwo anders lauern.

»Zumindest nicht, solange ihr«, Lola rümpft die Nase, als müsste sie an den Sporttaschen meiner Kunden im Herbert Wellness Center schnuppern, »offiziell zusammen seid.« Sie deutet mit dem Kinn zu Lucas.

»Dann …« Ich überlege fieberhaft, was wir machen könnten. Eine Idee formt sich in meinem Kopf. Wir müssen diese abscheuliche Person entlarven, bevor sie an Land geht und mit ihr alle, die von Lucas' Schuld überzeugt sind. Ich muss den Täter finden. Für Violet. Ein erster Plan reift in mir, doch der setzt voraus, dass ich an der heutigen All-Day-Party teilnehme und dass ich …

»Wir müssen Schluss machen«, sage ich mit aller verfügbaren Entschlossenheit. Ich sehe Lucas in die Augen und versuche daraus zu lesen, was an unserer gemeinsamen Geschichte echt war und was den Umständen geschuldet.

»Du machst mit mir Schluss, nach meiner herzzerreißenden Liebeserklärung, Dawson? Das ist unmenschlich.«

Tiefe Erleichterung durchflutet mich, dass er trotz der Umstände in diesen neckenden Ton zurückfällt. Das macht es irgendwie … leichter für mich.

»War die tatsächlich echt?« Candice lehnt sich weit nach vorn und stützt sich auf den Oberschenkeln ab, damit sie auch nicht die kleinste Regung in Lucas' Gesicht verpasst. Ich wage es nicht, zu atmen, weil ich selbst so gespannt auf die Antwort bin.

Anstatt etwas zu sagen, sieht er von Candice zu mir, und ich versinke in seinen dunkelblauen Augen. Der Blick ist so intensiv, dass ich erschaudere und im ersten Moment nicht einmal begreife, dass seine Lippen plötzlich auf meinen liegen und meine Augen inzwischen geschlossen sind. Ich ignoriere Candice' »Uuuuh« und Lolas »Bääääh«, während der Kuss immer tiefer wird. Wir sind an einem anderen Ort, irgendwo zwischen Weltraum und dunkler Höhle, zwischen Schweben und Fallen.

»Reicht das als Antwort?«, flüstert er an meinen Lippen. Ich spüre sein Grinsen, während ich träge nicke. Meine Augen sind noch geschlossen, ich will sie nicht öffnen, will diese verfluchte Realität jenseits der Kabinentür nicht an uns heranlassen. Ich möchte einfach nur hier sitzen, ihn küssen, ihn …

»Na, na, na«, mischt sich Lola ein und versetzt mir einen Klaps auf die Finger, die sich schon wieder an Lucas' Brust entlangarbeiten.

Lucas lässt sich nach hinten gegen die Lehne fallen und grummelt vor sich hin, während er meine Hand schnappt und mit meinen Fingern spielt. »Schwestern sind so lästig!«

Candice streckt Lola die Hand entgegen. »Wir werden jetzt hinunter auf Deck 5 fahren und dafür sorgen, dass überprüft wird, wessen IP-Adresse das Video von dir hochgeladen hat. Wenn es dieselbe IP ist wie bei den anderen, fehlt uns nur noch das Handy dazu, um unseren Täter zu entlarven. Außerdem fragen wir nach gefundenen Handys. In Ordnung?« Ihre Mundwinkel heben sich und die Vokale werden breiter, als sie hinzufügt: »Es könnte unter Umständen etwas dauern.« Ihr Blick ist unmissverständlich und treibt mir die Hitze in die Wangen.

»Ich bin auf jeden Fall lieber da draußen, als meinem Bruder beim Knutschen zuzusehen«, murrt Lola und lässt sich von Candice hochziehen.

Binnen Sekunden sind sie am Türsensor.

»Tut nichts, was ich nicht auch tun würde.« Candice' letzte Worte hallen selbst dann noch nach, als die beiden bereits verschwunden sind, und sorgen für eine beklemmende Stille zwischen uns.

Nun sitze ich fast so stocksteif wie Lucas zuvor auf der Couch und überlege, wie zur Hölle ich mit der Situation umgehen soll.

»Ist … alles okay?« Lucas zieht ein Bein auf das Polster, damit er sich zu mir drehen kann. Ich spiegele seine Sitzhaltung und zupfe am Saum meines Kleides herum, wobei ich akribisch darauf achte, dass es auf meinen Knien liegen bleibt. Ich kann ihn nicht ansehen, es ist … als hätten Lola und Candice sämtliches Knistern mitgenommen, mir die Bedrohung wieder deutlich gemacht, die unkalkulierbare Gefahr, in der nicht nur Lucas schwebt, sondern vielleicht jede einzelne Frau auf der *Siren*.

Lucas' Finger streifen langsam über die Rückenlehne der Couch, kommen meiner Schulter immer näher, instinktiv weiche ich zurück. Sofort nimmt er seine Hand weg.

»Wir müssen nicht … wenn du … ich dachte …« Er schaut hinaus auf das offene Meer jenseits der Balkontür. Es ist verrückt, ihn so zu sehen. Lucas Price, begehrtes Male-Model und Frauenschwarm, sitzt mir nun gegenüber und denkt tatsächlich, dass alles, was wir gemeinsam durchgemacht haben, ohne Gefühle meinerseits passiert wäre?

»Du bist so ein Idiot«, sage ich.

Sein Kopf ruckt zu mir. »Sagst du mir auch warum?«

»Küss mich einfach, Price«, fordere ich ihn auf und noch bevor sein Name verhallt ist, spüre ich seine Lippen auf meinen.

Wir können im Moment nichts tun, rede ich mir ein. Selbst wenn ich öffentlich mit ihm Schluss machen würde, würde dieses Video frühestens heute Abend ausgestrahlt werden. Bis dahin haben wir noch jede Menge Zeit. Zeit, um dem chaotischen Strudel, der uns von Beginn an mit sich gerissen hat, zumindest für einen Augenblick zu entkommen.

Ich weiß nicht, wie wir in seinem Zimmer am Ende des Durchgangs gelandet sind. Ich weiß nur, dass ich seinen Mund noch nicht gut genug kenne, ihn weiter erkunden muss, während wir auf seidenen Laken liegen und durch eins der Fenster, die man hier unten sogar öffnen kann, das Rauschen der Wellen zu hören ist. Um kurz Luft zu holen, lässt sich Lucas auf den Rücken fallen. Die Sonne klettert so weit in die Kabine, dass sie seinen Oberkörper küsst. Ich sauge begierig seinen Anblick auf, genieße es, wie er zusammenzuckt, als meine Finger Schatten auf den Stoff über seinen Bauchmuskeln zeichnen. Die Bilder aus meinem Traum holen mich ein.

»Woran denkst du gerade?«

»Vielleicht habe ich letzte Nacht von dir geträumt«, sage ich geradeheraus, ohne mir Gedanken über die Folgen zu machen.

»So, hast du das?« Sein Blick ist nahezu unverschämt, und ich gebe mir einen Schubs, erzähle ihm, wieso ich ihn heute Morgen betatscht habe. Er kann ein Schmunzeln nicht unterdrücken.

»Leider ist es so eine Sache mit Träumen«, füge ich hinzu und grinse nun *ihn* herausfordernd an.

Als Antwort hebt er eine Augenbraue und hält ein siegesgewisses Lächeln zurück.

»In Träumen ist vieles so übertrieben und unrealistisch, vielleicht brauche ich ja Beweise, dass meine Fantasie nicht mit mir durchgegangen ist?« Die Tara aus meinem Traum, die so mutig und stark ist, lebt offenbar auch tagsüber in mir und leitet mich an.

»Und wie könnte ich diesen Beweis erbringen?«

Ist es möglich, dass seine Stimme nun noch tiefer klingt und Stellen an meinem Körper erreicht, die Hitzewellen durch jede Ader senden? Ich beiße mir kurz auf die Lippe, dann überlasse ich der Traum-Tara komplett die Führung.

Ich streife über Lucas' Brust und fahre an der Knopfleiste seines

Hemds entlang nach unten bis zum Bund seiner Hose. Er stemmt sich hoch auf die Unterarme, legt den Kopf in den Nacken und stößt ein Seufzen aus, das einem leisen Stöhnen sehr nahekommt und mir pure Gänsehaut beschert. Meine Finger wandern weiter nach oben, lösen anschließend Knopf für Knopf. Erst als ich das Hemd über seine Schultern schiebe, öffnet er die Augen wieder und sieht mich an.

Ich verbrenne unter seinem Blick, fange bei jedem seiner stockenden Atemzüge Feuer, während meine Hand über seine nackte Haut streichelt. Ich verglühe unter der Berührung seiner Finger, die flammende Spuren auf meinen Körper zeichnen, versenge unter seinen Küssen, mit denen er jeden Quadratzentimeter Haut erkundet. Unsere Kleidung verschwindet im Feuer, entfacht vom Rausch der Begierde.

»Stopp!«, fordert Lucas keuchend, stemmt sich mit den Armen seitlich von mir hoch, beugt aber gleichzeitig den Kopf wieder zu mir, sodass unsere Lippen erneut zueinanderfinden. Zwischen Küssen auf meine Wange, die Schläfe und den Hals entlang, stößt er hervor: »Ich will nicht, dass es zu schnell geht.«

»Es geht nicht zu schnell«, versichere ich ihm, weil ich nach alldem, was wir hier durchgemacht haben, der Meinung bin, dass wir uns diesen Moment verdient haben.

»Ich will es richtig machen.« Seine Haare streifen meine Stirn, während er in meinem Gesicht irgendetwas sucht. »Das mit uns.«

»Ich bin mir ziemlich sicher, dass du es gut machen wirst.«

Es dauert einen Moment, bis er versteht, sich wieder zu mir hinabbeugt und in meinen Mund lacht. »Das hoffe ich doch«, raunt er mir zu. »Aber ich habe dir doch schon gesagt, dass ich gern *genieße.*«

Er haucht weitere Küsse auf meinen Hals. Ich erinnere mich vage an den Moment, an den ersten Morgen im Fitnessstudio, an die Zweideutigkeit seiner Aussage, die schon damals für ein Kribbeln in meinem Bauch gesorgt hat.

»Dann genieße jetzt.« Ich stehle mir mit einem Sit-up einen Kuss, woraufhin er den Kopf schüttelt.

»Wir wissen beide, dass wir nicht genießen können, solange da draußen …«

Er braucht den Satz nicht zu beenden und ich sollte froh sein, dass er ausspricht, was ich vorhin gedacht habe. Aber trotzdem … Ich lasse den Kopf zurück aufs Kissen fallen und seufze.

23

Seit rund einer Stunde sitzen Lucas und ich mit einem unendlich scheinenden Vorrat an Cola und Red Bull aus der Minibar auf der Couch und starren auf das Meer hinaus. Trotz der Umstände genieße ich seine Gegenwart, seine Wärme.

Lucas' Arm liegt auf meiner Schulter und ich spüre jede Regung seiner Muskeln unter meinem Kopf, wenn seine Finger träge über meinen Arm streifen. Wir sind tief in unsere Gedanken versunken, verzweifelt auf der Suche nach einer Lösung. Vielleicht haben wir etwas übersehen, haben uns gegenüber dem Offensichtlichen verschlossen, weil wir versucht haben, zu sehr in die Tiefe zu schauen.

Bis Lola und Candice zurückkehren, sind wir Gefangene in der eigenen Suite – aber es hätte schlimmer kommen können. Immer wieder wandern meine Hände ohne mein Zutun über seinen Körper. Lucas beugt sich zu mir und seine Haare kitzeln mich, bis ich zu ihm aufsehe. Seine Küsse schmecken nach Red Bull und seine Zunge ist eiskalt, als sie nach meiner tastet.

Ein Klopfen an der Tür reißt uns aus dem Kuss. Sofort überzieht Gänsehaut meine Arme und die wildesten Spekulationen tummeln sich in meinem Kopf: Sie kommen, um Lucas zu holen …

Dann gleitet die Tür auf und Candice erscheint in der Suite. Sie hält sich eine Hand vor die Augen, linst jedoch zwischen den gespreizten Fingern hindurch. »Seid ihr fertig?«

Pure Erleichterung durchflutet mich und lässt mich auflachen. Auch Lucas atmet tief durch und entspannt sich wieder.

»Kommt rein«, sage ich und Lucas ergänzt laut genug, sodass auch Lola jenseits der Türschwelle es hören kann: »Aber nur, wenn ihr mich nackt sehen wollt.«

Ich boxe ihn in die Seite. Wie kann er jetzt Witze reißen? Ich will wissen, was die beiden in Erfahrung bringen konnten. Dabei horche ich auf Geräusche von draußen, doch trotz geöffneter Tür ist nichts zu hören.

Candice zerrt Lola in die Suite und schließt die Tür. »Da ist niemand mehr«, sagt sie dann, weil ich noch immer in Richtung Flur schaue. »Sie wollten übrigens nicht Lucas' hübschen Kopf, sondern dich retten. Irgendwie zumindest.«

»Dafür hat Amber West gesorgt. Sie hat dich verteidigt wie eine Löwin und den anderen klargemacht, dass sie nicht vorschnell urteilen sollen«, sagt Lola dann und sieht zu mir.

»Deshalb haben wir allen erzählt, dass du Schluss gemacht hast«, sagt Candice im lockeren Plauderton.

Ich zucke zusammen.

»Das … war doch dein Plan, oder?«

Ich nicke schwach. In meinem Kopf hat sich das besser angehört.

»Ihn wollen sie übrigens nicht mehr sehen, sondern quasi in Kabinenhaft stecken, bis die Polizei übernehmen kann.« Candice wirft Lucas einen entschuldigenden Blick zu, der nur mit den Schultern zuckt.

»Damit kann ich leben. Morgen legen wir in Port Miami an und es ist ein für alle Mal Schluss. In meiner Cloud liegen die Beweise, dass jemand versucht hat, mich zu erpressen. Mit denen wollte ich ja zur Polizei gehen.« Er zieht mich an sich, als wollte er mich bis dahin nicht mehr loslassen, was aber gar nicht zu meinem Vorhaben passt. Daher bringe ich schnell etwas Abstand zwischen uns, bevor meine Hormone wieder die Kontrolle übernehmen. Mit einem Schmollmund schnappt er sich meine Hand und verhakt unsere Finger ineinander.

»Konntet ihr herausfinden, wer das Video hochgeladen hat?«, frage ich, während sich Lola und Candice setzen.

»Nicht direkt. Der Upload kam direkt von Lucas' Handy.« Candice schürzt die Lippen.

Bevor ich die Antwort verdaut habe und mir etwas überlegen kann, ergänzt Lola: »Deshalb sind wir zu Jonah gegangen und haben ihn um Hilfe gebeten. Er hat sofort mit dem Techniker gesprochen, der uns weggeschickt hatte, als wir das Überwachungsvideo des Terminals zum Zeitpunkt des Uploads sehen wollten.«

Ich halte die Luft an, bohre meine Fingernägel vermutlich schmerzhaft in Lucas' Handfläche, doch er wartet ebenso auf eine Antwort wie ich. Als mir der Sauerstoff ausgeht, frage ich schon fast genervt: »Wer war es denn nun?«

Ein leises Zischen erklingt im Hintergrund, doch ich nehme es kaum wahr, starre nur Candice an und warte, dass sie den Namen endlich ausspricht.

»Es sind einfach zu viele Terminals, zu viele Kameras, um sie kurz durchzugehen. Daher wissen wir es noch ni–«

Candice wird von einer tieferen Stimme unterbrochen. »Scott Porter.«

Ich sehe zu Jonah, der mit geballten Fäusten in der geöffneten Tür steht. »Scott hat das Video von Lucas' Handy aus hochgeladen.«

Binnen Sekunden sortiere ich alle bisherigen Fakten neu. Lucas springt bereits auf und reißt schmerzhaft meinen Arm nach oben. »Ich bringe ihn um!«

»Nein, das wirst du nicht«, sage ich mit fester Stimme und ziehe ihn wieder auf die Couch zurück, während Lola und Jonah gleichzeitig »Nein!« rufen.

»Wir müssen uns genau überlegen, was wir tun.« Mein Plan nimmt weitere Formen an, auch wenn ich niemals erwartet hätte, Scott darin wiederzufinden. Doch zuerst muss ich alle Fakten kennen.

»Scott war auf eurer Geburtstagsparty«, beginne ich und Lola nickt. »Er hat eine Rechnung mit Lucas offen.« Ich brauche ihn gar nicht erst anzusehen, um zu wissen, dass er die Zähne zusammenbeißt. »Er könnte Violet …«, ich schlucke, »etwas ins Getränk gekippt haben, die dann aber Jonah meinetwegen verhört hat.« Ich sehe zu Jonah, der mit ernster Miene näher kommt. »Du hast bemerkt, dass es ihr nicht gut geht.« Jonah nickt und schließt die Augen. »Und dann hast du sie in eure Suite gebracht?«

»Ich dachte, sie hätte zu viel getrunken, und wollte nicht, dass sie irgendetwas tut, was sie am nächsten Tag bereuen würde.« Jonah setzt sich in den Sessel gegenüber und stützt sich auf den Oberschenkeln ab, seine Finger massieren seine Schläfen. »Ich wollte Violet nur beschützen, habe ihr mein Jackett gegeben und sie in mein Schlafzimmer gebracht, damit sie sich ausruhen kann, ohne auf irgendwelchen Klatschseiten zu landen, die all die Instagram-Streams der Gäste verfolgt haben.« Er schluckt, greift dann zum Tisch und schnappt sich eine leere Red-Bull-Dose, um seine Hände zu beschäftigen. Erst jetzt bemerke ich, wie sehr sie zittern.

»Ich bin wieder zu den anderen Gästen zurück, habe eine Flasche Wasser besorgt, weil die Minibar noch nicht gefüllt war, und bin wieder hochgefahren. Aber sie war nicht mehr da.« Jonah quetscht die Dose zusammen. »Ich dachte, dass es ihr wieder etwas besser geht und sie selbst aufgestanden ist, also bin ich wieder zur Party. Dort hab ich nach ihr gesucht, aber sie war nicht im Partysaal und ich musste davon ausgehen, dass sie nach Hause gegangen ist.« Er legt die zerquetschte Dose auf den Tisch zurück und fährt sich durch die Haare. »Kurz danach bist du aufgetaucht und hast mir unterstellt, ihr etwas eingeflößt zu haben.«

Jetzt sieht er Lucas zum ersten Mal an, sucht in seinem Gesicht nach einer Regung, vielleicht einer Erklärung dafür, wie er ihm etwas Derartiges unterstellen konnte. »Am nächsten Tag wollte ich mit dir reden, aber Dad kam dazwischen und hat mit Vorwürfen mir gegenüber um sich geworfen. Ich sei schuld daran, dass du nicht mit an Bord willst, deshalb sollte ich dich bis zum Ablegen *in Ruhe lassen*«, imitiert er vermutlich seinen Vater, während er sich mit Daumen und Zeigefinger den Nasenrücken reibt.

»Scott muss dir und Violet am Abend der Party gefolgt sein«, lenke ich die beiden ab und sehe seltsamerweise mit einem Mal das Video vor mir, mit dem Scott Lucas als Maulwurf outen wollte. Feenlichter tanzen auf dem Weg zum Upload-Terminal über seinem Kopf. »Aber wie ist er in die Suite gekommen? Oder überhaupt an den Securityleuten vorbei, die laut Lucas den Zugang zu den anderen Decks abgesperrt haben?«

Jonah schüttelt langsam den Kopf. »Es wäre nicht Scotts erste Bestechung. Und die Türen gingen vor dem Auslaufen der *Siren* noch ohne Schlüssel-Code auf, weil bis zur letzten Minute etliche Putzteams durch die Suiten gezogen sind.«

»Also ist Scott dir gefolgt, weil er wissen wollte, wo du Violet hinbringst. Er hat sich versteckt, bis du weg warst, aber dann ist ihm

Lucas in die Quere gekommen, bevor er …«, ich kämpfe gegen den bitteren Geschmack an, der meine Stimmbänder verätzt und mir nur noch ein heiseres Krächzen über die Lippen kommen lässt, »bevor er das, was er Violet antun wollte, durchziehen konnte.« Mein Magen stülpt sich um und ich schlucke unentwegt Speichel, weil ich kurz davor bin, mich zu übergeben. Lucas reibt mir über den Rücken, Jonah beobachtet uns abschätzend.

»Also hat Scott einfach gefilmt, wie Lucas Violet in sein Zimmer getragen hat, und ist dann … zur Party zurück?«

Allein die Worte auszusprechen, fühlt sich so falsch an. Ich sehe den anderen nacheinander in die Augen und suche dort nach denselben Zweifeln, die sich in mir regen. Außer mir war jeder von ihnen auf der Party. Und sie alle verbindet eine gemeinsame Vergangenheit mit Scott. Eine wirklich üble Vergangenheit, weshalb sie offenbar überzeugt sind, dass er zu so etwas fähig ist.

»Dort muss er mitbekommen haben, wie Lucas gedroht hat, zur Polizei zu gehen«, fährt Jonah die Zusammenfassung des Abends fort.

»Und hat mir das Video per AirDrop geschickt. Er weiß natürlich, wie mein Handy heißt.« Lucas holt bebend Luft. Er ist erneut kurz davor, aufzuspringen und sich auf die Suche nach Scott zu machen.

»Und die nächste Warnung kam direkt nach dem Auslaufen der *Siren*«, sage ich, während sich in meinem Kopf der verheerende Verlauf der Jungfernfahrt zu Bildern formt.

Lucas nickt.

»Warum hast du nicht mit uns geredet?« Lola sagt seit Jonahs Ankunft zum ersten Mal etwas zu all den Vorwürfen. Ihre Stimme klingt gebrochen. »Du hättest mit mir sprechen können, Lucas!«

Er lacht freudlos auf. »Du wirfst mir die Sache mit Scott doch noch immer vor.«

»Trotzdem bist du mein Zwillingsbruder, verdammt.« Sie schlägt ihn nicht gerade sanft gegen die Brust, was er heroisch über sich ergehen lässt. »Wir hätten das zusammen klären können. Doch du warst mal wieder auf deinem Ego-Trip.«

»Du hättest mir gar nicht zugehört«, erwidert Lucas barsch. »Du hast mir ja auch nicht geglaubt, dass mit Suzanna nichts gelaufen ist. Was hätte ich tun sollen? Mich weiter blamieren?«

Lola stößt einen verzweifelten Laut aus, den Candice wiederholt.

»Wenn ich denjenigen erwische, der dieses verdammte Foto von Suzanna und mir gemacht und weitergeschickt hat, der all das hier zu verantworten hat, dann –« Lucas' Stimme kippt.

»Du gibst dir die Schuld daran, dass Scott Frauen willenlos macht?« Ich rüttele an seinem Arm, in der Hoffnung, dass er wieder zur Vernunft kommt. »Selbst wenn du mit seiner Freundin im Bett gewesen *wärst*, rechtfertigt das in keiner Weise sein Handeln!«

Lucas schnaubt nur, seine Augen funkeln voller Wut, dennoch gibt er seine Anspannung endlich auf und lässt sich wieder zurücksinken.

»Wir müssen wissen, was hier an Bord seit dem Auslaufen passiert ist«, komme ich zurück zum Thema und sehe sowohl Candice als auch Lola an.

»Wir müssen wissen, mit wem – außer Candice – Scott noch etwas hatte. O mein Gott … Candice, du konntest dich nicht mehr genau daran erinnern, wie es angefangen hat. Vermutlich hat er dir auch etwas eingefl–« Ich komme nicht mehr dazu, meinen Verdacht zu äußern.

»Du hattest was mit Scott?«, fragt Lucas fassungslos dazwischen.

»Ist das wahr?«, schiebt Jonah hinterher.

Candice sieht aus, als würde sie gleich losheulen. Lola zieht sie an ihre Seite und reibt ihr über den Arm.

Verdammt! Ich hatte nicht daran gedacht, dass die Jungs das bislang nicht wussten. Da fällt mir ein …

»An dem Abend hast du deinen Personal Guide verloren und wir haben dir einen neuen besorgt.«

»Ganz sicher nicht *verloren*«, knurrt Lucas. »Damit ist Scott mitten in der Nacht in die Suite gekommen, um mein Handy zu stehlen, damit seine IP-Adresse nicht als Urheber des Erpresservideos bekannt wird. Hätte ich es nur vom Boden eingesammelt, verflucht! So habe ich es ihm leichter gemacht.« Er schlägt mit der linken Faust auf seinen Oberschenkel. »Ich kann es nicht fassen, wie berechnend er ist.«

Und ich kann nicht verstehen, wie ein ehemaliger bester Freund aus … Rache für einen Kuss so etwas tun kann. Meine Menschenkenntnis hat bei Scott offenbar vollkommen versagt, er kam mir an dem Abend am Strand … nett vor.

»Wir müssen ihn überführen«, äußere ich endlich mein Vorhaben. »Sonst gehen wir an Land und in jedem Interview wirst nur *du* Thema sein! Nicht die *Siren* und nicht der ganze Luxus.« Ich sehe zu Jonah, flehe ihn stumm um Unterstützung an.

»Und wie sollen wir das anstellen?«, fragt Jonah, der die von mir schwarzgemalte Zukunft offenbar deutlich vor Augen hat. Das Aus für die Reederei seiner Familie.

Ich sehe zurück zu Lucas. Verfolge, wie sein Blick zur Seite huscht, während er nachdenkt. Seine Augen weiten sich, als er versteht, was ich vorhabe. Sofort schüttelt er den Kopf. »Das kommt nicht infrage.«

Ich erläutere meinen Plan dennoch. Candice und Lola werfen sich gleich auf Lucas' Seite. Doch ich muss es versuchen. Für Violet.

24

»Das kannst du nicht machen. Es sei denn, du lässt mich auf dich aufpassen«, beschwört mich Lucas weiter. Seit alle bis auf ihn zugestimmt haben, weicht er mir keinen Zentimeter von der Seite. Nicht einmal, als ich im Bad verschwinde, um mich umzuziehen.

»Jonah, Lola, Candice und dieser M von der Crew passen auf mich auf. Mir wird nichts passieren.«

»Ich habe kein gutes Gefühl. Es macht mich verrückt, hier eingesperrt zu sein.« Sein flehender Blick begegnet mir im Spiegel.

»Und mich würde es verrückt machen, Scott nicht zu überführen. Ich versuche, ihm sein Handy wegzunehmen. Dort werden wir sowohl die Aufnahme als auch das Foto finden, das er dir geschickt hat.« Ich tupfe Lipgloss auf meine Lippen.

»Wenn er klug ist, hat er es bereits gelöscht.«

Natürlich war uns der Gedanke auch gekommen, daher sehe ich ihn nur herausfordernd an. »Du weißt, was wir dann machen.«

»Der Teil gefällt mir am allerwenigsten.« Er lehnt seinen Kopf gegen die Marmorfliesen in seinem Rücken, lässt mich dabei aber keinen Moment aus den Augen.

»Ich werde nur so tun, als ob ich trinke. Jonah bleibt stets in meiner Nähe, Candice und Lola warten dann bereits mit Jonahs Generalschlüssel in Scotts Kabine.«

Lucas fährt sich schon wieder durch die Haare. Inzwischen stehen sie in alle Richtungen ab. Ich drehe mich vom Spiegel weg, trete zu ihm und streife ihm eine Strähne aus der Stirn. Meine Hand bleibt auf seiner Wange liegen.

»Glaubst du an mich?«, frage ich ihn geradeheraus.

Er lehnt sich fest gegen meine Handfläche und schließt die Augen, als müsse er länger darüber nachdenken. »Das hat nichts mit Glauben zu tun.« Nun sieht er mich an. »Es ist gefährlich.«

»Nicht, wenn man Freunde hat, die einem beistehen und die sofort die Bordsecurity holen, wenn wir den Beweis haben«, erwidere ich. »Ich muss es tun, Lucas. Für Violet. Du hast ihr schließlich auch geholfen, indem du –«

»Das ist etwas ganz anderes.«

»Nein, ist es nicht und das weißt du auch.«

Er legt seine Stirn an meine, ein lang gezogener Atemzug streift mich, dann zieht er mich in seine Arme. »Sobald das hier vorbei ist, werde ich dich nie wieder loslassen.«

»Ist das eine Drohung, Price?«, sage ich über meinen pochenden Herzschlag hinweg.

»Nein, ein Versprechen.«

Er hebt mein Kinn an und küsst mich sanft.

»Falls du es auch willst«, flüstert er und wartet, bis ich ihn zurückküsse.

Und ob ich es will!

Es fiel mir unheimlich schwer, das Badezimmer und Lucas zu verlassen. Mein zuvor noch überschwänglicher Mut kommt mir beim

Öffnen der Fahrstuhltür auf Deck 15 geradezu töricht vor. Lola und Candice flankieren mich, flüstern mir unentwegt zu, wie unglaublich stark ich bin und wie stolz sie auf mich sind. Jonah hat sich längst unter die Feiernden gemischt, deren ausgelassene Stimmung uns schon von Weitem entgegenschwappt. Der Alkohol wurde an diesem letzten Tag bereits zum Frühstück serviert und inzwischen hat offensichtlich keiner mehr ein Problem damit, von Crewmitgliedern bedient und potenziell gefilmt zu werden, oder macht sich Gedanken um Lucas, der trotz Jonahs Bemühungen, die Stimmung zu besänftigen, nicht von den Vorwürfen freigesprochen ist. Offenbar reicht es aus, ihn in der Suite eingesperrt zu wissen. »Sieh dir diese scheinheilige Luxuswelt nur an«, flüstert Christians Stimme in meinem Kopf.

Aus gigantischen Boxen werden die verschiedenen Pools mit teils dröhnenden Beats beschallt, alle planschen ausgelassen und lassen sich von ihren Fotografen aufnehmen. Ich sehe Lyanna mit Tommy und Liam, die einen der Whirlpools an der Seite für sich beanspruchen, sich gegenseitig Früchte aus dem Mund essen, herumknutschen und wer-weiß-was unterhalb der blubbernden Wasseroberfläche anstellen.

Amber wirft sich gerade auf einem der Liegestühle am Ruhepool in Pose, hier ist die Musik tatsächlich weniger laut. Seltsamerweise ist es nicht ihr bisheriger Fotograf, der ihr Anweisungen zuruft, sondern Cristina – die dabei von Colton gesagt bekommt, was sie alles falsch macht. Sie lachen beide und sogar Amber grinst nicht gerade fototauglich. Cristina verdreht die Augen, dann entdeckt sie mich. Sie sieht sofort zu Amber, die sich aufrappelt, Cristinas Blick folgt und wie in flagranti erwischt aufspringt.

Mein Herz sackt nach unten. Jetzt kann ich keine Planänderung gebrauchen, schon gar keine Konfrontation mit Amber. Ich suche die Poollandschaft weiter nach Scott ab, kann ihn jedoch nirgendwo entdecken. Amber kommt auf mich zu, ihre Schritte sind schon fast wackelig, insgesamt wirkt sie irgendwie … unsicher.

»Kann ich kurz mit dir reden, Tara?«, fragt sie und knetet dabei ihre Finger vor ihrem perfekten Körper im weißen Bikini. Ihr Blick streift mich nur, als würde sie sich nach einem Fluchtweg umsehen. Vielleicht auch, weil Lola sie anfunkelt, als wollte sie Amber jeden Moment in den Pool schubsen.

»Okay«, sage ich nur und Lolas Kopf ruckt zu mir. Ein »Ernsthaft?« steht deutlich in ihrem Gesicht geschrieben, was ich mit einem Blick bejahe. Lola betrachtet mich noch etliche Herzschläge lang mit zusammengekniffenen Augen, dann nickt sie.

»Wir sind ganz in deiner Nähe, falls du uns brauchst«, raunt sie mir ins Ohr, hakt sich bei Candice ein und geht mit ihr weiter.

Gestärkt von ihrer Freundschaft und ihrem letzten festen Händedruck, wende ich mich an Amber. Zu meiner Überraschung sehe ich dieselbe bestärkende Geste auch bei Cristina, die eben Ambers Hand loslässt. Amber schaut ihr hinterher, verfolgt, wie sie mit Colton zum nächsten Pool geht, sich aber immer wieder zu uns umdreht, genau wie Colton, der in diesem Moment nur wenige Meter von uns entfernt nach einem Schubs von Cristina im Wasser landet und sich lautstark beschwert.

Cristina springt hinterher und Amber, die die beiden immer noch beobachtet, schüttelt den Kopf. Dann bemerke ich, wie sich ihr Brustkorb weitet, sie die schlanken Finger zu Fäusten ballt und wieder entspannt, während sie sich zu mir umdreht. Ihre langen Wimpern geben nur langsam den Blick auf ihre strahlend blauen Augen frei, Tränen funkeln in ihren Augenwinkeln. Ich erkenne ihren schnellen Atemrhythmus an der Kontraktion ihrer durchtrainierten Bauchmuskeln. Dann macht sie einen Schritt auf mich zu. So unsicher, als würde sie vor der größten Mutprobe ihres Lebens stehen. Sie holt tief Luft und sagt: »Es tut mir so leid, was ich dir angetan habe.« Sie schließt die Augen und wappnet sich für meine Antwort.

Ich weiß nicht, was ich fühlen oder denken soll. Alles, was ich ihr vielleicht in diesem Moment an den Kopf werfen sollte, entweicht nur in einem langen geräuschvollen Atemzug. Ich verfolge, wie eine einsame Träne Ambers Wange hinabrollt, was kein professionelles Team besser in Szene hätte setzen können.

Wenn ich sie für das verurteilen würde, was sie mir Lucas' Meinung nach nur aus Angst vor den Konsequenzen angetan hat, wäre ich nicht besser als sie, oder? Weil ich nicht reagiere, sieht sie mich wieder an und gibt sich einen Ruck, noch etwas hinzuzufügen.

»An diesem Tag wurde ich für eine großartige Kampagne abgelehnt«, beginnt sie. Eben noch beinahe zu Tränen gerührt, verwandelt sich mein Magen nun in einen Klumpen. Ich hätte damit rechnen müssen, dass sie ihre Enttäuschung und ihren Ärger darüber an anderen auslässt und das dann als Entschuldigung ausgibt. Ich will mich bereits abwenden, mich meiner Aufgabe widmen, einer wichtigen Aufgabe – für Violet –, da fährt Amber fort: »Man hat mir vorgeworfen, *zu perfekt* zu sein.« Der Satz und ihre angewiderte Stimme bringen mich dazu, doch zu bleiben. »Das soll jetzt keine Rechtfertigung sein«, sie hebt die Hände in einer entschuldigenden Geste, »nichts hätte mir das Recht gegeben, dich öffentlich so bloßzustellen, einfach gar nichts. Ich will es dennoch erkl… nein.« Sie schüttelt den Kopf. »Es gibt keine angemessene Erklärung dafür. Es tut mir leid.« Sie senkt den Blick, ihre Haare fallen nach vorn, dann wendet sie sich schnell ab. Ihre Schultermuskulatur ist deutlich angespannt, als befürchtete sie, ich könnte ihr jeden Moment ein Messer in den Rücken jagen.

»Amber, warte!«

Sie bleibt stehen und hebt den Kopf, dreht sich jedoch nicht um. Ich sehe, wie ihre Schultern beben, wie ihr Brustkorb unter dem schmalen Band des Bikinis vor unterdrückten Schluchzern zu vibrieren beginnt.

»Erzähl es mir«, fordere ich sie auf. Vielleicht brauche ich diesen absurden wahren Grund, um endgültig damit abschließen zu können. Ich glaube, selbst über die entfernten Rufe der Partygäste hinweg zu hören, wie sie schluckt. Als sie sich schließlich umwendet, haben ihre Tränen bereits eine Spur an ihrer schmalen Nase hinterlassen, glänzen an ihrer Oberlippe.

»Nachdem ich für die große Online-Kampagne der Body-Positivity-Bewegung abgelehnt worden war, die ich so enorm wichtig finde, habe ich vorgeschlagen, nach anderen für die Kampagne besser geeigneten Kandidatinnen zu suchen.«

In meinem Kopf beginnt sich alles zu drehen, ich habe keine Ahnung mehr, wo dieses Gespräch hinführen soll. Ich warte, bis sie weitererzählen kann.

»Ich habe mich durch diverse Hashtags gewühlt und dein Profil gefunden. Deins und noch ein paar weitere. Ich habe sie alle unter dem Hashtag *#bodypositivity* in meiner Story geteilt und meine Kontaktperson markiert.« Sie wischt sich mit dem Handrücken die Tränen von den Wangen. »Ich bin immer davon ausgegangen, dass ich die Leute, die mir folgen, zu einem guten Leben motiviere, einem gesunden Leben mit Sport – genau wie du. Doch binnen weniger Sekunden wurde ich eines Besseren belehrt.« Sie schnaubt. »Die Macher der Kampagne hatten recht, ich stehe ganz offensichtlich für Perfektion, bin die *Königin* dieser oberflächlichen Fake-Welt.« Sie stößt ein tränenerSticktes Lachen aus. »Binnen weniger Minuten musste ich auf den Followerabsturz und die beleidigenden Antworten auf die Storys reagieren – und habe die falsche Entscheidung getroffen. Ich war schwach, habe nur vor mir gesehen, wie der Ruhm nachlässt, wie ich … keine Ahnung, was. Ich hatte einfach Angst, alles zu verlieren, was ich mir aufgebaut hatte. Deshalb habe ich alle von mir geteilten Beiträge gelöscht, die Unterstützung der Kampagne abgesagt und dem Druck nachgegeben, wieder *ich selbst zu sein.*« Das Ende des Satzes spuckt sie geradezu aus. »Erst meine Assistentin hat mir später erzählt, was ich damit angestoßen hatte. Weil sie mich nicht erreichen konnte, hat sie meinen schrecklichen Beitrag über dich eigenmächtig gelöscht. Ich habe mich so sehr verabscheut, mein ganzes Leben, diese oberflächliche Community. Aber meine Fans sind alles, was ich habe.« Sie senkt erneut den Blick.

»Ich habe immer wieder auf deinem Profil vorbeigeschaut, um zu sehen, wie es dir geht, habe auf neue Beiträge gewartet, bis ich einsehen musste, dass du aus dem Netz verschwunden bist. Auch von den anderen von mir geteilten Profilen habe ich nichts mehr gehört. Bis auf deinen Account waren alle auf privat gestellt oder wurden sogar komplett gelöscht. Ich glaube, die Kampagne wurde nicht einmal durchgeführt. Als ich dich dann hier an Bord wiedergesehen habe, war ich … wie erstarrt, vollkommen überfordert.« Amber schüttelt verzweifelt den Kopf. »Ich bin dafür verantwortlich, dass die Stimmen der richtigen Seite mundtot gemacht wurden, dabei sind sie so wichtig. Ich werde mein Image nicht mehr los, niemand wird in mir je mehr sehen als die menschliche Barbie, die reine Perfektion.« Ein weiteres kaltes Lachen. »Ja, für viele ist das noch immer das einzige Ziel. Aber es gibt so unendlich viele Frauen da draußen, die etwas ganz anderes wollen. Etwas, das nur du ihnen geben kannst.« Mit geröteten Augen sucht sie meinen Blick.

Ich schlucke, sehe all die unveröffentlichten Entwürfe in meinem Profil vor mir, all die nicht nur mir Mut machenden Posts, all die Worte, die ich zurückgehalten habe, weil ich mich wegen Amber nicht getraut habe, sie mit anderen zu teilen. Und ausgerechnet sie schenkt mir in diesem Moment den entscheidenden Funken, es am liebsten sofort nachzuholen. Was natürlich nicht möglich ist.

»Ich weiß, ich werde nie wiedergutmachen können, was ich dir angetan habe, dennoch danke ich dir, dass du mir zugehört hast.« Sie atmet tief durch, wirkt irgendwie befreiter, aber längst nicht frei.

Ich kann sie auch nicht von ihren Schuldgefühlen lossprechen, kann ihre Entschuldigung nicht einfach annehmen oder Verständnis heucheln. Noch nicht. Ich möchte sie aber auch nicht ohne ein Wort stehen lassen. Es ist bestimmt besser, einen ersten kleinen Schritt auf sie zuzumachen, anstatt sie zu ignorieren. Binnen kürzester Zeit reift eine Idee.

»Ich suche Scott Porter«, sage ich unvermittelt.

Ihre perfekt nachgezogenen Brauen ziehen sich zusammen. »Wie bitte?«

»Du könntest mir helfen. Ich bin auf der Suche nach Scott, wir haben da … eine Rechnung offen.« Ich will ihr nicht zu viel verraten, aber sie geht darauf ein und nimmt dankbar den Strohhalm an, den ich ihr reiche. Ich kann ihr ansehen, dass sie nachhaken will, um mehr zu erfahren. Doch sie unterdrückt ihre Neugier und fragt nur: »Ist zwischen dir und Lucas alles okay?«

»Ich habe Schluss gemacht«, würge ich unsere Tarnung hervor.

Amber presst die Lippen zusammen, ich sehe ihr deutlich an, dass sie mir nicht glaubt. »Das haben Lola und Candice auch überall herumerzählt. Aber ich habe Lucas vor zwei Jahren bei einem Shooting kennengelernt. Er ist nicht so, wie er sich nach außen hin gibt. Ich habe nicht den geringsten Zweifel, dass dieses Video mit der jungen Frau – egal, wie es für andere aussehen muss – nicht das zeigt, was es vermeintlich beweisen soll.«

Ihr Blick ruht eine ganze Weile auf mir, dann fügt sie leise hinzu: »Erst von ihm habe ich erfahren, dass sich meine falsche Entscheidung von damals noch heute auf dein Leben auswirkt. Ich habe ihn gebeten herauszufinden, ob ich dir irgendwie helfen könnte. Er hat mir sofort erklärt, dass du keine Hilfe brauchst, aber das Recht auf eine Entschuldigung hättest.« Sie macht eine kurze Pause, in der sie meine Reaktion genau beobachtet.

»Scott ist mit Mali an der kleinen Poolbar, dort habe ich ihn zumindest zuletzt gesehen«, sagt sie und deutet vage zur Backbordseite. »Ich wünsche dir, dass du klären kannst, was auch immer zwischen euch offen ist. Und wenn du vielleicht irgendwelche Kontakte brauchst, ich dir irgendwie helfen kann, meldest du dich bitte bei mir.« Sie fährt mit ihren Zähnen über die Unterlippe. »Ganz gleich, was es ist.« Kurz lächelt sie mir zu, dann geht sie zum Pool und springt hinter Colton und Cristina ins Wasser. Die beiden sind unbemerkt immer näher geschwommen und haben vermutlich alles mit angehört. Während Colton sich lautstark beschwert, nickt mir Cristina zufrieden zu.

Ich versuche, den Tumult in meinem Inneren, das chaotische Durcheinander, das Amber dort hinterlassen hat, so weit wie möglich von mir zu schieben, bevor ich mich auf den Weg zum größten Pool auf dem Deck mache. Das nierenförmige Becken erstreckt sich auf rund einem Drittel der Fläche und ist mit schmalen *Wasserläufen*, über die sich hölzerne Brücken spannen, mit den kleineren Becken verbunden. Inmitten des glitzernden Blaus ruht die *Treasure Island Bar*, die nur vom Wasser aus erreichbar ist. Eine kleine Insel, die vom Sonnendeck aus, das sich über uns rund um die *Siren* zieht, einem

Kreis aus getrockneten Palmblättern gleicht. Um *Treasure Island* herum sind zahlreiche Hocker unterhalb der Wasseroberfläche angeordnet, die das Risiko, sich die Schultern in der Sonne zu verbrennen, vermutlich tausendfach erhöhen. Dort sehe ich Jonah, Hunter, Lola und Candice sitzen, die exotische Cocktails bestellt haben wie die anderen Gäste. Mein Blick fliegt über das glitzernde Nass und zwei Sonnenanbeter auf Luftmatratzen hinweg zur kleineren seitlichen Poolbar, die sowohl Sitzmöglichkeiten im Wasser als auch Barhocker im Trockenen hat, die man über ein paar Stufen nach unten erreichen kann. Auf den Wasserplätzen sitzt, wie von Amber vorhergesagt, Scott und flirtet mit Mali, deren dunkle Haut in der Sonne erst richtig zur Geltung kommt.

Ich sehe zurück zu Lola und warte, bis wir Blickkontakt haben. Dann nicke ich ihr zu. Es geht los.

Lola und Candice verlassen die Insel und schwimmen an den beiden Luftmatratzen und ihren dösenden Besitzern vorbei zur anderen Bar. Wenig später folgt Jonah, dem wiederum Hunter hinterherschwimmt, weil er offenbar nicht allein am Tresen sitzen will. Alle vier lenken die Aufmerksamkeit der wenigen Gäste an der kleinen Bar auf sich. Mali wendet sich Lola und Candice zu, die sich zu zweit auf den schmalen Unterwassersitz quetschen. Gekonnt verwickeln sie Mali in ein Gespräch, in das sich auch Jonah und Hunter einschalten, nachdem sie angekommen sind. Anfangs versucht Scott noch, sich ebenfalls zu beteiligen, doch Jonah schafft es irgendwie, sich schwimmend und anscheinend beiläufig zwischen Mali und Scott an die Bar zu drängen, sodass er nicht die geringste Chance dazu hat. Er macht jedoch keine Anstalten, seinen Platz zu räumen. Und genau darauf habe ich gehofft.

Lola wirft mir einen unmissverständlichen Blick zu und formt ein lautloses »Jetzt!« mit den Lippen. Ich wäge meine Optionen ab, schaue sehnsüchtig zu den Barhockern im Trockenen, die jedoch viel zu weit von Scott entfernt sind, um zufällig mit ihm ins Gespräch zu kommen.

»Jetzt!«, wiederholt Lola noch einmal.

Es war mein Plan, also muss ich ihn auch durchziehen. Ich trete näher an den Rand des Pools und hole tief Luft. Mein Herzschlag rauscht bis in meine Ohren, übertönt die Musik und das Kreischen der anderen. Meine Finger verkrampfen sich um den Saum meines Kleides. All meine Entschlossenheit ist wie aufgelöst, verätzt von der alten Befangenheit. Beide Hände zittern, schaffen es verdammt noch mal nicht, dieses dämliche Kleid einfach auszuziehen.

Ich sehe mich um, keiner schaut zu mir, niemand wartet darauf, dass ich meinen nicht perfekten Körper zeige. Weder Lolas noch Candice' oder Jonahs Blicke sind auf mich gerichtet, Scott starrt nur auf sein Glas, in dem der Inhalt träge mit seiner Handbewegung hin und her schwappt, nachdem er bei Mali ganz offensichtlich abgeschrieben ist. Das ist die Gelegenheit. Ich muss zu ihm … für Violet. Ich schaffe es, den unteren Rand des Kleides bis zur Mitte meiner Oberschenkel hochzuziehen, was anstrengender ist als jedes Training, das ich bislang absolviert habe.

»Du weißt, dass du perfekt bist, wie du bist, oder?«

Ich lasse vor Schreck den bereits angehobenen Stoff fallen und drehe mich zu Amber um, der Saum umspielt nun wieder meine Knie. Ich suche in ihrem Gesicht nach der Antwort auf meine Frage, woher sie weiß, was in mir vorgeht.

»Ich kenne das«, sagt sie zu meiner Verblüffung. »Ich brauche manchmal bis zu einer Stunde, bevor ich mich für ein Shooting bereit fühle. Je mehr von dem Druck du zulässt, den die Erwartungen schüren, desto schlimmer wird es. Du bist perfekt, wie du bist«, wiederholt sie. »Soll ich dir helfen?«

Mein Blick irrt zwischen ihr und Scott hin und her. *Für Violet*, souffliert meine innere Stimme. Dass ausgerechnet Amber West mir eines Tages den entscheidenden Schubs geben würde, hätte ich nie erwartet. Ohne weiter darüber nachzudenken, greife ich nach dem Saum und hebe das Strandkleid über den Kopf. Ich ziehe meinen Bauch ein, eine dämliche Angewohnheit, die Amber mit einem wissenden Blick registriert, und werfe den Stoff auf eine der Liegen.

»Lass es nicht an dich heran, gib dem Wunschdenken anderer nicht die Macht über dich. Ich schaffe es nicht mehr, mich diesem Zwang zu entziehen, hoffe aber, du tust das. Und jetzt geh Scott den Kopf waschen. Offenbar verdient er es, was auch immer er getan hat.« In einer fast beiläufigen Geste streift sie meinen Oberarm und schenkt mir ein aufrichtiges Lächeln.

Meine Schritte sind ungelenk, Hunderte Anweisungen rauschen durch meinen Kopf: Zieh den Bauch ein; drück die Schultern nach unten; atme in die Brust … Ich murmele mit Violets Namen gegen die Stimmen an. Ich spüre tausend Blicke auf mir, obwohl mich niemand beachtet. Dennoch kommt es mir vor, als würden sie über meinen Körper gleiten, jede meiner … Schwachstellen berühren.

»Violet. Violet. Violet.« Mit jedem Schritt flüstere ich lautlos ihren Namen, gehe immer weiter, umklammere das Geländer, um Stufe für Stufe neben der kleinen Bar ins Wasser zu gleiten. Es ist warm, umspielt zunächst meine Knöchel, dann die Waden, schwappt über meine Knie, die Oberschenkel, saugt sich in mein Bikini-Höschen. Ich atme scharf aus, als das Wasser meinen Bauch berührt. Das passiert mir immer, egal wie warm es ist. Ich gehe dennoch weiter, das Nass klettert über meinen Bauchnabel, streift meine Brust und endlich fühle ich mich befreit. Alle Problemzonen sind bedeckt. Erfüllt von purer Erleichterung stoße ich mich ab und schwimme drei lange Züge zur Bar. Ganz offenbar hat Scott seinen Sitz für Jonah geräumt. Er hängt nun zwei Plätze weiter halb auf der Bar, sodass ein Hocker zwischen ihm und Jonah frei ist. Er starrt noch immer in sein Getränk, als läse er daraus die Zukunft.

Scott registriert mich erst, als ich mich auf den Platz neben ihm hieve. Feuchtigkeit aus meinen Haaren rinnt meinen Rücken hinab, der Wind gleitet viel kühler über meinen nassen Körper und ich bekomme eine Gänsehaut. Scotts Blick landet auf meiner Brust, der man ebenfalls deutlich ansieht, wie kalt mir ist. Scheinbar unbeabsichtigt hebe ich die Arme und lege sie auf die Theke, bemühe mich, den widerlichen Geschmack in meinem Mund loszuwerden, bevor er mir anzusehen ist.

Der Barkeeper kommt sofort auf mich zu und bietet mir den Cocktail des Tages an. Ich sage zu, als ein Kopf hinter den Beinen des Mannes erscheint. Ein Teil von mir hat sich tatsächlich gefragt, wie die Crew auf die Insel gelangt, ohne schwimmen zu müssen. Offenbar gibt es einen Durchgang vom Deck unter uns, der direkt hinter die Bar führt.

Ich spüre Scotts Blicke wie Nadelstiche und beobachte ihn aus dem Augenwinkel. Er kaut auf der Unterlippe, sieht dann hinüber zu Lola, Candice, Jonah, Hunter und Mali, mit der er zuvor geflirtet hat. Hätte er ihr nachher etwas ins Getränk gekippt? Wäre sie etwa sein nächstes Opfer geworden? Mir wird flau im Magen.

»Wie kommt es, dass du nicht dort sitzt?«, fragt er mit seiner angenehmen Stimme. Ich sehe ihn an und erkenne tiefes Misstrauen in seinem Gesicht. Mir war klar, dass der Gesprächseinstieg am schwierigsten werden würde.

Ich schiebe den Unterkiefer hin und her, mache eine hoffentlich grimmige Miene und presse hervor: »Sie halten trotz der Beweise zu Lucas.« Ich lege all meinen Ärger über Scott in meine Stimme. »Nach dem Video habe ich mit ihm Schluss gemacht, es kam zum Streit, und ich …« Ich schlage auf die Wasseroberfläche, einzelne Spritzer landen in meinem Gesicht. Ich wische sie ab, sehe starr auf das lilafarbene Getränk, das der Barkeeper in diesem Moment vor mir abstellt. Dann murmele ich, ohne Scott anzusehen: »Jetzt weiß ich nicht, wo ich hin soll.«

Scott stößt ein abfälliges Lachen aus, sagt aber nichts. Sein Schweigen verunsichert mich total. Ich nehme einen Schluck aus meinem Glas und verziehe angewidert den Mund. Das ist viel zu stark! Das Brennen gleitet spürbar meine Speiseröhre hinab. Nun lacht Scott mich offenbar aus und ich werfe ihm einen vorwurfsvollen Blick zu.

»Hätte ich dich etwa warnen sollen?« Er dreht sich auf dem Hocker zu mir und legt seinen linken Arm auf die Theke. Erst jetzt fallen mir seine betörend blauen Augen auf, die langen Wimpern, die kleine Narbe, die seinen Mundwinkel verzieht, sodass sein Lächeln immer leicht schief wirkt. Jetzt gerade kann ich verstehen, wieso Lola und offenbar so viele andere sich in ihn verliebt haben und auch Candice in einem schwachen Moment nicht nein sagen konnte. Ich schweige noch immer und mustere ihn. Um den Hals trägt er ein Lederband, er ist schmal gebaut, dennoch ist jeder Muskel definiert, selbst die oft vernachlässigte Schulterpartie. Rutscht er jetzt etwa nervös auf dem Sitz herum?

»Kannst du bitte aufhören, mich so anzustarren?« Er greift mit einer fahrigen Handbewegung nach seinem Glas und kippt sich den kompletten Inhalt in den Mund.

Ich blinzele, versuche, damit umzugehen, dass meine Blicke offensichtlich ein Problem für ihn sind. Dann gehe ich in die geplante Offensive. »Bist du es nicht gewohnt, angestarrt zu werden? Ich habe dich gesehen, als wir an Bord gegangen sind. Du hast praktisch mit jeder einzelnen Kamera geflirtet.« Ich verdrehe die Augen.

»The show must go on«, sagt er und winkt den Barkeeper zu sich. Er bestellt sich ein weiteres Glas seines … Whiskys? Sein Blick huscht zu mir. »Willst du etwas Vernünftiges trinken?«

Mich durchfährt ein eisiger Schauer, mein Puls beschleunigt sich. Ist das nicht die Gelegenheit, auf die ich gewartet habe? Lola, die uns beobachtet hat, nickt über Scotts Schulter hinweg.

Um es nicht zu offensichtlich zu machen, rümpfe ich die Nase. »Ich weiß nicht?«

»Du kannst ja einfach mal probieren«, sagt er, ohne eine richtige Antwort von mir abzuwarten, und deutet mit Zeige- und Mittelfinger an, dass er zwei Drinks möchte. Der Barkeeper stellt die Gläser vor uns hin, wirft Eiswürfel hinein und gießt aus irgendeiner vermutlich sehr teuren, mir aber nichtssagende Flasche bernsteinfarbene Flüssigkeit ein.

Scott greift sofort danach. Weil ich nicht ganz so enthusiastisch bin, schiebt er mir mein Glas zu und raunt unter halb gesenkten Lidern: »Auf die Ausgestoßenen!«

Sein tieftrauriger Ausdruck straft seinen sarkastischen Tonfall Lügen, aber ich empfinde nicht einen Funken Mitleid. Unsere Gläser klirren laut aneinander und ich verziehe bereits das Gesicht, bevor ich auch nur einen Tropfen gekostet habe.

»Price ist es nicht wert, ihm nachzutrauern«, sagt Scott, nachdem er einen Schluck genommen hat. »Er hat all das verdient, was gerade passiert.« Es klingt, als würde er eher zu sich selbst sprechen als zu mir.

»Denkst du das wirklich?«, frage ich leise. So leise, dass er sich näher zu mir beugt.

»Den Prices ist Freundschaft absolut nichts wert.« Seine langen Finger krallen sich um das Glas.

»Das ist nicht wahr!«, entfährt es mir, bevor ich es zurückhalten kann.

Scott lacht düster auf, dann beugt er sich noch näher zu mir, kommt aber nicht dazu, etwas zu sagen, weil Candice über den ganzen Pool ruft: »Ich bin schon völlig verschrumpelt und mein Kopf ist ganz vernebelt. Lasst uns gehen, wir suchen uns ein hübsches Café und essen eine Kleinigkeit.«

Ich sehe über Scott hinweg zu ihr. Sie nickt mir kaum merklich zu, während Hunter sich beschwert, dass heute der letzte Tag ist und sie doch alle feiern wollten. Kurz darauf wird es an der Bar ruhiger. Außer Scott und mir sind nur noch Jonah und Hunter da. Lola und Candice sind wie vereinbart mit Jonahs Generalschlüssel auf dem Weg in Scotts Suite. Jonah gleitet von seinem Sitz und taucht kurz unter. Als er wieder auftaucht und das Wasser aus dem Gesicht streift, wiederholt Hunter seine Frage, die Jonah unter Wasser nicht gehört hat. »Willst du etwa auch gehen?«

Jonah paddelt ein wenig umher und setzt sich dann auf Hunters andere Seite, damit er mich weiter beobachten kann. »Ich wollte mich nur etwas abkühlen.« Er schnappt sich sein Glas und prostet Hunter zu, der sofort darauf anspringt.

Scott sieht nicht hin, aber seine hängenden Schultern und die traurig gesenkten Lider sprechen eine deutliche Sprache. Er vermisst die alte Clique. Doch schon im nächsten Moment hat er sich wieder unter Kontrolle. Er sieht kurz zu Jonah und Hunter, bevor sein angewiderter Blick zu mir zurückkehrt. »Keine Ahnung, was Lucas dir erzählt hat, aber es war eine Lüge.« Seine Kiefermuskulatur tritt deutlich hervor, lässt sein Gesicht härter wirken. »Wir waren beste Freunde!«, stößt er aus, seine Lippen beben. »Und trotzdem hat Price mit meiner Freundin herumgemacht! Selbst bei uns gibt es so etwas wie Ehre!« Er leert sein Glas, in seinen Augen sehe ich nichts als Enttäuschung und Schmerz. Schmerz, der noch immer unter der Wunde eitert, die er mit Rache schließen wollte.

Scott ist betrunken, das merke ich selbst über das beginnende Wattegefühl in meinem Kopf hinweg. Mit jedem Nippen an meinem Glas untergräbt der Whisky meine Pläne. Scott nimmt sein nächstes Glas entgegen und führt es hastig zum Mund.

»Er hatte nichts mit Suzanna«, sage ich leise.

Er verschluckt sich und spuckt den Inhalt beinahe über die Theke. »Hat er dir das etwa erzählt?« Sein Lachen klingt immer verbitterter. Ich nehme einen weiteren Schluck, um Zeit zu schinden, zu überlegen, was genau ich ihm sagen kann. Das Brennen in der Kehle lässt nach, ich gewöhne mich offenbar daran. Es ist mein erstes Glas, und dennoch scheint sich der Alkohol in der Hitze unkontrolliert in meinem Körper auszubreiten und meine Zunge zu lockern.

»Lucas hat Suzanna geholfen. Sie wurde von irgendwelchen Typen bedrängt, er ist dazwischengegangen und hat sie abgeschirmt.«

»Wie naiv bist du denn?« Eine zornige Falte taucht zwischen seinen dunklen Augenbrauen auf. »Er hätte sie auch anders ›abschirmen‹ können. Und es gibt ein verdammtes Foto von den beiden.«

»Genau das.« Ich werde lauter. »*Ein* verdammtes Foto, Scott! Eins!« Ich hole tief Luft und fahre etwas ruhiger fort: »Denkst du nicht, es gäbe noch ein paar weitere, die mehr Details zeigen, wenn sie angeblich ›so wild herumgeknutscht haben‹?« Ich schüttele den Kopf. Wie kann man ernsthaft so verbohrt und blind vor Zorn sein?

Scott schaut mich zwar an, aber ich bin mir sicher, dass er durch mich hindurchsieht. Sein Blick ist getrübt, vielleicht habe ich es geschafft, ihn aus seiner Blindheit zu reißen.

»Lucas hat gesagt, er wird denjenigen umbringen, der das Foto gemacht hat«, sage ich nach ein paar Momenten der Stille.

Scott kehrt wieder in die Gegenwart zurück.

»Ihm lag unglaublich viel an eurer Freundschaft und er trauert noch immer. Genau wie du!«, füge ich hinzu, was in Scott aber nur eine Trotzreaktion hervorruft. Er verschließt sich wieder. »Die Wut auf dich, auf das, was du Lola angetan hast, überwiegt jedoch.« So langsam komme ich in Fahrt.

Als ich Lola erwähne, zuckt er deutlich zusammen und schürzt die Lippen, bevor er sich wieder seinem Getränk widmet. Ich habe mir jegliche Chance auf Flirten verbaut, bin vollkommen aus meiner Rolle als Lockvogel gefallen. Doch jetzt kann ich ihm zumindest die Meinung sagen, bevor ich zu Lola und Candice gehe. »Du hast Lolas Gefühle für dich für deine Rache ausgenutzt. Du hast ihr das Herz herausgerissen!«

Scott blinzelt mehrmals, seine Augen glitzern verdächtig. Er taucht seine Hände ins Wasser zwischen uns und schaufelt sich eine Ladung davon ins Gesicht.

»Du bist so stur. Gib es wenigstens zu!«, fordere ich, doch Scott schiebt nur den Unterkiefer vor, anstatt mir zu antworten. Dann mache ich einen Fehler. »Bei ihr musstest du nicht zu irgendwelchen Mittelchen greifen, um sie ins Bett zu kriegen, oder?« Ich verfluche den Alkohol, weil er meinen Mund schneller macht als mein Hirn.

Scott wird kreidebleich und reißt erschrocken die Augen auf. »Spinnst du? Du kennst mich nicht einmal.« Die Worte klingen nach einem tiefen Donnergrollen. »Alles klar!« Er schließt die Augen und legt den Kopf in den Nacken. Das Lederband spannt sich über seinen Adamsapfel, der sich kurz hebt, bevor er mich mit ernstem Gesicht ansieht. »Das wolltet ihr mit dieser Show hier also erreichen.« Er deutet mit dem Finger zwischen uns hin und her und schüttelt den Kopf. »Ich habe es nicht nötig, Mädchen meinen Willen aufzuzwingen.« Es klingt keineswegs arrogant oder überheblich, sondern nach einer bloßen Tatsache. Er nimmt einen weiterer Schluck aus dem Glas, das schon fast wieder leer ist. »Dasselbe hab ich auch von Lucas gedacht, bis ich sein Handy gefunden und das Video gesehen habe.«

Sämtlicher Alkoholnebel in meinem Hirn verpufft. »Du hast was?«

»Er hat sein Handy neulich im Fitnessstudio liegen lassen und benutzt noch denselben Code wie früher. Ich habe durch die Galerie gescrollt, bis ich das Video gefunden habe. Plötzlich ist mir alles klar geworden.«

»Aber du …«, stammele ich, mein Hirn kämpft gegen den Alkoholspiegel im Blut an. »Du hast Candice etwas gegeben, dann die Nacht mit ihr …«

»Urgh! Ich würde Candice nie anrühren«, sagt er so schnell und so überzeugend, dass ich ihm tatsächlich glaube.

»Aber du hast in unserer Kabine … bei ihr …« Ich finde nicht die richtigen Worte.

Scott hebt eine Augenbraue und leert sein Glas, woraufhin der Barkeeper ihm unaufgefordert ein neues hinstellt und auffüllt. Nach einem schon fast vorwurfsvollen Seufzen sagt Scott: »Man kann in einem Zimmer – selbst in so einem winzigen, wie Candice es hat – übernachten, ohne sich die Kleidung vom Leib zu reißen. Wir haben uns durch die ganzen Klassiker gespielt.«

Ich verstehe nicht, was er meint, und er fügt mit einem Augenverdrehen hinzu: »Nintendo. Bildschirm. Alle Spiele, die es je gab.« Sein Blick wird herausfordernd.

Ich schlage mir in Gedanken gegen die Stirn. »Candice' Kinderzimmer!«, flüstere ich und Scott lächelt.

»Sie war früher einfach unbesiegbar, doch mit all dem Alkohol, den sie offenbar intus hatte – und weshalb ich sie überhaupt in die Suite gebracht habe –, war sie sauschlecht.«

»Sie dachte, ihr hattet was miteinander. Sie weiß nichts von irgendwelchen Spielen!«

Scott sieht mich entsetzt an. »Und sie ist davon ausgegangen, wir hätten miteinander geschlafen?« Er wirkt wenig begeistert bei dem Gedanken. Sein Gesichtsausdruck ist schon fast witzig – aber das liegt vielleicht auch am Alkohol. Wäre da nur nicht …

»Jemand hat ihr etwas eingeflößt, deshalb hat sie alles vergessen«, erkläre ich. »Wir dachten, du wärst es gewesen.«

»Da muss ich dich enttäuschen. Euch alle.« Scott kippt das frisch aufgefüllte Glas in einem Zug hinunter und gleitet ins Wasser. »Schaut euch die Highscores an. Auch wenn sich Candice dann noch viel mehr schämen wird, als bei dem Gedanken, mit mir Sex gehabt zu haben. Man sieht sich, Tara.«

Ich sehe ihm hinterher, wie er mit zwei kräftigen Schwimmzügen an der Treppe ankommt und in einer werbespottauglichen Anmut aus dem Wasser steigt, bis seine Shorts tief an den Hüften sitzen. Genau wie bei Lucas am Strand auf Deck 4. Mein Herzschlag beschleunigt sich bei der Erinnerung daran, und als mein Hirn mit den Bildern von heute Vormittag geflutet werden, bringt das Alkohol-Sonne-Gemisch meine Hormone zum Durchdrehen. Die Sehnsucht nach Lucas wird immer größer. Ich muss zurück in unsere Suite und ihm alles erzählen!

»Hat Porter dich etwa sitzen lassen?«, ruft Hunter von ein paar Plätzen weiter und unterbricht Jonah mitten im Satz. Schon rutschen die beiden zu mir auf.

»Eine so schöne Frau kann man doch nicht allein lassen«, prostet Hunter mir zu.

Jonah wirft mir fragende Blicke über Hunters Schulter hinweg zu und deutet mit dem Kinn auf die Treppe, über die Scott eben den Pool verlassen hat. Zur Antwort schüttele ich mit zusammengepressten Lippen den Kopf, was Hunter auf seine Aussage bezieht.

»Wir werden dich nicht allein lassen, versprochen«, sagt er dann und wirft mir ein strahlendes Lächeln entgegen.

»Nicht nötig, ich wollte sowieso gerade gehen«, sage ich ehrlich und sehe in Gedanken bereits Lucas vor mir. Hitze, die definitiv nicht vom Alkohol stammt, bahnt sich ihren Weg durch meine Adern.

»Jetzt sei doch nicht so eine Spaßbremse wie der Rest deiner Mitbewohnerinnen«, sagt Hunter drängender.

Jonah sieht gerade zu der anderen Bar hinüber und runzelt die Stirn. Dort ist offenbar irgendein Tumult ausgebrochen. Einzelne Rufe dringen zu uns herüber.

»Jonah hier sieht aus, als würde er mich ebenfalls gleich verlassen.«

Da kann ich Hunter nur zustimmen und nach einer kurzen Rückversicherung, ob er mal nachsehen könne, schwimmt er bereits davon.

»Noch zwei von denen hier«, bestellt Hunter neben mir, während ich Jonah beobachte, der schon fast bei Liam und Tommy angekommen ist, die sich über Lyannas Kopf hinweg anbrüllen. Als ich mich Hunter zuwende, stehen zwei frische Gläser vor uns.

»Danke, aber ich habe genug für heute«, lehne ich ab.

Hunters Lippen verziehen sich zu einem beinahe komischen Schmollmund. Ich will mich bereits abwenden, erstarre bei seinen nächsten Worten jedoch mitten in der Bewegung.

»Genau dasselbe hat deine Schwester auch gesagt.«

25

Sanfte Wellen plätschern warm gegen meine Brust, ich spüre scheinbar jede Bewegung der Gäste irgendwo im Pool. Und doch fühle ich mich wie auf einem anderen Planeten. Hunter redet weiter, Jonah schlichtet den Streit zwischen Liam und Tommy, aber ich kann keinen von ihnen über das dumpfe Pochen in meinen Ohren hinweg hören. Die Geräusche werden leiser und leiser, als würde ich meinen Kopf unter Wasser tauchen.

»Dasselbe hat deine Schwester auch gesagt.« Und trotzdem hat sie offenbar so viel getrunken, dass sie fast leblos in Lucas' Armen hing. Hunter war auf der Party, lungerte ständig bei Jonah an der Bar herum. Er war auch dabei, als Candice mit Billardspielen die Zeit überbrücken wollte, bis sie runter auf Deck 3 konnte. Es war nicht Scott, der den Mädchen etwas eingeflößt hat, es war Hunter!

Mein Körper ist in Schockstarre verfallen, mein Herz reagiert auf die Angst, die mich überkommt, flutet mich pochend mit Adrenalin. Ich muss hier weg. So rasch wie möglich. Doch dann … wird Hunter morgen von Bord gehen und weiteren Frauen dasselbe antun wie Violet.

Als ich meine Muskeln wieder unter Kontrolle habe, kontrolliere ich meine Mimik und wende mich Hunter zu. Er sitzt inzwischen so da wie Jonah vorhin, als er Mali von Scott trennen wollte. Ich werfe einen schnellen Seitenblick auf die identischen Gläser. Wie lange habe ich zur Insel hinübergesehen? Hat er mir bereits irgendetwas ins Getränk gemischt? Mein Bauchgefühl sagt mir, dass es so ist, und mein Gehirn arbeitet fleißig an einem neuen Plan. Schließlich warten meine Freunde in Scotts Suite und nicht in der von Hunter und Jonah.

Ich muss ihn ablenken, drehe mich demonstrativ zu der anderen Bar um und deute mit der linken Hand auf Jonah. Wie erhofft folgt Hunters Blick meiner Geste.

»Solltest du ihm nicht helfen?«, frage ich und vertausche die beiden Gläser, dankbar für das laute Geräusch, das der Barkeeper beim Crushen der Eiswürfel macht.

»Ach, Jonah kommt klar.« Hunter winkt ab und beugt sich etwas näher zu mir, damit er nicht so laut Brüllen muss. Sein Atem streift meine Schläfe, als würden sich Krallen nach mir ausstrecken.

»Wenigstens einen Schluck?«, fragt er mit Schmollmund und einem Blick, der einen Würgereiz in mir auslöst.

Ich sehe ihn an und schaue dann hinüber zu Jonah, in der Hoffnung, ihn auf mich aufmerksam machen zu können, doch er unterhält sich mit der Barkeeperin, die hinter dem Tresen steht. Die Streithähne haben sich offenbar wieder beruhigt.

»Okay, einen Schluck«, sage ich so laut wie möglich zu Hunter.

Zufrieden hebt Hunter sein Glas und prostet mir zu. »Auf den einen Schluck – und weitere.«

Ich hole tief Luft und nippe an meinem Getränk. Ich klammere mich regelrecht daran fest wie an den sprichwörtlichen rettenden Strohhalm, um zu verhindern, dass meine Hände zittern – und um das Glas nicht aus den Augen zu lassen.

Während der winzige Schluck wie pure Säure meinen Hals hinabrinnt, versuche ich mehrmals, Blickkontakt zu Jonah aufzunehmen.

»Konntest du die Fahrt wenigstens einigermaßen genießen?«, fragt Hunter beiläufig und sieht mit gerunzelter Stirn auf den Inhalt seines Glases. Spürt er die Wirkung bereits? Er muss weitertrinken, daher animiere ich ihn mit einem Zuprosten dazu und nippe noch einmal an meinem Glas, während ich ein bitteres Lachen ausstoße.

»Ist die Frage ernst gemeint?« Er hat schließlich alles mitbekommen, was in den letzten Tagen abgelaufen ist. Hunter trinkt einen großen Schluck, dann sagt er leise: »Nein, vermutlich nicht. Tut mir leid.« Er stößt sanft mit seinem Glas gegen meins. »Auf die Rückkehr nach Miami!«

Dem Toast kann ich nur zustimmen. Ich hebe ebenfalls mein Glas und gebe vor, zu trinken, damit Hunter weiterhin seine eigene Medizin schluckt, benetze aber nur meine Lippen. Der Alkohol weitet bereits meine Adern, die Hitze im Pool wird immer unerträglicher. Ich schöpfe mit der freien Hand etwas Wasser und gieße es über mich. Es ist furchtbar hell, das bisschen Schatten, das die Granitoberfläche der Theke abschirmt und die Gäste damit vor Verbrennungen schützt, muss weitergewandert sein. Gerade als ich beim Barkeeper eine Flasche Wasser ordern will, verschwindet er in der Klappe im Boden. Mieses Timing! Ich rufe ihm noch hinterher, aber alles, was aus meinem Mund kommt, ist ein unverständliches Silbenkauderwelsch. Dieser verfluchte Alkohol in der Sonne! Ich hätte es besser wissen müssen. Das halbe Glas, das ich mit Scott getrunken habe, hätte mir völlig ausgereicht, ich kann mich nicht einmal daran erinnern, ob ich heute schon etwas gegessen habe. Mein Hirn ist die reinste Watte. Ich blinzele, um meinen Blick zu klären. Die Bar rutscht aus meinem Blickfeld, ohne dass ich mich bewegt habe.

Ein starker Arm hält mich fest und es dauert einen Moment, bis ich Hunter fixieren kann.

»Alles in Ordnung, Tara?«

Ich brauche meine ganze Konzentration, um sein Gesicht stillzuhalten. Es kommt immer näher und ist dann urplötzlich wieder so weit entfernt wie zuvor. Er lässt meinen Oberarm los und ich bemühe mich, das Gleichgewicht zu halten. Die sanften Wellen, die an meinen Körper schwappen, sind stärker geworden, bringen mich ins Schwanken.

»W ... wass ...«, stoße ich hervor.

Hunter bewegt sich viel zu schnell. Er beugt sich kurz über die Bar und angelt nach einer Flasche Wasser. Das hoffe ich zumindest. Er öffnet sie umständlich langsam, während ich versuche, zu verfolgen, was seine Hände tun.

»Trink das!«, weist er mich an und führt mir die Flasche an die Lippen. Es ist Wasser. Herrlich kühles Wasser. Ich greife nach der Flasche und kippe gierig mehr in mich hinein.

»Das reicht!«

Ich halte inne, atme tief durch.

Hunter nimmt mir die Flasche aus der Hand. »Zu viel könnte dich für immer bewusstlos machen.«

Ich habe keine Ahnung, was er mir damit sagen will. Es ist Wasser. Hier ist überall so viel davon! Ich lache laut los. Hunter lacht mit, als hätte ich einen Witz gemacht. Ich überlege, was ich gesagt haben könnte, doch mir fällt nichts ein. Aber es ist auch egal.

Ich lasse meine Handflächen über die Wasseroberfläche gleiten. Es fühlt sich einfach herrlich an! Das Feuer in meiner Kehle ist gelöscht, die weichen Wellen streicheln meinen Körper. Ich stoße ein Seufzen aus. Doch es klingt wie ein leises Stöhnen. Ich kann das Wasser einfach überall spüren, als wäre jedes Nervenende darauf ausgerichtet. Es gleicht unzähligen Händen auf meiner Haut, erinnert mich an …

»Lucas«, bringe ich hervor. Ich muss zu Lucas. Ich will ihn küssen, ihn spüren, ihn …

»Soll ich dich zu ihm bringen?«, fragt Hunter.

Ich nicke so heftig, dass meine Sicht nicht mitkommt und die Umgebung verschwimmt. Angestrengt konzentriere ich mich auf Hunter, der mich vom Barhocker zieht. Das Wasser berührt meine Brust, ich bekomme eine Gänsehaut und erschaudere.

Hunter stößt den Atem in einem Zischen aus. Oder war es ein »Sei leise, Tara«? Ich lasse mich von ihm durch den Pool ziehen, er nimmt mich in den Arm, ich spüre seine Hände an meiner Taille und kann es nicht erwarten, bei Lucas zu sein. Allein bei dem Gedanken an ihn wird mir noch heißer. Hunter zaubert aus dem Nichts ein Handtuch hervor und wickelt es um mich. Mit Lucas' Lächeln vor Augen schaffe ich es, in Hunters Griff schnell zum Fahrstuhl zu kommen. Ich kichere vor Aufregung, als uns der gläserne Lift auf Deck 20 ausspuckt. Hunter dirigiert mich nach rechts, obwohl ich auf links zuhalte. Auf unsere Suite. Wo Lucas auf mich wartet. Wo ich ihm in die Arme fallen und ihn nie wieder loslassen werde.

»Wir können hinten durch, schon vergessen?«, raunt mir Hunter zu.

Ich spüre seinen Atem an meinem Ohr. Mache einen Schritt nach dem anderen. Er hat recht. Beide Seiten führen zu Lucas.

Ich war noch nie barfuß im Flur. Der dicke Teppich kitzelt meine Füße wie tausend Ameisen. Ich lache, bis Hunter mich böse anfährt und mir den Mund zuhält. War dieser Flur schon immer so lang? Ich bin sicher, wir sollten längst am Ende sein, aber der Teppichboden erstreckt sich noch eine Unendlichkeit vor mir. Ich seufze enttäuscht. Ich will mich beeilen, schneller bei Lucas sein, doch meine Füße verheddern sich und ich stolpere. Hunter fängt mich auf, legt seinen Arm wieder fester um meine Taille. Dann kippt die Welt, gerät ins Wanken.

»Trägst du mich etwa?«, will ich fragen, doch aus meinem Mund kommt wieder nur ein unverständlicher Buchstabenschwall. Ich lehne an Hunters Schulter und warte, bis er sich nicht mehr bewegt, die Welt um mich herum tut es dennoch. Mir wird noch schwindeliger. Ich blinzele das Panel für den Türöffner an, schaffe es aber nicht, meinen Arm zu heben.

Hunter scannt seinen Personal Guide und die Tür öffnet sich. Eine leise Stimme in meinem Kopf flüstert, dass er unsere Kabinentür nicht öffnen kann. Zur Verstärkung des Alarmsignals krampft sich mein Magen zusammen, ich will mich übergeben. Doch nichts passiert. Meine Zunge klebt an meinem Gaumen. Ich will schreien, *muss* schreien, muss nach Lucas rufen … aber das Einzige, was herauskommt, ist ein Atemstoß, der mit einem leisen Zischen verschmilzt, als die Tür vor mir zur Seite gleitet und ich auf Hunters Arm in der Suite verschwinde – in seiner Suite –, bevor er den Türsensor betätigt.

Ich will um mich schlagen, doch meine Muskeln reagieren nicht auf meinen Befehl. Lediglich ein schwaches Zittern begleitet meinen lautlosen Schrei. Ich glaube, dass ich weine.

26

Die Berührung an meinem Nacken lässt mich wohlig seufzen. Aber irgendetwas stimmt nicht. Ich liege auf etwas angenehm Warmen. Ich schrecke hoch, schaffe es aber nur zu einem Teil und werde dabei von einem starken Arm gestützt. Hinter meinen Schläfen hämmert es konstant, die schnelle Bewegung jagt einen sengenden Schmerz durch meinen Körper, der mit Übelkeit antwortet. Tonnenschwere Gewichte hängen an meinen Lidern, ich kann die Augen nicht öffnen, egal, wie sehr ich mich bemühe.

»Scht«, haucht eine Stimme und der Lufthauch streift meine Haare, begleitet von weiteren gleichmäßigen Berührungen. »Es ist alles gut.«

»Lucas?«, frage ich. Mein Hals ist so trocken, dass nur ein Krächzen aus meinem Mund kommt. Ich hebe zitternd den Arm, der nicht zwischen mir und Lucas eingeklemmt ist, und reibe mir über die Augen, um das Gewicht loszuwerden.

»Ich bin da, du bist außer Gefahr«, höre ich ihn sagen, während sein Herz beständig gegen mein Ohr pocht und ich von seinem Geruch eingehüllt werde. »Zumindest so lange, bis es dir besser geht und ich dir meine Meinung darüber sagen kann, was ich von diesem Alleingang halte.« Es ist fast schon ein Knurren.

»Lucas!«, tadelt ihn Lolas Stimme.

»Ich habe doch recht. Wie konnte sie den Plan einfach umwerfen?« Lucas schnaubt, während ich noch mit meinen verklebten Lidern kämpfe. Hin und wieder flackert Licht auf, aber ganz schaffe ich es nicht, die Augen zu öffnen.

»Brauchst du etwas zu trinken?«, fragt Lola.

»Bitte«, krächze ich zur Antwort, dann höre ich Schritte.

Lucas streicht mir eine Haarsträhne aus dem Gesicht, hebt mich auf seinem Arm etwas weiter in den Sitz. Die sanfte Berührung lässt mich erschauern, gräbt aber gleichzeitig schreckliche Bilder aus meinem Unterbewusstsein. Mit einem Stöhnen reiße ich die Augen auf und sehe mich entsetzt um. Das ist nicht unsere Suite, das ist …

Hunter und ich an der Bar.

Hunter, der mich zu Lucas bringen soll.

Hunter, der mich trägt.

Danach folgt nichts mehr.

»Schnell!«, ruft Lucas.

Candice ist plötzlich da, hält mir einen Papierkorb hin, in den ich mich übergebe.

»Es ist alles gut«, flüstert Lucas und wischt mir die Haare aus dem Gesicht. Kraftlos lasse ich mich wieder gegen ihn sinken, die Übelkeit ist vorerst gebändigt. »Ich habe hier auf euch gewartet. Nichts, was gerade durch deinen Kopf geistert, ist passiert.«

Bemüht gemächlich, um keine erneute Übelkeitsattacke zu riskieren, sehe ich zu ihm. Er setzt mich noch etwas weiter auf und drückt mir eine Flasche Wasser in die Hand. »Aber langsam!«, befiehlt er und ich nehme einen kleinen Schluck. Dann noch einen.

»Wieso hast du hier gewartet?«, frage ich, doch Lucas schaut plötzlich über mich hinweg. Umständlich folge ich seinem Blick.

»Scott?« Ich blinzele, weil ich offenbar noch nicht ganz bei mir bin. Scott lehnt im einfallenden Sonnenlicht an der Natursteinwand neben dem Fake-Kamin und hat die Hände in den Hosentaschen vergraben.

»Es ist alles gut, Tara«, sagt Lucas. »Scott ist zu mir gekommen und hat mir vorgeworfen, dass wir ihn verdächtigt hätten. Dabei war er sich sicher, dass ich es war, dass das Video die Wahrheit sagt. Es hat nicht lange gedauert, da war uns klar, dass nur Hunter dahinterstecken konnte. Hunter, den Scott zuletzt in deiner Nähe gesehen hat. Er ist wieder zurück zum Pool, während ich nach nebenan in Hunters Suite gegangen bin. Mit meinen Personal Guide habe ich hier Zugang, weil das eigentlich auch meine Suite gewesen wäre.« Seine Stimme zittert, er drückt mir einen Kuss auf die Stirn. »Ich schwöre dir, ich hatte noch nie in meinem Leben solche Angst.« Seine Fingernägel bohren sich fast schmerzhaft in meine Haut. »Scott hat nach euch gesucht, euch aber nicht gefunden. Ich habe hier gewartet und gewartet und mit jeder Minute habe ich mir Schlimmeres ausgemalt, wohin dich dieses Schwein gebracht haben könnte.«

Ich sehe den Schmerz des Erlebten in seinen Augen. »Ich kann mich nicht mehr erinnern«, sage ich ehrlich. Egal, wie sehr ich mich bemühe, mehr als die Poolbar und das vage Bild, dass Hunter mich getragen hat, ist einfach nicht greifbar.

»Das ist normal bei K.-o.-Tropfen«, meint Candice. »Ich habe so üble Lust, sie ihm selbst zu geben, damit er spürt, wie es ist, keine Kontrolle mehr zu haben und sich die schlimmsten Dinge auszumalen.«

Ich höre ein Schnauben, dann sagt Scott: »Es gibt weit Schlimmeres, als mit mir im Bett gewesen zu sein. Hast du dir schon deine fatale Niederlage in Mario Kart angeschaut?«

Candice' Augen weiten sich vor Schreck. »Du hast doch nicht etwa …«

»Das wird sie dir nie verzeihen«, mischt sich Lola ein. In ihrer Stimme klingt nicht mehr die alte Feindseligkeit mit.

»Wie lange war ich denn weg?«, frage ich.

Lucas versteht die wahre Bedeutung und erklärt leise: »Wir haben uns alle ausgesprochen. Auch Scott konnte sich den Beweisen auf Hunters Handy nicht verschließen. Wir haben nicht nur das ungeschnittene Original des Videos von mir und deiner Schwester gefunden, sondern etliche weitere, die Mädchen zeigen, mit denen er dasselbe abgezogen hat.« Sein Kehlkopf hebt und senkt sich mehrmals angewidert. »Dazu waren in seiner Cloud noch Tausende anderer Bilder, teils aus unserer Schulzeit.«

»Eigentlich hatte Tara mich schon überzeugt«, sagt Scott.

Langsam sehe ich zu ihm. Mein Hirn kommt noch nicht mit, dementsprechend fragend blinzele ich ihn an, während er zum Sessel geht und sich darauf fallen lässt.

»*Ein* Foto«, zitiert er mich. »Es gab nur *ein einziges* Foto von den beiden, das die Runde machte. Du bist sehr klug, Tara Dawson. Du solltest deine Zeit nicht mit Price vergeuden.« Die Worte sind nicht mehr fies gemeint, ein herausforderndes Lächeln lässt sein Gesicht erstrahlen.

Lucas schnaubt nur. »Pass auf, was du sagst, Porter.« Dann wendet er sich wieder mir zu. »In Hunters Cloud waren an die fünfzig Bilder der Szene. Und nur zwei oder drei davon hätte Hunter nehmen können, um Suzanna und mir irgendetwas anzuhängen. Das hat selbst Scott mit seiner bemitleidenswerten Anzahl an Gehirnzellen einsehen müssen.« Er schürzt die Lippen, um ein breites Grinsen zu unterdrücken. Das Funkeln in seinen Augen ist heller denn je.

Die beiden haben so lange gelitten – wegen Hunter.

»Wo ist Hunter?« Ich stemme mich auf, um das Wohnzimmer einsehen zu können. Lola sitzt neben uns, während Candice aus einem blinden Fleck herbeigesprungen war, um mir den Papierkorb hinzuhalten. Jetzt entdecke ich sie bei …

»Christian?« Ich blinzele. Wie kann Christian hier sein? *Mein* Christian. Das ist noch unwahrscheinlicher, als Scott Porter in dieser Kabine zu sehen.

»Hi, Tara«, sagt er und sieht eindeutig so aus, als ahnte er bereits, welche Standpauke auf ihn zukommen wird.

»Was tust du hier? Also auf der *Sir…*« Der Rest des Satzes geht in dem verliebten Lächeln unter, das Candice ihm zuwirft. Mein Gehirn nimmt langsam die Arbeit wieder auf und mit einem Kopfschütteln frage ich: »Du hast dich als Michael vorgestellt?«

»Natürlich nicht!«, widerspricht er sofort und zieht Candice näher. Er drückt ihr einen Kuss auf den Scheitel, woraufhin ihr Herzchen aus den Augen fliegen. »Sie hat nicht *mich* nach meinem Namen gefragt, sondern meine Kollegen. Und die nennen mich …«

»Michaels«, beende ich seinen Satz und er nickt. Die Crewmitglieder nennen sich alle beim Nachnamen. Ich fange Candice' Blick auf. »Und dir kam es nicht irgendwie schräg vor, dass dir nur ein Nachname genannt wurde, als du gefragt hast?«

Ihre Wangen röten sich und sie malträtiert weiterhin ihre Unterlippe. »Ich habe nicht wirklich … gefragt«, sagt sie zögernd. »Sondern eher … gelauscht?« Sie klimpert mit den Wimpern und ich schüttele den Kopf. »Das erklärt trotzdem nicht, was du an Bord machst.« Sehr viel ernster sehe ich Christian an, der unter meinem Blick sichtlich unruhig wird.

»Er wollte euch beschützen«, sagt Candice, als wäre es das Normalste der Welt. »Dich und deine Schwester. Also hat er das Jobangebot des Caterers, für den er immer arbeitet, angenommen.«

»Wie bitte?« Das kann doch nicht wahr sein! Violet und Christian haben es seit der Sache mit Amber mit ihrer Vorsicht übertrieben, aber damit setzen sie neue Rekorde. »Haben du und Violet das von Anfang an geplant? Hat sie dich geschickt, weil sie nicht mitfahren wollte?« Der Ärger über die Bemutterung brennt die Reste meiner Benommenheit aus meinen Zellen.

»Was?«, fragt Christian schockiert. »Nein, sie … Ich habe erst nach zwei Tagen überhaupt gecheckt, dass sie nicht mitgefahren ist. Ich habe euch ständig beobachtet, sie nie gesehen, dann habe ich bei eurem Butler nachgefragt.«

Ständig beobachtet …

»Sag mir bitte, dass nicht du diese Aufnahmen gemacht hast.« Ich schließe die Augen und flehe höhere Mächte um eine andere Antwort an. Die Oberflächlichkeit der Glamour- und Influencerwelt war zuletzt Thema zwischen uns, als wir uns die Storys und Livestreams der Partygäste von Lolas Geburtstag angeschaut haben.

»Doch, er war es. Und Terrence hat ihm sehr viel Geld dafür bezahlt, dass er endlich allen beweisen konnte, was er schon immer dachte.« Lolas Stimme klingt eiskalt. »Du hast uns sabotiert«, legt sie nach.

Christian windet sich unter Lolas finsterem Blick, den er absolut verdient hat. Doch ich muss ihr zugutehalten, dass sie nicht auf ihn losgeht – falls sie das nicht schon erledigt hat, während ich in Lucas' Armen geschlafen habe. Daher wiederholt er die Geschichte für mich.

Er erklärt, dass er eigentlich gar nicht auf dem Schiff in Erscheinung treten, nur auf Violet und mich aufpassen wollte. Er konnte sich die Chance nicht entgehen lassen, darauf zu achten, dass all die

»falschen Menschen« mir nichts tun, daher hat er der Anfrage des Caterers, für den er regelmäßig jobbt, ohne nachzudenken zugesagt. Die Crew musste vor den Passagieren an Bord gehen, deshalb hatte er nicht mitbekommen, dass Violet gar nicht unter den Gästen war. Da von den »egoistischen« Menschen an Bord niemand außer Candice auf Crewmitglieder achtet, wurde er von Terrence angesprochen und engagiert, geheime Videos zu machen und hochzuladen. Er hatte das nicht nur als Chance gesehen, insbesondere mir endlich zu beweisen, wie oberflächlich die Szene ist und wie schnell sich alle zerfleischen, das Angebot war gleichzeitig seine einzige Chance, überhaupt sein Ziel zu verfolgen, auf uns aufzupassen. Durch Terrence hat er Zugang zu weiteren Decks bekommen, die er sonst nicht hätte betreten können – was er vorher nicht wusste. Sein Team wurde den Begleitern der Suitegäste auf Deck 18 und 19 zugeteilt und er hatte keine Möglichkeit, andere Decks als diese und die Personaldecks 1 bis 3 zu betreten. Es war für ihn eine Win-win-Situation. Nach der ersten »Eskalation« war er sich mehr denn je sicher, dass es besser war, sich nicht vor mir zu zeigen, denn er wusste genau, was ich von diesem Deal halten würde.

»Ich habe aber nie gewollt, dass du in die Schusslinie gerätst«, beteuert er am Ende noch einmal.

»Das ist dir aber gründlich misslungen.« Das bittere Auflachen sorgt für die nächste Kopfschmerzattacke, ich zucke zusammen und trinke einen Schluck aus der Flasche, die Lucas mir hinhält. »Du hast mich mit der Aufnahme von Lucas und mir in der Höhle hinter dem Wasserfall all dem Hass ausgesetzt!«, lege ich nach. »Wie konntest du nur?«

»Das war ich nicht«, sagt Christian schneller, als er sich eine Lüge hätte zurechtlegen können. »Ich habe alle Aufnahmen, auf denen du auch nur im Hintergrund zu sehen warst, immer gelöscht. Ich wollte dich kein bisschen ins Rampenlicht rücken, überhaupt nicht im Fernsehen zeigen.«

Candice sieht betroffen auf ihre hübsch lackierten Fingernägel und zupft daran herum. »Ich war es«, gesteht sie leise. »Ich fand euch beide so unglaublich süß zusammen und musste es einfach allen zeigen. Ich wollte es dir sagen, aber dann … es war an dem Abend, als wir uns auf dem Pooldeck mit Michae… Chris treffen wollten. Ich konnte es einfach nicht. Ich hatte Angst.« Sie sieht kurz zu mir auf, Christian streichelt ihr beruhigend über den Rücken, bis sie laut ausatmet und sich aufrichtet. »Es tut mir so furchtbar leid, Tara. Ich wollte das nicht.«

Dessen bin ich mir sicher. Candice würde Menschen, die sie mag, nie etwas Böses wollen.

»Sie konnte nicht wissen, was das nach sich ziehen würde«, verteidigt Christian Candice. »Ich habe dich nicht ein einziges Mal gefilmt und sogar stets versucht, für anderen Zündstoff zu sorgen – doch ausgewählt wurden immer nur Videos von dir, teils sogar Aufzeichnungen der anderen vom Vortag, weil du dich zum Publikumsliebling entwickelt hast. Es war alles perfekt eingefädelt. Die Hyänen stürzen sich immer auf die Schwachen.« Er fährt sich mit der Hand durch die Haare.

Ich war so blind. Candice' Beschreibung ihres Liebsten von Deck 3 hätte eigentlich direkt Bilder von Christian bei mir heraufbeschwören sollen. Andererseits sind blaue Augen und weiche dunkle Haare nicht gerade etwas, das Christian exklusiv hat.

»Ich weiß übrigens auch nicht, wer in Umlauf gebracht hat, dass die anonymen Videos von deinem Handy hochgeladen wurden. Ich habe erst von Candice davon erfahren. Aber dann bin ich gestern auf zwei junge Frauen aus der Crew gestoßen, die behauptet haben, dass sie von jemandem an Bord unter Drogen gesetzt wurden und nun damit erpresst werden, dass sie ihren Job verlieren würden, wenn sie die Geschehnisse publik machen. Ich bin ihnen die ganze Nacht gefolgt, konnte jedoch keinen Namen herausfinden.« Als er sich erneut durch die Haare fährt, sehe ich, wie seine Hand zittert. »Ich habe mir sofort Sorgen um dich gemacht, Tara, und wollte deshalb heute mit Candice darüber sprechen, doch sie ist mir den ganzen Tag aus dem Weg gegangen.« Sein vielsagender Blick lässt Candice einen Schmollmund ziehen.

»Bin ich nicht!«, sagt sie dann fast empört. »Ich wollte mich nach der Show mit dir treffen, aber dann haben sich die Ereignisse überschlagen.« Sie wedelt so wild mit ihrer Hand herum, dass sie Christian fast ins Gesicht schlägt.

Christian fängt sie sanft ein. »Ohne eine offizielle Berechtigung für Deck 20 konnte ich nicht hier hochfahren und nach euch suchen. Glaub mir, ich werde diese Stunden nie vergessen. Es tut mir so leid.«

»Dennoch hat uns all das in ein schreckliches Chaos gestürzt«, legt Lola noch mal nach. Ihre Lippen sind zu einem Strich verzogen, ihre Arme vor der Brust verschränkt.

Ausgerechnet Scott steht auf und setzt sich neben Lola auf die Lehne. Sie zuckt unter seiner Nähe zusammen und sieht noch viel griesgrämiger aus, macht aber keine Anstalten, sich wegzusetzen oder ihn davonzujagen. Nicht einmal, als er sanft ihre Schulter berührt und leise sagt: »Wir lassen uns etwas einfallen, okay?«

Sie strebt intuitiv seiner Berührung entgegen, bis sie es bemerkt. Sofort richtet sie sich stocksteif auf. Scott senkt langsam die Lider und atmet enttäuscht aus.

»Wir werden uns auf jeden Fall etwas einfallen lassen!«, muntert auch Candice Christian auf.

Ich weiß nicht, wie viel sie ihm erzählt haben, ob er weiß, dass er mit seiner Videoaktion dabei geholfen hat, die Familie Price in den Bankrott zu stürzen, aber ich stimme Candice und Scott zu. Wir werden uns etwas einfallen lassen. Zuvor muss ich jedoch wissen, was noch geschehen ist, während ich bewusstlos war.

»Wo ist Hunter?«, stelle ich meine Frage von vorhin erneut. Gänsehaut begleitet seinen Namen und all die Bilder, die mir mein Unterbewusstsein vorgaukelt, denn ich kann überhaupt nicht einschätzen, was wirklich passiert ist und was nicht. Lucas hat erklärt, er habe uns in der Suite bereits erwartet, dennoch fühle ich mich schmutzig und … bestohlen.

»Er hat eine neue Kabine bekommen und wird nicht aus den Augen gelassen«, sagt Scott und Lola fügt nahtlos hinzu: »Jonah befragt ihn gerade. Und hoffentlich macht er seine Folterandrohung wahr. Immerhin ist Hunter schuld daran, dass Violet jetzt nicht hier ist, worauf auch Jonah sich so sehr gefreut hatte.«

So ganz komme ich nicht mit, daher ergänzt Lucas: »Mein großer Bruder war auf der Party offenbar ziemlich angetan von deiner großen Schwester.«

Ich runzele die Stirn, dann geistert das Gespräch mit Jonah über diese andere Frau durch meinen Kopf. Damit war Vi gemeint?

Mein hastiges Einatmen veranlasst Lucas dazu, seine Finger mit meinen zu verschränken und grinsend zu sagen: »Offenbar haben die Prices eine Schwäche für die Dawsons.«

»Ist das so?«, steige ich darauf ein, froh über jede Ablenkung.

»Auf jeden Fall!«, ruft Lola, die offenbar selbst Lucas' leises Raunen an meinem Ohr gehört hat, und bringt mich damit zum Lachen.

»Und jetzt seid endlich hübsch vorhersehbar und küsst euch. Ausnahmsweise erlaube ich es euch.«

Lucas sieht seine Schwester mit erhobener Augenbraue an, dann beugt er sich zu mir. Schnell weiche ich ihm aus – und das nicht nur, weil mich eine Idee gepackt hat, die meinen Puls rasen lässt.

Lucas' erschrockener und verletzter Ausdruck sollte mir nicht so sehr die Brust wärmen. Schnell drücke ich seine Hand.

»Ich würde davor gern noch in mein Badezimmer«, erkläre ich, während Candice weit weniger zurückhaltend ruft: »Sie hat sich eben noch übergeben, Lucas. Das ist widerlich!«

So kann man es auch ausdrücken. Ich stehe langsam von der Couch auf, horche in mich, ob mir weiterhin schwindelig ist, doch die Idee, die in meinem Kopf wächst und reift, betäubt alles andere. Ich ziehe Lucas auf die Beine.

»Begleitest du mich?«

Verwirrt murmelt er: »Natürlich!«

Schon auf dem Weg zu unserer Suite über den dicken Teppich, in den sich meine Zehen graben, erzähle ich ihm von meinem Plan.

Wir müssen uns beeilen! Sonst ist es zu spät.

NEWS 6

Die letzte Liveshow steht kurz bevor. Das Amphitheater ist – zumindest rein optisch – zum Eispalast geworden. An den steinernen Wänden funkelt Glitzer, der eine vereiste Oberfläche täuschend echt nachahmt. Die Feuerschalen sind anstatt mit roten und gelben Lampen mit verschiedenen Blau- und Türkistönen ausgestattet, weshalb der aufsteigende Nebel übernatürlich Blau flackert und mich frösteln lässt, obwohl die Temperatur dieselbe ist wie immer.

Lucas und ich sitzen Hand in Hand in der ersten Reihe, zwischen all den anderen Gästen, die sich vor Kurzem noch am liebsten die Augen ausgestochen hätten. Ich kann jede unserer Bewegungen direkt auf der Leinwand verfolgen. Lola und Candice sitzen zu meiner Rechten – samt Christian, der von Jonah eingeladen wurde, nachdem Candice ihn mit Dackelblick darum gebeten hat. Amber, Cristina und Colton setzen die Reihe neben Lucas fort. Amber nickt mir zu und deutet an, ich solle tief durchatmen, was mich tatsächlich etwas beruhigt. Lucas und ich haben die anderen in meinen Plan eingeweiht und sie waren sofort auf unserer Seite, was ein warmes Gefühl in mir auslöst.

Terrence betritt heute wieder ausgesprochen fröhlich die Bühne, sieht dann jedoch, dass ihm keine Kamera entgegengehalten wird, und wirkt beinahe geknickt, als er am Stehpult ankommt und erst einmal den heute wieder angeklebten Schnurrbart zwirbelt. Jonah lehnt neben der zum Anlass passenden blau leuchtenden Fackel an seinem angestammten Platz, zum ersten Mal jedoch schimmert so etwas wie Hoffnung in seinem Blick. Ich quetsche Lucas' Finger, die Spannung bringt mich sonst noch um.

Nach einer kurzen Dusche, einigen Kalorien, die bei meinem Magen sehr gut ankamen, und zwei Kopfschmerztabletten haben Lucas und ich uns auf den Weg gemacht, um mit den Passagieren zu sprechen. Nicht alle waren verständnisvoll oder gar einsichtig, aber ein gemeinsamer Feind hatte sie – wie schon einmal – dann doch überzeugt. Hunter hat auf der Fahrt nicht nur Candice und mir den freien Willen geraubt. Die zwei Frauen aus der Crew, auf die Christian aufmerksam geworden war, hatten wir mit Ethans Hilfe schnell ausfindig gemacht und noch vor den anderen gesprochen. Wir werden alle gegen Hunter aussagen, sobald wir an Land sind, doch zuvor war es wichtig, das Damoklesschwert, das über dieser Reise schwebt, endgültig loszuwerden. Ob es tatsächlich klappt, würde sich gleich zeigen.

»Bevor wir uns die allerletzte Liveshow ansehen, möchte ich Ihnen natürlich die Screentime zeigen, die jeder von Ihnen erreicht hat.« Mit einer schon fast schwachen Geste deutet Terrence zur Leinwand, wo soeben Platz drei eingeblendet wird. »Der dritte Platz geht an die bezaubernde Amber West.« Beifall im Publikum, Amber nickt mir mit einem Lächeln zu. Sie sieht befreit aus, in den letzten Stunden scheint der Druck von ihren Schultern gefallen zu sein, was sie mehr strahlen lässt denn je. »Platz zwei geht an … Trommelwirbel bitte …« Mit einem schnellen Tusch taucht Lyannas Name über dem von Amber auf. Terrence verzieht kurz missmutig die Lippen, denn er hat bis zuletzt dagegen aufbegehrt, die Screentime zu manipulieren und Lyanna auf den zweiten Platz zu bringen, um sie auf unsere Seite zu ziehen. Im Publikum schießen fragende Blicke umher. In diesen Teil des Planes haben wir nicht alle Passagiere eingeweiht. »Und last but not least die Siegerin.« Terrence deutet lediglich mit einem Echo seiner sonst so extrovertierten Gesten zu meinem Namen über den anderen. »Herzlichen Glückwunsch, Tara Dawson.«

Während Candice freudig quietscht, applaudiert Amber als Erste und Cristina stößt einen lauten Pfiff aus. Die anderen sind etwas zögerlicher, sehen zu mir, überlegen, was wohl die beste Reaktion wäre, und stimmen letztendlich größtenteils in den von Amber initiierten Beifall ein.

Ich hole tief Luft, Lucas drückt noch einmal kurz meine Hand, dann erhebe ich mich und trete nach vorn zu Terrence – mitten ins Rampenlicht. Meine Beine zittern und die Angst droht meine Sinne zu betäuben, als ein Handy nach dem anderen aus den Taschen gezogen und auf mich gerichtet wird. Ich widerstehe dem Drang, davonzulaufen. Deal ist Deal.

»Wie ihr alle wisst, bin ich als Gast und nicht als Influencerin bei dieser Reise dabei«, beginne ich. »Ich wollte mit alldem«, ich gestikuliere zur Leinwand, »nichts zu tun haben. Ganz im Gegenteil.«

Vereinzelte Lacher schweben mir entgegen. Ich habe in den Gesprächen vorhin jedem von meinem Problem mit der Öffentlichkeit erzählt und tiefstes Verständnis von allen dafür erhalten. Von *fast* allen.

»Daher möchte ich meinen Gewinn abgeben.«

Unglaube steht in den Gesichtern vor mir geschrieben – nur nicht in dem, das ich direkt ansehe. »Ich möchte den Titel an Lyanna abgeben.«

Verhaltenes Klatschen. Die Sängerin hat nicht unbedingt Beliebtheitspunkte eingefahren. Weder bei mir noch bei den anderen Passagieren. Aber wir mussten sie auf unsere Seite holen – wenn nicht mit Verständnis, dann mit Bestechung.

Lyanna springt auf, sonnt sich im Fokus all der Kameras, die auf sie gerichtet sind, und tut völlig überrascht. Sie schlägt sogar die Hände vor den offenen Mund. Etwas zu viel Dramatik für meinen Geschmack, aber ich ringe mir dennoch ein Lächeln ab. Sie erwidert es knapp, bevor sie sich wieder zwischen Liam und Tommy setzt, die ihr beide mit einem Kuss gratulieren.

Selbst Terrence klatscht, wenn auch noch weniger enthusiastisch als die anderen. »Was für eine Wendung!«, sagt er, während ich zu meinem Platz zwischen Lucas und Lola zurückkehre. Lucas greift sofort nach meiner Hand und haucht mir einen Kuss auf die Wange. In meinem Inneren tobt das reine Chaos. Die Anspannung und die Angst ringen mit meinen Gefühlen für Lucas um die Oberhand und treiben mein Herz zu Höchstleistungen an.

»Dann können wir ja gespannt auf die Jungfernfahrt der ›Lyanna‹ sein«, hakt Terrence den Punkt ab. »Vielleicht sehen wir uns alle dort wieder.« Er lässt den Blick über die Reihen wandern, von wo aus ihm vermutlich einige schockierte bis entsetzte Gesichter entgegenstarren, weshalb er schnell versucht, die Stimmung zu heben. »Na kommt schon!«, duzt er uns zum ersten Mal. »Für dieses verabscheuungswürdige Individuum an Bord kann niemand von uns etwas! Ich habe mir extra Notizen für das beste Resümee der gigantischsten Show des Jahres gemacht.« Er zieht aus seinem Frack ein paar Karteikärtchen, auf dem Jonahs Anweisungen für die Abschlussrede stehen, und wedelt damit in der Luft herum. Nicht nur mein eigenes Handy ist auf ihn gerichtet, vor allem unsere Verbündeten in der ersten Reihe nehmen jedes Wort auf, um die Show auf den eigenen Kanälen zu posten, sobald wir wieder Empfang haben. Das war Ambers Idee und ich bin ihr für die Unterstützung absolut dankbar.

»Was haben wir in diesen letzten Tagen nur erlebt!«, beginnt Terrence seine Darbietung und blüht unter der Aufmerksamkeit wieder vollkommen auf. Sein Schnurrbart bebt schon beinahe vor Aufregung. Ein kurzer Seitenblick zu Jonah verrät ihm, dass er seine Worte achtsam wählen sollte. »Gleich am ersten Tag spürten wir, wie sich eine Bedrohung immer näher schleicht.« Angesichts Terrence' übertriebenen Worten, die er auch noch mit einer entsprechenden Geste unterstreicht, sind die folgenden Lacher verständlich. »Wird eine Bedrohung erkannt, muss sie natürlich gebannt werden. Doch es war alles andere als einfach, zwischen Pooldeck und Tropendeck, Casino- und Diamond Night nicht den Überblick zu verlieren.« Seine Augenbrauen zucken herausfordernd, er sieht in jedes einzelne der ihm entgegengestreckten Handys, bevor er fortfährt. »Auch falsche Fährten und Misserfolge gehören zu einem spannungsgeladenen Abenteuer.«

Ich unterdrücke ein Schnauben, als mich sein schmieriger Blick streift. Lucas streichelt sanft meinen Nacken, woraufhin ich erschauere, sodass mein Handy Terrence nicht länger im Mittelpunkt hat, sondern nur noch einen Teil von ihm filmt. Ich richte mich wieder auf und warte gespannt, ob er nun endlich Jonahs Anweisung folgt und den ihm vorgegebenen Text abliest. »*Vielleicht*«, schwächt er ihn dann direkt ab, was Jonah die Augen zusammenkneifen lässt, »bin ich etwas über das Ziel hinausgeschossen, war zu begeistert und übermotiviert, für eine gute Show zu sorgen, wofür ich mich bei Ihnen allen entschuldige.« Sein sonst von Emotionen überschäumendes Gesicht regt sich kaum. Von echter Reue keine Spur, im Gegenteil. Der Blick, den er Jonah zuwirft, ist schon fast herablassend, als wäre es tatsächlich sein Verdienst, sollte sich noch alles zum Guten entwickeln. Dabei wäre das nur unserem Plan und den langen *Verhandlungen* mit Lyanna zu verdanken. »Aber als Gruppe voller individueller Persönlichkeiten gehen wir gestärkt an Land und werden die *Siren* wahnsinnig vermissen.« Er schnieft theatralisch, was dafür sorgt, dass wir Beifall klatschen, damit dieses ganze Theater ein Ende hat.

Doch da erklingt schon die Hymne der *Siren* und auf der Leinwand rotiert das Logo von News 6.

»Ich heiße Sie alle ein letztes Mal herzlich willkommen«, begrüßt uns Helena mit dem gewohnten Lächeln. Beim Zurückzoomen sehen wir, dass sie nicht allein vor dem Hintergrundbild der *Siren* sitzt, sondern einen Mann neben sich hat.

»Heute habe ich einen ganz besonderen Gast für Sie, den Eigentümer des gigantischen Luxusliners und Veranstalter dieser exklusiven Jungfernfahrt, Lionell Price.«

Mr Price grüßt höflich in die Kamera.

»Lassen Sie uns doch direkt über den gigantischen Coup Ihres ältesten Sohnes Jonah Price sprechen.« Hinter den beiden ersetzt ein Foto von Jonah im dunkelblauen Anzug das Bild der *Siren* und die Ähnlichkeit zwischen Vater und Sohn ist nicht zu leugnen. »Vor rund einem halben Jahr hat Jonah sein Studium in Großbritannien unterbrochen und ist – den Gerüchten zufolge – im Firmensitz in Miami wortwörtlich eingezogen. Dabei hat er das Marketingteam der *Siren* gut aufgemischt.«

Stolz schimmert in Lionell Price' Augen, als er nickt. »Ich habe ihn gebeten, für frischen Wind zu sorgen und die Hierarchie etwas zu entstauben.«

»Das hat vermutlich *er* gesagt, nicht Sie, oder?« Helena hebt eine gezupfte Braue.

»Ertappt. Aber nachdem meine Tochter mir bereits in Sachen Umwelttechnologie die Hölle heißgemacht hat« – Candice stößt einen freudigen Schrei aus und ich lächle Lola kurz zu – »und unsere Ingenieure zu Höchstleistungen motivieren konnte, habe ich auch den Ideen meines Sohnes nachgegeben und ihm das Zepter überlassen.«

Jonah lässt ausnahmsweise den Blick nicht über das Publikum gleiten, um die Reaktionen zu beobachten, sondern sieht nur seinem Dad zu.

»Er hat diese Kampagne entwickelt, die dann von meinem jüngeren Sohn Lucas inszeniert wurde, der von uns allen bei Weitem die meiste Erfahrung mit der Öffentlichkeit hat.«

Ich beobachte, wie Lucas neben mir ziemlich oft blinzelt und sich zuletzt auf die Unterlippe beißt, um bloß keine Gefühle zu zeigen. Ich stupse ihn an und ernte ein verschämtes Lächeln dafür.

»Meine Frau und ich sind unfassbar stolz auf unsere Kinder.« Seine Augen glitzern und Lucas neben mir spannt sich an. Ich tätschle ihm die Hand.

»Was genau sich der Price-Nachwuchs hat einfallen lassen, um die Jungfernfahrt für alle zu einem Erlebnis zu machen, dem auch die Öffentlichkeit gern folgt, sehen Sie in diesem Video, das vor nur wenigen Stunden für die Ausstrahlung in unserer finalen Show hochgeladen wurde«, erklärt Helena.

Ich hole tief Luft und wappne mich ein weiteres Mal für die Aufmerksamkeit, als ich auf der Leinwand erscheine. Der Wohnbereich unserer Suite ist zu sehen. Lucas startet dicht vor der Linse die Aufnahme, bevor er sich neben mich auf die Couch fallen lässt und sein strahlendes Lächeln zum Besten gibt. Mein Lächeln ist nicht ganz so überzeugend. Bis Lucas mich spontan – und entgegen unserem Plan – zu sich zieht und umwirft, sodass ich aufquieke und gestützt von seinem Arm auf seinem Oberschenkel lande. Als wir atemlos aus dem intensiven Kuss auftauchen, der mich beinahe die Kamera hat vergessen lassen, wird mein Lächeln so strahlend und überzeugend, so echt, wie seit meinem letzten veröffentlichten Instagram-Post nicht mehr. Die Tara auf der Leinwand richtet sich auf und stiehlt Lucas noch einen weiteren Kuss, während er mir die Haarsträhnen aus dem Gesicht streicht.

Meine Wangen sind auch jetzt leicht gerötet, denn ich erinnere mich viel zu gut, wie mein Puls davongaloppiert ist, als ich nach der Dusche, dem Zähneputzen und dem Gespräch mit den anderen, um meinen Plan zu erläutern, endlich meinen versprochenen Kuss bekommen habe.

Die Tara auf dem Bildschirm räuspert sich etwas verlegen – zu dieser Zeit habe ich noch geglaubt, Lucas würde die Aufnahme vor meiner Ansprache schneiden – und sieht direkt in die Kameralinse.

»Willkommen auf der *Siren*«, begrüße ich die Zuschauer. »Sie alle haben in den letzten Tagen sehr viel über mich und meine Freunde mitbekommen.« Mein anderes Ich lächelt Lucas an, der so bezaubernd zurücklächelt, dass mir selbst jetzt bei der Ausstrahlung des Videos so warm wird wie in jenem Moment. »Wir hoffen, dass Ihnen die Show gefallen hat und wir Sie unterhalten konnten. In der heutigen Zeit ist es nicht einfach, Aufmerksamkeit für etwas Positives zu bekommen. Sie alle kennen die Schlagzeilen, die Clickbait-Headlines, die Teaser-Clips mit immer schockierenderen und noch schlimmeren Nachrichten. Wann haben wir uns daran gewöhnt, dem Negativen mehr Aufmerksamkeit zu schenken, anstatt uns auf das Positive zu konzentrieren? Seien Sie ehrlich: Hätten Sie sich für die fortschrittliche Umwelttechnologie der *Siren* interessiert oder unsere Reise so gebannt begleitet, wenn Amber West keinen Aufstand gemacht, Liam Callister sich nicht über seinen Sponsor beschwert oder

Tommy Lewis sich nicht vor laufender Kamera in einen Eimer übergeben hätte?«

Es entsteht eine dramatische Pause, über dem Theater liegt eisiges Schweigen, das gut zur Eispalast-Atmosphäre passt.

»Wir mussten uns etwas einfallen lassen, um Sie alle eine Woche lang bei uns zu behalten. Für jeden von Ihnen war etwas dabei: Gossip, Spannung, Lovestorys zum Mitfiebern …« Mein Leinwand-Ich sieht zu Lucas, der nun wie geplant das Wort übernimmt.

»Und das ist auch das Motto der *Siren.*« Er lächelt sein betörendstes Lächeln. »Wir bieten jedem das, was er braucht.« Das Zucken seiner dichten Augenbrauen gepaart mit dem verschmitzten Grinsen zaubert vermutlich gerade überall auf der Welt Bilder in die Köpfe seiner Fans, die mich eifersüchtig – und garantiert rot – werden lassen sollten, aber ich habe mich im Griff. Wie er seinen Personal Guide in die Kamera hält, den Butler-Service erläutert und die reinste Werbesendung für die *Siren* daraus macht, bekomme ich nur noch am Rande mit. Ich tauche viel lieber in die strahlenden Augen des echten Lucas neben mir ein und will nie mehr zurückkehren.

Nach allem, was ich heute erlebt habe, habe ich ein Recht darauf, mir meinen sehnlichsten Wunsch zu erfüllen und Lucas ins Ohr zu hauchen, dass wir die anschließende Abschlussgala vielleicht schwänzen sollten.

Unser Video endet, und noch während Helena Johnson und Lionell Price über die perfekte Inszenierung des Werbeversprechens reden, stehe ich auf, strecke Lucas die Hand hin und ziehe ihn zu mir. Ich küsse ihn. All die Blicke aus dem Publikum, die auf uns gerichteten Kameras und selbst die »Uuuuuuh!«-Rufe sind mir egal.

Es ist nicht wichtig, was andere von dir wollen. Es ist nur wichtig, was du willst.

Und das weiß ich. Ich hatte es nur kurz aus den Augen verloren.

Helena schlägt nun einen ernsteren Ton an und kommt auf die negative Seite dieser Reise zu sprechen, die leider einen Schatten auf all unsere gelungene Arbeit geworfen hat: Hunter Berkleys Übergriffigkeit. Offenbar hat ihr Rechercheteam bereits nach kürzester Zeit die Frauen ausgemacht, denen er dasselbe angetan hat. Helenas Worte gleichen einer Kampfansage an Hunter und der Armee an Anwälten, die sein Dad vermutlich engagieren wird. »Ich schwöre Ihnen allen, dass ich mich in diesen Fall mit jedem einzelnen journalistischen Zahn verbeißen werde, bis ich alle Details ans Licht gebracht habe, die zu einer Verurteilung führen werden. Ich halte Sie auf dem Laufenden. Wir sehen uns.«

Die Leinwand wird schwarz. Dem donnernden Applaus für Helenas deutliche Worte folgen Fußgetrampel und regelrechte Schlachtrufe. Letztendlich hat ausgerechnet der Schatten dieser Jungfernfahrt, Hunter Berkley, Terrence' Versuch vereitelt, uns alle »für die Show« bestmöglich gegeneinander aufzuhetzen. Es gibt etwas, das wichtiger ist als Streitigkeiten, Dellen in den Oberschenkeln oder verlorene Sponsoren: Selbstbestimmung und Gerechtigkeit. Hunter hat Ersteres so vielen genommen und daher Letzteres mehr als verdient.

Mehrere Handschläge und anerkennendes Schulterklopfen später begleitet Lucas und mich der Beifall für unseren Auftritt aus dem Theater hinaus bis zum Fahrstuhl.

SONNTAG

27

Das konstante, immer lauter werdende Klopfen zerrt mich unsanft aus meinem Traum. Ich öffne stöhnend die Augen und stelle fest, dass mein Zimmer hell erleuchtet ist. Ein kurzer Blick auf die Uhr verrät mir, dass es weit nach Mittag ist. Und trotzdem habe ich nicht annähernd genug geschlafen.

Der Grund dafür brummelt gerade in das Kissen neben mir. Ich drehe mich zu Lucas um und beobachte ihn wie gestern Morgen. Ist das tatsächlich erst vierundzwanzig Stunden her?

»Du siehst beim Aufwachen unglaublich süß aus, weißt du das?«, spreche ich dieses Mal meinen Gedanken laut aus.

Ein weiteres Brummeln folgt als Antwort, bevor der Rest seines Gesichts langsam aus dem Kissen auftaucht.

»Du hast mich gerade nicht ernsthaft süß genannt, oder?« Verschlafen reibt er sich über die noch geschlossenen Lider.

»Niedlich würde auch passen. Wie ein Hundewelpe.« Ich bemühe mich, nicht loszulachen, bis er endlich die Augen aufreißt.

»*Süß*, ja?« Dafür, dass er eben noch fest geschlafen hat, ist er blitzschnell. Schon liege ich auf dem Rücken und sein nackter Oberkörper schwebt über mir. Seine Arme ruhen an meinen Seiten.

Ich nicke übertrieben. »Unglaublich süß«, stoße ich lachend hervor, mein Puls rast mindestens genauso stark wie in der Nacht. Die Bilder holen mich ein: nackte Haut, nur vom schwachen Mondlicht erhellt.

Lucas schüttelt den Kopf. »Süßigkeiten sind süß, ich bin ...«

Ich stehle ihm den Rest des Satzes von den Lippen und bin mir sicher, dass süß eine mehr als treffende Beschreibung für das Gefühl ist, das seine Küsse auslösen. Ein Rausch von Endorphinen, die keine Schokolade bieten kann, lässt mich seufzen. Dann klopft es wieder penetrant an der Tür.

»Dass du meine Zwillingsschwester bist, wird dich nicht vor meinem entfesselten Zorn bewahren«, ruft Lucas.

»Woher weißt du, dass es Lola ist?«, frage ich ehrlich neugierig.

Lucas zuckt mit den Schultern, durch die Haltung regt sich jeder einzelne Muskel unter seiner glatten Haut. Der Anblick gefällt mir. »Zwillingsintuition oder so.«

»Ich weiß mit tausendprozentiger Sicherheit, dass ihr euer Pensum für den heutigen Tag schon kurz nach Mitternacht erledigt habt«, erwidert Lola durch die Tür.

Ich sollte rot werden, weil meine beste Freundin mitbekommen hat ... Nein, es ist nichts Verwerfliches daran. Ich muss dieses verfluchte Denken loswerden, ein für alle Mal Abstand davon nehmen, ständig darüber nachzudenken, was andere von mir halten, und einfach genießen. Außerdem hat sie garantiert nur gut kombiniert, denn so leise, wie Lolas Stimme klingt, sind selbst die Türen wunderbar isoliert.

»Gehört das auch zur Intuition?« Ich lache und Lucas verzieht angewidert das Gesicht, was mich noch viel mehr zum Lachen bringt.

»Ich hoffe nicht.«

Erneutes Hämmern ertönt. »Jonah sagt, wir laufen in circa einer

Stunde in Port Miami ein. Man sollte euch dann vielleicht nicht unbedingt ansehen, dass ihr … Urks! Jetzt wollen die Bilder nicht mehr aus meinem Kopf verschwinden. Beeilt euch einfach!«

Mit extra laut stampfenden Schritten geht sie davon. Lucas und ich wenden zeitgleich unsere Gesichter von der Tür ab. Seine Haare kitzeln mich.

»Eine Stunde, um zu beweisen, dass ich alles andere als süß bin«, flüstert er mir ins Ohr, bevor er einen Kuss so platziert, dass ein wohliger Schauer durch meinen Körper rast.

»Weniger als eine Stunde«, will ich sagen, doch ich glaube, es kommt nur ein Stöhnen über meine Lippen, weil Lucas' Zähne sanft mein Ohr entlanggleiten und ich seinen heißen Atem in meinem Nacken spüre. Die Zeit verrinnt im Rausch unserer Küsse, zwischen bebenden Atemzügen und meinem immer schneller schlagenden Herzen. Lucas raunt meinen Namen, klammert sich an mir fest wie ich mich an ihm und wir lassen uns gemeinsam fallen.

Die Stabilisierungsmotoren erwecken jeden Quadratzentimeter der *Siren* zum Leben und ich drehe mich zum Panoramafenster, hinter dem tatsächlich die Skyline von Miami liegt. Dann wandert mein Blick hoch zur Uhr. Die Stunde ist vorüber.

»Wir müssen aufstehen!«, sage ich und krieche bereits zum Rand der Matratze.

Lucas hält mich jedoch zurück. »Wir müssen gar nichts«, sagt er und grinst verschmitzt. »Auf der *Siren* werden doch alle Wünsche erfüllt. Meiner ist es, einfach im Bett zu bleiben und dort weiterzumachen, wo wir eben …«

Fast hätte ich den Küssen an meiner Schulter entlang nachgegeben. Doch dort draußen warten vermutlich nicht gerade wenig Kameras auf uns. Wir müssen uns der Öffentlichkeit noch einmal stellen, um endlich alles abschließen zu können.

Eine Vibration, die nicht von den Stabilisierungsmotoren kommen kann, brummt durch mein Zimmer. Ich runzele die Stirn, kurz flackert Panik auf, dass die *Siren* vielleicht irgendein Problem hat, doch dann wird mir klar, dass es aus meinem Nachtschrank kommt.

»Wir haben wieder Empfang«, flüstere ich, obwohl das klar gewesen ist. Wir kommen schließlich jeden Moment im Hafen an und sind wieder in Reichweite der Sendemasten. Ich schließe die Augen und sehe vor mir, welche Aufmerksamkeit während der vergangenen Woche auf mich gelenkt wurde. Unwillkürlich zögere ich, mein immer noch unentwegt vibrierendes Handy aus der Schublade zu holen. Keine Ahnung, wie viele Benachrichtigungen das sind.

»Soll ich nachsehen?«, fragt Lucas, der meine Unsicherheit zu spüren scheint.

Ich schüttele den Kopf, krieche auf den Nachtschrank zu und öffne die Schublade. Das stetige Aufblinken neuer Nachrichten erhellt das Innere. Darunter befindet sich eine Benachrichtigung mit Violets Namen. Ich entsperre das Gerät und unser Chatverlauf leuchtet auf.

Halt dich bitte von Jonah Price fern. Er ist nicht der, für den du ihn hältst.

Ich weiß, dass du und Christian damals komplett durchgedreht seid, als ihr mich zu Hause als Häufchen Elend gesehen habt. Aber bis eben war alles gut.

Du musst mich nicht immer beschützen. Ich schaffe das selbst.

Beinahe lächele ich über meine letzte Nachricht, weil sie tatsächlich wahr geworden ist. Dann huscht mein Blick zu Lolas Antwort, die schon eine Woche alt ist.

> Ich erzähle dir alles, wenn du zurück bist. Ich vermisse dich jetzt schon. <3

Darunter folgt die Antwort auf meine Reaktion, nachdem ich ihre kryptischen Nachrichten gelesen hatte, die offenbar eben erst gesendet wurde. Sie ist nur wenige Sekunden alt und über die Zitatfunktion sehe ich genau, auf welchen Teil sich Violet bezieht:

> *»Du musst mich nicht immer beschützen. Ich schaffe das selbst.«*
>
> Daran habe ich nie gezweifelt. ;-)

Eine weitere Nachricht geht ein und schiebt die Vergangenheit nach oben, raus aus meinem Blickfeld.

> Bis gleich. Ich bin diejenige, die kreischend ganz vorn am roten Teppich steht und vor Schuldgefühlen trieft, weil sie ihrer kleinen Schwester zu wenig zugetraut hat. Ich hoffe, du verzeihst mir.

Darunter prangt ein Selfie von Violet mit Massen von Menschen im Hintergrund, die sich am Rand des roten Teppichs drängen.

> Nur, wenn du lauter kreischst als alle anderen. ;-)

EPILOG

DREI MONATE SPÄTER

Der Wind zerrt an meinen Haaren und ist fast heißer als die Luft aus meinem Föhn. Die Sonne brennt gnadenlos auf den großen weißen Pavillon, in dem gekühlte Getränke und Häppchen für die geladenen Gäste gereicht werden. Selbst in meinem luftigen Kleid ist mir so warm, dass ich befürchte, jeden Moment zu schmelzen wie die Eiswürfel in dem Glas in meiner Hand, die die Cola binnen Sekunden verwässert haben. Ich sehe auf das inzwischen viel zu helle Braun und habe einen Moment der Schwäche.

»Warum noch mal habe ich mich bereit erklärt, hier zu sein?«, frage ich Lucas, der mit seiner Sonnenbrille und dem Designeranzug wieder einmal aussieht, als wäre er einem seiner Werbeplakate entsprungen. In dem Aufzug würde mir der Schweiß in ganzen Bächen die Schläfen entlangrinnen, doch Lucas beschwert sich kein bisschen über die Hitze. Er schiebt lediglich die Brille nach oben, bevor er mich ansieht und mir einen sanften Kuss auf den Mund gibt.

»Es war deine Idee und ich dachte, darunter sollten Jonah, Lola und ich nicht allein leiden.«

Ich bin mir sicher, dass zu seinem Tonfall nur eine herausgestreckte Zunge als Antwort passt, aber da mischt sich bereits Violet ein.

»Du wolltest mich endlich mal zu einem deiner Auftritte mitnehmen und deine neue Bekanntheit mit mir teilen.« Sie lächelt mich breit an, ihr Blick huscht jedoch immer wieder zu Jonah, der gerade mit einem Reporter spricht, dabei aber mehr zu uns als auf seinen Gesprächspartner sieht.

»Die Bekanntheit oder *Jonah*?«, frage ich herausfordernd und sie verzieht das Gesicht.

»Urgh! Niemals!« Der Blick, den sie Jonah erneut zuwirft, sagt etwas ganz anderes und unwillkürlich denke ich an unsere Rückkehr von der Jungfernfahrt der *Siren* zurück. Direkt am Pier ist mir Violet schluchzend in die Arme gefallen und die Worte sind so schnell aus ihr herausgequollen, dass ich sie kaum verstanden habe. Während Hunter von der Bordsecurity an die Polizei übergeben wurde, hat sie mir gestanden, was ihrer Vermutung nach auf der Geburtstagsparty von Lola und Lucas passiert ist. Sie wollte Jonah ausquetschen, um zu sehen, ob er mich verdient hat, und während er charmant wie eh und je all ihre Fragen freundlich beantwortet hat, fühlte sie sich – dank der von Hunter in den Drink gemischten Tropfen – immer mehr zu ihm hingezogen, bis sie dem inneren Drang nach Berührung, den auch ich unter dem Einfluss der Drogen gespürt habe, nachgegeben und ihn geküsst hat. Aufgrund der Wirkstoffe im Blut hat sie auch Jonahs Angebot dankbar angenommen, die Party zu verlassen. Danach konnte sie sich an nichts mehr erinnern, bis sie am nächsten Morgen mit üblen Kopfschmerzen – und Jonahs Jackett – in einem fremden Bett aufgewacht ist. Den gesamten Samstag hat sie ihren vermeintlichen Kater auskuriert, am Sonntag dann gepackt und Zweifel bekommen. Sie wollte mit an Bord und Jonah damit konfrontieren, dass er mich nicht verdient hätte, nachdem er sie zweifelsfrei zurückgeküsst und mit auf sein Zimmer genommen hatte. Violet ist nicht einmal auf die Idee gekommen, dass ihr irgendjemand Drogen untergeschoben haben könnte. Das schlechte Gewissen, meinen Schwarm geküsst zu haben, hat jeden logischen Gedanken hinweggefegt. Sie saß bereits in der Limousine, die sie nach Port Miami bringen sollte, wollte mir dann aber den Urlaub mit Lola nicht verderben, auf den ich mich so gefreut habe und der mir hätte helfen sollen, wieder mehr Selbstvertrauen aufzubauen. Deshalb schickte sie mir nur die knappe Nachricht, ich solle mich von Jonah fernhalten. Inzwischen weiß auch Violet, was für eine loyale Person Jonah ist. Ich warte noch immer auf eine Antwort auf meine Frage, ob sie nicht doch wegen ihm hierhergekommen ist, und fordere sie mit einer Geste auf, endlich zu antworten.

»Er … wir … passen nicht zusammen«, stammelt sie sichtlich nervös. »Wir sind zu verschieden. Und er studiert am anderen Ende des Atlantiks, verdammt!«

»Aber er hat Zugriff auf einen Privatjet, mit dem er jederzeit zu dir kommen könnte.« Lola gesellt sich mit einem Teller voller kleiner Blätterteigteilchen zu uns.

»Das sagt die Richtige.« Ich wende mich Lola zu, die sofort bereut, sich eingemischt zu haben. Hastig schiebt sie sich etwas in den Mund und gibt mir damit die Gelegenheit, direkt weiterzusprechen. »Schickt dir Scott immer noch täglich Pralinen?«

Lola kneift die Augen zusammen und kaut langsamer.

Also ja.

Es sind noch immer Sommerferien. In den letzten vier Wochen war ich mit Lucas auf Promo-Tour für unser neues Trainings- und Ernährungsprogramm und in meiner Rolle als Botschafterin für LOVEYOURSELF, für deren Body-Positivity-Kampagne mich Amber damals vorgeschlagen hatte. Daher bekomme ich nicht mit, ob nach wie vor täglich Lieferungen von Lolas »liebsten Süßigkeiten der Welt« eintreffen wie in den ersten Wochen nach Einlaufen der *Siren.* Um für alle möglichen Interviews verfügbar zu sein, haben wir die erste Zeit weiter in unserem Wohnheim verbracht, wo es trotz der Größe unseres Apartments tatsächlich etwas eng geworden ist, weil Lucas bei mir und Violet bei Lola übernachtet hat. Candice hatte das kurzerhand entschieden und sich für die Sommerferien bei Christian häuslich eingerichtet. Zeitweise geht sie sogar mit zu seinen Cateringjobs und macht sich dort laut Christian »gar nicht mal so schlecht für eine *Deck 20*«.

Ich starre Lola weiter an, die extrem langsam kaut, um nicht antworten zu müssen. Eine Unendlichkeit später schluckt sie den Bissen endlich hinunter.

»Ja, er schickt mir noch Pralinen.« Sie zieht die Augen so weit zusammen, dass ich die Farbe darin kaum noch sehen kann.

»Habt ihr euch seither unterhalten? Es ist …«

Sie schüttelt den Kopf. »Ich bin noch nicht bereit dafür.«

Ich kann sie verstehen und nicke nur. Die Vergangenheit der beiden ist alles andere als einfach, aber vielleicht schaffen sie es ja irgendwann, sich auszusprechen.

»Gibt es sonst noch irgendwelche Hinderungsgründe?«, wendet sich Lola an Violet, bevor sie sich den nächsten Bissen in den Mund schiebt.

»Wir … passen einfach nicht zusammen. Sobald wir miteinander reden, gibt es nur Streit.«

Ich grinse siegessicher. »So hat es bei Lucas und mir auch angefangen.« Wie um meine Aussage zu unterstreichen, küsst mich Lucas in den Nacken.

Hastige Schritte nähern sich.

»Sie kommen.« Candice' finsteres Gesicht lässt keinerlei Fragen offen, wen sie damit meint.

Christian, der sich von Candice in einen Anzug hat quetschen lassen, der Lucas Konkurrenz machen könnte, verdreht die Augen.

»Wir hätten ihr den Gewinn nicht überlassen sollen. Das ist, als hätten wir Terrence für die Moderation engagiert«, legt Candice nach und sieht mit gerümpfter Nase zu der Absperrung jenseits des Pavillons hinüber, wo sich ganz offensichtlich sämtliche Paparazzi der Ostküste versammelt haben, um das perfekte Bild von Lyanna, Tommy und Liam zu schießen. In den vergangenen drei Monaten war Lyanna sehr fleißig, hat den Hype um ihre Person – und die großzügige *Unterstützung* durch Price Corp. – ausgenutzt, einen neuen Song aufzunehmen, der direkt in den Top 10 der Charts eingestiegen ist. Die ebenfalls von Price Corp. gesponsorte Promo-Tour zum kommenden Album war der reinste Medienrummel. Nicht zuletzt wegen Lyannas zwei Begleitern, was natürlich Spekulationen veranlasste, die das Interesse nur noch weiter schürten. Tommy hat Gerüchten zufolge neue Engagements und Liam kann sich vor Sponsorenverträgen kaum retten. Um Terrence hingegen ist es ruhig geworden. Mit seinem eigenmächtigen, unverantwortlichen Handeln an Bord, das er vor unseren Kameras zugegeben hat, wird er vermutlich nie wieder eine Show moderieren. Die Stillschweigeklausel seines Arbeitsvertrags sichert seine Verschwiegenheit. Was wir bei Lyanna nur mit Bestechung erreichen konnten.

Tommy und Liam flankieren die Wagentür. Lyanna greift nach den Händen der beiden und steigt in Zeitlupe aus, damit jeder der vielen Fotografen ein gutes Bild machen kann. Die Reporter bombardieren sie mit Fragen.

»Freuen Sie sich auf die Schiffstaufe?«

»Werden Sie die nächste Zeit direkt auf der ›Lyanna‹ verbringen? Vielleicht zu dritt?«

»Wann erfahren wir endlich mehr über die Anfänge Ihrer besonderen Beziehung und die Reise auf der *Siren*?«

Lyanna beantwortet keine der Fragen, sondern strebt mit ihren beiden Jungs auf den Pavillon – auf uns – zu.

Candice' Blick verdüstert sich weiter. Christian streicht ihr beruhigend über den Arm, doch sie kann sich trotzdem nicht zurückhalten. Kaum ist Lyanna im Schatten angekommen, giftet Candice los: »Na, Erpresserin. Wie ich sehe, lässt du es dir gut gehen.« Ihr finsterer Blick gleitet von Liam zu Tommy, die betreten überall hinsehen, nur nicht zu Candice. Die beiden waren ohne Gegenleistung dazu bereit, unsere erzählte Geschichte zu unterstützen – im Gegensatz zu Lyanna.

Lyannas Lächeln wird auf Kommando breit und strahlend. »Auf der *Siren* werden einfach alle Wünsche erfüllt.« Diesen Satz hat sie ständig von sich gegeben, wann immer jemand versucht hat, mehr über das zu erfahren, was tatsächlich während der Jungfernfahrt abgelaufen ist. Dann weicht das Lächeln einem boshaften Ausdruck. »Wenn es so bleiben soll, solltet ihr Candice an die Leine nehmen.« Sie fixiert Lucas und Lola und hebt herausfordernd eine Braue.

»Du verdammtest Mistst–«, will Candice nachlegen, doch Lola sieht sie so flehend an, dass sie mitten im Satz abbricht. Das ist der Preis für das Überleben der Familie Price. Derzeit sind sowohl die *Siren* als auch die *Lyanna* für über ein Jahr ausgebucht, unsere vermeintlich bis ins kleinste Detail geplante *Show* hat den Börsenkurs von Price Corp. in die Höhe schnellen lassen. Lionell Price hat aus Dankbarkeit für meine Hilfe eine gewaltige Summe für die aktuelle *#stopbodyshaming*-Kampagne gespendet, weil ich eine Bezahlung vehement abgelehnt habe. Inzwischen kennt jeder meine Geschichte und in meinen Instagram-Entwürfen befinden sich lediglich die für die kommende Woche vorbereiteten Posts. Die *Siren* hat auch mir einen Wunsch erfüllt: Ich kann anderen Menschen helfen, sich in ihrem Körper wohlzufühlen, sich selbst zu lieben, ganz gleich, ob es andere tun. Ohne die Reise auf der *Siren* würde ich vermutlich noch immer Posts schreiben, die nie jemand zu Gesicht bekommen hätte. Deshalb war es mir auch wichtig, bei der Schiffstaufe dabei zu sein, auch wenn das bedeutet, gemeinsam mit Lyanna zu *feiern*.

Jonah durchbricht die angespannte Situation mit seinem strahlenden Lächeln. Sein Blick wandert zwischen uns allen umher, verweilt aber extrem lange auf Violet, die sich schüchtern, wie ich sie noch nie gesehen habe, auf die Unterlippe beißt. Ich grinse in mich hinein.

»Seid ihr bereit?«, fragt er in die Runde.

Wir nicken, Lucas holt sein Handy aus der Hosentasche und startet den angekündigten Livestream. Inzwischen schnuppert er immer wieder in die Arbeit des Presseteams von Price Corp. hinein und es ist für ihn nicht mehr ganz so abwegig, später doch an der Seite seiner Geschwister in das Familienunternehmen einzusteigen.

»Hallo zusammen, wie versprochen nehmen Tara …«, er hält das Handy auf Abstand und bringt mich ins Bild, ich lächele und winke freundlich, ohne dass ich mir die geringsten Sorgen darüber mache, dass die Anzahl der Zuschauer bereits bei dreizehntausend liegt und ständig weitersteigt, »und ich euch heute exklusiv mit zur Taufe der *Lyanna*. Neben mir steht die Namensgeberin und ich hoffe, sie ist bereit für einen kleinen Einblick in ihr Gefühlsleben.« Lucas tritt zu Lyanna, die strahlend in die Kamera lächelt.

»Bist du aufgeregt?«, fragt er.

Lyannas schauspielerisches Talent ist wirklich beachtlich. Sie scheint nach Luft schnappen zu müssen, ihre Augen glänzen verdächtig und sie ringt nach Worten.

»Offensichtlich ist sie das.« Er lacht mindestens ebenso gekonnt in die Kamera. »Wir sollten ihr ein paar Sekunden geben, sich auf die Taufe vorzubereiten. In ein paar Minuten geht es los und wir begeben uns jetzt alle nach draußen auf den Balkon.« Er verschwindet aus dem Pavillon, ohne den Blick auch nur ein einziges Mal von der Face-Cam abzuwenden. Gemeinsam steigen wir auf das überdachte Podest und klatschen begeistert, als der hübsche Schriftzug LYANNA enthüllt wird. Selbstverständlich klatschen wir noch lauter, als Lyanna zusammen mit Liam und Tommy die gigantische Champagnerflasche anschubst. Sie wird von einem festen Seil getragen, das an einem Balken des schattenspendenden Dachs befestigt ist, kracht gegen den Rumpf der *Lyanna* und zerspringt klirrend.

»So eine Schiffstaufe ist eigentlich stinklangweilig«, murmelt Violet rund zehn Minuten später enttäuscht.

»Was hast du erwartet?«, frage ich, aber sie hört mir nicht wirklich zu. Ihr Gesicht ist Jonah zugewandt, der sich gerade zwischen ein paar Gästen durchschiebt, um zu uns zu kommen. Ich bin abgeschrieben und ziehe mich zurück, um endlich das versprochene gemeinsame Wochenende ohne weitere Termine zu genießen.

Ich wähle die Instagram-App und öffne den Entwurf mit einem Bild von Lucas und mir.

Ändere dich niemals für andere. Sei einfach du selbst, die beste Version von dir. Wenn das nicht reicht, haben dich die anderen nicht verdient.

Lucas taucht hinter mir auf und schließt die Arme um mich. »Bereit für unser Wochenende?«, raunt er leise in mein Ohr und selbst dieses Flüstern klingt unanständig.

»Vielleicht«, erwidere ich und bemühe mich ernsthaft, nicht zu breit zu grinsen, damit er es von hinten nicht sehen kann.

»Du bist einfach perfekt«, haucht er mir zu, während er mich in seinen Armen umdreht und mein Kinn anhebt.

Ich schüttele schwach den Kopf. »Das bin ich nicht. Niemand ist perfekt.«

»Wir müssen auch gar nicht perfekt sein. Wir sind perfekt füreinander, das ist alles, was zählt.«

Wir unterbrechen den Kuss nur, um in die Limousine zu steigen, die uns mit jedem Meter weiter aus dem Scheinwerferlicht in unser privates Leben rollt, das wir uns mehr als verdient haben.

NEWS 6

»Vor rund einem halben Jahr habe ich Ihnen etwas versprochen. Wir alle haben erfahren, dass Hunter Berkley, Sohn des Öltycoons und Waffenlobbyisten Tyson Berkley, selbst vor laufenden Handykameras nicht davor zurückgeschreckt ist, sich an Frauen zu vergreifen und sie anschließend mundtot zu machen. Mein Team und ich haben hoffentlich jede einzelne dieser Frauen aufgespürt. Die Klage wurde sehr schnell eingereicht, alle notwendigen Unterlagen an die Staatsanwaltschaft übermittelt. Soeben fand die Urteilsverkündung statt.

Es ist ein Sieg gegen die Ungerechtigkeit in sage und schreibe einunddreißig Fällen. Wir alle waren fassungslos, wie viele betroffene Frauen sich auf unseren Aufruf hin gemeldet haben. Dieser Sieg ist ein wichtiger Schritt in Richtung Selbstbestimmung und Zusammenhalt. Denn er zeigt, dass es mutige Frauen braucht, die laut werden, die den Mund aufmachen und sich nicht zum Schweigen bringen lassen.

Es ist kein Grund zu feiern, aber ein Grund für einen kleinen Applaus, dass ein widerliches Individuum, eine Bedrohung für unseren freien Willen, für eine lange Zeit weggesperrt wird und dass es nicht einmal die zahlreichen Anwälte geschafft haben, Hunter Berkley aus dieser Situation herauszuholen. Unten sehen Sie, an welche Stellen Sie sich wenden können, sollte Ihnen Ähnliches widerfahren sein. Bitte seien Sie laut. Melden Sie die Täter. Denn sie werden es nicht zum ersten und aller Voraussicht nach auch nicht zum letzten Mal getan haben. Seien Sie für uns alle laut, seien Sie stark und passen Sie auf Ihre Freundinnen und Freunde auf. Achten Sie aufeinander, suchen Sie Kontakt, wenn Ihnen das Verhalten anderer unverhältnismäßig vorkommt. Wir müssen zusammenhalten.

Helena Johnson für News 6.«

NACHWORT UND DANKSAGUNG

Meine Reise auf der *Siren* war mein »Urlaub« im Corona-Jahr 2020 und daher ein klares Highlight dieses so seltsamen Jahres. Ich habe den Wind in meinen Haaren, die Sonne auf meinem Gesicht und die Wellen auf Deck 4 meine Beine umspielen gespürt. Nun hoffe ich natürlich, dass es euch ähnlich ging.

Meine Recherche (vermutlich eine Million YouTube-Minuten diverser Reiseblogger*innen und eine Menge Berichte und Reportagen über die moderne Kreuzfahrt) hatte das Fernweh immer weiter geweckt, sodass ich dem Auslaufen der *Siren* und dem Beginn des Manuskripts entgegengefiebert habe wie kaum einem Projekt zuvor.

Falls ihr einen Blick auf die reale Vorlage der *Siren* werfen wollt, googelt nach der »Symphony of the Seas«, dem derzeit größten Kreuzfahrtschiff der Welt (bis die *Siren* kam :-P). Auf Pinterest habe ich so viele Konzepte möglicher Schiffe und Interieurideen großer Luxusyachten gepinnt, dass ich auch jetzt – viele Monate nach Abschluss der Recherche – noch immer Empfehlungen bekomme, die das Schlagwort »Yacht« enthalten (und die das Fernweh so immer wieder aufs Neue wecken).

Mein erster Dank für das Beantworten all meiner Fragen zu Kreuzfahrten geht an Constance Hatrath, die mir rund um die Uhr mit ihren Erfahrungen zur Seite stand, sowie an Justine Hatrath und Peter Hagel, die mich mit Bildern von ihrer Kreuzfahrt versorgt haben.

Außerdem danke ich meiner Patreon-Crew für die ständige Motivation. Wann immer ich sie nötig habe, muss ich mir nur eure lieben Worte zu Schnipseln und Zitaten anschauen. Der Austausch in meiner »Schreibfamilie« ist einfach großartig. Ein extra Dank geht an meine Champs Jana Ruhland, Nadine Seven und Daphne Bühner.

Dann danke ich natürlich auch meiner Agentin Franzi und den besten Testleser*innen der Welt: Kay, Gio, Timm und Justine. Ihr seid einfach wunderbar und macht das Manuskript mit jeder WhatsApp-Nachricht und jedem Kommentar besser.

Dasselbe gilt natürlich – in verstärkter Form – für meine Lektorin Franziska. Ich freue mich auf jedes Lektorat mit dir und habe beim Schreiben so oft die Kommentare von dir vor Augen (sodass es hoffentlich jedes Mal weniger Stellen gibt, an denen du kommentieren musst). Danke für die tolle Zusammenarbeit.

Ein großes Lob geht auch an Anna von Ravensburger, die mich immer mit ihren Coverideen überrascht und auch »Bad Influence« perfekt eingekleidet hat. Danke!

Aber was wären Geschichten ohne die Menschen, die sie lesen? Ich hoffe, euch allen hat die Jungfernfahrt der *Siren* gefallen. Leihanfragen für Lucas im Bookboyfriend-Harem nehme ich gern auf Instagram (@stefaniehasse) oder per E-Mail (Kontakt@StefanieHasse.de) entgegen. Oder hat es euch jemand anderes angetan? Schreibt es mir! Ich freue mich auf jede Rückmeldung von euch. <3

Eure Steffi

PS: Weil mein Sohn sich beschwert hat, nicht in der Danksagung zu stehen, noch ein Zusatz: Danke an Colin und auch an Loki für die Inspiration und Hilfe.

Hilfetelefon Gewalt gegen Frauen:
08000 116 016

Hilfetelefon Gewalt an Männern:
0800 1 239 900

Telefonseelsorge:
0800 111 0 111
oder
0800 111 0 222

TRIGGERWARNUNG

(Achtung: Spoiler!)

Dieses Buch enthält Themen, die triggern können.
Diese sind:

Sexuelle Belästigung
K.-o.-Tropfen
Bodyshaming

DAS SPIEL
der New Yorker Elite
Stefanie Hasse
SECRET GAME
Brichst du die Regeln, brech ich dein Herz
Ravensburger
JETZT
AUCH ALS
TASCHENBUCH!